edition
tingeltangel

Die Handlung und alle handelnden Personen in diesem Kriminalroman sind frei erfunden. Ähnlichkeiten zu Geschehnissen mit Bezug auf reale Personen, Persönlichkeiten des öffentlichen Lebens oder Institutionen wären rein zufällig und nicht beabsichtigt.

Gestaltung unter Verwendung folgender Abbildungen:

Gesicht (murphy81/stock.adobe.com), Bettlaken (sanatgen/stock.adobe.com), Nicole Eick (privat), Schuh/Spiegel/Hand (udra11/stock.adobe.com), Silhouette Beine (PixlMakr/stock.adobe.com)

Lektorat: Heike Mallad
Gedruckt in Europa

Originalausgabe (2021)
Zweite Auflage, 2024
ISBN 978-3-944936-59-8

Nicole Eick

Wer kennt diese Frau?

Kriminalroman

Der Tag, an dem ein Frauenarzt zu Tode kommt

Ermittlungen

»Grüß Gott, die Herren! Was ist denn hier los?« Dominique Brodbecker steht plötzlich im Türrahmen und wirft den herumwuselnden Polizisten einen provozierenden Blick zu. Sie machen ihr Platz. Mit ihren wohlproportionierten 187 Zentimetern – sieben Zentimeter davon gehen aufs Konto ihrer Absätze – ist Dominique eine Frau, die auffällt. Einzig der Pathologe bleibt stoisch über die Leiche auf dem Boden gebeugt und murmelt in sein Diktiergerät.

Kriminalhauptkommissarin Dominique Brodbecker stakst in ihren Stilettos über Scherben, die offenbar von zerbrochenen Weingläsern stammen. Sie tunkt den Zeigefinger ihrer rechten Hand, die in einem Einweghandschuh steckt, in die auf Tisch und Boden verschüttete Flüssigkeit und riecht daran.

»Bordeaux.«

»Sie erwarten aber keine Antwort? Ich trinke nicht. Nicht mehr.« Der Pathologe lächelt den toten Mann an. »Ist auch sicherer. Man verliert nicht mehr so schnell die Kontrolle.«

»Hat er sie verloren? Oder die Mörderin?«

»Ich habe nichts von Mord gesagt. Und schon gar nicht von Mörder*in*.«

»Ich dachte nur. All das Sexspielzeug hier. Sehr plüschig.«

Dominiques Finger streifen über die Handschellen mit dem rosa Kunstfell. Die liegen auf dem schwarzen Ledersofa und wirken unbenutzt.

Der Pathologe antwortet nicht, leuchtet dafür mit einer kleinen Lampe in die weit geöffneten Augen des Toten, die an die Decke starren, als würde von dort Jesus herabsteigen und ihn wieder zum Leben erwecken.

»Sexspielzeug geht auch unter Männern«, wirft einer der Polizeibeamten ein, der zur Spurensicherung gehört und Tatortfotos macht. »Habe ich zumindest gehört.« Er grinst süffisant.

»Ach.« Dominique verzieht keine Miene. Noch immer beachtet sie die Leiche am Boden nicht. Es sind Dinge, die herumliegen, die sie interessieren: eine Ausgabe des *Wachtturms* der Zeugen Jehovas zum Beispiel, die angebissenen Lachshäppchen auf dem niedrigen Couchtisch. Der *Wachtturm* diente offenbar als Untersetzer für die Weinflasche, die am Boden liegt; ein runder Rotweinrand hat sich auf der Titelseite eingegraben.

»Die Verletzungen am Hinterkopf waren wohl tödlich.« Der Pathologe stemmt eine Hand ins Kreuz und richtet sich ächzend auf. Er ist nicht mehr der Jüngste und kniet nur noch ungern bei der Arbeit. »Er ist hier«, er deutet auf die scharfe Kante des Glascouchtisches, »drauf geknallt. Hat allerdings überall Hämatome. Könnte ein größeres Gerangel gewesen sein.«

»Mit einer Frau?« Die Stimme der Kommissarin kommt jetzt aus dem Schlafzimmer nebenan.

»Mit einer kräftigen Frau. Oder einem Mann. Ich sehe nichts, auf dem der Tote ausgerutscht sein könnte. Es hat ihn jemand mit Gewalt zu Fall gebracht.«

Dominique inspiziert das Schlafzimmer. Ein Arbeitsplatz, eindeutig. Sieht nicht so aus, als würde hier – wer auch immer – regelmäßig schlafen, schnarchen oder furzen. Die schwarz-goldene Bettwäsche ist zerwühlt, eine der beiden Decken liegt auf dem Boden. Kein einziger persönlicher Gegenstand deutet auf Bewohner hin, kein zerlesenes Buch, keine Brille, nichts. Der schwarze Schlafzimmerschrank wurde bereits von der Spurensicherung inspiziert, er enthält zwei weitere Bettwäschegarnituren sowie einen Stapel schwarz-goldener Frotteehandtücher, außerdem jede Menge Feuchttücher und Einweghandschuhe.

»Habt ihr was gefunden? Sperma, Haare, Hautabrieb?« Dominique kniet auf dem Boden und beäugt die Unterseite des Bettes. Einer der Beamten schaut herein und betrachtet ihren wohlgeformten Hintern, der in engen Jeans steckt. Jeans, die modisch durchlöchert sind und in interessanter Wechselwirkung zu ihren hohen Schuhen stehen.

»Eine Haarbürste im Bad ist vielversprechend.« Der Polizist kann den Blick nicht von Dominiques Hinteransicht lösen. Sie dreht den Kopf zu ihm herum, ohne aufzustehen.

»Fertig mit Gucken?«

Er wird rot und zieht entschuldigend die Schultern hoch. »Wir melden uns sofort, wenn das Labor fertig ist. Alles, was Fingerabdrücke hat, haben wir eingepackt.«

»Ist Meister informiert?«

Alfred Meister ist Dominiques Kollege. Seit der Teamleiter an Krebs erkrankt ist, teilen sich Brodbecker und Meister die Arbeit, ohne dass einer von beiden einen Führungsanspruch erhoben hat. Zumindest hat keiner der Kollegen etwas davon mitbekommen.

»Hat jemand Meister verständigt?«, ruft der Beamte in die Wohnung hinein.

»Ja, schon vor 'ner ganzen Weile!«, kommt es aus dem Flur.

»Wartet auf ihn. Ich muss los.« Dominique springt mühelos in den Stand und überragt den verlegenen Polizisten um mindestens einen Kopf.

Es gibt keinen Kollegen, der ihr nicht nachschaut, als sie mit federndem Gang den Tatort verlässt.

»Domina«, sagt einer der Beamten grinsend. »Passend zum neuen Fall.« Von da an hat Dominique ihren Spitznamen weg.

Gudrun

»Die Fahrkarten bitte.« Der sehr junge Zugbegleiter, Azubi vielleicht, schaut der älteren Frau nur kurz ins Gesicht. Uninteressant, wie alle über zwanzig. Die hier geht bestimmt schon auf die sechzig zu.

Gudrun zeigt ihm ihr Bayern-Ticket.

»Bitte noch den Namen eintragen.«

»Auch bei einem Einzelticket?« Sie zieht die Stirn hoch.

»Vorschrift. Sie könnten es ja beim Aussteigen weitergeben.«

»Aha.« Gudrun kramt einen Kugelschreiber aus dem neben ihr stehenden Rucksack. Der Zugbegleiter macht keine Anstalten, weiterzugehen. Sie zögert kurz und schreibt.

Er schaut ihr über die Schulter, nickt und geht eine Sitzreihe weiter. »Die Fahrkarten bitte!«

Gudrun steckt das Ticket in ihre Jackentasche. Sie trägt einen praktischen Anorak einer günstigen Kaufhausmarke, nicht wirklich wasserdicht, aber unauffällig. Die hochwertige *Goretex*-Jacke hängt zuhause im Schrank. Sie braucht sie wieder nächstes Wochenende zum Aufstellen der Krötenzäune. Sie sind gut im Zeitplan dieses

Jahr, die Krötenwanderung kann bereits Ende Februar beginnen, wenn die Witterung passt. Aber jedes Jahr ist mindestens eine weitere Straße neu gebaut, die den Tieren den Weg in ihre Laichgebiete versperrt. Und sie werden jedes Jahr weniger Helfer. Also heißt es: früh beginnen.

Warum denkt sie jetzt an so was Banales wie die Kröten? Sie hat – weiß Gott – andere Sorgen. Gudrun lehnt sich im Sitz zurück und schließt die Augen. Zum Glück ist wenig los im Wagen, und sie kann alleine sitzen. Der Regionalzug hat vor etwa zehn Minuten den Bamberger Bahnhof verlassen und fährt Richtung Norden. Es war eigentlich Unsinn, in den Zug zu steigen, eher unbewusste Absicht, ihren Auftrag möglichst weit weg auszuführen. Andererseits wird ihr der Abstand gut tun, sie will am liebsten vergessen, was ihrer Freundin heute passiert ist und was auch Gudrun sehr erschüttert.

Sie könnte in Coburg aussteigen, in einem einfachen Hotel ein Zimmer nehmen, vielleicht das Naturkundemuseum besichtigen, das schon lange auf ihrer To-do-Liste steht. Oder weiter nach Sonneberg fahren, dort wohnt ihre Schwester, die würde sich zwar über den Besuch freuen, legt aber Wert darauf, dass Gudrun sich einen Tag vorher ankündigt. Fällt also flach. Alternativ könnte sie einfach mit dem nächsten Zug zurückfahren, heimgehen und sich beruhigen.

Gudrun atmet tief durch, ihr rechter Arm liegt auf dem Rucksack, der Tragegurt ist untergehakt. Es ist eine reine Vorsichtsmaßnahme, kein Mensch würde ihr hier das Gepäck klauen, so ein 08/15-Rucksack enthält in der Regel keine Wertsachen. Allerdings will sie den Inhalt irgendwo entsorgen. Es sind Evas Sachen, sie hat sie ihr in großer Eile übergeben, Gudrun soll das Zeug verschwinden lassen. Ist ja auch der Job einer Putzfrau, den Abfall ihrer Arbeitgeberin wegzuräumen. Gudrun putzt in Evas Wohnung, schwarz – Arbeitslosengeld reicht nicht, Rente dauert noch. Aber

Eva ist inzwischen auch ihre Freundin, obwohl das, was sie tut, keineswegs Gudruns Zustimmung findet. Sie ist eine anständige Frau.

Der Zug ruckelt, wird langsamer, kommt zum Stehen. Gudrun macht die Augen auf, draußen gibts wenig zu sehen, nur ein noch winterkahles Gehölz, in der Ferne Rotoren eines Windrades, die sich träge drehen.

»Was'n jetzt schon wieder los?«, nörgelt jemand hinter ihr.

Und eine Frau plärrt in ihr Handy: »Jesses, Marianne, jetzt steht der Zug, ich muss doch mein Anschluss kriech.«

Dann die Durchsage. Technische Probleme – Verzögerung – Weiterfahrt voraussichtlich in fünfzehn Minuten. Na toll.

Obwohl keinerlei Grund dazu besteht, beschleunigt sich Gudruns Herzschlag. Sie legt eine Hand auf ihr Brustbein und redet sich selbst gut zu. Ruhig bleiben, alles wird gut.

Nichts ist gut, noch nie gewesen und jetzt erst recht nicht. Es gab nur eine ganz kurze Zeit in ihrem Leben, in der sie so etwas wie Normalität empfunden hat. Aber auch das ist schon lange her.

Eine Frau kommt den Gang zwischen den Sitzreihen entlang, auf der Suche nach dem WC. Der Zug fährt mit einem plötzlichen Ruck an, die Frau hält sich gerade noch so an der Lehne von Gudruns Vordermann fest. Ihr Stiefel verfehlt Gudruns Fuß um Millimeter.

»Ach herrje, jetzt bin ich fast hingefallen. Die haben aber auch Nerven.«

Sie rappelt sich wieder auf und schaut Gudrun an, lächelt entschuldigend.

»Nichts passiert.« Gudruns Mimik ist verschlossen.

»Ach, kenne ich Sie irgendwoher? Ihr Gesicht kommt mir bekannt vor ... aus Bamberg?«

»Ich glaube nicht.« Gudrun hat keine Lust auf Smalltalk.

Die andere lässt nicht locker. »Jetzt weiß ichs wieder! Damenmoden, oder? Gibts diese Woche wieder Prozente?«

»Da kann ich Ihnen nicht weiterhelfen. Ich bin schon eine ganze Weile nicht mehr im Geschäft …«

»Schade … nichts für ungut.« Die Frau nickt ihr zu und geht weiter, der Zug nimmt wieder Fahrt auf.

Dann Halt in Bad Staffelstein, ein paar Minuten später Aufenthalt in Lichtenfels. Gudrun bleibt sitzen, fährt weiter bis Coburg. Dort steigt sie aus, den Rucksack über eine Schulter gehängt, die Handtasche über der anderen. Im nächsten Abfallkorb entsorgt sie ihr Ticket.

Ermittlungen

»Du heilige Scheiße.« Alfred Meister greift nach dem Stofftaschentuch in der rechten Hosentasche und schnäuzt sich kräftig. Beim Anblick solcher Leichen läuft ihm grundsätzlich die Nase.

Wie alt mag der Kerl sein, der da wie hindrapiert in seiner eigenen Blutlache schwimmt? Vierzig oder fünfzig? Schwer zu schätzen, obwohl er reichlich wenig anhat. Um es genau zu sagen: Er ist splitterfasernackt. Peinlich ist auch der Anblick des schlaffen Wurms zwischen den Beinen des Mannes. Alfred vermutet, das Ding ist auch in strammem Zustand nicht viel größer. Ganz sicher ist er allerdings nicht. Seine eigene Tochter, fünfzehn Jahre jung, hat ihn kürzlich über die zwei Penisarten belehrt, die es gibt: den Fleisch- und den Blutpenis. Der Fleischpenis schaut auch im Ruhezustand nicht übel aus, erigiert wird er allerdings kaum größer. Der Blutpenis wächst vom kümmerlichen Blutegel zur stattlichen Blutwurst heran. Schon dumm, dass er das im reifen Alter von 56 Jahren von seiner Tochter lernen muss.

»Woher weißtn du so was?«, hat er sie misstrauisch gefragt.

»Aus der Schule«, war ihre unbekümmerte Antwort. »Wir hatten heute Sex ...«, sie grinste ihn frech an, »nein, Paps, bloß Sexualkundeunterricht, mit Gummis über Holzpenisse ziehen und so ..., aber das mit dem Fleisch- und Blutpenis war nur bei den Jungs Thema, und die haben es uns dann erzählt. Krass, oder?«

Alfred Meister weiß nicht, ob er es witzig finden soll, dass junge Mädchen solche Details in der Schule lernen. Er fühlt sich für eine derart aufgeklärte Tochter inzwischen einfach zu alt. Als Grete, seine Frau, mit 36 Jahren nochmal ungeplant schwanger geworden war, hatten sie an ein liebes, anschmiegsames Töchterchen gedacht.

Ist sie ja auch, manchmal.

»Chef? Der Leichenwagen ist da.« Der einzige noch anwesende Polizeibeamte steht abwartend neben ihm, die Finger in den Gürtel seiner Uniformhose eingehakt.

»Immer mit der Ruhe, einen Moment noch.« Alfred Meister geht mit Mühe in die Knie, obwohl er nicht weit zum Boden hat. Mit seinen 165 Zentimetern Körperlänge und einem lästigen Gewicht von fast neunzig Kilo bildet er den größtmöglichen Kontrast zur Kollegin Dominique Brodbecker.

»Position war anders. Schauen Sie«, der Polizist zeigt Alfred die Aufnahmen der Tatortkamera. »Etwas verdrehter, ein Bein angewinkelt, Blick nach oben.«

Jetzt liegt der Tote gerade da, bereit, in die Metallbox zu wandern.

»Wer hat ihn gefunden?«

»Eine junge Frau aus dem Haus. Wahrscheinlich auch eine Prostituierte. Die Wohnungstür hier stand offen, Musik lief. Das kam ihr komisch vor.«

»Wieso ›auch eine Prostituierte‹?«

»Na, das sind hier überwiegend solche Wohnungen. Angemietet für den schnellen Fick. Von Damen, die auf eigene Rechnung arbeiten. Die meisten teilen sich Wohnungen, der fixen Kosten wegen. Die, die uns angerufen hat, weiß aber nicht, wer hier Mieter oder Mieterin ist. Sie konnte uns so gut wie nicht weiterhelfen, hat nichts gesehen, nichts gehört. War wohl selbst gut beschäftigt.« Er lacht.

»War Brodbecker da?«

»Ja, kurz.«

»Habt ihr die Leute im Haus schon befragt?«

»Soweit jemand aufgemacht hat, ja.«

»Wem gehört das Haus?«

»Einem Investor in Berlin. War noch nicht zu erreichen.«

Alfred Meister rappelt sich wieder auf. »Durchtrainierter Typ. Von dem Ding in der Mitte mal abgesehen.«

Jetzt grinsen sich beide Männer an, und Alfred denkt wieder an die Aufklärungsstunde seiner Tochter. Und an sein eigenes Ding. Eher Fleisch als Blut, aber auch nicht der Größte.

»Wer ist er?«

»Wissen wir noch nicht. Seine Klamotten liegen dort drüben.« Der Polizist deutet auf die Ledercouch. »Keine Papiere da, kein Handy, nichts, nur ein paar Münzen in der Gesäßtasche seiner Jeans. Und ein Autoschlüssel. *Porsche.*«

»Steht der irgendwo?«

»Negativ. Ich war draußen, auch auf dem Supermarktparkplatz. Nichts in der Preisklasse da.«

»Okay, ruf die Jungs mit dem Sarg rein. Foto des Toten durch die Dateien lassen.«

»Schon passiert. Ist unbekannt. Wird auch noch keiner vermisst.«

»Wie lange ist er tot?«

»Laut erster Leichenschau seit heute Morgen, zwischen 9 und 11 Uhr circa. Die Prostituierte hat uns gegen Mittag angerufen.«

Alfred schaut auf seine Armbanduhr. Es ist kurz nach 15 Uhr.

»Sex am Morgen vertreibt Kummer und Sorgen, was?«

Sie lachen wieder.

Gudrun

In Coburg nieselt es, und Gudrun zieht die Kapuze über ihre praktische Kurzhaarfrisur. Mittelbraunes Haar, mit ein paar grauen Strähnen durchzogen. Eine etwas aus der Mode gekommene randlose Brille mit Metallbügeln. Sie findet sich nicht wirklich alt, aber auch nicht attraktiv. Bis vor einem Jahr hat sie Vollzeit gearbeitet, Abteilungsleiterin in der DOB eines Bamberger Kaufhauses. DOB, Damenoberbekleidung. Die letzten zehn Jahre verbrachte sie im hinteren Winkel der Etage und verkaufte geblümte Blusen, Strickwesten und Hosen mit Gummizug an die sogenannte reife Dame. Sie selbst trug Hosenanzug oder Kostüm und schminkte sich dezent. Heute trägt sie nur noch selten Farbe auf.

Sie geht die Mohrenstraße hoch, versucht, nicht an früher zu denken. Geht über Theater- und Schlossplatz, Richtung Steintor, dort stehen alte Häuser mit schmuddeligen Mülltonnen in nicht einsehbaren Ecken, dort sollte sich eine Gelegenheit bieten.

Hier haben auch Georgs Eltern gewohnt, ein einziges Mal war sie zum Kaffee eingeladen, das hat gereicht, den Eltern und ihnen beiden ebenfalls. Seine Eltern hatten kein Interesse daran, dass ihr Sohn eine Frau anschleppt. Dazu noch eine, die ein paar Jahre älter ist und womöglich auf schnellstem Weg eine Familie gründen will. Ihrem Sohn waren höhere Weihen vorbehalten. Gudrun störte nur.

Jetzt hat sie doch daran gedacht. G + G, Georg und Gudrun, »ganz gut« – so fühlte es sich an, damals.

Gudrun steht plötzlich vor dem Haus der Eltern, schaut aufs Klingelschild, klar, da stehen andere Namen, die Eltern könnten tot sein oder im Pflegeheim. Aber warum nicht einen späten Gruß in ihrer Mülltonne hinterlassen?

Die schäbige Haustür steht offen, Gudrun geht hinein, Werbeblätter liegen auf dem Boden, die Briefkästen quellen über oder sind aufgebrochen. Geradeaus ein paar Stufen hinunter, auch die Tür zum Hinterhof lehnt nur an. Um die Ecke stehen die Tonnen, unter einem verbogenen Wellblechdach, nicht einsehbar von anderen Häusern.

Hier kann sie das entsorgen, was Eva ihr anvertraut hat. Hohe Stiefel, sogenannte Overknees, sündige Fummel. Eine wilde Perücke, die sie im letzten Moment doch wieder in den Rucksack steckt, eignet sich noch für Fasching. Stück für Stück stopft sie das andere Zeug unter die Mülltüten, die stinkend bis fast zum Deckel gestapelt sind.

Der Rucksack ist fast leer, nur unter der Perücke fühlt Gudrun noch ein glattes Mäppchen, das ihr nicht gehört. Handy oder Portemonnaie wären zum Wegwerfen zu schade. Sie wird sich später darum kümmern.

Gudrun denkt an Eva. Als sie Freundinnen wurden, war die Sache mit Georg schon eine ganze Weile her. Er hätte eh nicht in Evas Liga gespielt.

Nach Georg kam für Gudrun nicht mehr viel. Sie war einsam. Die Eltern tot, die Schwester in Sonneberg mit Mann und drei Kindern beschäftigt. Gelegentlich besuchten sie sich am Sonntag. Gudrun liebt ihre Neffen und hat sie in früheren Jahren als so etwas wie ihre Ersatzkinder betrachtet. Irgendwann gingen die Jungs ihrer eigenen Wege, Tante Gudrun wurde unwichtig.

Mit Ende vierzig fasste sie den Entschluss, ihrer Einsamkeit ein Ende zu setzen. Von da an bereicherten zwei Dinge ihr Leben: Die Kröten und die Zeit, die sie mit Eva verbringen konnte.

Gerade von Eva muss sie sich nun die nächste Zeit fernhalten. Zu groß ist die Angst der Freundin, gefunden zu werden. Das hat die andere nun von ihrem Leben voll Gier und Leidenschaft. Sündige Büstenhalter, die mehr zeigen, als sie verdecken, Spitzenhöschen, Netzstrümpfe, hochhackige Pumps – all dieses Zeug wird im Schrank bleiben müssen.

Gudrun hat kein Mitleid mit ihr. Was sie in seltenen Momenten empfindet, ist höchstens Neid. Neid darauf, dass Eva immer Glück hat bei der Auswahl ihrer Männer. Dass sie angebetet und angebettelt wird. Dass immer wieder einer mehr will, mehr Beziehung, mehr Verbindlichkeit, Heirat sogar.

Heute scheint sie allerdings zu weit gegangen zu sein. Der Mann muss eine Grenze überschritten haben, hat laut Eva ein Stopp-Schild ignoriert, ist selbst schuld an dem, was passiert ist. Hat Eva in Panik aus dem Haus getrieben. Klar, dass Gudrun ihr helfen musste.

So unberechenbar und kompliziert Menschen und ihre Beziehungen sind, so verlässlich erscheint Gudrun dagegen das Leben der Amphibien. Dieser immer wiederkehrende Kreislauf von hormonbedingtem Aufbruch zu den Laichgewässern, das Ablaichen, das Zurückwandern. Die männlichen Erdkröten verhalten sich dabei vorbildlich: Sie brechen als Erste auf und bleiben so lange bei den Laichgewässern, bis kein Weibchen mehr nachkommt. Eine klare Rollenverteilung, nie in Frage gestellt, seit Jahrtausenden so gewesen und auf ewig so bleibend. Dass immer mehr Asphalt die Wanderrouten der Kröten quert und die Tiere an Zäunen entlangwandern, in Eimer plumpsen und von Helfern über die Straßen getragen werden müssen, mag die Tiere vielleicht irritieren, wird ihre innere Uhr aber nicht beeinflussen, die sie im nächsten Jahr erneut auf Wanderung schickt.

Erdkröte müsste man sein. Gudrun lächelt. Sie freut sich auf Samstag und auf ihre Helfergruppe.

»Bratwörschd mit Kraud!« Die Bedienung serviert Alfred Meisters Bestellung mit Schwung und zwinkert ihm zu. »Warst schon länger nimmer da«, stellt sie fest. Länger heißt: zwei oder drei Tage.

Er winkt müde ab, während er sich die Serviette in den Hemdkragen steckt. »Die Arbeit halt.«

»Mord und Totschlag, was? Habs grad im Online-Ticker gesehen. Ihr habt einen unbekannten Toten?«

Alfred verzieht schmerzhaft das Gesicht, und nicht nur, weil die Bratwurst so heiß ist. »Diese Schmierfinken. Wer hat denn da schon wieder was rausposaunt? Früher haben wir uns wenigstens einen Tag Zeit gelassen, bevor so eine Meldung kam. Heute weiß die Öffentlichkeit bald mehr als die Polizei.« Das stimmt so natürlich nicht, aber er hat Lust, sich aufzuregen.

»Also, mir kommt der bekannt vor«, überlegt die Bedienung, während sie sinnlos mit einem Geschirrtuch den blanken Holztisch poliert. Sie hat gerade nicht viel zu tun, die *Fässla*-Stammgäste tauchen erst später auf, und das sonst von Touristen überschwemmte Bamberg atmet zwischen Januar und März ein bisschen auf. Bis Ostern ist es noch eine Weile hin.

»Kennst ihn jetzt oder nicht?«, fragt Alfred kauend.

Sie zuckt die Schultern. »Glaub nicht. Er sieht bloß irgendwem ähnlich.«

Er nickt ergeben und schaufelt sich eine große Gabel des sehr weich gekochten, leicht süßlichen Sauerkrauts in den Mund. Mittwochs geht seine Frau zum Kegeln, mit einem Trupp anderer Weiber, Arbeitskolleginnen. Sie kegeln ab 18 Uhr und suchen danach noch eine der Bamberger Altstadtkneipen heim. Alfred störts nicht. Gelegenheit, selber irgendwo essen zu gehen und der heimischen

Tiefkühl-Pizza zu entkommen, die sich die Tochter in die Röhre schiebt.

Nicht, dass er schon Feierabend hat, es ist nicht mal halb 5. Kollegin Brodbecker hat vorgeschlagen, sich irgendwo in der Stadt zu treffen. Alfred hat keinen blassen Schimmer, wo sie sich seit dem Auffinden der Leiche herumtreibt. Er nimmt mal wohlwollend an, dass sie in der Sache ermittelt. Routinearbeiten in der Dienststelle sind nicht so ihr Ding. Auch sonst weiß er wenig von ihr. Sie ist so ziemlich die wortkargste Frau, der er je begegnet ist.

»Einmal Wasser!« Die Bedienung knallt einen Glaskrug auf den Tisch.

»Wasser? Ein Bier kannst mir noch bringen, kein Wasser.«

»Für sie.« Die Bedienung deutet hinter sich. Dominique Brodbecker steht da, in ihren hohen Schuhen, der durchlöcherten Jeans, einer knappen Daunenjacke, die sie trotz der Wärme im *Fässla* nicht auszieht.

»Bier bring ich dir gleich.« Die Bedienung verdreht die Augen, und Alfred grinst.

»Hallo Dominique. Setz dich doch.«

Sitzend sind sie fast gleich groß, und das findet Alfred deutlich angenehmer.

»Wir wissen, wer der Tote ist.« Dominique leert ihren Krug Wasser fast in einem Zug.

»Ach? Wer hat das überhaupt veranlasst – sein Bild in den Medien?«

»Ich. Was dagegen?«

Dominique schaut ihn zum ersten Mal an, mit ihren schönen, dunklen, geheimnisvollen Augen. Alfred weiß, dass andere Kollegen ihr Unverschämtheit, eigenmächtiges und brüskierendes Handeln nachsagen, aber er selbst erkennt nichts in der Art bei ihr. Sie ist, wie sie ist. Redet um nichts herum und hat die beste Aufklärungsquote in der Kriminalpolizeiinspektion.

Jetzt seufzt er und wischt sich den Mund an der Papierserviette ab. Das Essen war nur zu gut.

»Es ist nicht gerade die gute alte Schule, Dominique. Ich hätte gern einen Tag mehr Zeit zum Ermitteln gehabt. Mir reichts, wenn die Gerüchteküche erst später zu brodeln anfängt.«

»Die Umstände seines Todes haben wir nicht veröffentlicht. Nur sein Gesicht. Er ist Arzt. Gynäkologische Praxis in Bayreuth.«

»Was treibt er dann in Bamberg? Haben die Arztpraxen nicht erst am Mittwochnachmittag geschlossen?«

»Ärztekongress am Klinikum Bamberg. Pränataldiagnostik.«

»Du hast in seiner Praxis angerufen?«

Dominique nickt.

Die Bedienung bringt Alfreds Bier. »Wollen Sie was essen? Soll ich die Karte bringen?« Sie schaut Dominique an. Ihr Ton ist weit weniger freundlich als Alfred gegenüber. Sogar eine kleine Spur aggressiv, findet Alfred. Der Neid der Durchschnittsfrau auf die Klassefrau.

»Ich nehm, was er hatte.«

»Bratwörschd?«

»Ja.«

»Aha.« Wahrscheinlich hat sie erwartet, dass Dominique Brodbecker einen Salat bestellt, bei der Figur. Oder nach was Veganem fragt.

Alfred Meister freuts. Dominique ist eine der ganz wenigen Frauen, die beim Essen reinhauen.

»Wie heißt der Knabe?«

»Mirko Wagner. Dr. med.«

»Wagner aus Bayreuth«, sinniert Alfred, »wie treffend. Hast du dich bei diesem Ärztekongress erkundigt, ob er früh dort war?«

»Er war nicht. Hat angerufen, dass er später kommt. Dringender Termin.«

»Sex mit Handschellen, ja ja.« Alfred lacht.

Eva

»Öfter geschäftlich hier, sagen Sie?« Der Makler hatte anzüglich gegrinst, als Eva im Jahr 2006 das Apartment besichtigte.

»Falls Sie mal Lust auf Gesellschaft haben ... also ich meine, nach so einem Geschäftstermin ist man ja oft am Abend allein ...« So offensichtlich, seine Anmache. Eva war damals noch nicht geübt im Umgang mit dieser Sorte von Männern.

»Ich habe Freunde hier, keine Sorge«, antwortete sie, um einen verbindlichen Ton bemüht, denn sie wollte diese hübsche Wohnung unbedingt. Sie war wie geschaffen für ihre Zwecke, in einem neu erbauten, mehrstöckigen Haus in einem neu erschlossenen, anonymen Stadtviertel.

Der Makler wurde sofort wieder geschäftsmäßig, seine Miene verschlossen. Unter anderen Umständen wäre er vielleicht in Frage gekommen. »War nur nett gemeint.«

Sie hatte gnädig genickt, war noch einmal durch die Wohnung gegangen, hatte nach den anderen Mietern gefragt – »auch Geschäftsleute wie Sie, einige Damen, ein schwules Paar, keine Familien« – und dann die Konditionen für die Vermietung geklärt, den Preis, die Mietdauer, den Hausmeisterservice. 800 Euro kalt waren ein stolzer Preis, Eva rechnete immer noch um – 1.600 D-Mark, unglaublich. Sie verdiente damals als Angestellte durchschnittlich 1.100 Euro im Monat und musste sich also ranhalten, um das fehlende Geld hereinzubekommen. Aber nach den ersten positiven Erfahrungen in ihrem Nebenjob war sie äußerst zuversichtlich. Und sollte Recht behalten.

Sie weiß noch wie heute, welch ein erhebendes Gefühl es war, als sie den Mietvertrag unterschrieben in den Händen gehalten hatte. Es war ein paar Tage später gewesen, im Büro des Maklers, direkt am Bamberger ZOB. Das Haus gehörte einer Investment-Firma in Berlin, hinter der wiederum ein bekannter deutscher Geschäftsmann stecken sollte. Zumindest wenn man einem Bericht im *Fränkischen Tag* Glauben schenken wollte, der nach einer hitzigen Stadtratsdebatte um die Baugenehmigung nahe eines Naturschutzgebietes erschienen war.

Es war ein schöner Sommertag gewesen, dieser Tag, als sie den Mietvertrag abholte. Sie stand noch einen Moment im Flur des Maklerbüros vor dem Spiegel, um mit sorgfältig manikürten Fingern an ihrer Frisur zu zupfen. Gut sah sie aus, ihre Augen wirkten durch dick aufgetragenen Lidstrich vergrößert, ihr feuerrotes Haar bildete einen interessanten Kontrast zu dem eng anliegenden, lindgrünen Kostüm. Morgens hatte sie einen Moment überlegen müssen – war ihr Haar beim Besichtigungstermin auch rot gewesen? Doch ja, der Makler hatte sich wohlwollend dazu geäußert.

Sie war eine gut aussehende und geschmackvoll gekleidete Geschäftsfrau. Der ein klein wenig zu kurze Rock, die ein bisschen zu hohen Schuhe, der minimal zu rot geschminkte Mund gaben eine Prise Erotik hinzu. Noch nicht so viel wie später, aber Eva war lernfähig.

Das Apartment war ihres, es konnte losgehen.

Gudrun

Das glatte Mäppchen auf ihrem Nachttisch. Es ist aus feinem, hellbraunem Leder. Außer dem Personalausweis und dem Führerschein enthält es ein sehr modernes, sehr flaches *iPhone*. Gudrun hat sich vergewissert, dass es ausgeschaltet ist. Sie hätte das Mäppchen vorhin gleich mit entsorgen sollen, in dieser Mülltonne hinter dem früheren Haus von Georgs Eltern. Wider jede Vernunft hat sie es behalten. Eva muss es ja nicht erfahren.

Diese Pension, den *Bärenturm*, idyllisch in der Unteren Anlage gelegen, nicht weit von Albertsplatz und Marktplatz entfernt, hat es damals nicht gegeben. Sie ist zufällig daran vorbei gelaufen, ein Zimmer war frei. Sie wird sich eine Nacht gönnen und erst morgen nach Bamberg zurückfahren.

Gudrun denkt an Georg. Er ist hier ganz in der Nähe zur Schule gegangen, Gymnasium Casimirianum. Alle Coburger Gymnasien tragen lateinische Namen und enden auf »um«. Diese Namen würden eigentlich viel besser ins erzkatholische Bamberg passen. Wie auch der Name Georg. Als sie sich kennenlernten, hatte er sich gerade im Priesterseminar in Bamberg angemeldet. Nach einer wenig aufregenden Laufbahn als Großhandelskaufmann hatte ihn ein erschütterndes Ereignis im Alter von 28 Jahren dazu gebracht, seinem Leben eine spektakuläre Wendung zu geben. Er hatte einfach seinen Job gekündigt und angefangen, als ungelernter Stationshelfer in einem Pflegeheim zu arbeiten, für etwa die Hälfte seines bisherigen Gehaltes. Dort freundete er sich mit dem betagten Priester an, der im Ruhestand noch Gottesdienste in der Heimkapelle hielt. Er war ein freundlicher und gottesfürchtiger Mann, ganz anders als Georgs strenger und streng katholischer Vater. Mit diesem Geistlichen entdeckte Georg die Kirche und den katholischen Glauben neu. Die Entscheidung, ein spät berufener Priester zu werden, reifte in ihm, unabhängig von der Tatsache, dass er schon lange keine Partnerin mehr hatte und Sex ihm zunehmend gleichgültig geworden war. Dabei war Georg ein ansehnlicher Mann. Aber eben schüchtern. Seine wenigen Freunde hätten gesagt: verklemmt.

In dieser entscheidenden Phase seines Lebens lernte er Gudrun kennen.

Gudrun rinnen einzelne Tränen über die Wangen. Sie liegt auf dem Bett ihres Pensionszimmers und starrt an die Decke. Entgegen ihrer Pläne war sie weder im Kino noch etwas essen. Es ist schon lange dunkel draußen, ihr Magen knurrt. Ihre Hand massiert den Bauch, mit langsamen, kreisenden Bewegungen. Gleitet weiter nach unten, zwischen die Schenkel, streichelt, reibt, schneller, langsamer, schneller. Gudrun fühlt nichts. Sie dreht sich auf die Seite, zieht die Knie an, rollt sich in Embryostellung und weint.

Ermittlungen

»Was für eine sterile Gegend.« Alfred Meister steht erneut vor dem Tatort-Haus und schaut an der glatten Fassade hoch. Das vor rund zwei Jahrzehnten erschlossene Baugebiet in der Nähe des Flugplatzes hat vor allem Investoren angelockt, für Firmen, Bürogebäude und teure Apartments. Ein solcher Luxustempel ist auch das Haus, in dem Dr. Mirko Wagner zu Tode kam. Hier sind ein paar Wohnungen von Eigentümern oder solventen Mietern bewohnt, der Rest ist von wohl ebenso solventen Edelnutten angemietet. Das ist zwar nicht erlaubt, wird aber geduldet, so lange es keinen Ärger gibt.

Ob der heutige Todesfall für Ärger sorgen wird – Alfred Meister kanns schwer einschätzen.

Sie sind für 19 Uhr mit der Prostituierten verabredet, die den Toten entdeckt hat. Sie heißt Anna und teilt sich die Wohnung gegenüber des Tatort-Apartments mit zwei anderen. »S.A.D.« steht auf dem Klingelschild.

Dominique Brodbecker nimmt die Treppe, Alfred will es ihr erst gleichtun und holt dann aber doch den Aufzug. Was solls, er wiegt zu viel und hat zu kurze Beine. Dominique ist fair genug und wird kein Wort darüber verlieren.

Anna empfängt sie in Jogginganzug und dicken Stricksocken an den Füßen, das Haar zu einem Pferdeschwanz zusammengebunden. Alfred riskiert einen Blick auf ihre enorme Oberweite, die unter dem bequemen Stoff allerdings mehr zu erahnen als zu sehen ist. Sie sieht aus wie die Bäckereiverkäuferin, bei der er jeden Morgen sein Bamberger Hörnla kauft.

»Bitte.« Anna tritt auf die Seite, um die Polizisten einzulassen. Wohnung S.A.D. scheint verschiedene Themen zu bedienen. Nach links schauen sie in eine gynäkologische Arztpraxis, nach rechts in eine mittelalterliche Folterkammer.

»Hier entlang. Wir gehen ins bayerische Wirtshaus. Ist am gemütlichsten.« Anna führt sie zum Zimmer am Ende des Flurs, und sie sind sofort von allen Klischees umgeben, die der Nicht-Bayer mit zünftig-bayerischer Atmosphäre verbindet. Vermeintlich altes Fachwerk an Decke und Wänden, behängt mit Kuhglocken und martialischem Geweih, Wirtshausmobiliar aus dunklem Holz, weiß-blaue Tischdecken, leise Jodelmusik im Hintergrund. In einer Nische steht ein überdimensionales Bauernbett, in dem sicher niemand die Nachtruhe sucht. Dominique greift sich die Reitgerte, die mit nützlichen Dingen wie Gurten und Zaumzeug an einem Ständer neben dem Bett hängt. Sie lässt sie einmal durch die Luft sausen.

»Wer's mag.« Sie grinst.

Anna lächelt nur wenig. »Macht weniger Spaß, einen Typen auszupeitschen, als Sie vielleicht denken.«

»So?«

»Können wir hier ...?« Alfred Meister deutet auf den Wirtshaustisch.

»Gern. Ein Bierchen gefällig?« Flirtet Anna mit ihm?

»Oh nein, danke, nicht im Dienst.«

»Er hatte gerade zwei«, petzt Dominique Brodbecker und lächelt ihn dabei entwaffnend an.

»Das war in der Pause«, verteidigt er sich.

Er greift sich einen Stuhl mit ausgesägtem Herzchen in der Lehne, Anna rutscht auf die Holzbank, Dominique setzt sich rittlings auf eine Bauerntruhe.

»Ich kann Ihnen nicht viel sagen«, beginnt Anna. »Ihre Kollegen wissen es ja: Ich bin erst auf die offene Tür gegenüber aufmerksam geworden, als mein Kunde gegangen ist ... Die laute Musik aus der Wohnung hat mich irritiert. Wir sind hier alle sehr diskret. Vor allem stehen keine Wohnungstüren offen.«

»Sie haben niemanden weggehen sehen, auch nicht vom Fenster Ihrer Wohnung aus? Oder Ihre Mitmieterinnen?«

»Oh, ich stehe selten am Fenster. Gibt hier auch nichts zu sehen. Und was meine Mitmieter betrifft – Susan arbeitet nachts, Dennis nur am Wochenende.«

»Und die Dame, die die Wohnung gegenüber gemietet hat?«

»Tut mir leid, ich kenne sie nicht wirklich. Anfangs hatte ich den Eindruck, es teilen sich mehrere das Apartment. Aber ich vermute, die Frau trägt einfach nur unterschiedliche Perücken. Das machen hier viele. Manche sind normale Hausfrauen und wollen nicht unbedingt erkannt werden.«

»Das heißt, Sie haben sie aber einige Male gesehen?« Dominique mischt sich ein, nachdem bisher Alfred die Fragen gestellt hat.

»Alle paar Monate. Jedenfalls ist es dieselbe Frau, seit ich hier arbeite.«

»Und das ist seit wann?«

»Drei Jahre ungefähr.«

Dominique stöhnt ein bisschen. »Bitte lassen Sie sich doch nicht alles aus der Nase ziehen. Beschreiben Sie die Frau.«

Anna schaut Alfred an, als wolle sie, dass er weitermacht. Er nickt ihr aufmunternd. »Nur zu.«

»Na ja, mittelgroß, normale Figur ..., keine Ahnung. Ihr Gesicht kann ich nicht beschreiben. Das einzige Mal, als ich sie von nahem gesehen habe, trug sie eine große Sonnenbrille. Die Haare waren jedes Mal anders, wie gesagt, vermutlich Perücken.«

»Haben Sie mit ihr gesprochen?«

»Vielleicht ›Hallo‹ oder ›Guten Tag‹, mehr nicht.«

»Könnten Ihre Mitmieter die Frau kennen?«

Anna zuckt mit den Schultern, ihre rechte Hand spielt mit einem der vielen kleinen, weiß-blauen Kissen auf der Bank. Mit den langen, roten Fingernägeln fährt sie das aufgestickte Edelweiß nach. »Dennis kommt bald, Sie können ihn fragen.«

Dominique kramt in der Hosentasche ihrer Jeans und legt eine Visitenkarte auf den Tisch. »Er soll uns bitte anrufen und einen Termin vereinbaren. Und die andere Kollegin auch.«

»Sie sind doch in die Wohnung hinein gegangen, haben den Toten gefunden«, mischt sich Alfred wieder ein. »War da etwas auffällig? Ein Geruch? Parfüm zum Beispiel?«

Wieder Schulterzucken. »Ehrlich gesagt war ich zu geschockt, um auf irgendetwas zu achten. Außer meinem Opa habe ich noch keinen Toten gesehen.«

Alfred Meister räuspert sich verlegen. »Wir sind unsensibel. Ist Ihnen psychologische Beratung angeboten worden? Wir könnten einen Termin für Sie vereinbaren.«

»Danke, schon gut. Ich hab Freunde.«

»Eine Frage noch. Waren hier im Haus vor kurzem Zeugen Jehovas unterwegs?« Dominique hält es nicht für nötig, mit Alfreds Fingerspitzengefühl zu arbeiten.

Anna schaut verdutzt, streicht sich eine Haarsträhne aus der Stirn. »Ja, tatsächlich. Wie kommen Sie darauf?«

»Wann war das?«

»Hm, vorgestern? Ich dachte, mein Kunde kommt … und dann diese beiden Gestalten.« Sie lacht.

Dominique schaut Alfred an und nickt. »So viel für heute?«

»Jep.« Alfred stemmt sich hoch und verlässt etwas wehmütig das gemütliche Ambiente. Ein Bier wäre doch nicht schlecht gewesen.

Eva

»Kannst Du heute Abend länger ...?« Wie oft wurde Eva diese Frage von den Kollegen gestellt. Sie wussten, sie würde ja sagen. Abende, auch Samstagabende, Sonntage – das waren Termine, an denen die Ehemänner und Väter dieser Welt solide Familienpflichten erfüllten und keine Zeit für ihre Geliebten und ihre Huren hatten. Schon gar nicht im katholischen Bamberg. An Werktagen ließen sich kleine Sünden sehr viel besser unterbringen. Das kam Eva zugute. Vormittags traf sie außerdem so gut wie keinen der anderen Mieter in ihrem Apartmenthaus an. Lediglich eine junge Frau im Stockwerk unter ihr schien die Stunden zu nutzen, in denen ihre Kinder in der Schule waren.

»Kein Problem«, war also stets Evas Antwort auf die Bitte ihrer Kollegen.

»Motzt dein Freund dann nicht?«, konnte hin und wieder eine Nachfrage lauten.

Da sie nicht verheiratet war und keine Kinder hatte, hatte Eva irgendwann einen Freund erfunden, den es nicht gab. Man kam sonst leicht in den Ruf, sonderlich, frigide oder lesbisch zu sein. In ihrer Legende führten sie also eine Fernbeziehung, er angeblich in Hamburg lebend, als Pilot zu unregelmäßigen Zeiten unterwegs.

»Er fliegt Langstrecke – ist für ein paar Tage in Kanada«, konnte beispielsweise ihre Antwort lauten. Um sich nicht in Widersprüche zu verwickeln, führte sie ein kleines Notizheft, auf dessen Deckblatt der Name Achim stand. Achim, so hieß ihr imaginärer Lebensgefährte.

Sie hatte einen Lebenslauf für Achim erfunden, und immer wenn sie Details von ihm preisgab, notierte sie diese in dem Heft.

Eva rekrutierte ihre Kundschaft zunehmend über ihre Internet-Seite, nur kurze Zeit hatte sie Anzeigen in der *Süddeutschen* geschaltet. Manche ihrer Kunden kamen tatsächlich von weit her, einer sogar aus den USA. Er hatte ein- bis zweimal jährlich beruflich in Nürnberg zu tun und besuchte dann auch Eva. Ein lieber Kerl, sogar zärtlich, der langsam aber sicher Gefühle für Eva entwickelte. Irgendwann hatte ihn seine Frau verlassen. Seitdem schrieb er täglich Mails an Eva. Anrufen konnte er sie nicht, ihre Telefonnummer gab sie niemandem. Fast niemandem.

Eva wurde er lästig, und sie brach den Kontakt ab. Sie brauchte ihn nicht, ihre Homepage lockte genügend Kundschaft an.

Sie kann sich noch gut erinnern, wie sie zu ihrem ersten Termin das Haus betrat. Wie sie die elegante weiße Haustür aufschloss, den Aufzug nach oben nahm, dann die Tür ihres Apartments öffnete. Alles roch noch neu im Haus, nach Farbe, nach Putz, nach Kleber, nach Lack. In ihrer Wohnung stand an jedem Fensterbrett ein Schälchen mit Rosenöl, um eine angenehme Duftnote zu erzeugen. Die letzten Möbel waren in der Woche zuvor geliefert worden – alles in Schwarz für Wohn- und Schlafzimmer, Bad und Küche dagegen weiß. Die Küche war mehr Attrappe als Nutzraum, einzig der Kühlschrank erfüllte seine Funktion. Er sollte Getränke und ab und zu einen Imbiss beherbergen. Auf Kochplatten und Backofen hatte Eva verzichtet.

Von einem gewissen Versandhaus in Flensburg ließ sie Accessoires liefern, die Männer bei einer Prostituierten erwarteten, und sie legte sich eine kleine Auswahl an sündiger Wäsche zu. Die Männer würden gar nicht merken, dass Eva doppelt von ihnen profitierte, sowohl in finanzieller Hinsicht als auch für ihr Ego.

Ihr erster Kunde damals passte genau ins Profil: Ein unscheinbarer, kleiner Mann mit Stirnglatze – Eva tippte auf Gymnasiallehrer, möglicherweise bei den *Englischen Fräulein* – mit einem sehr kleinen Ding zwischen den Beinen und sehr unterwürfigem Gehabe. Er suchte Bestätigung für seine sexuelle Attraktivität und zahlte gut. Eva suchte das Gleiche und wurde gut bezahlt.

Bis heute.

Ermittlungen

»Sie kommen.« Der Beamte, der am Fenster steht, dreht sich zu seinem Kollegen um.

»Wer kommt?«

»Der Meister und die Domina.«

Der andere, ein gut aussehender Dunkelhäutiger, begreift einen Moment lang nicht, dann prusten beide los vor Lachen. Sie haben sich noch nicht wieder unter Kontrolle, als das Duo Meister/Brodbecker eintritt.

»Habt ihr getrunken?«, fragt Alfred misstrauisch.

»Sorry, Chef, nein. Wir ... haben uns gerade Witze erzählt.«

»Verständlich, wenn sonst nichts zu tun ist.« Dominiques Ton ist ironisch. »Sonst Neuigkeiten? Außer Witzen?«

Die Kollegen schauen pflichtbewusst auf ihre Bildschirme. »Die Auswertung der DNA-Proben und die Analyse der Fingerabdrücke haben wir erst morgen. Einige Befragungsprotokolle von heute Nachmittag haben wir zusammengestellt. Sie finden Sie auf Ihren Rechnern, Ausdrucke liegen auf Ihrem Schreibtisch, Herr Meister.«

»Danke.« Alfred nickt gnädig.

»Wurde Wagners Familie verständigt?«, fragt Dominique. »Oder hat er keine?«

»Doch, eine Ehefrau. Die Kollegen in Bayreuth haben das übernommen. Sie soll einen Schock erlitten haben. Kein Wunder … denkt, der Gatte ist beim Ärztekongress, dabei steckt er …« Der Beamte endet abrupt. Besser, in Dominas Anwesenheit keine zweideutigen Bemerkungen zu machen.

»Gibts Details zum vermissten Handy ihres Mannes?«

»Ja, ein *iPhone*. Wir habens in die Fahndung gegeben. Falls es irgendwo weggeworfen wurde. Wir haben auch die IMEI-Nummer, der Doc hats gegen Diebstahl versichert.«

Dominique hat sich auf einen der Schreibtische gesetzt. »Wir sollten Frau Wagner selbst befragen.«

Alfred nickt. »Aber nicht mehr heute. Ich schreib noch zusammen, was uns diese Anna erzählt hat. Und dann brauchen wir unbedingt diese Firma in Berlin und den Namen der Wohnungsmieterin. Mir dauert das alles zu lange.«

»Die Sekretärin des zuständigen Gebäudeverwalters hat für morgen früh um 8 Uhr einen Rückruf zugesagt.«

»Und warum kann die gute Frau den Namen der Mieterin nicht einfach heraussuchen? Ich habe fast Lust, denen einen durchsetzungsfähigen Berliner Kollegen zu schicken.«

»Na, das ist halt so eine Firma, in der einer nicht weiß, was der andere macht. Oder vielmehr – es nicht wissen soll. Unmengen von Tochterfirmen, outgesourcten Bereichen, Partnerunternehmen und so weiter und so fort.« Der Beamte klopft mit einem Stift auf den Tisch. »Nix Seriöses, wenn Sie mich fragen. Außerdem lassen die ihre gesamten Vermietungen über verschiedene Maklerbüros regeln. Die Sekretärin hat nicht auf alles Zugriff, aber sie hat wirklich hoch und heilig versprochen, dass ihr Chef morgen da ist und uns weiterhelfen kann.«

»Na dann. Macht Schluss für heute, Kollegen. Bis morgen, Dominique.«

Der Tag, an dem der Fall zu XY-ungelöst wird

Gudrun

Der Friedhof liegt noch im Winterschlaf, Blattspitzen glitzern gefroren, die Luft ist klar und kalt. Rabenkrähen sitzen in den kahlen Bäumen. Die Viertelstunde Gehen vom Bahnhof aus hat Gudrun gut getan. Sie besucht das Grab ihrer Eltern auf dem Bamberger Friedhof nur selten. Es ist pflegeleicht, eine dicke Steinplatte spart ein mit Efeu bepflanztes Rechteck aus. Dreimal im Jahr bestellen Gudrun und ihre Schwester eine Schale beim Gärtner, Stiefmütterchen im Frühjahr, Begonien im Sommer, Heidekraut im Winter. Jetzt, in diesen letzten kalten Februartagen, ist die ursprünglich dreifarbige Heide weißgrau verfärbt.

Gudrun mag den Friedhof nicht. Zu groß, zu wenig Bäume, die Gräber gerade und genormt.

Sie weiß nicht mal, ob sie ihre Eltern mag, die da seit über zwanzig Jahren liegen. Sie haben weder Georg kennengelernt noch jemanden aus ihrem kleinen Freundeskreis, auch Eva nicht. Nur ihre Schwester kannte Georg. Einmal waren sie gemeinsam bei ihr in Sonneberg eingeladen, ein anderes Mal trafen sie sich in Coburg auf dem Samba-Festival.

Gudrun stellt ihren Rucksack neben das Grab und fegt mit der Hand ein paar braune Blätter von der Steinplatte. Sie fragt sich, wo die hergekommen sind, der nächste Baum steht zu weit entfernt.

»Tja«, sagt Gudrun statt eines Gebets und schaut auf den Grabstein mit den Namen der Eltern.

Warum sollte sie ihnen nach so langer Zeit Vorwürfe machen, wenn sie es zu ihren Lebzeiten nicht fertig gebracht hat? Auch ihre Eltern waren Kinder ihrer Zeit, nicht Täter, sondern Opfer wie Gudrun. Nur dass es eben Opfer gibt, die seelisch *und* körperlich gequält werden. Opfer wie Gudrun.

Kann man jemandem verzeihen, auch wenn das Geschehene unentschuldbar ist? Diese Frage ist für Gudrun noch nicht ausreichend beantwortet.

Ihr Handy klingelt in der Anoraktasche. Die Nummer sagt ihr auf den ersten Blick nichts. »Ja?

»Hallo Gudrun, bist du das? Hier ist Karina.«

Karina von der Helfergruppe. Krötenhelfergruppe.

»Karina, hallo.«

»Du, ich hab ein Anliegen, es eilt ein bissel. Die Bamberger *Lebenshilfe* hat bei uns angefragt, wir sollen morgen in einer Unterrichtsstunde was über Amphibien erzählen, Fotos von unserer Arbeit zeigen und so weiter. Horst und Brigitte sind noch Ski fahren, Marianne arbeitet, und unsere Schülerinnen sind logischerweise in der Schule ... Du bist meine letzte Rettung!«

»So auf die Schnelle ... muss ich denn was vorbereiten?«

»Nee, gar nicht. Ich komm ja auch mit. Wir haben doch die kleine *Power-Point*-Präsentation von der Mitgliederversammlung im Herbst, erinnerst du dich? Die können wir verwenden. Die Schüler sind schwerstbehindert, teils körperlich, teils geistig, oder beides zusammen. Geht vor allem darum, unsere Arbeit mit einfachen Worten zu erklären. Das kannst du vielleicht besser als ich.«

Gudrun wechselt das Telefon in die linke Hand und steckt die kalt gefrorene rechte in die Jackentasche.

»Wenn du meinst. Ich kanns ja mal versuchen.«

»Prima! Ich hol dich ab, um 10 Uhr?«

Gudrun sagt zu. Reden halten ist nicht unbedingt ihre Stärke. Die Naturschutzarbeit selber ist ihr lieber. Krötenzäune aufbauen und bei Bedarf ausbessern, Fangeimer in der Erde fixieren, Warnschilder aufstellen. Mit dem Aufbau der Zäune haben sie allerdings immer weniger zu tun, in der Regel macht das der Bauhof der zuständigen Gemeinde oder auch das staatliche Bauamt. Dieses Jahr hat ein Naturschützer im Landkreis allerdings eine neue Gefahrenstelle für die Tiere entdeckt, und dort wird die Truppe um Gudrun und Karina nun selbst tätig.

Sobald die Wanderung der Tiere beginnt, werden sie sie auch einsammeln, bestimmen, zählen, in Listen eintragen und die Eimer auf der anderen Straßenseite wieder vorsichtig ausleeren.

Warum also nicht mal einer Schulklasse ihre Arbeit nahebringen? Gudrun kann etwas Ablenkung gebrauchen.

Ermittlungen

Wer natürlich nicht um 8 Uhr anruft, ist der Gebäudeverwalter aus Berlin. Alfred Meister sitzt am Schreibtisch und rollt seinen Kuli auf der Tischplatte hin und her. Er hat mindestens schon zehnmal den Aufdruck auf dem Kuli gelesen. *Sanitär-Trommer: Sie rufen an und schon kommt er!* Sehr witzig. Alfred kann sich gut erinnern, zu welchem Anlass er die Firma *Trommer* zuletzt bemüht hat. Es war vorletztes Jahr an Weihnachten, kurz vor der Bescherung. »Ich geh noch die Wäsche aufhängen«, hatte Grete, seine Frau, gesagt. Kurz darauf hörte er sie aus der Waschküche schreien wie am Spieß. Ihm war völlig klar, dass sie gestürzt sein musste und sich etwas gebrochen hatte. So schnell es seine kurzen Beine zuließen, flitzte er die Treppe in den Keller hinunter. Völlig klar auch, dass die Tochter oben so laut Musik hörte, dass kein anderes Geräusch an ihre Ohren drang, schon gar nicht der Todesschrei ihrer Mutter.

Die allerdings stand mit schreckgeweiteten Augen auf der Schwelle zur Waschküche, unversehrt.

»Mein Gott, Grete – mich so zu erschrecken!«, schimpfte Alfred, der um ihre füllige Gestalt herum nicht sehen konnte, was es in der Waschküche zu beklagen gab.

Sie ging etwas zur Seite, dann sah er es auch: Die Waschmaschine war ausgelaufen, das Wasser aber nicht abgelaufen, der dafür eigentlich vorgesehene Gully also wohl verstopft. In der kräftig riechenden Waschlauge schwammen ein paar verbogene Wäscheklammern und ein alter Putzlappen.

Alfred kickte fluchend seine Hauslatschen zur Seite, krempelte die Hosenbeine hoch und versuchte, auf einem Bein hüpfend, jeweils die Socke am anderen Fuß auszuziehen. Solche Dinge tat er gewöhnlich im Sitzen.

Grete war nach dem ersten Schrei zur Salzsäule erstarrt und wimmerte nur noch. Alfred watete fluchend durch die Lauge und ruderte mit den Armen, um auf dem rutschigen Untergrund nicht das Gleichgewicht zu verlieren. Die Waschmaschine setzte gerade zum nächsten Spülgang an und entledigte sich des verbrauchten Wassers erneut in die Waschküche. Endlich gelangte Alfred zum Wasserhahn und stellte ihn ab.

Und dann kam Firma *Trommer* ins Spiel. Nichts war mit: Sie rufen an und schon kommt er! Firma *Trommer* wünschte auf dem Anrufbeantworter allen Kunden fröhliche Weihnachten und bedankte sich für die bisher bewiesene Treue. Ob es den Kugelschreiber als

Entschädigung gab, als der Kundendienst am 27. Dezember endlich anrückte? Alfred weiß es nicht mehr.

»Chef? Cheeef!«

Alfred hält endlich den Kuli still und schaut den diensthabenden Beamten begriffsstutzig an.

»Ihr Anruf! Hat die Vermittlung durchgestellt.«

Na endlich.

Eine Frauenstimme meldet sich. »Leider ist Herr Zoller verhindert. Aber ich kann Ihnen jetzt Auskunft geben. Die Wohnung in Bamberg wurde von einer Frau Eva Müller angemietet. 2006.«

»Ja, und weiter? Vorige Adresse, Telefonnummer?«

Einen Moment ist Stille in der Leitung. »Das war mal ...«, Rascheln und Räuspern, »tja, tut mir leid, Frau Müller hat vor einigen Jahren mitgeteilt, dass sie ihren Hauptwohnsitz ändern wird, sie wollte uns die aktuelle Adresse mitteilen ... das ist aber, na ja, das ist wohl nicht geschehen.«

»Aber Sie schicken ihr doch sicher gelegentlich Post – Jahresabrechnungen und ähnliches?«

»Ja natürlich, das geht alles an ihr Apartment, also den Zweitwohnsitz von Frau Müller.«

Alfred Meister rollt mit den Augen. »Und die Telefonnummer?«

»Gab es mal, ist aber ... laut eines Vermerks nicht mehr aktuell.«

»Na dann, vielen Dank«, Alfreds Ton ist beißend. »Vielen Dank für gar nichts«, sagt er allerdings erst, als er aufgelegt hat.

Dass er dann den vor ihm stehenden Beamten anschnauzt, tut ihm fast sofort leid.

»Hat irgendjemand eine Online-Abfrage beim Einwohnermeldeamt gemacht? Wenn nicht, warum nicht? Ich brauche sämtliche im Apartmenthaus gemeldeten Bewohner!«

Der Kollege nickt und verschwindet ohne Kommentar.

Und wo ist Dominique? Alfred Meisters Handy gibt in diesem Augenblick Laut. Kollegin Brodbecker teilt ihm per *WhatsApp* mit, dass sie ins Klinikum gefahren ist. »11 Uhr Abfahrt nach Bayreuth?«, fragt sie außerdem. Na gut, wenn sie meint, ein erneutes Gespräch mit der hintergangenen Ehefrau bringe was.

Kurz darauf steht der Beamte wieder vor seinem Schreibtisch. Alfred hat ihn durch die Glasscheibe am PC arbeiten sehen.

»Ich habe Ihnen die Meldedaten geschickt, Sie haben sie gleich auf dem Bildschirm. Aber ich kann Ihnen schon sagen: Eine Eva Müller ist nicht dabei.«

Gudrun

Die Spielzeugpuppe lächelt maskenhaft aus dem Schaufenster. Es ist fast die gleiche, wie Gudrun eine hatte. Sie hieß Frieda nach irgendeiner Großtante, die sie ihr zum dritten Geburtstag geschenkt hatte.

Gudrun ist eigentlich nur vor dem geschlossenen Antiquitätengeschäft stehen geblieben, um kurz ihr Spiegelbild zu prüfen. Sie sieht aus wie immer, mit ihrem praktischen Kurzhaarschnitt, der Allerweltswollmütze auf dem Kopf, den Reißverschluss des Anoraks wegen der ungemütlichen Witterung bis oben zugezogen. Eine Frau eben, die auf die Sechzig zugeht. Gudrun fühlt sich so farblos wie eine Kröte in einem Schlammloch.

Immerhin die Puppe lächelt sie an.

»Hallo Frieda«, sagt Gudrun, »kennst du mich noch?«

Das Antiquitätengeschäft liegt auf dem Weg vom Friedhof in die Innenstadt, sie ist schon öfter daran vorbeigegangen, immer war es zu.

Frieda ist wie Gudrun, konturlos. Sie gehört noch zu der Puppengeneration, der Haare aus Kunststoff modelliert wurden, Gudrun fand das schon als kleines Kind ziemlich scheußlich. Obwohl sie Frieda nicht mochte, empfand sie sofort eine Art Solidarität zu diesem Wesen, weil sie sich so ähnlich waren.

Jetzt denkt sie: Hätte der Laden nicht zu, ich würde hineingehen und Frieda kaufen.

Sie erinnert sich an das kleine Mädchen Gudrun. Es war mit vier Jahren zum ersten Mal im Krankenhaus, weil es immerzu Bauchschmerzen hatte, schlimme, kolikartige Bauchschmerzen. Es lag in einem Gitterbett, in einem Saal mit fünf anderen Kindern, Jungen und Mädchen. Ein Holzbaustein flog gleich am ersten Tag in sein Bett und traf das Kind an der Stirn. Das Mädchen Gudrun hörte nicht mehr auf zu weinen, bis die Eltern kamen.

»Hier ist deine Frieda, sie tröstet dich«, meinte die Mutter und legte ihm die steife Zelluloidpuppe in den Arm.

Was das Mädchen eigentlich hatte, sagte ihm niemand. Alte und junge Ärzte, hübsche und weniger hübsche Krankenschwestern standen um sein Bett und legten die Stirnen in Sorgenfalten.

Das Kind kniff fest die Augen zusammen, wenn es untersucht wurde, am Bauch, im Bauch, zwischen den Beinen. Das fühlte sich kalt an und tat weh. Frieda saß daneben auf dem Kopfkissen und konnte keinen Trost spenden.

»Suchen Sie was Bestimmtes? Ich schließe auf, wenn Sie wollen.«

Der kleine Mann, der plötzlich neben Gudrun am Schaufenster steht, ist bestimmt Mitte siebzig.

»Ich will den Laden eigentlich auflösen, sind nur noch Restbestände da«, fügt er als Erklärung für die dürftige Auslage an.

Soll sie wirklich diese Version von Frieda hier kaufen, die es in Kindheitstagen versäumt hat, ihre Puppenmama zu beschützen und zu trösten?

»Die Puppe da – was möchten Sie dafür?«

»Na ja, sagen wir 20 Euro? Wäre das in Ordnung?«

Gudrun nickt. Sie hat einen 20-Euro-Schein in dem hellbraunen Ledermäppchen gesehen. Das Ledermäppchen wird ihr nun diese Puppe spendieren.

Puppe Friedas Kopf schaut aus Gudruns Rucksack, als sie langsam weitergeht Richtung Promenade. Sie muss ihr Auto holen, sie hat es gestern bei Eva geparkt, nach der Übergabe von Perücke, Wäsche, Ledermäppchen.

Ermittlungen

Es ist eher eine vage Hoffnung, die Dominique Brodbecker ins Bamberger Klinikum führt. Die Hoffnung, hier einen Kollegen von Dr. med. Mirko Wagner zu finden, der über ihn Auskunft geben kann. Genauer gesagt: über seine sexuellen Vorlieben, über eine gewisse Dame, die er in Bamberg aufgesucht hat. Die Hoffnung, dass er nicht zum ersten Mal bei Eva Müller war.

Menschen vertrauen sich mit ihren Geheimnissen oftmals eher weitläufig Bekannten an als engen Freunden. Zum einen aus Angst, die Familie könnte etwas erfahren, zum anderen aus Eitelkeit und Geltungsbedürfnis. Wahlweise könnten sie komplett den Mund halten, aber das schaffen die wenigsten. Frauen wie Dominique zum Beispiel.

Die junge Gynäkologin, die sie schließlich in einem winzigen Büro der Ambulanz trifft, kennt den Toten.

Optisch könnte sie Dominique Brodbeckers blonde, jüngere Schwester sein, sehr hübsch, sehr klein. Dominique setzt sich, um sie nicht zu überragen. Das tut sie sonst nur bei Alfred Meister.

»Mirko ist tot? Mein Gott, ich weiß nicht, was ich sagen soll.« Die Ärztin wirkt einigermaßen erschüttert. »Wenn Sie mich fragen wollen, ob ich ein Verhältnis mit ihm hatte – nein. Er hat es versucht, und nicht nur bei mir. Wobei ich und meine Kollegen ihn nur von wenigen Tagungen kennen. Er konnte sehr charmant sein, das schon, aber auch beißend ironisch. Nicht mein Fall.«

»Hat es Sie nicht gewundert, dass er gestern nicht zum Kongress kam?«

»Ich wusste gar nicht, dass er angemeldet war. Wissen Sie, das kommt oft vor, dass jemand kurzfristig nicht kommt. Notfall im Krankenhaus, und schon ist alles andere zweitrangig.«

»Er hat eine Praxis in Bayreuth. Ist man da so unabkömmlich?«

Die Frau zuckt die Schultern. »Ich weiß es nicht. Führt er die Praxis allein? Selbst wenn – er müsste sich für den Kongress ja schon länger angemeldet haben, dann werden für diesen Tag auch keine Termine ausgemacht. Fragen Sie doch im Sekretariat nach, seit wann er angemeldet war.«

»Das habe ich schon. Er hat vor zwei Wochen angerufen.«

»Hm. Ich glaube nicht, dass ich Ihnen weiterhelfen kann.«

»Gibt es einen männlichen Kollegen, der ihn näher kennt?«

»Nein – oder doch. Wenn ich mich recht erinnere, hat Sven, also Dr. Preissinger, mit ihm studiert. Die beiden sind nach Tagungen in Bamberg immer mal was trinken gegangen.«

»Wo finde ich Dr. Preissinger?«

»Er arbeitet nicht mehr hier. Hat, glaube ich, die Praxis seiner Mutter übernommen.«

»Wo?«

Die junge Ärztin überlegt einen Moment. »Forchheim oder Erlangen? Auch das weiß sicher unsere Sekretärin. Er ist noch nicht lange weg. Vielleicht drei, vier Monate.«

»Wissen Sie, ob er in Bamberg gewohnt hat?«

»Nicht sicher. Er war genauso wenig mein Fall wie Mirko. Zu überheblich.« Sie lächelt entschuldigend. »Aber Sie erfahren das auch im Sekretariat.«

Wenig später hat Dominique Brodbecker die erforderlichen Daten: Dr. med. Sven Preissinger, 42 Jahre alt, ein Jahr jünger als Dr. med. Mirko Wagner, bis vor drei Monaten Wohnsitz in Bamberg-Bug, seit erstem Dezember Übernahme der mütterlichen gynäkologischen Praxis in Herzogenaurach. Sie schaut auf die Uhr: kurz vor halb 10. Keine Zeit mehr, nach Herzogenaurach zu fahren. Die Arzthelferin am Telefon gibt ihr ungern einen Termin für nachmittags. Die Praxis quelle über, sagt sie, seit der junge Herr Doktor übernommen habe.

Eva

Eva sitzt im Bäckercafé des benachbarten Supermarktes und schaut zum Haus hinüber. Sie zieht die Unterlippe zwischen die Zähne und kaut darauf herum. Um nicht erkannt zu werden, trägt sie weder Schminke noch High Heels, ihre Kapuze ist tief in die Stirn gezogen. Eva schiebt die Hände in die Jackentaschen, ist unschlüssig. Sie kann auf keinen Fall zum Haus gehen, sie kann ihre Wohnung nicht betreten. Sie geht sogar davon aus, dass sie die Wohnung überhaupt nicht mehr nutzen wird. Das ist zu blöd. Es lief gerade richtig gut, ihr Vermögen bewegte sich im sechsstelligen Bereich. Sie könnte jederzeit woanders eine Wohnung mieten, um ihre Dienste anzubieten, luxuriöser als die hier. Aber wie soll das gehen? Sie ist zur Täterin geworden, von einem Moment auf den anderen. Sie ist schuld am Tod dieses Mannes.

Der Kunde hatte 9 Uhr vereinbart und kam zwanzig Minuten später. Eva hasste das. Er war zum ersten Mal bei ihr, kam angeblich auf Empfehlung eines Kollegen, mehr wollte er nicht sagen. In der Hand hielt er trotz der frühen Stunde eine Flasche Bordeaux. Aber Eva wunderte sich längst über nichts mehr.

»Ich trinke nur meinen eigenen Wein«, teilte er ihr mit. »Da weiß man, was man hat.«

Eva nickte und dachte sich ihren Teil. Mit der eigenen Frau schien er es ja nicht so zu halten. Sie hatte den Ring an seiner Hand gleich gesehen, aber das spielte keine Rolle. Eva war keine Frau der großen Worte, Liebesgeflüster erwarteten Männer vergeblich bei ihr, auch keine Schmeicheleien. Vielleicht war genau das der Grund, warum manche Kunden ihr komplett verfielen. Sie hofften ständig auf mehr und bekamen es nicht.

»Wie alt bist du eigentlich?«, fragte er, während er den Reißverschluss seiner Hose öffnete.

»Sie. Bitte siezen Sie mich.«

»Oha. Dann also: Verraten Sie mir Ihr Alter?«

»Spielt es eine Rolle?« Sie stand vor ihm, nur noch in Dessous, mit schmaler Figur, die Haut glatt, der Busen klein und fest, Arme und Beine überraschend muskulös.

Er sah sie an, abschätzend, als müsste er überlegen, ob er sie kaufen wolle. Dann lächelte er. »Nein, natürlich nicht. Sie sehen toll aus.«

So begann das gestern. Eva nimmt einen großen Schluck Cappuccino. Dann schießt hinter ihrer rechten Schläfe der Schmerz ein, urplötzlich, ohne Vorwarnung. Sie hält die Hand an den Kopf, drückt mit den Fingern auf den Schmerzpunkt, die Augen füllen sich mit Tränen. Wo kommt das jetzt her? Eva hat früher sehr unter Migräne gelitten, dann wars auf einmal vorbei. Es dauert ein paar Minuten, bis das Stechen etwas nachlässt. Um gleich wieder stärker zu werden, als eine lärmende Familie den Tisch neben ihr in Beschlag nimmt. Die Frau hat einen quäkenden Säugling auf dem

Arm, das kleine Mädchen quengelt nach Schokolade, der Mann glotzt unbeteiligt auf sein Smartphone.

Drüben beim Haus tut sich nichts, keine Polizei, offenbar keine Befragungen von Hausbewohnern. Wahrscheinlich schon alles gelaufen.

Sie muss eine Entscheidung treffen.

Als sie aus dem Supermarkt geht, streift ihr Blick flüchtig einen eintretenden Mann, unscheinbar, schmächtig, mit ordentlich gescheiteltem Haar. Er glotzt sie an, als würde er sie erdolchen wollen.

Zurück am Auto, nimmt sie den Apartmentschlüssel aus ihrer Jackentasche und lässt ihn in den nächsten Gully fallen. Nur eine symbolische Geste, Gudrun hat den Zweitschlüssel.

Ermittlungen

Dominique Brodbecker beschleunigt auf der Autobahn auf sportliche 140 km/h. Erlaubt sind auf diesem Abschnitt 120.

Alfred Meister bläst die Backen auf.

»Sachte, Dominique. Du fährst einen alten Mann.«

Sie wirft ihm von der Seite einen Blick zu. »Nicht so bescheiden, Kollege. Mein Vater könntest du nicht sein.«

»Warum nicht? Wir hatten vor Jahren einen Fall, in dem ein Sechzehnjähriger ein Kind mit einer 25-Jährigen hatte. Die Frau wurde tot in der Regnitz gefunden, und der junge Mann stand eine ganze Zeitlang unter Verdacht. Ungerechtfertigt, wie sich später herausstellte. Er hat sich sehr um das Kind bemüht und später auch die Vormundschaft bekommen.«

»Willst du dich um meine bemühen?«

»Deine was?«

»Vormundschaft.«

»Oh nein, lieber nicht. Mir reicht meine Tochter voll und ganz.« Alfred liegt fast auf der Zunge, Dominique nach ihren Familienverhältnissen zu fragen. Aber er tut es nicht. Sie trägt einen Ehering, und er weiß, dass sie ein Kind hat, mehr nicht. Vielleicht ergibt sich demnächst die Gelegenheit, mehr zu erfahren. Denn Grete hat ihm erst heute früh aufgetragen, die Kollegin zu ihnen nach Hause einzuladen. Nichts Großes, nur auf ein Glas Wein und eine Brotzeit.

Das Navi kommt ihm zuvor. »In 300 Metern Ausfahrt Bayreuth nehmen.«

Dominique macht keine Anstalten, mit dem Tempo runterzugehen.

Die Navi-Stimme – weiblich – mahnt »in 200 Metern«, dann »in 100 Metern« und hysterisch »jetzt!« Dominique fährt weiter.

»Äh, wohin wollen wir?«

»Nächste Ausfahrt. Keine Sorge, ich kenne mich aus.«

Sie behält Recht. Das Haus der Familie Wagner liegt im Süden von Bayreuth, nicht weit entfernt von Wagners *Villa Wahnfried.* Vielleicht doch Verwandtschaft?

»Können wir irgendwo einen Bissen essen, bevor wir mit der Witwe sprechen?« Alfred knurrt der Magen.

Dominique schaut auf die Uhr des Dienst-*Audi.* Es ist tatsächlich noch eine halbe Stunde Zeit bis zur Verabredung mit Frau Wagner.

Alfred deutet auf einen Imbissstand am Straßenrand, und Dominique hält an. Er wuchtet sich aus dem Fahrzeug. Der Geruch von Currywurst lässt ihm das Wasser im Mund zusammenlaufen. Grete hat ihm für abends einen Kartoffelauflauf angekündigt. Da muss man doch vorbauen.

Am Stand lungern Jugendliche mit Bierflaschen herum, zwei Trucker verschlingen an einem Stehtisch Hähnchenteile. Erst als Alfred seine Currywurst bestellt hat, merkt er, dass Dominique nicht mitgekommen ist. Sie sitzt im Auto, dillert an ihrem Smartphone herum, soviel er sehen kann.

Alfred seufzt. »Geben Sie mir noch ein Bier. Muss ja nicht fahren.« Im nächsten Moment schlägt er sich an die Stirn. »Alkoholfrei. Ist doch besser.« Er hasst alkoholfreies Bier, aber der Tag ist noch lang, und Dominique hat eine spezielle Art, ihn ihre Missbilligung spüren zu lassen. Da unterscheidet sie sich nicht groß von Grete, seiner Frau.

Der Imbissbetreiber grinst und dreht an seinem Dönerspieß, während er mit der anderen Hand Alfreds Currywurst in die Mikrowelle schiebt. »Dei Madla, was?«, sagt er in bestem Fränkisch, obwohl er mit Sicherheit Türke ist.

Die Currywurst schmeckt hervorragend, und Alfred schlingt sie mit Heißhunger hinunter. Mit dem alkoholfreien Bier spült er nach, sehr schnell, über die fehlenden Promille hinweg.

»Kollegin«, korrigiert er im Nachhinein und stellt die leere Flasche auf die Theke.

»Und, satt?«, fragt Dominique, als Alfred einsteigt, und steckt ihr Handy in die Halterung.

»Für den kleinen Hunger zwischendurch hats gereicht. Brauchst du nichts? Ihr Frauen seid doch schnell mal unterzuckert.«

Sie zeigt wortlos auf zerknülltes Schokoladenpapier im Fußraum des *Audi*. Auf Alfreds Seite übrigens.

»Hast du die ganze Tafel gegessen? Alle Achtung ...«

Sie fahren weiter, nur wenige Straßen noch, dann sind sie da. Auch Dr. med. Mirko Wagner bewohnt eine Villa, ein klimaneutrales Holzhaus mit einem naturbelassenen und doch gepflegten Vorgarten.

Dominique hat ihren Kollegen noch auf der Autobahn kurz über ihre Recherche im Klinikum Bamberg und über den in Herzogenaurach vereinbarten Termin informiert.

»Charmant soll er gewesen sein, aber auch beißend ironisch.« Diese Charakterisierung des Toten durch seine ärztliche Kollegin ist Alfred im Gedächtnis geblieben. Ob seine Frau weiß, dass er anderen Frauen nachgestellt hat?

Dominique hat schon einen Fuß auf der Straße, Alfred löst gerade seinen Gurt, als ihr Diensthandy klingelt.

Dominique geht dran. »Ja?« Dann sagt sie nichts mehr.

»Und? Gibt wohl was Neues?«, drängt Alfred, als sie aufgelegt hat.

»Allerdings. Die DNA-Spuren aus Eva Müllers Apartment. Kein Nachweis von DNA der Prostituierten. Alles XY. Unklar, welche davon zum Täter gehört ...«

Gudrun

Die Scheiben ihres *Renault Modus* sind leicht angefroren. Das Auto steht mit laufendem Motor, Gudrun betätigt Scheibenwischer und Spritzdüsen. Hat sie diesen Winter überhaupt schon einmal Frostschutz eingefüllt? Sieht so aus, denn die dünne Eisschicht auf der Frontscheibe weicht unter den Wischerblättern auf und zerfällt.

Am Samstag wird der *Modus* wieder als Minitransporter für Zaunmaterial dienen. Gudrun ist froh, dass sie außer Karina höchstens eine der ewig schnatternden Schülerinnen mitnehmen muss. Dabei gehören die Mädchen, die im Naturschutz engagiert sind, noch zu der erträglichen Spezies. Aber auch in ihren Gesprächen dreht sich viel um neue Klamotten, Schminktipps, Jungs. Sie hocken in jeder freien Minute über ihre Smartphones gebeugt und folgen irgendwelchen Stars auf *Twitter*, liken Styling-Tipps auf Dutzenden von Blogs und posten Selfies auf *Instagram*. Die Medien mögen andere sein, der Inhalt ist gleich geblieben.

Gudrun kramt im Rucksack, sucht ein Taschentuch, um ihre beschlagene Brille zu säubern. Die Puppe Frieda schaut sie aus starren Augen an.

Wo ist eigentlich die Original-Frieda abgeblieben? Hat ihre Mutter sie irgendwann mit anderen Spielsachen zusammen in den Keller oder auf den Speicher geräumt? Oder ans *Rote Kreuz* gespendet? Gudrun kann sich nicht erinnern.

Dafür tauchen andere Dinge aus dem Dunkel der Vergangenheit auf, die sie lieber vergessen hätte. Eine Szene auf dem Schulhof der Realschule, Gudrun im Alter von fünfzehn Jahren, allein auf einer Bank sitzend, mit ihrem Pausenbrot in der Hand. Sie trug eine Jeanshose aus dem Versandkatalog mit zu weiten Beinen und zu viel Luft am Hintern. Der kurzärmelige, gelbe Polyester-Pulli klebte flach auf ihrer Brust.

»Schrecklich, wie die rumläuft«, sagte eins der Mädchen aus der Raucher-Clique. Die qualmenden Schüler standen nicht weit von ihr am sogenannten Aschenturm, einem bepflanzten Hochbeet, das der Hausmeister ringsum mit Aschenbechern bestückt hatte. »Kampf den Kippen!«, lautete seine Parole, wenn er fluchend die doch auf dem Boden gelandeten Zigarettenstummel einsammelte.

»Keine Titten und kein Arsch in der Hose«, feixte einer der Jungs. Und die fünfzehnjährige Gudrun auf der Bank sank noch mehr in sich zusammen.

Die heutige Gudrun zieht die Nase hoch, schlüpft wieder in ihre Wollhandschuhe und lässt den Motor an. Noch schlimmer als die Schulhofhänseleien war der Sportunterricht. Das Ausziehen in der Mädchengarderobe, das gemeinsame Duschen. Die Blicke der anderen, die Sticheleien, wenn sie unter schwierigen Verrenkungen

BH und Unterhemd unter dem Oberteil hervorzog und schnell in ihre Sporttasche stopfte. Ihre Ausreden, wenn sie gar nicht oder als Allerletzte duschte. Die vorgetäuschten Bauchkrämpfe wegen der Periode, die gefälschten Entschuldigungen, wenn sie der Schwimmstunde fernbleiben wollte.

»Ja ja, Frieda. Davon weißt du nichts.«

Die Puppe Frieda ist Beifahrerin und schweigt.

Gudrun fährt langsam an Evas Apartment vorbei und riskiert nur einen kurzen Blick zum Fenster hoch. Sie weiß, dass Eva etwas Schlimmes getan hat. Aber sie wird zu ihr halten. Freundinnen müssen zusammenstehen. Egal, was passiert.

Ermittlungen

Alfred ist perplex. »XY?«

»Männlicher Chromosomensatz. Frauen haben XX.«

»Wir haben aber XY, und zwar ungelöst. ›Ungelöst‹ passt eindeutig besser zu Frauen, stimmts?«

»Haha«, macht Dominique.

Beide sind im Dienstwagen vor Dr. med. Mirko Wagners Villa sitzen geblieben. Dominique klopft auf dem Lenkrad den Takt des leise im Radio laufenden Hits aus den 70ern mit.

»Das heißt doch, dass Eva Müller nicht die Täterin sein kann. Dass entweder ein weiterer Mann im Apartment war oder später dazu gekommen ist …«

»Der große Unbekannte, jedenfalls laut unserer Verbrecherkartei. Dort gabs keinen DNA-Treffer, sagen die Kollegen.«

»Niemand im Haus hat einen Mann gesehen.«

»Die DNA kann zu jedem x-beliebigen ihrer Kunden gehören. Vielleicht einer, der öfter da war.«

»Eva Müller kann trotzdem die Mörderin sein. Denk an den Stapel Einweghandschuhe im Apartment.«

Alfred nickt. »Sie könnte generell mit Handschuhen gearbeitet haben. Nur verständlich, bei dem Job ... Und was sagen wir jetzt Frau Wagner?«

»Die Wahrheit?« Dominique zieht den Schlüssel aus dem Zündschloss, das Radio verstummt.

Gleich darauf stehen sie vor der Haustür. Hinter der Milchglasscheibe bewegen sich Schatten, ein Kind schreit. Alfred hasst es, einer jungen Ehefrau und Mutter schlechte Nachrichten zu überbringen.

Eva

Gestern Abend hat Achim angerufen. Noch vom Flughafen aus, er war in Thailand, hatte dort zwei Tage Zeit für einen Abstecher nach Vietnam. Hat sich für die Tour ein Motorrad gemietet. Das macht er zu gern. Vietnam ist sehr schön, sagt er. Ob ich mit ihm verreisen will? Nein, eigentlich nicht.

Das Achim-Tagebuch liegt aufgeschlagen auf dem Tisch, noch vom Vortag. Eva steht unschlüssig da. Sie ist wieder in ihrer Wohnung, in ihrer richtigen Wohnung. Drei Zimmer, Küche, Bad, völlig ausreichend. Dass sie nicht aufhören kann, dieses Tagebuch zu führen. Aber Achim gehört zu Evas erfundenem Leben dazu. Sie bringt es nicht fertig, ihn sterben zu lassen. Ihn nicht. Eva hängt an diesen Reiseanekdoten. Sie schaut wenig fern, und wenn, dann Dokumentationen aus fernen Ländern. Was sie dort hört, dichtet sie Achim an. Gehen Piloten nicht früher in Rente? Er könnte im Ruhestand als Reisebegleiter tätig sein, überlegt sie. Dann machen die Flugreisen wieder Sinn.

»Warum ziehst du nicht endlich nach Hamburg?«, hat eine frühere Kollegin neulich gefragt. Sie trafen sich zufällig an der Kasse im Supermarkt. »Oder dein Freund hierher?«

Für solche Fragen hatte Eva schon lange zuvor eine hochbetagte Mutter für Achim erfunden, die er nicht in Hamburg zurücklassen wollte.

»Sie wird ja nicht ewig leben«, konterte die Kollegin.

»Aber er hat auch Tochter und Enkel in Hamburg.«

»Ach, das hast du ja nie erzählt.«

Stimmt, die hatte Eva gerade neu zum Leben erweckt.

In diesem Moment war sie mit ihren Einkäufen dran und die Unterhaltung damit beendet.

Sie klappt das Tagebuch zu und ertappt sich bei dem Gedanken, was Achim wohl zu den Vorkommnissen am Tag zuvor sagen würde. Das passiert ihr immer wieder. Sie kann ihr bürgerliches Leben und ihr Leben als Prostituierte nicht mehr auseinander halten. Bis gestern gab es wenigstens zwei unterschiedliche Schauplätze. Soll sie woanders weitermachen? Oder etwas ganz anderes anfangen? Und wenn ja, was?

Eva geht ins Badezimmer. Vor dem Spiegel beginnt sie, ihr Haar auszubürsten. Ratlos schaut ihr ihr eigenes Gesicht entgegen. Ein Finger reibt über den kleinen braunen Leberfleck auf der rechten Wange. Das Gesicht im Spiegel, es ist ihr oft so fremd, ohne Make-up, ohne Perücke.

Der Kopf auf ihren Schultern fühlt sich an, als gehöre er ihr nicht. Nichts passt zusammen. Der schmale, aber muskulöse Körper, die kleine Brust, das knochige Becken, die langen, kräftigen Beine, die relativ kleinen Füße. Sie nimmt die Schultern zurück und schaut sich selbst in die Augen. »Du bist stark, Eva. Du schaffst das. Du kommst aus der Sache wieder raus.« Dass die Augen zu glitzern beginnen und feucht werden, sieht sie zwar, aber spüren kann sie nichts.

Eva Müller weiß gerade selbst nicht, wie es weitergehen soll.

Ermittlungen

Frau Wagner ist weiß wie die Wand.

»Bitte setzen Sie sich«, drängt Alfred Meister, der vom ersten Moment an Mitleid mit der Frau hat.

Sie haben die Kinder, fünf und acht Jahre alt, zum Spielen nach oben geschickt, unter Protest. Nicht, weil sie besonders neugierig waren, was das merkwürdige fremde Paar bei ihnen wollte, sondern weil im Fernsehen irgendeine Zeichentrickserie lief.

»Ihr dürft oben im Schlafzimmer weiterschauen, ausnahmsweise«, erlaubte Frau Wagner. »Es sind Schulferien, und der Kleine wollte nicht in die Kita«, erklärt sie den Polizisten.

Mit lautem Juchhu-Geschrei ging die wilde Jagd nach oben. Dominique hockt jetzt auf einer der unteren Treppenstufen, Alfred und Frau Wagner haben an einem riesigen Esstisch im offenen Wohnbereich Platz genommen.

»Ich kann Ihnen nichts weiter dazu sagen. Ihre Kollegen waren ja schon da.«

Frau Wagner greift fahrig nach einer offenen Wasserkaraffe auf dem Tisch. Dann hält sie in der Bewegung inne, sie hat kein Glas.

»Lassen Sie, ich mach das.« Alfred schaut sich um und entdeckt eine Art Bar, die Wohnbereich und Küche trennt. Er holt ein Glas und schenkt Wasser ein.

Frau Wagner trinkt schnell. »Was soll ich jetzt tun? Wie geht es weiter? Die Kinder wissen noch nichts ... Ich habe absolut keine Ahnung, was ich ihnen sagen soll.«

»Was wissen *Sie* denn?«, fragt Dominique.

Frau Wagner schaut begriffsstutzig. »Mein Mann ist tot, oder? Er war bei einer Prostituierten, oder nicht?«

»Hat Sie das überrascht?« Wieder Dominique.

Alfred wirft ihr einen Blick zu, der sagen soll: Sachte, Kollegin, die Frau hier ist völlig durcheinander. Lass mich mal machen.

»Was meine Kollegin meint – wussten Sie, dass Ihr Mann ... also, dass er gelegentlich solche Damen aufgesucht hat?«, was Alfred Meister beim Betrachten der zwar totenblassen, sonst aber recht hübschen Frau Wagner nicht verstehen kann.

Die knetet ihre Finger auf dem Tisch. »Er hat nichts anbrennen lassen, ja, das weiß ich. Es gab und gibt andere Frauen, ja. Aber *solche* Frauen? Das wusste ich nicht.«

»Wir gehen davon aus, dass er gewaltsam zu Tode kam ...«

Sie schaut wieder, als würde sie nicht verstehen, was Alfred Meister ihr da andeutet.

»Mord«, bringt Dominique es auf den Punkt. »Ihr Mann wurde vermutlich ermordet. Wir suchen das Motiv.«

»Welches Motiv? Warum soll ihn so eine ... so eine Frau umbringen, wenn sie bezahlt wird?«

»Das wissen wir noch nicht.« Alfred versucht, beruhigend zu klingen. »Wir wissen auch nicht, ob es die Frau war. Wir konnten sie noch nicht ausfindig machen.«

»Ihre Kollegen haben gesagt, mein Mann sei in dieser Wohnung mit dem Kopf auf eine scharfe Kante gefallen. Das hört sich an wie ein Unfall, oder nicht? Hatte er getrunken?«

»Trank er denn?«, kontert Dominique.

»Gelegentlich zu viel, ja. Wenn wir eingeladen waren. Mir war das sehr unangenehm.«

»Was trank er? Rotwein?«

»Meist, ja. Bordeaux. Er liebte alles, was französisch klang oder aussah. So haben wir uns kennengelernt. Ich heiße Celine.«

»Frau Wagner, kennen Sie Kollegen oder Kolleginnen Ihres Mannes in Bamberg, mit denen er näheren Kontakt hatte? Einen Dr. Preissinger zum Beispiel?« Alfred hat wieder übernommen.

Die junge Witwe schüttelt den Kopf. Sie wirkt sehr müde und sehr traurig. »Fragen Sie in seiner Praxis. Vielleicht weiß eine der Arzthelferinnen was. Mit Ramona hatte er mal was. Sie ist inzwischen verheiratet, hat ein Kind. Ich jedenfalls kenne niemanden in Bamberg.«

»Aber Sie wissen, dass er gestern zu der Tagung nach Bamberg wollte?«

Sie nickt. »Er kam zu spät weg, weil er irgendwelche Unterlagen nicht gefunden hat.«

»War er anders als sonst?«

»Eigentlich nicht. Wenn ich gewusst hätte, dass ich ihn nie mehr sehe ... Dass er zu einer Prostituierten fährt ... Wir haben uns nur kurz verabschiedet. Ich musste selbst los, mit dem Kleinen zur Vorsorgeuntersuchung.«

»Sie wissen, dass wir sein Handy nicht gefunden haben. Ein *iPhone*, stimmts?«

»Das neue *iPhone 12*, blau, pazifikblau.«

»Hat es sonst irgendwelche Auffälligkeiten?«

Frau Wagner überlegt einen Moment. »Es ist neulich runtergefallen und hat jetzt eine kleine Delle neben dem Power Schalter. Mirko ist deshalb ziemlich ausgerastet.«

Dominique steht auf. Von oben sind die quiekenden Stimmen der Zeichentrickfiguren zu hören und immer wieder das scheppernde Lachen der Kinder.

Frau Wagner massiert mit den Fingern ihre Stirn. »Was soll ich ihnen nur sagen?« Die ewig gleiche Hilflosigkeit der Lebenden vor dem Tod.

Gudrun

Das hellbraune Ledermäppchen liegt auf dem Küchentisch. Die Tasse Kaffee daneben ist kalt geworden. Gudrun sitzt da, den Kopf in die Hände gestützt, unbeweglich, schon seit mehreren Minuten. Sie sollte dieses Mäppchen entsorgen, Eva hatte sie inständig darum gebeten.

Ein Personalausweis auf den Namen Mirko Wagner, nur noch wenige Monate gültig. Ein kleines, flaches Portemonnaie, in dem sich nach Abzug der Ausgaben für die Puppe Frieda noch fast 300 Euro befinden. Für Evas Dienste wären 200 Euro fällig gewesen. Die Bezahlung stand mit Sicherheit noch aus, schließlich wurden die Dienste geleistet, und Gudrun beschließt, das Geld stellvertretend an sich zu nehmen. Es muss alles seine Richtigkeit haben, Leistungen müssen bezahlt werden, wenn sie erbracht wurden. Für erlittene Schmerzen – auch psychischer Art – könnte zusätzlich ein Schmerzensgeld erhoben werden, und Gudrun wird deshalb den gesamten Betrag aus der Geldbörse nehmen. Dass sie die Qualen ihrer eigenen Kindheit und Jugend im Sinn hat und Evas Freier nichts dafür kann, schiebt sie in irgendeine dunkle Ecke ihres Hirns. Dunkle Ecken gibts da genug.

Das Smartphone, ein ziemlich modernes *iPhone*, bereitet ihr am meisten Sorgen. Möglicherweise kann die Polizei auch ausgeschaltete Handys orten. Sie hat schon viel zu lange gezögert.

Gudrun gibt sich einen Ruck und löst sich aus ihrer Erstarrung. Sie schüttet den restlichen Kaffee weg und überlegt kurz. Ein bisschen Werkzeug hat sie in der Wohnung, Schraubenzieher, Zange, ein paar Nägel. Mehr Werkzeug lagert im Keller, in dem alten, robusten Werkzeugkoffer ihres Vaters. Lärm aus dem Keller fällt weniger auf als aus der Wohnung.

Wenig später hat sie das Telefon auf einem abgeblätterten Biergartentisch in ihrem Kellerverschlag zurechtgelegt. Nebenan in der Waschküche schleudert die Waschmaschine des alten Ehepaars aus dem Erdgeschoss. Das passt gut. Gudrun nimmt den schweren Hammer aus Vaters Werkzeugkiste zur Hand, holt aus und lässt ihn mit Wucht aufs Display des Smartphones krachen. Noch ein zweiter Schlag, dann ist das verräterische Telefon samt Innenleben komplett zertrümmert. Sie wird es morgen irgendwo entsorgen müssen.

Gudrun wiegt den Hammer in der Hand. Wie gern hat sie früher ihrem Vater bei kleinen handwerklichen Arbeiten geholfen, die er als Ausgleich zu seiner sitzenden Pförtnertätigkeit am Abend brauchte. Er zimmerte kleine Tischchen und Schränkchen und Puppenmöbel für die beiden Töchter und freute sich darüber, dass Gudrun auch Spaß daran hatte.

»Hol mir mal den Schraubenschlüssel, mein Junge«, zog er sie gelegentlich auf, wenn sie als etwa Siebenjährige in ihrer blauen Latzhose auf Arbeitsaufträge wartete.

Sie war ein wildes, unbändiges Kind gewesen, das gern mit anderen raufte und vor dem sich so mancher Junge im Kindergarten fürchtete. Gudrun liebte aber auch ihre Puppen und konnte stundenlang zusammen mit ihrer Schwester Schule spielen. Puppen und Teddys saßen dann einträchtig in mehreren Reihen auf dem oberen Stockbett – Gudruns Revier – und dienten ihren strengen Lehrerinnen als mehr oder weniger gelehrige Schülerinnen.

Die Mutter mochte es nicht, wenn der Vater Gudrun als seinen Jungen bezeichnete. Sie warf ihm böse Blicke zu und legte ihrer älteren Tochter am nächsten Tag erst recht ein rosa Kleidchen zum Anziehen hin.

Gudrun selbst hatte kein Problem damit. Ihr wirkliches Leid begann erst mit den Arztbesuchen und den schlimmen Tagen im Krankenhaus. Dort wurde ihr klar: Sie musste eine fürchterliche Krankheit haben, über die man nicht sprechen konnte. Tief in ihr drinnen hockte wie ein Raubtier auf dem Sprung eine noch viel schlimmere Ahnung, die sich nicht einmal im Traum in Worte fassen ließ.

Heute weiß Gudrun, was es war: Sie glaubte, sterben zu müssen, sehr bald schon und womöglich unter fürchterlichen Qualen. Anders konnte sich das Kind die Blicke und das entsetzliche Schweigen der Eltern nicht erklären, wenn sie mal wieder aus dem Sprechzimmer eines Arztes kamen, vor dem Gudrun ängstlich und unwissend ausgeharrt hatte.

Bekam ihre Schwester, zwei Jahre jünger als sie, irgendetwas davon mit? Gudrun kann sich nicht erinnern. Sie haben nie darüber gesprochen, damals nicht, als Teenager nicht und als erwachsene Frauen schon gar nicht.

Damals wie heute die Lösung: Schweigen, nichts als Schweigen.

Ermittlungen

Ratloses Schweigen herrscht auch zu Beginn der Lagebesprechung, die Alfred Meister für 14 Uhr anberaumt hat.

»Wirklich nur männliche DNA?«, fragt er schließlich in die Runde der Kollegen. Einer der jungen Beamten geht mit der Kaffeekanne herum und schenkt die ungespülten, klebrigen Bürotassen voll. Nur Dominique schüttelt den Kopf. Sie hockt etwas abseits der Runde auf einem kleinen Aktenschrank und schraubt ihre eigene Thermosflasche auf. Lange Zeit sind die Kollegen überzeugt gewesen, dass die Flasche Kräutertee enthält. Wie in vielen anderen Dingen, die Dominique Brodbecker betreffen, täuschten sie sich. Sie liebt ihren eigenen Kaffee, schwarz und stark aus fairem Handel. Und hat keine Lust, am Miniwaschbecken hinter der letzten Schranktür täglich ihre Tasse zu spülen.

Alfred schielt sehnsüchtig auf die Thermotasse der Kollegin. Ihr Gebräu wäre ihm momentan sehr viel lieber als das Gesöff aus der Bürokaffeemaschine. Wie jedes Jahr ist die Abstimmung im Kollegenkreis über die Anschaffung eines Kaffeevollautomaten wieder an der Umweltschützerfraktion gescheitert. Alfred hat den Verdacht, dass die Vollautomat-Verweigerer lediglich das ständige Reinigen desselben scheuen. Der Anblick der versifften, alten Kaffeemaschine stört sie dagegen nicht.

Sei's drum. Sie haben zu ermitteln.

»Da ist wohl einiges Perverses abgelaufen«, feixt ein Kollege, und die anderen lachen. »Ein flotter Dreier vielleicht?«

»Dr. med. Wagner, der Frauenarzt, der Röcke und Hosen liebt«, deklamiert der erste, »wäre doch ein schöner Titel für eine neue Soap.«

»Dr. Wagner stand nicht auf Männer«, sagt Alfred, »davon ist zumindest seine Frau überzeugt.«

»Nicht nur die«, lässt sich Dominique vernehmen.

Da kann Alfred nur zustimmen. »Kollegin Brodbecker hat mit einer jungen Ärztin im Klinikum gesprochen. Sie bestätigt, dass Wagner hinter allem her war, was jung und gut gebaut war und lange Beine hatte. Wir sind in Bayreuth noch kurz in seiner Praxis gewesen – auch die Arzthelferinnen dort können ein Lied von seinen Avancen singen. Zumindest die hübschen ...«

»Ein ganz normaler Kerl also.« »Na, zu dem würde ich meine Frau nicht lassen.« Die Kollegen tratschen durcheinander.

»Wir wissen jedenfalls bisher nicht, zu welchem Kunden die männliche DNA im Apartment gehört. Und Eva Müller hat offenbar mit Handschuhen gearbeitet«, unterbricht Alfred Meister. »War ja ein ganzer Stapel in ihrem Schrank. Und wunderts wen? Auch Männer, die gut bezahlen, können Ferkel sein ...«

»Männer? Ferkel??« Die versammelte männliche Polizei kanns nicht glauben.

Alfred klopft mit dem Stift auf den Tisch. »XY gleich Mann gleich möglicher Täter männlichen Geschlechts. Sind wir uns soweit einig? Trotzdem, Eva Müller könnte uns entscheidend weiterhelfen. Kam ihr Freund überraschend dazu? Oder ein anderer Kunde?« All das hilft wenig, wenn die Dame verschwunden bleibt.

Denn auch das Einwohnermeldeamt war eine Sackgasse: Keine Eva Müller ist dort registriert. Überhaupt gibt es nur dürftiges Datenmaterial. Im Apartmenthaus sind sehr viel weniger Personen gemeldet, als laut erster Ermittlungen dort wohnen. Andererseits – die meisten wohnen nicht dort, sondern arbeiten nur. Wenn man Sex gegen Bezahlung als Arbeit sehen will. Aber warum eigentlich nicht?

Bei der dubiosen Firma in Berlin kommen sie ebenfalls nicht weiter. Eva Müller weist die Miete ihres Apartments seit Jahren per Post an, eventuell aus dem Jahr 2006 stammende Daten scheinen verschollen zu sein.

Wieder im Dienstwagen mit Dominique. Sie nähern sich Erlangen mit deutlich mehr als 120 Stundenkilometern. Erlaubt sind hier 80. Sie haben schließlich kein Blaulicht auf dem Dach.

»Sachte, Dominique, sachte.« Alfred schnauft.

»Wir sind im Einsatz, oder?« Ihre Antwort ist zwar richtig, Eile trotzdem nicht geboten.

Bei Erlangen-Bruck verlässt der Wagen die Autobahn, keine zehn Minuten später sind sie in Herzogenaurach und dank Navi schnell auch vor Dr. Sven Preissingers Praxis. Dominique parkt direkt an der Straße. Vor ihnen wankt eine Hochschwangere durch die Tür, gestützt von ihrem ebenso dickbäuchigen Mann. Alfred Meister registriert bei einem kurzen Bauchvergleich mit dem fremden Paar, dass er relativ gut wegkommt.

Sie sind wegen einer Baustelle auf der Autobahn zehn Minuten zu spät, die Sprechstundenhilfe schaut verkniffen.

»Einen Moment, Dr. Preissinger schallt, er ist gleich für Sie da.«

»Schallt?« Alfred schaut Dominique fragend an.

»Ultraschall. Macht den Inhalt der Gebärmutter sichtbar.«

»Ich kann mich erinnern. Sooo alt ist meine Tochter noch nicht.«

Sie lehnen an der rosa gestrichenen Wand gegenüber der Anmeldung. Ein kurzer Blick ins proppenvolle Wartezimmer hat beiden genügt, um ohne Absprache davor stehen zu bleiben.

Die Frau an der Anmeldung ignoriert sie, tauscht sich dafür kichernd mit einer Kollegin über einen Partybesuch am Wochenende aus.

Dann erscheint Dr. Preissinger in der Tür des Ultraschallraumes. Ein mittelgroßer, sehr schlanker Mann mit Oberlippenbart und markanter Hornbrille. Er nickt ihnen zu und bittet sie in ein geräumiges, nobles Sprechzimmer. Alfred tippt auf Sprechzimmer für Privatpatienten.

»Bitte, nehmen Sie Platz.« Er schaut nur Dominique an, etwas zu intensiv, wie Alfred findet, aber seine Kollegin bleibt ungerührt und lehnt sich an die hohe Regalwand mit medizinischen Fachschmökern.

»Ah so, na dann ...« Der Arzt wirkt unschlüssig, setzt sich dann doch hinter seinen Schreibtisch und Alfred auf einen der sehr bequemen Patientenstühle davor. Die lässig schräg hinter Alfred am Regal lehnende Kommissarin scheint ihn zu irritieren.

»Ihre Helferin hat Ihnen gesagt, warum wir Sie sprechen möchten?«

»Ja, natürlich, Mirko. Mirko Wagner. Furchtbar tragisch. Wir wollten uns gestern beim Ärztekongress in Bamberg treffen, ich habe sogar einen Tisch für ein Essen danach in der Stadt reserviert. Nichts gegen das Kantinenessen im Klinikum ...« Er hat eine angenehm sonore Stimme, die nicht recht zu seiner schmalen Figur passt. »Ist er denn ... also ich meine, ist er auf *normale* Art und Weise zu Tode gekommen?«

»Sie meinen, eines natürlichen Todes gestorben? Das kann ich Ihnen nicht sagen, wir ermitteln noch. Wir haben allerdings Fragen an Sie bezüglich des Ortes, an dem Dr. Wagner tot aufgefunden wurde.« Alfred scannt den Schreibtisch seines Gegenübers, während er spricht. Der obligatorische Computer, ein ordentlicher Stapel medizinischer Fachzeitschriften, ein Tischkalender, ein Notizblock mit Stift, alles sehr gerade ausgerichtet. Was auffällt, ist der digitale Bilderrahmen, auf dem gerade das zweite Foto erscheint. Eine rothaarige Frau, die einen Kussmund macht. Das erste Foto hatte zwei rotblonde Kinder auf einer Schaukel gezeigt. Familie Preissinger?

»Was ist das für ein Ort?« Der Arzt wirkt ehrlich ratlos.

»Ein Edelpuff.« Das war Dominique von hinten.

»Kennen Sie es?«, schiebt Alfred nach und nennt Straße und Hausnummer des Bamberger Apartmenthauses.

Wenn Dr. Preissinger überrascht ist, so lässt er es sich nicht anmerken. »Wenn Sie fragen wollen, ob ich ebenfalls dort Kunde bin – nein.« Er dreht den digitalen Bilderrahmen vollends zu den Kommissaren herum, so dass auch Dominique einen Blick darauf werfen kann. »Glücklich verheiratet.«

Das dritte Foto zeigt die rothaarigen Schopfe von Frau und Kindern, sie grinsen breit in die Kamera.

»Als ob das ein Argument wäre«, seufzt Alfred. »Frau Wagner ist offenbar auch davon ausgegangen, dass sie und ihr Mann glücklich verheiratet sind.«

Dr. Preissinger zieht die Augenbrauen hoch. »Ich kenne Celine nur flüchtig. Aber sie wusste, dass Mirko kein Kostverächter war.«

»Auf was für Kost stand er denn?« Wieder Dominique.

»Hören Sie, ich habe wenig Zeit. Meine Patientinnen warten.« Er schiebt energisch den Drehstuhl zurück und steht auf.

Alfred bleibt sitzen, Dominique stößt sich von der Wand ab und nimmt sehr ruhig neben Alfred Platz.

»Setzen Sie sich bitte wieder. Wir haben nur noch wenige Fragen.«

»Bitte, dann schnell.« Der Arzt lässt sich nur widerwillig erneut auf seinem Stuhl nieder.

»Denken Sie noch einmal nach – hatte Ihr Kollege dauerhafte Kontakte zu Prostituierten? Im speziellen Fall zu Frau Eva Müller? Könnte es einen eifersüchtigen Partner, Zuhälter oder was auch immer gegeben haben? Es ist wichtig für uns, um die Umstände seines Todes zu klären.« Alfred beugt sich ein Stück vor und versucht, den Blick seines Gegenübers festzuhalten.

Wenn Dr. Preissinger Antworten auf die Fragen des Kommissars geben könnte, so lässt er es zumindest nicht erkennen. Seine Mimik bleibt seltsam starr. »Hören Sie, Mirko und ich haben zusammen in Würzburg studiert, wir waren auch eine Zeitlang Kollegen im Klinikum Bamberg, und wir haben gelegentlich einen über den Durst getrunken. Ich weiß, dass er hin und wieder eine Barbekanntschaft abgeschleppt hat. Nicht nachvollziehbar aus meiner Sicht, Celine ist eine attraktive Frau. Und nein, ich konnte nicht erkennen, dass er an irgendeine Dirne sein Herz verloren hat. Er baggerte alles an, was gut aussah, Figur und Alter waren ihm völlig egal. Und er hat gern mit seinen sexuellen Eskapaden angegeben. So, und jetzt muss ich.«

»Eine Frage noch. Wann hatten Sie zum letzten Mal Kontakt mit ihm? Telefonisch oder persönlich?«

»Vorgestern Abend und nur am Telefon. Als wir uns zum Essen nach der Tagung in Bamberg verabredet haben.«

»Hat er da erwähnt, dass er erst später zum Kongress kommt?«

Nach kurzem Überlegen nickt Dr. Preissinger. »Ja, jetzt wo Sie fragen. Er meinte, er müsse früh nochmal in die Praxis, und es könne sein, dass es später wird.« Dann steht er endgültig auf.

»Vielen Dank, Sie haben uns sehr geholfen.«

Kurz darauf sitzen Dominique und Alfred wieder im Dienstwagen. Dominique fasst über Alfreds Knie hinweg ins Handschuhfach, ihre Berührung kribbelt angenehm. Sie angelt eine weitere Tafel Schokolade aus dem Fach und reißt sie auf. »Willst du?«

Er nimmt dankend eine Rippe, obwohl ihm ein Rippchen, nämlich Kassler Art, wesentlich lieber wäre.

»Er hat uns sehr geholfen?«, fragt Dominique kauend nach. »Hast du das ehrlich gemeint?«

Alfred nickt. »Schon, ja. Deutet doch alles darauf hin, dass unser Toter keine nähere oder persönlichere Beziehung zu Eva Müller hatte. Dafür aber der große Unbekannte? Der Mirko Wagner dann als zufälligen Kunden angegriffen hat?«

»Wenn das alles so stimmt, was der Preissinger sagt. Wir brauchen das Bewegungsprofil von Wagners Handy.« Dominique aktiviert ihr eigenes Smartphone, kurz darauf hat sie die Kollegen in Bamberg in der Leitung und fragt nach den Daten.

Dann schaut sie Alfred an. »Noch nichts. Kann sich nur noch um Stunden handeln. Aber wir sollen in die Gerichtsmedizin kommen. Die haben was anderes.«

Gudrun

Das Kinderbuch *Emil, die Erdkröte* liegt aufgeschlagen auf dem Couchtisch. Gudrun hat sich in eine Decke eingewickelt, trotz voll aufgedrehter Heizung friert sie. Es ist vollkommen still in der Wohnung, nur die Wanduhr tickt. Die Puppe Frieda sitzt in einem der *Ikea*-Schwingstühle und schaut in Gudruns Richtung. Die angelt nach dem Bilderbuch und zieht es auf ihren Schoß. Emil erscheint ihr geeignet für den Besuch der *Lebenshilfe*-Klasse morgen. Das Buch gehört zum Literaturbestand im Naturschützer-Büro, sie hat es sich vor Monaten mit nach Hause genommen, wegen der sehr anschaulichen Zeichnungen. Sie wollte sich eigentlich selbst im Zeichnen versuchen und brauchte eine Vorlage. Bisher ist es allerdings beim Kauf von Zeichenblock und Bleistiften und dem Ausborgen von Emil, der Erdkröte, geblieben.

Darf ich mich vorstellen? Ich bin Emil, die Erdkröte, und ich feiere heute Hochzeit mit Emilie, meiner Krötenfrau. So beginnt das Buch und zeigt ein Bild von Emil mit schwarzem Zylinder und schwarzer Fliege am Krötenhals, daneben Krötenfrau Emilie mit weißem Brautschleier. Auf den nächsten Seiten werden sie zu ihren Laichgewässern aufbrechen, um per Unterwassergeburt viele kleine Krötenkinder zu bekommen.

Die in meterlangen Laichschnüren abgelegten Tausende von Eiern sind im Bilderbuch schon als winzige Kaulquappen dargestellt, um für Kinder begreifbarer zu werden.

Gudrun fährt mit den Fingern über den Krötenbauch von Emil und meint fast, die warzige Oberfläche zu spüren.

Sie empfindet eine seltsame Art Solidarität gegenüber diesen Tieren. Sie mögen für viele abstoßend und eklig sein, ein Gefühl, das Gudrun sehr gut kennt. Auch sie sah sich immer so. Ein ekliger Mensch, den niemand, weder Mann noch Frau, nah an sich heranlassen will. Dass es ausgerechnet ihre Mutter war, die als Erste Abstand von ihr nahm, damals im Alter von vier Jahren, als die Krankenhausbesuche begannen, war besonders schmerzhaft. Zwar wurde sie noch gelegentlich in den Arm genommen, aber das fühlte sich kalt und distanziert an. Küsschen und Streicheleinheiten gab es für Gudrun keine mehr. Die erhielt nur noch die kleine Schwester. Sie weiß heute, dass ihr Vater verzweifelt versuchte, die Gefühlskälte der Mutter auszugleichen. Er war ein warmherziger und zugewandter Mensch und hatte doch Probleme, seine Töchter zu berühren, zu umarmen. Gudrun nahm ihm das nie übel, denn er war gerecht und behandelte beide Mädchen gleich. Sie selbst aber fror ein.

Es brauchte Jahrzehnte und die Begegnung mit Georg, bis sie wieder einen Menschen nahe an sich heranließ. Georg, der sie zärtlich berührte, unbeholfen am Anfang, später auch leidenschaftlich. Und der dann doch aufgab und ihr seinen körperlosen Gott vorzog.

Ermittlungen

Zwischen Herzogenaurach und Erlangen herrscht Stop-and-go-Verkehr. *Adidas* und *Puma* entlassen ihre Mitarbeiter in den Feierabend. Sie brauchen für die kurze Strecke fast länger als von Bayreuth nach Herzogenaurach. Alfred ists recht, Dominique trommelt mit den Fingern ungeduldig aufs Lenkrad.

»Ruhig bleiben, Kollegin, Doktor Tod wartet auf uns.« Doktor Tod, Spitzname des Pathologen.

Der erwartet sie sogar vor dem Institut, an einem Abfalleimer stehend, über dem er seine Pfeife ausklopft.

Es ist noch kälter geworden, unangenehmer Schneeregen kriecht in Alfreds Jackenkragen. Dominique hat einen dicken Strickschal um den Hals geschlungen, den Reißverschluss ihrer Lederjacke hochgezogen und die Hände in die engen Jeanstaschen gezwängt.

Der Pathologe steckt in einem blauen, kurzärmeligen Kasack, als wäre Hochsommer.

»Immer mir nach.« Er geht ihnen voran in sein Allerheiligstes, den Sezierraum, menschenleer um diese Zeit und sehr aufgeräumt. Einzig Dr. Mirko Wagner ist als Leichnam anwesend. Sein Körper auf dem Seziertisch ist unbedeckt, den Brustkorb ziert der obligatorische Y-Schnitt. Alfreds Blick wandert automatisch zu dem Wurm zwischen den Beinen des Toten. Er wirkt seit dem Auffinden des Toten am Vortag um weitere Zentimeter geschrumpft. Jämmerlich, wenn man bedenkt, dass dieser mickrige Körperteil für seinen Besitzer noch gestern Morgen die Welt bedeutete. Ob er sich noch einmal aufrichtete, in der schwarz-goldenen Bettwäsche des edlen Apartments in Bamberg? Ob er noch eindrang in die rätselhafte Unbekannte, die unauffindbare Eva Müller?

»Der gute Mann hat fast noch ejakuliert vor seinem Tod«, spricht der Pathologe, als hätte er Alfreds Gedanken gelesen. »Zumindest den Lusttropfen hat er noch abgesondert. Präejakulat also. Mehr aber nicht.«

Dominique steht auf der anderen Seite des Tisches und schaut wie Alfred auf den Wurm. »Er kann ein Kondom benutzt haben. Und Eva Müller hat es verschwinden lassen.«

Doktor Tod schüttelt energisch den Kopf. »Definitiv kein Kondom. Sperma gabs zudem in homöopathischen Dosen auch an den Oberschenkeln und den Fingern.«

»Hatten sie Verkehr?«

»Offenbar nicht. Keinerlei Scheidenflüssigkeit an seinem Penis. Und wie ihr ja wisst, auch sonst keine verwertbare DNA, auch nicht am Toten. Nicht einmal ein winziges menschliches Haar. Kunsthaar, das ja, Perückenhaar. Alles sehr merkwürdig. Prostituierte küssen zwar meist nicht, aber die Dame müsste den Herrn doch irgendwo angefasst haben, oder er sie.«

»Eva Müller hat mit hoher Wahrscheinlichkeit Handschuhe getragen«, gibt Alfred zu bedenken. »Und was die Haare betrifft, so hat uns eine Dame im Haus bestätigt, dass die Mieterin des Apartments verschiedene Perücken trug.«

Der Pathologe nickt bedächtig. »Wäre die logische Erklärung. Warum ich eigentlich um euer Kommen gebeten habe, hat allerdings einen anderen Grund.« Der Arzt nimmt sich aus einer Box ein Paar Einweghandschuhe und streift sie über. »Hier«, er deutet auf eine kleine Schale, eine von vielen auf der Abstellfläche hinter dem Seziertisch. Mit einer Pinzette greift er etwas und hält es hoch, gegen das Licht der Lampe.

Alfred sieht erst nichts, Dominique tritt nahe an den Pathologen heran und starrt auf das, was die Pinzette festhält. »Eine Faser?«

»Darf ich auch mal?« Alfred reckt den Kopf, seine kurze Gestalt verhindert mal wieder, dass er näher herankommt. Der Pathologe senkt gnädigerweise seinen Arm und hält Alfred die Pinzette vor die Nase. Die feine Faser ist gegen das Licht gut erkennbar.

»Ja, und?«

»Habe ich in seiner Nase gefunden. Und ein paar mehr«, er deutet auf eine zweite Schale, in der Undefinierbares schwimmt, »in der Lunge. Das sind Fasern eines Kissens oder einer Decke. Der gute Herr Wagner wurde erstickt.«

Eva

Eva zieht sich das zweite Kissen heran und knüllt es unter ihrem Kopf zusammen. Die Migräne erlaubt ihr nicht, allzu flach zu liegen. »Hey, that's no way to say goodbye …«, singt Leonard Cohen von der CD. Eva greift zur Teetasse neben ihrem Bett und denkt an den winzigen Schluck Bordeaux, den sie gestern Morgen getrunken hat. Vielleicht hat er die Migräne ausgelöst. Sie verträgt keinen Rotwein. Mehr aus Höflichkeit hat sie mit dem Kunden angestoßen. Was war dann geschehen? Er zog sich aus, daran erinnert sie sich noch. Auch an seinen Mini-Penis, der – schon steif – mit wenigen Zentimetern Länge in ihre Richtung zeigte. Sie kann sich auch noch erinnern, wie er sie ansah, begehrend, lüstern, die Mundwinkel nass vor Speichel, und wie er vor ihr in die Knie ging. Sie blieb stehen, trug nur schwarze Unterwäsche, schwarze Overknees und rote Latex-Handschuhe. Wie alle Männer dieser Welt muss er mehr als heiß darauf gewesen sein, es ohne Gummi mit ihr zu treiben. Denn damit wirbt Eva auf ihrer Internet-Seite: Sex pur. Kleine Schwänze erwünscht. Ihr wäre im Traum nicht eingefallen, welche Marktlücke sie damit entdecken würde. Aber so war und ist es.

Klar finden Männer genügend Frauen, die nicht auf ihre Sicherheit achten. Drogensüchtige Frauen, zur Prostitution gezwungene Frauen, Illegale. Die Freier würden günstigenfalls nur lachen, wenn die auf Kondom bestünden. Schlimmstenfalls würden sie die Frauen einfach vergewaltigen. Als Edelprostituierte kann man selbst Bedingungen stellen.

»Haben Sie keine Angst vor Geschlechtskrankheiten?«, hat einmal einer gefragt. Nach der Angst vor einer Schwangerschaft wurde sie nie gefragt, auch wenn sie zu Beginn ihrer Tätigkeit noch im gebärfähigen Alter war.

Hey, that's no way to say goodbye. So hätte es nicht enden sollen gestern Morgen. Eva will nicht in den Sinn kommen, was der Mann getan, gesagt hat, nachdem er vor ihr auf die Knie gegangen ist. Stattdessen grübelt sie darüber nach, wer ihm Eva Müller empfohlen hat. Einer ihrer Kunden, wer sonst. Aber da ist noch etwas anderes, das sie irritiert. Einen kurzen Moment, als sie ihm die Tür ihres Apartments öffnete und er ihr gegenüberstand, lächelnd, mit einer in die Stirn fallenden Haarsträhne, hatte sie das Gefühl, ihn schon einmal gesehen zu haben. Nicht irgendwo in der Stadt, sondern hier in diesem Haus.

Ermittlungen

Die Kollegen treffen sich am Abend für ein letztes Update im Kommissariat. Alfred hat auf der Rückfahrt von Erlangen nach Bamberg kurz mit dem Gedanken gespielt, Dominique um einen Stopp an einer Imbissbude zu bitten. Er hat es aber dann unterlassen, um später Grete und ihren Kartoffelauflauf nicht durch mangelnden Appetit zu kränken.

Im Büro gibt einer der Kollegen eine Bäckertüte mit Bamberger Hörnla herum, das hilft gegen das größte Magenknurren. Dominique nimmt sich ungeniert gleich zwei.

»Also, was haben wir?«

Alfred räuspert sich und schluckt einen großen Bissen hinunter. »Wir haben einen toten Frauenarzt, der durch einen gewaltsam herbeigeführten Sturz verletzt und wohl auch ohnmächtig wurde, dann aber offenbar durch Ersticken zu Tode kam. Wir haben eine verschwundene Prostituierte namens Eva Müller. Wir haben die DNA des großen Unbekannten. Und sonst? Keiner hat was gesehen, keiner hat was gehört.«

»Sollen wir nochmal Druck in Berlin machen? Wegen der Daten von Eva Müller?«

»Unbedingt. Es kann doch nicht sein, dass keine alte Adresse oder Telefonnummer mehr auffindbar ist.« Alfred schüttelt den

Kopf. »Und das in Deutschland, dem Land der pedantischen Bürokraten.«

»Wie schauts mit sonstigen Spuren in der Wohnung aus? Fingerabdrücke zum Beispiel?«, fragt Dominique kauend.

»Na ja, das mit der männlichen DNA wisst ihr ja schon. Fingerabdrücke gibts einige, keine davon in der Datenbank. Auch nicht die Fingerabdrücke der anderen Mieter im Haus.«

»Wenn Eva Müller ihre Freier mit Handschuhen angefasst hat, verstehe ich das ja noch. Aber hat sie auch in der Küche oder im Bad mit Handschuhen hantiert? Und wer hat im Apartment sauber gemacht? Es war alles blitzblank.«

Fragen über Fragen und keine Antworten.

»Sind die Mitmieter dieser Anna heute zur Befragung hier gewesen?«, fragt Dominique weiter.

»Die Dame Susan, ja.« Der Kollege grinst. »Scharfes Kaliber.« Im gleichen Moment beißt er sich auf die Zunge. »'tschuldigung, ist mir rausgerutscht.«

»Sie ist alleinerziehend mit zwei Kindern«, ergänzt der andere, um einen sachlichen Ton bemüht. »Die Mutter lebt bei ihr, so dass sie gelegentlich nachts im Apartment was dazu verdient. Sie hat dringend darum gebeten, diese Information vertraulich zu behandeln. Ihre Mutter meint, sie kellnert in einer Bar.«

»Von was lebt sie denn offiziell?«

»Hartz IV. Was sie nicht bräuchte, da sie offenbar gut an ihren Kunden verdient.«

»Und, konnte sie irgendwas sagen, was uns weiterhilft?«

Der Beamte schüttelt den Kopf. »Leider nicht.«

»Und der junge Mann, Dennis?«

»Äh ... der kam nicht. Allerdings haben wir ihn auch nicht persönlich erreicht, sondern ihn auf seiner Mailbox um Rückruf gebeten. Ist nicht erfolgt.«

»Wusste diese Susan etwas über ihn? Oder Anna?«

»Ja. Die süße Susan meinte, er würde jeweils am Freitagnachmittag Kundschaft im Apartment empfangen, da wäre er sicher anzutreffen.«

»Na gut«, seufzt Alfred. »Wir müssen unbedingt nochmal in die Wohnung von Eva Müller. Wie war das genau mit den Fasern in Mirko Wagners Nase und Lunge?« Er schaut Dominique an.

»Fasern von einem Kissen oder einer Decke. In den Farben blau und weiß.

»In der Wohnung ist alles schwarz-weiß.«

»Bettwäsche schwarz-golden.«

Sie schauen sich ratlos an.

Gudrun

Gudrun träumt von Georg. Das Krötenhochzeitspaar Emil und Emilie mutiert im Traum zu Georg und Gudrun. Er ist als Priester gekleidet, trägt eine schwarze Soutane, mit einer langen Schleppe aus schwarzer Spitze, die auf dem Boden hinter ihm herschleift. Gudrun, die Braut, in Weiß, über ihr Gesicht fällt ein dichter weißer Schleier. Georg führt sie in der vollbesetzten Kirche durch den Mittelgang vor zum Altar. Die Menschen rechts und links applaudieren, keines der Gesichter ist Gudrun bekannt. Im Traum ist ihr klar, dass dies Georgs Pfarrkirche ist. Dass seine Gemeinde sich mit ihm über seine heutige Hochzeit freut. Dass die Leute aber das Gesicht der Braut nicht sehen dürfen, weder während der Trauung noch jemals danach. Der Zölibat verpflichtet Priester zur Ehelosigkeit. Gudruns Traum erlaubt die Eheschließung, wenn die Braut gesichtslos bleibt.

Selten träumt sie so konkret und gut erinnerlich: Wie Georg vor dem Altar ihren Arm loslässt, vor sie tritt, sich zur Gemeinde umdreht und ganz zum Priester wird, der die Trauungszeremonie durchführt. Willst du, Gudrun Deuber, den hier anwesenden Georg Zenk zu deinem Ehemann nehmen und ihn lieben und ehren bis zum Ende eurer Tage? Ja, ich will. Er zaubert einen Ring aus den Tiefen der Soutane und steckt ihn an Gudruns rechten Ringfinger. Niemand fordert ihn auf, die Braut zu küssen, da sie ihr Gesicht nicht zeigen darf.

Doch die Braut im Traum hält sich nicht an die Regeln. Sie lüftet den Schleier mit beiden Händen und dreht sich zur Gemeinde um. Schaut alle, wer die Frau ist, die das Herz eures Priesters erobert hat! Das will sie schreien, aber die Gemeinde schreit ihrerseits vor Entsetzen, und als Gudrun zu Georg schaut, findet sie ihn auf dem Boden liegend, mit dem Gesicht nach unten, die Arme weit ausgebreitet, die schwarze Soutane samt Schleppe wie Adlerschwingen über ihm.

»Mea culpa, mea maxima culpa«, murmelt er, während die Menschen aus den Kirchenbänken langsam und bedrohlich auf Gudrun zukommen.

Sie erwacht schweißgebadet. Die Straßenlaterne vor ihrem Fenster wirft unheimliche Schatten ins Schlafzimmer, und einen Moment lang glaubt Gudrun, Georg mit seiner wehenden Soutane stünde vor ihrem Bett. Ihre Hand zittert, als sie nach dem Lichtschalter tastet. Es dauert Minuten, bis das warme, gelbe Licht der Nachttischlampe sie tröstet und ihr Herzschlag sich wieder beruhigt. Der kleine Schluck Tee in der Tasse ist kalt, sie trinkt ihn trotzdem.

Tief ein- und ausatmen, dreimal hintereinander, das hilft. Der Traum, den sie einst hatte, von einer Hochzeit mit Georg, ist nicht erst in dieser Nacht zum Alptraum mutiert. Das letzte Bild von

Georg allerdings – wie er anlässlich seiner Priesterweihe auf den kalten Steinfliesen des Bamberger Doms lag –, das war sehr real. Nur dass er bei seiner Hochzeit mit Gott eine weiße Soutane trug. Gudrun dagegen war ganz in Schwarz gekleidet und stand hinten im Kirchenschiff. Niemand sah sie, Georg nicht, seine Eltern nicht. Als sein Traum in Erfüllung ging, war ihrer zu Ende.

Ermittlungen

Gretes Kartoffelauflauf schmeckt nicht mal übel. Zumindest in Alfreds Portion findet sich ein ordentlicher Anteil Schinken, und er schaufelt voll Appetit.

»Papa, schling nicht so.« Tochter Mia, Taufname Anna-Maria, sitzt ihm mit verschränkten Armen gegenüber und schüttelt den Kopf.

»Lass ihn doch. Ich freu mich, wenns ihm schmeckt.« Grete schaut ihren Mann aufmunternd an. »Magst noch?«

Alfred stöhnt und hält sich mit der freien Hand theatralisch den Bauch. »Du mästest mich. Ich glaub, es reicht jetzt.«

»Er hat doch bestimmt heute schon ein paarmal an irgendwelchen Imbissbuden Halt gemacht«, stichelt Mia weiter.

»An einer«, korrigiert Alfred.

»Er kann ja nicht bis abends hungern«, verteidigt ihn Grete.

»Tät ihm aber gut.« Mia hat gerade ihre Mager-Model-Phase und die Bloß-kein-Fleisch-Phase mit dazu.

Grete schüttelt vorwurfsvoll den Kopf und fängt an, Teller und Besteck in die Spülmaschine zu räumen. Es ist schon spät heute, nach 21 Uhr, weil Alfred mal wieder nicht von der Arbeit wegkam. Mia hat sich schon vor Stunden an ein paar Blättern Salat mit einem Löffelchen Joghurtsoße und ein paar Kräutern gelabt. Sie sitzt eher unlustig mit am Tisch, weil Meisters Wert auf gemeinsame Abendessen legen.

»Kann ich jetzt hoch?«, nörgelt sie und wischt schon wieder an ihrem Smartphone herum.

»Mhm, wart mal einen Augenblick.« Alfred schluckt den letzten Bissen Auflauf runter und überlegt einen Moment, wie er möglichst nebenbei auf den letzten merkwürdigen Typen zu sprechen kommen kann, den Mia neulich angeschleppt hat.

Die schaut gar nicht hoch, sondern grinst ihr Handy an und tippt in Windeseile irgendwas ein.

Grete steht mit in die Hüften gestemmten Händen neben dem Tisch und betrachtet ihre Familie. Zumindest die anwesende, denn die beiden Großen sind zum Glück aus dem Haus.

»Na, dann geh ich mal Wäsche aufhängen. Und dann schauen wir noch ein Stündchen fern, Fred?«

»Machen wir.« Er reicht Grete den Teller, sie räumt ihn in die Spülmaschine und verschwindet mit einem letzten verschwörerischen Blick zu Alfred aus der Küche.

»Sag mal, Mia-Kind, der Junge neulich, also ich meine, bist du mit dem ...«

Mia-Kind schaut genervt auf. »Papaaaa! Ich bin aufgeklärt, okay? Du erinnerst dich: Wir hatten Sexualkunde in der Schule. War eh nix Neues für mich dabei.«

»Ich will doch nur wissen, ob es was Festes ist. Wegen Verhütung und so.« Alfred hat das Gefühl, rot zu werden. Warum bloß überlässt er solche Themen nicht Grete. »Wie heißt er denn?«, schiebt er schnell noch hinterher. Weitere Fragen nach Alter, Schulbildung und sexueller Vorerfahrung verkneift er sich schweren Herzens.

Mia grinst und legt das Smartphone beiseite – eher aus Mitleid mit ihrem betagten Vater als aus Höflichkeit.

»Meinst du den mit den langen Haaren? Das war Socke.«

»Socke??«

»Keine Ahnung, wie der richtig heißt. Ist nur ein Kumpel. Und keine Sorge, Paps. Ich kenn mich aus mit Verhütung.«

Sie klaubt ihr Handy vom Tisch, kommt zu ihm herum und drückt ihm einen Kuss auf die Wange. In der Tür stößt sie fast mit Grete zusammen.

So kann Mia sein, in einem Moment zickig, im anderen anschmiegsam. Frauen halt.

Der Tag, an dem eine Zeugin Jehovas ein Phantom zeichnet

Gudrun

Mit Sonnenschein hat keiner so schnell gerechnet – nach den letzten eher winterlichen Tagen. Gudrun genießt die wärmenden Strahlen in ihrem Nacken, als sie in der Küche ihr Müsli löffelt. Nach dem Traum mit Georg ist sie überraschend schnell wieder eingeschlafen und hat fast den Wecker überhört, den sie wegen der Schulstunde in der *Lebenshilfe* gestellt hat.

Georg. Dass sie ihn nicht vergessen kann. Auch wie er vor mehr als zwanzig Jahren als Kunde vor ihr stand, schüchtern, jungenhaft, aber mit schon schütterem Haar und einer kleinen runden Brille, die ihn sehr ernsthaft wirken ließ.

Sie half an diesem Tag in der Herrenoberbekleidung aus, weil Kollegen fehlten. Georg suchte eine schwarze Hose und einen schwarzen Pullover und deshalb ihren Rat, weil er alleine nicht zurecht kam. Er brauchte die Kleidung fürs Priesterseminar, das erzählte er ihr später bei einem Kaffee. Nein, es war nicht so, dass er mit ihr geflirtet und sie um eine Verabredung gebeten hatte, im Gegenteil. Sie traf ihn zufällig eine Stunde später in der Kaufhaus-Cafeteria wieder. Er löffelte den Linseneintopf, sie wollte eigentlich nur in einer ruhigen Ecke einen Kaffee trinken und Zeitung lesen. Erst als sie in besagter Ecke Platz genommen hatte, fiel ihr Georg am Nebentisch auf. Er sah sie im selben Moment.

Nach dem ersten »Oh, hallo, Sie auch hier?« entwickelte sich die Unterhaltung zwanglos und mit überraschenden Parallelen. Beide liebten lange Spaziergänge in der Natur, fuhren nicht gerne Auto und lasen bevorzugt englische Romane. Beide mochten in der Freizeit vor allem zweckmäßige Kleidung und legten wenig Wert auf Äußerlichkeiten. Und beide waren einsam.

»Bleiben Sie noch einen Moment? Dann hole ich mir auch einen Kaffee.« Georg stand auf, Gudrun nickte.

»Möchten Sie auch noch einen?«

»Sehr gern!« Noch niemals hatte ein Mann sie zu einem Kaffee eingeladen. Sie dachte nicht einmal daran, ihm ihre Personalkarte zu geben, um ein paar Prozente zu sparen.

Leider war ihre Mittagspause kurz. Ob sie in den nächsten Tagen Lust habe, mit ihm zum Abendessen zu gehen? Er sei erst vor kurzem nach Bamberg gezogen und kenne noch niemanden. Gudrun hatte mehr als Lust.

Bei dem Essen drei Tage später im *Greifenklau* erzählte Georg ihr, wie er ein Jahr zuvor sein bisheriges Leben radikal beendet und den Entschluss gefasst hatte, Priester zu werden. Bis zum Alter von 28 Jahren arbeitete er in einer Coburger Spedition als Großhandelskaufmann, der Sinn seiner Tätigkeit und seines Lebens überhaupt war ihm schon länger abhandengekommen. Den katholischen Glauben der Kindheit hatte er ebenso verloren, auch wenn er sonntags mit den Eltern zusammen den Gottesdienst in der Pfarrkirche St. Augustin aufsuchte – aus reinem Pflichtgefühl.

»Dann musste ich dienstlich nach Norddeutschland. Wir hatten Geschäftspartner in Hamburg. Habe ein Zugticket gebucht, du weißt ja, ich fahre nicht gern Auto.«

Sie waren schnell zum Du übergegangen.

»Erinnerst du dich an Eschede? Das Zugunglück letztes Jahr?«

Natürlich erinnerte sie sich. Es war eines der schrecklichsten ICE-Unglücke mit über hundert Toten und vielen Schwerverletzten gewesen, die Zeitungen berichteten im Jahr zuvor tagelang auf Seite Eins.

»Du warst im Zug?«, fragte sie ungläubig.

Er nickte. »Zum Glück im vorderen Teil. In den ersten Wagen überlebten fast alle Reisenden. Allerdings erinnere ich mich an nichts. Ich wurde aus dem Zug geschleudert, hatte Rippenbrüche, einen Milzriss und lag ein paar Tage im künstlichen Koma.«

Gudrun kannte selbst eine Kollegin, deren beste Freundin damals ums Leben gekommen war – sie wollte mit ihren beiden kleinen Kindern zur Mutter-Kind-Kur an die Nordsee fahren. Der Mann kam nie darüber hinweg.

»Als ich dann im Krankenhaus aus dem Koma aufgewacht bin, war das wie eine Wiedergeburt, und für mich stand außer Frage, dass ich was aus meinem Leben machen musste. Dass es göttliche Fügung war, mich überleben zu lassen – einen jungen Mann, der bisher zu nichts nutze gewesen war, dessen Tod niemanden außer seine Eltern geschmerzt hätte. Verstehst du?«

Gudrun verstand. Tief drinnen schmerzte es sie allerdings, dass gerade dieser Mensch, der *ihrem* nutzlosen Dasein ein Ende machen könnte, sich ausgerechnet Gott verschreiben wollte. Sie verließen die Gaststätte erst, als der Wirt vom *Greifenklau* schon ungeduldig mit einem Stift auf die Theke klopfte. Georg wollte Gudrun wiedersehen.

»Darfst du das überhaupt – dich mit Frauen treffen?«, fragte sie ihn.

»Treffen – ja«, war seine Antwort.

»Der Meister kommt!« »Mit seiner Domina?« »Nee, die ist schon da. Zähmt gerade ein Hörnla.« Die Kollegen schütten sich mal wieder aus vor Lachen.

Dominique sitzt vor ihrem PC, durch eine schalldichte Glasscheibe getrennt von den feixenden Beamten. Sie tunkt das letzte Hörnla vom Vortag in ihren dampfenden Kaffee. Ihr Blick ist konzentriert auf den Bildschirm gerichtet, zwischendurch tippt sie versiert mit zehn Fingern auf der Tastatur.

»Schon hier? Guten Morgen, Dominique.« Alfred Meister schält sich umständlich aus dem Anorak.

»Ich fange jeden Morgen um 8 Uhr an. Spätestens.« Dominique wendet den Blick nicht vom Bildschirm ab. Sie schiebt hinterher: »Nur nicht immer im Büro.«

Ja, das ist Alfred bekannt. Er tritt hinter sie, um zu sehen, was sie da macht. »Oha! Suchst du ein zweites Standbein im horizontalen Gewerbe?«

Über den Monitor laufen Anzeigen und Fotos von Prostituierten jeder körperlichen Konstitution, jeden Geschlechts und jeglicher sexueller Vorliebe. Gut, dass der Ton aus ist; die sich auf dem Bildschirm in multiplen Orgasmen windenden Körper scheinen live zu stöhnen, zu hecheln, zu gurren, zu winseln. Alfred wills lieber nicht hören.

Dominique tropft ungeniert mit ihrem vollgesogenen Hörnchen auf die Tastatur. »Ich schau mir mal die regionale Szene an. Bis jetzt hab ich nicht wirklich was gefunden.«

»Was suchst du denn genau?«

»Die Nadel im Heuhaufen. Hinweise, wer von den Damen Eva Müller sein könnte.«

Alfred rollt seinen Bürostuhl um den Schreibtisch herum und setzt sich neben Dominique. Unauffällig korrigiert er die Sitzhöhe nach oben, um auf Augenhöhe mit ihr zu kommen.

»Wir sollten unsere IT-Kriminalisten hinzuziehen. Ich vermute mal, bestimmte Anzeigen findet man nur im Darknet.«

»Stimmt. Ich ruf die mal an.« Sie drückt ein paar Tasten, der Monitor wird schwarz. Dominique lehnt sich im Stuhl zurück und verschränkt die Hände hinter dem Kopf.

Alfred bewundert einen Moment lang ihre langen, schlanken Finger, die nur wenige Zentimeter von seinem Kopf entfernt sind. Er knetet im Schoß seine Wurstfinger und seufzt ein bisschen.

Dominique bezieht den Laut auf den ungelösten Fall.

»Wir brauchen Eva Müller. Und Wissen zu ihrem Umfeld.«

Alfred nickt. »Was tut sie, wenn sie nicht als Prostituierte arbeitet? Gibts einen Mann, einen Freund? Welcher Kerl hat Grund genug, einen ihrer Kunden ins Jenseits zu befördern?«

Sie schauen sich ratlos an und sind noch immer Lichtjahre von der Lösung des Falls entfernt.

Eva

Eva steht im Badezimmer vor dem Spiegelschrank und schminkt sich dezent. Die Frühjahrssonne blendet und beleuchtet gnadenlos das von Schnee und Regen schmutzige Fenster. Vielleicht wird sie am Wochenende die Fenster putzen.

Eine kurze Begegnung im Apartmenthaus kommt ihr in den Sinn. Es war am Montag, und es läutete an der Tür. Eva öffnete grundsätzlich auf Klingeln nur, wenn sie auf einen Kunden wartete. Ihr Kunde war aber gerade gegangen, ein grobschlächtiger Mensch mit Schneeklumpen an den Stiefeln, die hässliche Pfützen aus Schmutz, Streusalz und Splitt in ihrem Flur hinterlassen hatten. In solchen Fällen konnte sie nicht auf Gudrun warten. Sie putzte selbst und öffnete die Wohnungstür, um auch davor zu wischen. Sie hatte nicht damit gerechnet, dass die beiden Besucher schon im Haus waren und vor ihrer Tür standen.

In ihrem Aufzug – einer langen Kellnerschürze über den hautengen Leggins, einem Turban auf der Perücke und Gummihandschuhen – mussten die beiden sie trotz der Schminke für eine Hausfrau beim Wohnungsputz halten. Das war sie ja auch, irgendwie.

»Oh, wir stören. Es dauert nicht lange.« Beide hielten gedruckte Broschüren in den Händen und ihr vor die Nase. Es waren keine gewöhnlichen Zeitschriften, sondern unterschiedliche Ausgaben des *Wachtturms* der Zeugen Jehovas.

Eva hielt inne, den Schrubber vor sich platziert wie eine Lanze. »Ich habe wenig Zeit und kaufe auch nichts.«

Das Paar lächelte synchron. Sie waren unbestimmten Alters, ein Mann und eine Frau, wahrscheinlich verheiratet, Eva bemerkte identische Ringe an den Fingern. Sie trugen ähnliche Kapuzenmäntel, er eine Strickmütze auf dem Kopf, sie einen kleinen Hut und ein blau gemustertes Halstuch.

»Dürfen wir hereinkommen? Nur kurz?«, fragte er, und sie fiel ihm mit »Wir ziehen die Schuhe aus« ins Wort.

Bevor Eva antworten konnte, war er schon aus seinen Moonboots geschlüpft und sie in die Hocke gegangen, um ihre Stiefeletten aufzuknoten.

Eva seufzte. »Wirklich nur kurz.« Sie lehnte den Schrubber an die Wand vor der Wohnungstür und stellte den Putzeimer dazu. Zur Klarstellung, dass sie gleich weiterputzen würde.

Die beiden traten strümpfig und auf Zehenspitzen in ihren nassen Flur, durch ein Loch in der rechten Socke des Mannes lugte ein Zeh.

Evas Apartment war nicht auf den Empfang gottesfürchtiger Gäste eingerichtet. Was nicht bedeutete, dass sie nicht den einen oder anderen Gottesmann als Kunden hatte. Aber der kam dann nicht, um sie zum Glauben zu bekehren. Er kam, um sich von ihr beweisen zu lassen, dass er trotz Zölibat noch ein richtiger Mann war.

Eva führte die beiden in ihre weiße Küche und bot ihnen die zwei verchromten Stühle an. Mehr Sitzgelegenheiten gab es nicht. Sie selbst lehnte an der Spüle und behielt die Gummihandschuhe an.

Die Frau schaute sich ehrfürchtig um. »Sie haben es sehr schön hier. So sauber und aufgeräumt.«

Eva nickte, in ihrer Küche gab es nichts aufzuräumen außer gelegentlich zwei Gläser.

Sie kann sich nicht mehr genau erinnern, was die beiden schwafelten. Sie sprachen von der Endzeit und dass man sich darauf vorbereiten müsse. Sie luden Eva ein, in ihre Gottesdienste zu kommen. Dass Eva ihnen eine Zeitlang zuhörte, lag nicht etwa an irgendeinem Interesse an dem, was die beiden ihr nahebringen wollten. Es hatte damit zu tun, dass Eva sich vor vielen Jahrzehnten, sie war Schülerin, mit der Geschichte der Zeugen Jehovas befasst hatte. Im Religionsunterricht war ein Referat zu halten, man durfte sich eine weltweit vorkommende Glaubensgemeinschaft aussuchen und sollte eine ihrer Besonderheiten vorstellen. Ihr war ein Artikel über die Verfolgung der Zeugen Jehovas in der NS-Zeit in die Hände gefallen, und sie hatte großes Mitgefühl und Mitleid gespürt, in einer Zeit, in der sie als Pubertierende selbst von widersprüchlichsten Gefühlen und Empfindungen geschüttelt wurde. Eine Minderheit, die ausgemerzt werden sollte, weil sie nicht der Norm entsprach.

Eva empfand das Gleiche wieder, als die beiden am Montag in ihrem Apartment auftauchten. Sie ließ sie aus Solidarität mit den Minderheiten dieser Welt herein, nicht weil sie bekehrt werden wollte. Von jeglicher Religion hatte sie sich seit Jahren abgewandt.

Sie ließen ihr einen *Wachtturm* da und fragten, ob sie wiederkommen dürften.

»Ich bin selten da«, antwortete Eva ausweichend, obwohl es stimmte.

Sie griff sich ihren Schrubber, während die beiden wieder ihre Schuhe anzogen.

»Auf Wiedersehen, Frau ...? Sie haben kein Namensschild an der Tür.«

»Müller.«

»Frau Müller.« Beide wollten ihr die Hand drücken und griffen irritiert nur nach dem Gummihandschuh.

Eva wischte noch ein paar Stufen hinter ihnen her.

Ermittlungen

»Wir haben da was.« Der Kollege, der zur Tür hereinschaut, winkt mit einem Zettel.

»Ich komme raus.« Alfred wuchtet sich von seinem Schreibtischstuhl hoch. Dominique telefoniert mit einem der IT-Kriminalisten.

Auf dem Zettel steht ein Name und eine Bamberger Telefonnummer. »Wer ist das?«

Der Kollege geht voraus ins Nachbarbüro. Auf seinem Schreibtisch liegt in einer Klarsichthülle die *Wachtturm*-Ausgabe mit den Rotweinflecken aus Eva Müllers Apartment.

»Hab ein bisschen recherchiert. Ist gar nicht so leicht, bei den Zeugen Jehovas jemanden aufzutreiben. Ich bin heute früh zur Adresse ihres Versammlungsraumes gefahren. Dort hatte ich Glück, eine Frau war gerade dabei, den Raum fürs Wochenende herzurichten.«

»Und weiter?«

»Ich musste ziemlich deutlich werden, Ermittlungen in einem Mordfall und so, sonst hätte sie nicht geredet.«

»Was geredet? Dass die Zeugen Jehovas Dr. Wagner umgebracht haben?« Alfred wird langsam ungeduldig.

Der Kollege lacht. »Nee, ich glaube, die tun keiner Fliege was zuleide. Die Frau wollte allerdings nicht damit herausrücken, welche Gemeindemitglieder rund um Eva Müllers Domizil missioniert haben. Aber jetzt hab ich die Daten.« Er hält triumphierend den Zettel hoch. »Soll ich mit dem Kollegen hinfahren, oder wollen Sie selber …?«

Alfred schnappt sich den Zettel und liest. »Ein Ehepaar?«

»Sieht so aus.«

»Danke, Kollege, gut gemacht. Ich denke, Dominique und ich vernehmen die beiden Zeugen selbst.« Zeugen im doppelten Wortsinn.

Wenig später sind sie mit dem Dienstwagen unterwegs in Richtung Gartenstadt. Dort, in der Nähe des Gartenstädter Marktes, wohnt das missionierende Ehepaar. Alfred sitzt am Steuer, ausnahmsweise, er überlässt es sonst gerne der Kollegin, auch wenn ihr Fahrstil ihn regelmäßig zum Schwitzen bringt. Dominique wischt konzentriert an ihrem Smartphone herum. Der IT-Beamte hat ihr eine Unmenge an Daten aufs Handy geschickt. »Jede zweite Dame in diesem Gewerbe heißt anscheinend Eva«, murmelt Dominique vor sich hin.

Alfred steuert das Auto mit der vorgeschriebenen Höchstgeschwindigkeit von 70 km/h über den Berliner Ring und bremst vor einer gelben Ampel.

Dominique streicht eine Haarsträhne hinter das linke Ohr und sagt ohne aufzuschauen: »Das hätten wir noch geschafft.«

Klar, sie an seiner Stelle hätte Gas gegeben. Verstohlen betrachtet er ihr konzentriert übers Handy gebeugtes Gesicht, das perfekt geformte linke Ohr mit dem kleinen Perlenohrring, den langen schmalen Hals. Wenn sieben Zentimeter ihrer Körpergröße auf die Stilettos gehen, dann weitere sieben auf die Länge ihres Halses.

Alfred schluckt. Gewisse Körperpartien der schönen Kollegin – Hals, Hände, Fußfesseln, der knackige Po – geistern gelegentlich durch seine feuchten Träume. Im wirklichen Leben bevorzugt er trotz allem das weiche runde Fleisch seiner Grete. Im Gegensatz zu manchem Paar aus Meisters Freundeskreis gibt es bei Alfred und Grete erfreulicherweise ein reges Sexualleben. Alfred würde dieses nie und nimmer aufs Spiel setzen – nicht mal dann, wenn eine Klassefrau wie Dominique was von ihm wollte. Was sowieso so gut wie ausgeschlossen ist.

»Grün. Schon seit zehn Sekunden«, meldet Dominique ungerührt in Alfreds Tagträume hinein.

Und jetzt hört er es auch, das entnervte Hupen hinter ihnen. Gut, dass sie keinen Streifenwagen fahren.

Wenig später sind sie da. Ein schmales Reihenhaus, ein kleiner gepflegter Garten davor, jetzt im Februar noch in Winterstarre liegend. Sie haben sich nicht telefonisch angekündigt, sind auf gut Glück hergefahren. Zwar besteht keinerlei Verdacht gegen das Paar, aber einer der Beamten in der Dienststelle hat auf seiner Version des möglichen Tathergangs beharrt: Die beiden Zeugen Jehovas könnten bemerkt haben, welcher gotteslästerlichen Tätigkeit die Menschen im Apartmenthaus nachgingen. Sie wollten vielleicht wiederkommen, zwei Tage später, um einen weiteren Bekehrungsversuch der Gottlosen zu unternehmen. Eva Müller könnte ihnen wieder geöffnet haben, die Besucher sahen den nackten Dr. Wagner in verfänglicher Pose. Es kam zum Handgemenge, zum Sturz des Arztes und schließlich zum Tod durch Ersticken. Vielleicht durch ein Kissen, ein Tuch, einen Schal?

Auf ihr Klingeln öffnet fast sofort die Frau. Sie ist undefinierbaren Alters, ihr langes graubraunes Haar wird von einem Haarreif gehalten, sie trägt einen Wollrock und einen dicken Strickpullover. Und um den Hals ein blau-weißes Tuch.

Gudrun

Die Unterrichtsstunde über Krötenwanderung im Frühjahr, die Gudrun und Karina in der *Lebenshilfe* halten, kommt gut an. Gudrun ist überrascht, wie klein eine solche Klasse mit behinderten Schülern ist – fünf Jungs, drei Mädchen, die meisten wirklich schwer körperlich und/oder geistig behindert. Drei Schüler sind krank, ebenso eine der Assistentinnen. Die zweite pädagogische Kraft, die die Lehrerin unterstützt, hat angerufen, dass sie wegen einer Autopanne später kommt.

Es gibt keinen strengen Frontalunterricht, wie Gudrun ihn noch allzu gut aus ihrer Schulzeit kennt. Stattdessen sind die Schüler im Halbkreis um die Lehrerin verteilt, sitzen meist im eigenen Rollstuhl und haben individuell auf sie zugeschnittene Lernpulte oder

Laptops. Ein Junge steuert die auf Brusthöhe angebrachte Tastatur mit Hilfe seines Kinns, da er weder die Hände gebrauchen noch sprechen kann. Er heißt Jan und beeindruckt Gudrun besonders. Er handhabt nicht nur sein Schreibgerät virtuos, sondern gibt auch pfiffige Kommentare ab. Als Karina erzählt, dass in der Welt der Grasfrösche und anderer Kröten die Männchen deutlich in der Überzahl sind und sich das Weibchen den besten Vater für ihre Nachkommen aussuchen kann, meldet sich mit einem Piep Jans Sprachcomputer zu Wort: »Krass ey, umgekehrt wär besser.« Dazu grinst er über sein längliches, schiefes Gesicht und bringt auch andere Schüler zum Grölen.

Die *Power-Point*-Präsentation kommt übrigens gar nicht zum Einsatz, die Lehrerin hat davon abgeraten. »Meine Jungs und Mädels brauchen was zum Anfassen.« Sie deutete auf den Korb, den Gudrun auf einem Pult abgestellt hat. »Sind das Gummikröten? Die reichen völlig als Anschauungsmaterial.« Als sehr nützlich erweist sich auch das Bilderbuch von Emil, der Erdkröte. Karina und Gudrun erzählen mit Hilfe des kleinen Buches und der Gummitiere Geschichten aus dem Leben der Amphibien. Ein Mädchen mit Down-Syndrom will die kleine, braune Erdkröte gar nicht mehr aus der Hand geben und schreit wie am Spieß, als die Lehrerin vorsichtig die kleinen Finger öffnen will, die sich um den Leib des Gummitieres gekrallt haben.

»Geben Sie mir mal den kleinen Teddy da drüben als Ersatz«, bittet sie Gudrun und deutet auf ein zerzaustes Stofftier auf der Fensterbank. Gudrun reicht es ihr, aber auch dieser Plan geht nicht auf. Das Mädchen schreit, die anderen Kinder lachen oder schreien ebenfalls, Jans Computerstimme meldet sich mit »Kröte will Kröte behalten!« zu Wort.

Das Tohuwabohu löst sich erst auf, als die verspätete Assistentin hereinkommt. Sie hat einen guten Draht zu dem Down-Syndrom-Mädchen und darf die Gummikrötengeisel gegen den zerzausten Teddy austauschen.

»Ist ganz schön heftig, was in Ihrer Klasse so abgeht«, bemerkt Karina bei der kurzen Nachbesprechung, zu der sie sich ins Lehrerzimmer gesetzt haben. Karina, Anfang fünfzig, hat selbst früher stundenweise unterrichtet, aber dann machten ihre Nerven nicht mehr mit. Sie ist schon seit einigen Jahren in Frühpension – und hat ihr gesamtes Engagement auf den Naturschutz verlagert.

Die Lehrerin nickt. »Aber es macht auch viel Spaß. Wir sind hier schon über kleinste Erfolge froh. Wir freuen uns sogar über Stillstände in der Entwicklung. Das heißt immerhin, dass sich der Zustand eines Kindes nicht verschlechtert.«

»Dieser Junge mit dem Sprachcomputer – hat er Chancen?« Das will Gudrun wissen.

»Jan Brodbecker? Unser Spaßvogel«, die Lehrerin grinst, »sehr intelligent, aber schwerstbehindert. Und wenn Sie mit Chancen meinen, ob sich sein Zustand verbessern kann: nein.«

»Ach Gott, das ist schlimm«, sagt Karina und guckt betroffen. »Oder, Gudrun, ist das nicht schlimm?«

Vieles ist schlimm, denkt Gudrun, aber sie nickt.

»Er ist einer von denen, bei denen ich heilfroh bin, wenn wir den Status Quo noch eine Weile halten können«, ergänzt die Lehrerin. »Aber jetzt müssen Sie mich entschuldigen. Ich kann die Assistentin nicht so lange mit den Rabauken alleine lassen. Haben Sie vielen Dank für die wirklich interessante Schulstunde!«

Karina und Gudrun reden nicht viel auf der Rückfahrt. Gudrun hat auch keine Lust, noch irgendwo einen Kaffee zu trinken, wie von Karina vorgeschlagen. »Wir sehen uns morgen, beim Zäune aufstellen.«

Als Gudrun ihre Haustür aufschließt, fällt ihr siedend heiß das zertrümmerte Smartphone in ihrer Tasche ein. Sie wollte es irgendwo entsorgen und hat es vergessen. Sie tastet danach und findet es nicht. In der Wohnung leert sie den gesamten Tascheninhalt auf den Tisch – kein Handy. Es muss ihr aus der Tasche gefallen sein. Aber wo?

Ermittlungen

»Polizei?« Die Zeugin Jehovas ist sichtlich erschrocken, als Alfred und Dominique ihre Ausweise zeigen.

»Wir müssten Sie in Zusammenhang mit einem Tötungsdelikt befragen – als Zeugin.« Alfred verbeißt sich wegen der Doppeldeutigkeit des Begriffs ein Grinsen, aber die Frau, die da Hände ringend vor ihnen steht, hat keinen Sinn für Späße. Ihr blau-weißes Halstuch spricht für den Ernst der Lage.

»Tötungsdelikt? Oh Gott, oh Gott.« Sie tritt einen Schritt zurück, lässt die beiden Besucher eintreten. Das kleine Haus wirkt sehr ordentlich, die Möblierung im Flur und im Wohnzimmer, in das sie gebeten werden, ist Jahrzehnte alt. Es ist still im Haus, kein Radio läuft, keine Kinder sind zu hören. Vielleicht hat das Paar keine, oder sie sind erwachsen, die Frau könnte alles zwischen vierzig und Mitte fünfzig sein.

»Ist Ihr Mann da?«, will Dominique Brodbecker wissen, bevor sie gewohnheitsmäßig die Schrankwand und das Bücherregal inspiziert. Überwiegend christliche Literatur, ein paar Bildbände aus Harz, Rhön und Schwarzwald, ein Weltatlas, keine Romane.

Frau Jehova knetet immer noch die Hände. »Nein, er ist gerade weg. Ich kann ihn anrufen, wenn Sie möchten. Hat ... hat Ihr Besuch denn mit meinem Mann zu tun?«

Alfred bittet die nervöse Frau mit einer Handbewegung, doch Platz zu nehmen. Sie lässt sich in einen der Sessel sinken, Alfred nimmt auf dem Sofa Platz und fährt mit den Fingern über die Kissen. Roter Cord, nichts Blaues, nichts Weißes.

»Im Moment brauchen wir Ihren Mann nicht. Aber Ihre Erinnerung. Sie waren am Montag in einem Apartmenthaus missionieren, in dem ... etwas spezielle Mieter wohnen. Eine der Mieterinnen – jung, Pferdeschwanz, gut gebaut ...« Alfred deutet mit der Hand eine große Wölbung in Brusthöhe an. Sie entspricht in etwa seinem Bauchumfang. »Sie hat Ihnen geöffnet, erinnern Sie sich? Sie ist so etwas wie eine Prostituierte, auf eigene Rechnung und für zahlungskräftige Kunden.«

Die Frau wird sofort rot. »Ich dachte es mir fast. Sie wollte auch nicht mit uns reden. Ist sie ... ist sie tot?«

»Sie nicht«, meldet sich Dominique, die mal wieder schräg hinter der Verdächtigen an der Schrankwand lehnt.

»Wer dann?«

»Die Wohnung auf der anderen Seite – hat Ihnen dort jemand geöffnet?«, fragt Alfred, ohne auf die Frage einzugehen.

»Wenn Sie die Dame meinen, die gerade beim Putzen vor ihrer Wohnungstür war? Uns ist aufgefallen, dass sie trotz Schürze sehr elegant gewirkt hat.«

»Das heißt, Sie haben nur vor der Wohnungstür mit ihr gesprochen, sind nicht in der Wohnung gewesen?«

»Doch, doch, sie hat uns hereingelassen. Wir saßen ein paar Minuten bei ihr in der Küche. Eine unglaublich saubere, aufgeräumte Küche, nichts stand herum.«

»Haben Sie dort etwas angefasst?« Dominique wieder.

Die Frau schaut fragend. »Angefasst? Nein, ich glaube nicht. Wir haben beide vor der Tür die Schuhe ausgezogen, weil die Dame nass gewischt hatte.«

»War noch jemand in der Wohnung?«

»Nein. Das heißt, ich glaube nicht. Es war nichts zu hören. Die Zimmertüren standen offen.«

»Hat sich die Wohnungsinhaberin denn für Ihre Schriften interessiert?«

Die Zeugin Jehovas seufzt. »Ich glaube, nicht wirklich. Wir haben ihr einen *Wachtturm* da gelassen. Sie wollte auch nicht so recht, dass wir wieder kommen, sie sei selten da.«

»Und – sind Sie wiedergekommen? Vielleicht zwei Tage später, am Mittwoch?«

»Nein, nein, mein Mann und ich haben besprochen, dass wir es in ein paar Wochen nochmal in diesem Haus versuchen.«

»Wo waren Sie am Mittwoch?«

Sie überlegt angestrengt. »Ich müsste zuhause gewesen sein, ja, stimmt, ich habe Essen für abends vorbereitet, wir hatten Gäste eingeladen.«

»War Ihr Mann auch zuhause?«

»Nein, er hatte einen Arzttermin. Aber warum fragen Sie das alles? Was sollen wir denn gemacht haben?«

Jetzt hockt sich Dominique ihr gegenüber auf den zweiten Sessel. »Dieser Schal«, sie deutet auf das blau-weiße Teil, »tragen Sie ihn auch beim Missionieren?«

Die Frau greift fahrig nach ihrem Halstuch. »Was ... was meinen Sie damit? Gelegentlich sicher, ja.«

Alfred tut sie leid, er ist inzwischen fast überzeugt, dass sie nichts mit dem Tod von Dr. Mirko Wagner zu tun hat. »Wir stellen momentan Spuren sicher, Ihr Schal könnte eine solche Spur sein. Wenn Sie erlauben, nehmen wir ihn mit, und wir möchten Sie auch um eine Speichelprobe bitten.«

Alfred zieht ein Röhrchen aus seiner Jackentasche und zeigt es der Frau. »Geht schnell und tut nicht weh.«

Die Hände der Zeugin Jehovas zittern, aber sie nestelt doch das Tuch vom Hals und öffnet gleichzeitig den Mund für Alfreds Wattestäbchen.

»Wir brauchen Ihre genaue Beschreibung der Frau. Bitte kommen Sie beide aufs Präsidium, sobald Ihr Mann zurück ist, wir nehmen Ihre Fingerabdrücke und lassen gemeinsam mit Ihnen eine Phantomzeichnung erstellen.«

Dominique streicht unerwartet mitleidig über den Arm im Strickpullover. »Wenn Sie nichts getan haben, haben Sie nichts zu befürchten.«

»Ich ... wir haben nichts getan!«, beteuert die Frau und wischt mit dem Ärmel, den Dominique eben noch getätschelt hat, über ihr Gesicht. Die Augen glänzen feucht. Sie bleibt sitzen und ringt wieder die Hände, als die beiden Polizisten Wohnzimmer und Wohnung verlassen.

»Die wars nicht«, sagt Dominique draußen.

»Aber der Schal!« Alfred hebt den Beutel hoch, in dem sich das verdächtige Stück befindet. Er zweifelt wieder. »Und was ist mit Fingerabdrücken? Dass sie absolut nichts in der Wohnung angefasst haben will, ist doch nicht glaubhaft. Und was ist mit ihrem Mann? Vielleicht hat er das Haus am Mittwoch alleine aufgesucht? Und den gottlosen Kunden von Eva Müller im Affekt getötet? Wir brauchen dringend seine DNA.«

Gudrun

Anders als die anderen zu sein – Gudrun weiß nicht mehr, wann sie es gemerkt hat. Mit vier Jahren, als ihre Eltern sie zum ersten

Mal ins Krankenhaus brachten und die ständigen Bauchschmerzen ihr Todesangst machten? Mit sieben Jahren, als es für ihre Mutter unerklärlich wichtig wurde, ob Gudrun eine Latzhose oder ein rosa Kleidchen trug? Mit jedem weiteren Krankenhausaufenthalt, bei dem ihr Dinge aus dem Bauch entfernt wurden, von deren Existenz sie überhaupt nichts gewusst hatte? Und die offenbar überflüssig waren, wenn sie ohne sie leben konnte? So legte es sich das Kind Gudrun im wachen Zustand zurecht. »Gewebe« hörte sie einen Arzt sagen, der die Eltern nach einem Eingriff beruhigte. Das Gewebe sei entfernt worden, bevor es hätte bösartig werden können. Die Mutter seufzte erleichtert auf, der Vater runzelte die Stirn. Von der Gefahr, dass etwas im Bauch seiner Tochter hätte bösartig werden können, wusste er offensichtlich nichts. Alles wird gut, murmelte er manchmal, wenn er Gudrun im Krankenhaus besuchte, alles wird gut, mein Mädchen. Tage später, wenn sie gemeinsam an seiner Tischlerbank werkelten, nannte er sie wieder »mein Junge«, und Gudrun schob die beschämenden Ereignisse im Krankenhaus in die unterste Schublade ihres Gedächtnisses.

Das alles war noch kein bewusstes Anders-Sein, nur ein vages Gefühl, ein schlimmes Gefühl, ein Entsetzen darüber, welche unaussprechlichen Wahrheiten über sie selbst ihr verheimlicht wurden.

Gudrun hält ihre Teetasse mit beiden Händen, die Wärme tut gut. Sie steht am Fenster, schaut auf winterkahle Bäume, auf ein Dach gegenüber, von dem schmelzender Schnee tropft. Seit Jahrzehnten wohnt sie hier, ist viele Jahre lang in den Bus an der Ecke gestiegen, um zu ihrem Arbeitsplatz in der Innenstadt zu kommen. Auch die Zeit mit Georg hat sie in dieser Wohnung erlebt, die kurze wunderbare Zeit, in der sie so lebendig war wie nie zuvor. Und das große Schweigen, das sich über sie beide gelegt hat, als er erkannte, wer sie war. Müsste ein Priesteranwärter nicht Erbarmen haben mit Menschen, die anders sind? Hat nicht auch Jesus sich gerade der Kranken und Aussätzigen angenommen und sie gegen jegliche Vernunft berührt?

Andere, die anders sind, sind wenigstens nicht allein anders. Die behinderten Schüler in der *Lebenshilfe* kommen Gudrun in den Sinn, sie sind viele und als Gruppe stark. Der Staat schützt sie, stellt ihnen Ausweise aus, zahlt ihnen Schulausbildung und Pflegegeld.

Gudrun aber ist allein anders. Sie ist seit 58 Jahren auf dieser Welt und kennt keinen einzigen Menschen, der so ist wie sie.

Ermittlungen

»Heute Abend? Wart, ich frag sie.« Alfred Meister hat das Handy am Ohr, schaut aber Dominique an.

Sie sind wieder im Kommissariat und haben das Röhrchen mit der Spucke der Zeugin Jehovas sowie ihren Schal ins Labor gebracht.

Er spricht weiter ins Telefon, meint jetzt aber Dominique.

»Grete, meine Frau. Sie würde dich gerne für heut Abend zu einer Brotzeit einladen. Nichts Großes, Pressack, Wurstsalat, Backsteinkäs mit Musik.«

»Mmmmh! Lecker.« Dominique hockt hinter ihrem PC-Bildschirm und zerbröselt Schokolade auf der Tastatur. »Ich ... ich muss vorher noch was regeln.« Sie zieht ihr eigenes Smartphone aus der Gesäßtasche, steht auf und geht mit langen Schritten aus dem Raum. Alfred fasst nicht, wie man mit solchen Absätzen stehen, geschweige denn gehen kann.

»Grete? Ich ruf dich später nochmal an. Die Kollegin muss da erst was klären ... Was? Keine Ahnung ... Ja, sag ich ihr. Bis später.« Er schickt Grete einen dezenten Schmatz durchs Telefon, etwas, das er wirklich nur macht, wenn er allein im Büro ist. Dann hievt er sich aus seinem Drehstuhl und geht zu den Kollegen nebenan. Dominique steht ganz am Ende des langen Flurs und telefoniert.

»Gibts was Neues, Männer?«, fragt Alfred und grinst dabei, denn die Beamtin am hinteren Schreibtisch ist die Gleichstellungsbeauftragte der Polizei und geht bei solchen Ansprachen gerne hoch wie eine Rakete an Silvester.

Dieses Mal allerdings nicht, sie trägt Kopfhörer und konzentriert sich vermutlich auf ein Vernehmungsprotokoll.

Die Männer feixen.

»Es ist was faul im Staate Dänemark«, zitiert einer.

»Nichts Genaues weiß man nicht«, ergänzt ein anderer.

»Gehts vielleicht ein bisschen konkreter?« Alfred lässt sich auf den Besucherstuhl plumpsen und angelt mit einer Hand eine Wasserflasche aus dem Kasten unter seinem Stuhl.

»Na ja, die Telefondaten von Doktor Sex lassen auf sich warten, sämtliche Evas aus dem Darknet liegen beim IT-Spezialisten auf dem Tisch, und Berlin schweigt ...«

»Die Immobilienheinis?«

»Jep. Unglaublich, dass die keine Daten von Eva Müller beibringen. Kann doch nicht alles dem Digitalisierungswahn zum Opfer gefallen sein, oder?«

»Bleibt dran«, seufzt Alfred. »Und macht ein Phantombild mit der Zeugin Jehovas, die demnächst hier aufkreuzt. Und zwar eines, das kein Phantom, sondern eine reale Frau zeigt.«

»Auch noch.« Der zuständige Kollege grinst. »Wie präzise das Bild wird, hängt ganz von der Zeugin ab!« Wieder doppeldeutig, aber Alfred ist das Lachen vergangen.

Dominique stöckelt herein, das Handy steckt wieder in der Hosentasche. »Wir sollten los, Alfred. Dennis müsste jetzt da sein.«

Den hat Alfred fast vergessen. Er trinkt die Wasserflasche aus, ohne abzusetzen, und stellt sie in den Kasten zurück.

»Was ist mit heut Abend?«, fragt er die Kollegin auf dem Weg zum Dienstwagen.

»Geht klar. Aber nicht ganz so bald, ich muss nochmal kurz nach Hause.«

Alfred nickt. »19 Uhr wäre ideal. Ich sag Grete Bescheid.«

Dennis öffnet ihnen sofort. Sein weißes Hemd steht offen bis zum Bauchnabel, die Brust ist unbehaart und glänzt bronzefarben. Kein Goldkettchen immerhin.

»Ich habe Sie schon erwartet!« Er winkt das Kommissar-Duo mit schwungvoller Armbewegung herein und bedenkt beide mit Strahlemann-Blick. Ob er Männer wie Frauen gleichermaßen bedient? Schwer zu erkennen.

Alfred fühlt sich wie immer ein bisschen unwohl in Gegenwart eines möglicherweise schwulen Mannes.

Dominique wirft einen Blick in die offen stehenden Themenbereiche, es ist niemand da. »Wirtshaus, Arztpraxis oder Folterkammer, wo lassen wir uns nieder?«

Dennis grinst. »Wenns recht ist, setzen wir uns in die Küche.« Diese ist neben der Arztpraxis links, spiegelverkehrt zu Eva Müllers Wohnung, nur sieht es hier aus wie an der Bar in einem Club. Eine kleine Theke, Barhocker, eine mit Alkoholika gut sortierte Bar, in der Ecke ein großer, roter *Bosch*-Kühlschrank.

Eine solche Küche hätte Alfred zuhause gerne, auch wenn er für das Gespräch mit Dennis das bayerische Wirtshaus samt einem Bier vorgezogen hätte.

»Was kann ich Ihnen zu trinken anbieten? *Pellegrino*, Juice, Coke oder lieber ein Smoothie? Oder einen petit café?« Dennis angelt Gläser aus einem Hängeschrank, und Alfred entgeht Dominiques Blick auf Dennis' Hintern nicht. Knapp bemessen, der Junge.

»Wasser tuts auch«, bemerkt sie trocken. Sie hat bereits einen Barhocker in Beschlag genommen, ihre langen Beine reichen trotzdem bis auf den Boden. Alfred fällt es wesentlich schwerer, sich auf den Stuhl hochzuziehen.

»Ein *Pellegrino*, aber gerne«, plappert Dennis und sieht nicht, wie die Polizei in seinem Rücken die Augen rollt.

Schneller, als Alfred ablehnen kann, hat Dennis Eis in zwei Gläser fallen lassen und Wasser nachgeschenkt, aus dem Kühlschrank zaubert er zwei Scheibchen Zitrone an den Glasrand. Alfred mag keine Eiswürfel, aber was solls.

Dennis hockt sich ihnen gegenüber. »Anna hat mir erzählt, was passiert ist. Wie kann ich helfen?«

»Kennen Sie Eva Müller?«, fragt Dominique.

»Nein, nicht wirklich. Ich habe sie wenige Male aus der Entfernung gesehen, oder von hinten. Und am Mittwoch war ich nicht hier. Ich arbeite nur am Wochenende, manchmal auch freitags, so wie heute.«

»Was machen Sie sonst? Beruflich?«

Dennis zeigt wieder sein Strahlemann-Lächeln. »Ich bin auch wochentags Call-Boy. Allerdings in einem Call-Center.« Er lacht über seinen eigenen Witz. »Wir rufen im Auftrag verschiedener Firmen Kunden an. Ich sitze den ganzen Tag. Da tut ein bisschen Sport am Wochenende gut.«

»Können wir mal Ihren Ausweis sehen?« Alfred geht der Junge auf den Wecker.

Dennis zieht seinen Personalausweis aus der Gesäßtasche und legt ihn auf die Bar. 28 Jahre ist er jung, in Dresden geboren, er sächselt allerdings nicht.

Dominique fotografiert beide Seiten.

Dann legt sie ihm das Foto von Dr. Mirko Wagner auf den Tisch. »Schon mal gesehen?«

Dennis nimmt das Bild in die Hand und überlegt sichtlich.

»Hm. Ich glaube, der war schon mal hier.«

»Als Kunde von Eva Müller, das wissen wir«, sagt Alfred ungeduldig.

»Nein, ich meine hier«, er deutet Richtung Flur, »in unserem Apartment. Ob bei Anna oder Susan, kann ich nicht sagen.«

Alfred runzelt die Stirn. »Sind Sie da ganz sicher? Ihre Kollegin Anna kannte ihn nicht.«

»Na ja, dann wars vielleicht Susan.«

»Und wann war das? Wann haben Sie ihn hier gesehen?«

»Keine Ahnung, vor ein paar Wochen vielleicht. Ich habe abends vorbeigeschaut, weil eine Kundin was hier liegen gelassen hatte …«, er grinst wieder. »Da kam er aus der Folterkammer. Noch ziemlich lebendig.«

»Und Sie wissen wirklich nicht, von welcher Ihrer Kolleginnen er sich hat foltern lassen?«

»Nee, leider. Susan arbeitet abends, wegen ihrer Kids. Anna ist gelegentlich auch abends da. Wobei die beiden sich absprechen, damit ihre Kunden niemandem begegnen. Das war eher blöd für diesen Herrn«, er deutet auf das Foto, »ich hab ihn ja auch nur kurz gesehen, bin mir aber ziemlich sicher, dass er es war.«

Alfred nickt. »Gut.« Sie müssen im Büro unbedingt nochmal das Protokoll von Susans Befragung einsehen. Im Moment weiß Alfred nicht, ob ihr auch ein Foto von Dr. Wagner vorgelegt wurde. Wenn nicht, wäre das ein grobes Versäumnis.

Dominique fragt Dennis nach den beiden Zeugen Jehovas, aber Dennis kann nicht helfen, er hat sie nicht getroffen. Ebenso wenig weiß er, ob es eine Putzfrau für Eva Müllers Apartment gibt.

Dafür schaut er auf die Uhr. »Sorry, meine Kundin kommt gleich. Wenn Sie dann gehen würden …?«

Alfred rutscht vom Barhocker, Dominique stöckelt schon voraus. An der Wohnungstür wirft er noch einen Blick zurück. Die Tür zum bayerischen Wirtshaus steht offen. Die Bank mit den weiß-blauen Kissen lädt zum Verweilen ein. Weiß-blaue Kissen? Bei Alfred klingelt was.

Eva

RÄTSELHAFTER TOD EINES SEXKUNDEN – BAYREUTHER FRAUENARZT IN BAMBERGER EDELPUFF TOT AUFGEFUNDEN.

Eva hat bisher bewusst vermieden, Nachrichten zu schauen oder ins Internet zu gehen. Doch als ihr Blick beim Einkaufen auf die Titelseite des *Fränkischen Tags* fällt, kann sie die fettgedruckte Schlagzeile nicht übersehen.

Edelpuff, was für ein Wort. Eva findet diese Bezeichnung nicht passend. Ihr Apartment war ihr Refugium, ihre Spielwiese, der Ort, an dem sie ganz sie selbst oder ganz eine andere sein durfte. Fünfzehn Jahre lang ging das so. Und jetzt ist es vorbei. Wegen eines dummen Zufalls. Ihre Kunden hatten viele Berufe – Vorstandsvorsitzender einer Bank, Geiger bei den *Bamberger Symphonikern*, katholischer Geistlicher, Personalchef einer Behörde, erfolgreicher Start-up-Unternehmer und vieles mehr. Männer mit Geld eben. Es waren sicher auch Ärzte dabei, Eva hat nie gefragt, aber Männer definieren sich über Macht und Geld. Um ihre Macht zu demonstrieren, prahlten sie mit ihren beruflichen Positionen. Eva reichte es, wenn die Bezahlung stimmte.

Und der Kunde vom Mittwoch? Wie durch Milchglas sieht sie sein abfälliges Grinsen, hört seinen Spott. Was sollte das, warum machte er sich über sie lustig?

An dieser Stelle hat sie einen Filmriss. Er wollte aus der Hocke hoch, sie muss ihn mit großer Kraft an den Armen gepackt haben, er stieß gegen den Tisch, die Gläser mit dem Rotwein und die Flasche fielen um, der Mann griff fahrig in die Luft, verlor den Halt – und dann?

Gut, dass sie wie immer ihre Latexhandschuhe trug, enganliegend und in Rot, bis zu den Ellenbogen reichend. Ihr war sofort klar, dass sie keine Spuren hinterlassen durfte, zumindest nicht an dem Toten. Denn dass er tot war, daran bestand für sie kein Zweifel. Es dauerte keine fünf Minuten, bis sie umgezogen war, sich notdürftig abgeschminkt, ihre Kleidung eingepackt und das Haus verlassen hatte. Nur die Perücke trug sie noch.

Evas Einkaufswagen ist nur wenig gefüllt. Tiefkühlgemüse, Kartoffeln, Quark, zwei Orangen, Kaffee und Filtertüten. Auf dem Weg zur Kasse kommt sie erneut an den Tageszeitungen vorbei. Sie legt ihre Waren auf das Kassenband und den *Fränkischen Tag* dazu.

Der Fußweg zu ihrer Wohnung ist kurz. Sie setzt zuerst einen kleinen Topf mit wenigen Kartoffeln auf. Dann sucht sie den auf der Titelseite angekündigten Artikel über den toten Sexkunden.

Noch hat die Bamberger Polizei wenig preisgegeben: Am Mittwochvormittag wurde in einem Apartmenthaus im Bamberger Industriegebiet Dr. M. W. tot aufgefunden, ein Frauenarzt aus Bayreuth, der in der Wohnung die Dienste einer Edelprostituierten in Anspruch genommen hat. Den polizeilichen Angaben nach handelt es sich wohl um eine gewisse Eva Müller, die bislang noch nicht aufgefunden wurde. Nach ersten Ermittlungen war die Wunde am Hinterkopf des Mannes nach einem Sturz nicht die Todesursache. Er soll erstickt worden sein, die näheren Umstände werden noch ermittelt. Die Polizei hat für morgen ausführlichere Informationen sowie ein Phantombild der vermissten Prostituierten versprochen.

Eva versteht nicht: Hat *sie* den Mann erstickt? Wenn ja, womit? Warum kann sie sich nicht daran erinnern? Und wer könnte ein Phantombild von ihr anfertigen? Zumindest das fällt ihr nach wenigen Sekunden ein, und sie verflucht den Moment, als sie die Zeugen Jehovas in ihr Apartment gelassen hat.

Ermittlungen

Alfred bleibt abrupt an der Tür des Apartments stehen, Dennis stößt mit ihm zusammen. »Hoppala! Beinahe, Herr Kommissar ...« Er lacht laut, und Alfred beschleicht erneut der Verdacht, Dennis könnte Männer wie Frauen bedienen. Aber egal. Was er gerade gesehen hat, ist wichtiger.

»Diese Kissen im Wirtshaus – sind die neu?«, fragt er und deutet auf die offene Tür am Ende des Flures.

Dominique, die schon am Treppenabsatz war, stoppt und dreht sich zu Alfred um. Dennis schaut ebenfalls über die Schulter. »Die mit dem Edelweiß? Möchten Sie eines?«

»Quatsch. Oder doch.« Alfred und Dominique wechseln einen Blick des Einverständnisses.

»Ich hole es Ihnen ...«, bietet Dennis an, aber Alfred hält ihn am Arm fest. »Moment, das machen wir selbst.«

In der Innentasche seiner Winterjacke befinden sich die klassischen Einweghandschuhe für Ermittlungen und Plastikbeutel aller Größen. Alfred nestelt einen großen Beutel heraus.

Kurz darauf hat er eines der Kissen eingetütet und nickt zufrieden.

Dennis grinst wieder. »Was hat das Kissen denn verbrochen?«

»Mord vielleicht?«, sagt Dominique ungerührt, und Dennis wird blass unter seiner gebräunten Gesichtshaut. Und zu Alfred meint sie auf dem Weg nach unten: »Guter Blick, Kollege. Ist mir beim letzten Besuch nicht aufgefallen.«

»Mein guter Blick? Oder das Kissen?«

»Beides.«

Alfred ist elektrisiert von diesem neuerlichen Fund, denn damit hat sich der Kreis der möglichen Täter oder Täterinnen auf die drei Dienstleister im Nachbarapartment erweitert. Dominique ist da nicht so sicher. »Mir fehlt das Motiv.«

Sie stehen im Hausflur, hier hängen auch die Briefkästen, überwiegend ohne Namen. Der zweite von links gehört Eva Müller. »E.M.« steht drauf.

»Du erinnerst dich aber, dass Dennis meint, Dr. Wagner schon mal hier im Haus gesehen zu haben? Vielleicht gibt es mehr Beziehungen unter den Mietern, als sie bisher zugeben. Wir wissen schließlich, dass Mirko Wagner öfter bei Prostituierten verkehrt ist – warum nicht auch bei mehr als einer hier im Haus?«

»Mag sein.« Dominique deutet auf die Briefkästen. Sie haben im unteren Bereich einen Sichtschlitz. In Eva Müllers Kasten ist etwas Weißes zu sehen. »Hat schon mal jemand in den Kasten geschaut?«

Alfred runzelt die Stirn. »Wäre sträflich, wenn nicht.« Er holt sein Handy aus der Tasche und wählt die Kollegen im Büro an. Ja, sie haben sich am Vortag einen Nachschlüssel besorgt, auch für die Wohnung. Ein örtlicher Hausmeisterservice war zuständig, beauftragt von der Berliner Immobilienfirma. Und ja, der Briefkasten wurde geleert, enthielt allerdings nur Werbung.

»Schickt mal jemand vorbei mit dem Schlüssel, da ist was Neues drin«, ordnet Alfred an. »Wollen wir warten?« Er schaut Dominique fragend an, und sie nickt.

Im selben Moment klingelt es an der Haustür, der Türöffner summt, eine sehr elegante Frau mit Hut und riesiger Sonnenbrille tritt ein und erschrickt. Dennis' Kundin. Uninteressant für die Ermittlungen. Die beiden Beamten nicken diskret, die Dame nimmt in der Eile die Treppe, um nicht am Aufzug warten zu müssen und womöglich noch erkannt zu werden. Aber die Sorge wäre unbegründet: Alfred kennt solche Damen höchstens aus Filmen, Dominique sind sie egal.

Sie müssen nur zehn Minuten warten, dann taucht einer der Kollegen auf und öffnet ihnen den Briefkasten. Ein weißer Umschlag liegt darin, ohne Briefmarke, ohne Beschriftung.

Dominique öffnet ihn mit behandschuhten Fingern und faltet das Blatt auseinander.

Eva, ich muss dich sehen! Du gehst nicht ans Telefon – warum? Bitte ruf mich an, das Handy ist sicher. Hans. Darunter eine Handynummer.

Gudrun

Gudrun putzt. Das tut sie gern bei und für Eva, in Evas Apartment, dort gibt es glatte, glänzende Flächen, kaum etwas liegt herum. Und Eva zahlt gut, auch an ihre Freundin. Zuhause putzt Gudrun nicht gern, aber es hilft, die Gedanken zu ordnen. Ihre Gedanken, die in den letzten Tagen ständig Sprünge machen, in die Vergangenheit vor allem, die mit Georg und auch die als Kind, als Heranwachsende.

Ein einziges Mal hat sie damals versucht, so etwas wie Normalität herzustellen. Sie muss vierzehn oder fünfzehn gewesen sein. Auch das letzte Mädchen in ihrer Klasse hatte inzwischen seine Periode bekommen. Die »Erfahrenen« unter ihnen benutzten Tampons; zwei besonders Frühreife gaben gerne damit an, dass sie schon Sex hatten, dass das Jungfernhäutchen bereits gerissen sei und sie deshalb bedenkenlos die Wattepfropfen verwenden könnten. Die anderen, die ohne sexuelle Erfahrung, hüllten sich in Schweigen zu dem Thema, aber Gudrun sah in ihren Schultaschen verschämt eingewickelte Damenbinden. Und sie selbst? Erstarrte jedes Mal, wenn das Gespräch auf dieses Thema kam.

Ein einziges Mal fragte sie nach großer Überwindung ihre Mutter. Ob es sein könne, dass ihre Periode erst später käme? Ja ja, bekam sie zur Antwort, das könne alles sein. Ob sie nicht vielleicht vorsorglich auch eine Binde einpacken solle? Nimm dir eine von meinen, sagte ihre Mutter, und damit war das Gespräch beendet.

Gudrun hätte lieber Tampons gehabt, aber so etwas »Unnatürliches« benutzte ihre Mutter nicht, und sie hatte Hemmungen, selbst welche zu kaufen. Also wickelte sie eine Damenbinde in der Größe einer Babywindel in Papier und trug sie ein paar Wochen in ihrer Schultasche mit sich herum. Zum Einsatz kam sie nicht.

Keine ihrer Schulkameradinnen fragte sie je danach.

Richtig schlimm wurde es, als Gudruns zwei Jahre jüngere Schwester menstruierte. Sie machte ein Riesending daraus, wechselte nach jedem Tropfen Blut ihre Einlagen, um ja nicht komisch zu riechen, und lag außerdem jeden Monat mindestens zwei Tage wegen ihrer Bauchkrämpfe flach. Bevorzugt dann, wenn sie zum Sport- oder Schwimmunterricht gemusst hätte.

Von da an erfand auch Gudrun Menstruationsbeschwerden und legte sich Binden in den Schlüpfer, die sie dann trocken und unbefleckt wegwarf.

Die einzige, die ihr offensichtlich nicht glaubte, war ihre Mutter, und das verletzte Gudrun zutiefst. Sie musste beweisen, was nicht war, und schnitt sich tief in den linken Unterarm. Während sie gefühlt mehrere Liter Blut verlor und auf eine weiße Binde tropfen ließ, färbte sich das saugfähige Material nur wenig rosarot.

Nun war es nicht so, dass Familie Deuber besonders offen mit Nacktheit umging. Wer aufs Klo musste, tat dies allein und schloss die Tür ab. Wer ein Bad nahm, erst recht. Nur gelegentlich, wenn die im Bad schleudernde Waschmaschine gleich fertig war, verlangte Gudruns Mutter Zugang, auch wenn eines der Mädchen auf der Schüssel saß.

Einen solchen Moment wartete Gudrun ab und stöhnte wie nebenbei über ihre beginnende Periode und ihre Bauchschmerzen. Noch heute erinnert sie sich an den ungläubigen Blick ihrer Mutter, die einen zwar schamhaften, aber doch langen Augenblick lang in den Schlüpfer der Tochter spähte. Und das Mädchen Gudrun begriff damals, dass ihre Mutter sofort durchschaute, dass dieses Blut nicht echt oder zumindest kein Menstruationsblut sein konnte. Das war das Schlimmste an der ganzen Aktion. Ihre Mutter wusste etwas, das sie ihr vorenthielt, und Gudrun hatte keinen blassen Schimmer, wonach sie fragen müsste, um die Wahrheit zu erfahren. Zwar litt sie nicht mehr an der schrecklichen Angst ihrer Kindheit, eine unheilbare, tödliche Krankheit in sich zu tragen, aber dass etwas mit ihr nicht stimmte, hatte sich tief in ihre Seele eingegraben.

Kurz nach diesem Vorkommnis teilten ihr die Eltern wie nebenbei mit, dass sie mal wieder einen Termin in der Uniklinik Erlangen hätte.

Ermittlungen

»Die Nase kleiner und gerader. Glaube ich.« Die Zeugin Jehovas sitzt schon eine Stunde mit einem Polizeibeamten vor dem Bildschirm. Ihren Mann hat sie wortreich entschuldigt, wegen einer dringenden Angelegenheit könne er erst später kommen.

Dominique steht hinter ihnen und betrachtet das Bild. Es wird wohl beim gut gemeinten Versuch bleiben, ein Phantombild zu erstellen. Ein ebenmäßiges Gesicht, noch ohne Ohren, ohne Haare. Die hat die Zeugin nicht gesehen, weil Eva Müller ein Kopftuch – jetzt sagt sie, eine Art Turban – getragen hat. Es ist ein attraktives Gesicht, ohne Zweifel, aber noch ohne Wiedererkennungswert, ohne besondere Merkmale.

Der Beamte ändert mit stoischer Ruhe zum x-ten Mal die Nase des Phantoms.

Doch dann fällt der Frau etwas ein. »Da war ein kleiner, dunkler Fleck, ein Leberfleck? Auf einer Wange.«

»Rechts? Links?«

»Rechts«, sagt sie erst zögernd. Dann mit sicherer Stimme: »Ja rechts. Hat die Dame denn etwas Schlimmes gemacht? Sie sah nicht so aus ...«

Sie scheint nichts von dem toten Frauenarzt zu wissen. Lesen Zeugen Jehovas keine Tageszeitung?

»Sie ist verschwunden«, sagt Dominique ruhig, »mehr kann ich Ihnen dazu nicht sagen.«

»Wollen Sie mit dem Bild nicht doch auf meinen Mann warten? Vielleicht kann er sie noch besser beschreiben.«

»Ja, vielleicht.«

Der Beamte am PC zieht ein Visitenkärtchen aus der Brusttasche seines Hemdes und reicht es der Zeugin Jehovas. »Er soll mich anrufen. Ich bin heute noch länger hier.«

Dominique nickt den beiden zu und geht wieder zu den Kollegen zurück. Das Phantombild von Eva Müller muss morgen in allen Samstagsausgaben erscheinen, im Internet wird es sofort zu sehen sein.

Bei Alfred Meister und den Kollegen herrscht hektische Betriebsamkeit. Das Handy des liebestollen Hans ist ein Prepaid und nicht erreichbar, aber auch für solche Handys sollten gewisse Daten gespeichert sein. Die Anforderung an den Betreiber ist schon unterwegs.

Alfred selbst hat das weiß-blaue Kissen zur kriminaltechnischen Untersuchung gebracht. Dort liegt auch der Faserfund des Pathologen vor, das Ergebnis des Abgleichs beider Fasern erwarten sie demnächst.

Ein Beamter wertet die Handydaten von Dr. Mirko Wagner aus und erstellt ein Bewegungsprofil der letzten Wochen. Wo Doktor Sex wann war, spuckt der Computer zwar schnell aus, aber die Zuordnung der Örtlichkeiten und die Einschätzung ihrer Relevanz für das spätere Tötungsdelikt muss immer noch ein Mensch vornehmen – nicht mehr lange, hofft Dominique und befürchtet Alfred.

Alfred selbst liest das Vernehmungsprotokoll der Prostituierten Susan, als Dominique dazukommt. Sie zieht sich einen Stuhl heran und holt ihre Thermosflasche aus einem Lederrucksack. »Auch Kaffee?«

»Keinen lieber als deinen«, reimt Alfred und schiebt Dominique seine seit Tagen nicht ausgespülte Tasse hin.

Sie verliert kein Wort über den Zustand der Tasse und schenkt ihm und sich ein.

Alfred schlürft genussvoll das starke und noch heiße Gebräu.

»Und?«, fragt Dominique.

»Na ja, nichts. Der Kollege, der die Dame Susan befragt hat, hat ihr auf jeden Fall ein Foto von Mirko Wagner gezeigt. Sie kennt ihn nicht.«

»Sagt sie.«

»Ja, sagt sie.«

»Anna kannte ihn angeblich auch nicht.«

»Sollen wir die beiden nochmal vorladen? Andererseits – keine DNA beider Frauen fand sich in Eva Müllers Wohnung. Auch Dennis' DNA nicht. Trotz der vielen XY-Spuren ...«

»Auch das Trio kann Handschuhe getragen haben ...«

»Ziemlicher Mist, oder?«

»Was macht eigentlich Berlin?«

»Du meinst die Immobilienheinis? Ich hab da jetzt mal um Amtshilfe gebeten. Die Kollegen melden sich, sobald sie sich ein Bild gemacht haben.«

Dominique hat unter dem Schreibtisch ihre hohen Schuhe ausgezogen und reibt die Fußsohlen aneinander.

»Dass du in den Dingern laufen kannst.« Alfred schüttelt den Kopf. »Grete hat ja auch welche, aber nur fürs Theater, und das Gejammere nach dem Abend willst du nicht hören.«

Dominique lacht leise. »Ist alles Disziplin, Kollege. Und eigentlich Quatsch. Deine Grete ist klüger als ich.«

»Na, wenn du meinst. Wirst sie ja heut Abend kennenlernen.«

»Ich freu mich. Vor allem aufs Essen.«

»Chef.« Ein Beamter steht vor ihnen, hat mehrere Ausdrucke in der Hand. »Der tote Frauenarzt war wohl Stammgast im Apartmenthaus. Sein Handy war vierzehn Mal innerhalb des letzten Jahres am nächsten Sendemast eingeloggt. Immer für etwa eine Stunde.«

Alfred und Dominique schauen sich an. »Dann kannte Eva Müller ihn doch schon länger?«

»Oder Anna und Susan.«

»Dennis?«

Im Hintergrund des Bildschirms schnippelt jemand an einer Leiche herum. Im Vordergrund das Gesicht von Dr. Tod, zu sehen ab dem Kinn aufwärts, da er eher vor seinem PC fläzt als sitzt.

»Wie genau könnte das nun abgelaufen sein?«, fragt Alfred. Zwar liegt ihm seit wenigen Minuten der Bericht des Pathologen vor, aber er und Dominique halten mehr vom persönlichen Austausch.

»Eins ist klar: Die Person, die den netten Doktor ziemlich grob geschubst hat, muss nicht identisch sein mit der Person, die ihn erstickt hat.« Der Pathologe lächelt versonnen. »Sie wollen wissen, warum?«, nimmt er die Frage vorneweg, die Alfred schon auf den Lippen hat.

»Der Zeitfaktor. Zwischen dem Sturz des Docs und dem Erstickungstod ist ungefähr eine halbe Stunde vergangen. Der Sturz selbst war trotz der Kopfwunde nicht tödlich, hat ihm aber zunächst das Bewusstsein geraubt.«

»Aber der Täter oder die Täterin könnte doch geglaubt haben, er sei durch den Sturz ums Leben gekommen? Und könnte ihn dann noch erstickt haben, als er wieder wach wurde?«

»Möglich. Die Interpretation ist Ihre Sache.« Dr. Tod betrachtet intensiv seine bis zur Schmerzgrenze kurz geschnittenen Fingernägel. Dann füllt der Kollege aus dem Hintergrund mit seinem Kopf den halben Bildschirm und fuchtelt mit einer blutigen Schere. »Kannst mal kurz kommen? Da ist was komisch ...«

»Tut mir leid, Kollegen, ich muss. Wenn noch Fragen sind – jederzeit gerne.« Er nickt, und der Bildschirm wird dunkel.

Dominique schlüpft wieder in ihre Schuhe. »Wir brauchen Anna, Susan und Dennis.«

»Wegen des Kissens? Dass Wagner damit erstickt wurde, ist noch nicht erwiesen ...«

»Aber er war x-mal als Kunde im Haus. Ich sag den Kollegen Bescheid, dass sie auch die restlichen Mieter nochmal abklappern.«

Alfred greift zum Telefon. Dennis erreicht er im Call-Center, er verspricht, gleich nach Dienstschluss vorbeizukommen. Anna und Susan werden Alfreds Nachricht auf ihrer Mailbox hören.

Dominique kippelt mit ihrem Stuhl. »Bis 16 Uhr mach ich noch mit, dann muss ich weg.«

»Ach, hab ich vergessen. Aber 19 Uhr zum Abendessen schaffst du?«

Sie nickt.

Gudrun

Gudrun muss raus. Auch wenn die Kälte und der graue Himmel, aus dem jederzeit Schnee oder Regen fallen könnte, nicht dazu einladen. Außerdem hat Eva sie um einen Gefallen gebeten. Der Ersatzschlüssel zu ihrem Apartment hängt seit Jahren in dem kleinen Schlüsselkasten neben Gudruns Wohnungstür. Nein, Gudrun will nicht in das Apartment, nur an den Briefkasten. Es könnte Post für Eva gekommen sein, und die will sie holen.

Sie schlüpft in ihren wasserdichten Anorak und zieht eine Bommelmütze über den Kopf. Sie wird den Bus nehmen, die Haltestelle ist nicht weit, der Bus biegt schon um die Ecke.

Sie setzt sich ganz nach hinten. Eine alte Frau steigt vorne ein, eine frühere Kundin. Gudrun zieht die Mütze tief in die Stirn, sie hat keine Lust auf Smalltalk. Es war eine der Damen, die gerne bei ihr einkauften, graue Kostüme, Hosen mit Gummizug, geometrisch gemusterte Frauenblusen. Sie treffen sich öfter im Bus, und die Kundin hat jedes Mal vergessen, dass Gudrun gar nicht mehr arbeitet. Dass sie unter dem Vorwand der Betriebsoptimierung in die Arbeitslosigkeit geschickt wurde. Sie fragt sie nach Treviraröcken, nach Chiffonblusen und anderem Zeug, das vor gefühlt hundert Jahren modern war. »Morgen komme ich bei Ihnen vorbei«, ist stets ihr letzter Satz. Gudrun sagt »Gerne« und denkt sich ihren Teil. Die Kundin wird morgen eh nichts mehr davon wissen. Manchmal beneidet Gudrun sie. Ist es nicht eine Gnade, Dinge vergessen zu können? Leider macht ein vergreisendes Gehirn keinen Unterschied zwischen schlechten und guten Erinnerungen. Es räumt alle weg in ein schwarzes Loch, aus dem sie nie mehr hervorzuholen sind. Die einzige Sortierung ist die Zeit: Was vor kurzem passiert ist, wird sofort ins schwarze Loch gesogen. Tief eingegrabene alte Erinnerungen lassen sich schlechter aus der Gehirnrinde lösen.

Gerade die würde Gudrun gerne loswerden. Aber sie hat eigene Strategien, um ihr Leben zu sortieren. Dass diese momentan versagen, macht ihr zu schaffen.

Die Kundin hat sie zum Glück nicht gesehen. Sie tratscht in der Mitte des Busses mit einer anderen Bekannten und wendet ihr den graubemantelten Rücken zu. Gudrun schiebt die Mütze wieder aus der Stirn, es ist warm im Bus.

An der Promenade wartet schon die Linie Richtung Industriegebiet. Abfahrt in acht Minuten, noch Zeit, in die Apotheke zu gehen. Die Apothekerin empfiehlt neu auf den Markt gekommene Schlaftabletten, Gudrun kauft sie.

Der nächste Bus braucht nur etwa eine Viertelstunde, dann steigt sie aus, geht am Supermarkt vorbei und zum Apartmenthaus. Vor der Tür kramt sie den Schlüssel aus dem Rucksack, schließt auf und erschrickt fast zu Tode, als ihr jemand auf die Schulter tippt und »Hallo, entschuldigen Sie« sagt. Eine uniformierte Polizistin steht hinter ihr, sehr jung, das blonde Haar zusammengebunden.

Gudrun bleibt in der geöffneten Haustür stehen, die Polizistin lehnt sich dagegen, damit sie nicht zufällt.

»Sie wohnen hier?«

»Äh, nein.«

»Aber Sie haben einen Schlüssel?«

»Ja.« Gudrun schaut auf den Schlüsselbund in ihrer Hand und weiß nicht weiter.

Die junge Beamtin bleibt freundlich. »Ja, und weiter ...?«

»Ich ... will den Briefkasten leeren.« Gudrun deutet auf die in der Wand eingelassenen Kästen.

»Ihren Briefkasten?«

»Nein ..., den von Frau Müller.«

Die Miene der Beamtin verändert sich, sie wirkt auf einmal hellwach. »Eva Müller?«

Gudrun nickt.

Die Polizistin schiebt Gudrun ins Haus, die Tür fällt hinter ihnen ins Schloss. Sie deutet auf den Briefkasten. »Öffnen Sie bitte. Und dann erzählen Sie mir, was Sie mit Frau Müller zu tun haben.«

Gudrun schließt wortlos den Briefkasten auf. Es ist nichts drin außer Baumarktwerbung, und das, obwohl auf allen Kästen ein Hinweis klebt: *Keine Werbung!*

Die Polizistin spricht in ein Funkgerät. »Lukas, kommst du mal? Hier ist jemand, der Eva Müller kennt.«

Gudrun versucht, ihre Erstarrung zu überwinden. Nur nicht die Wahrheit sagen. »Nein, nein, ich kenne sie nicht wirklich. Ich putze nur hier, wissen Sie. Eigentlich habe ich Frau Müller kaum gesehen.«

»Und wann zuletzt?«

»Das ist ein paar Wochen her. Sie ... sie deponiert das Geld fürs Putzen immer hier im Briefkasten, deshalb bin ich hier.« Klingt unwahrscheinlich, aber ihr fällt nichts Besseres ein.

Die junge Beamtin wirkt unkonzentriert. Der über Funk gerufene Lukas antwortet nicht.

»Ich muss Sie mitnehmen ins Kommissariat. Wir brauchen Ihre Personalien und Ihre Fingerabdrücke.«

Gudrun schluckt.

Alfred muss die erneuten Vernehmungen des Apartment-Trios alleine durchführen. Anna hat zurückgerufen und darum gebeten, sich gegen halb 5 in der Austraße im *Café Müller* zu treffen. Wie passend im Fall Müller. Susan käme auch dazu. Alfred hat daraufhin auch Dennis dorthin beordert.

Dominique greift sich kurz nach 16 Uhr ihren Lederrucksack und verschwindet, wohin auch immer. Alfred nimmt seinen eigenen Wagen und fährt in die Tiefgarage unter dem Maxplatz. Der teuerste Parkplatz in der Bamberger Innenstadt, aber der Staat wird ihn bezahlen.

Mit hochgeschlagenem Kragen geht Alfred Richtung Austraße, als sein Handy nochmal klingelt. Dominique.

»Wärs ein Problem, wenn ich jemanden mitbringe? Heut Abend?«

»Äh nein, natürlich nicht. Grete hat sicher eh zu viel vorbereitet ... Aber es bleibt bei 19 Uhr?«

»Klar!«

Er will noch was sagen, aber sie hat schon aufgelegt. Alfred grübelt. Dominique bringt jemanden mit? Wird er endlich ihren Mann kennenlernen? Eigentlich müsste er Grete kurz informieren, aber als er in die Austraße einbiegt, sieht er weiter vorne schon Anna laufen, auch von hinten durchaus ansehnlich, und dabei vergisst er seine Frau.

Das Café ist halbvoll, freitags um halb 5 sind die Heimfahrer unter den Studenten schon weg aus der Stadt, die Bamberger selber kommen später.

Anna, Susan und Dennis sitzen an einem kleinen Holztisch am Fenster, zum Glück in einer Ecke.

Anna trägt einen gelben Rollkragenpullover, der ihren Busen eher hervorhebt als verdeckt. Susan könnte optisch ihre Schwester sein, ist aber eher der Twiggy-Typ. Dennis hat diese unsäglichen engen Hosen an, die über den Knöcheln enden und in denen die meisten Männer noch kurzbeiniger wirken, als sie ohnehin schon sind.

Alfred weiß nicht recht, ob es klug ist, die drei Verdächtigen gemeinsam zu befragen. Man wird sehen. Er wird keine Hemmungen haben, sie für morgen erneut einzeln einzubestellen.

»Ich arbeite gelegentlich hier«, sagt Anna und lächelt gewinnend. »Deshalb der Treffpunkt. Der Milchkaffee ist gut, wollen Sie ...?« Das Trio hat jeweils schon eine große Tasse vor sich stehen.

»Ach nee, danke. Um diese Zeit nicht mehr.« Alfred dürstet nach einem Bier, doch er bestellt Wasser.

In der Brusttasche seiner Jacke befinden sich zwei Bilder; das erste – die Phantomzeichnung der Zeugin Jehovas – legt er jetzt auf den Tisch.

»Ist das Eva Müller?«

Die drei beugen sich darüber, Annas Busen kommt dabei auf dem Tisch zu liegen, was Alfred irritiert.

Dann zucken sie fast synchron mit den Schultern. »Könnte sein«, sagt Dennis.

»Könnte jede Frau sein«, ergänzt Susan. Ihre Stimme ist hell und piepsig, ganz im Gegensatz zu Annas erotischem Timbre.

Alfred schiebt das Bild noch etwas näher Richtung Anna.

»Sie haben doch ihr Gesicht gesehen?«

Anna stützt den Kopf in die Hände und schaut ihn treuherzig an. »Aber immer nur sehr kurz. Und mit verschiedenen Perücken.«

Dann das zweite Bild: das Foto von Dr. Mirko Wagner. Nicht das des Toten, sondern ein Foto des quicklebendigen Frauenarztes. Einer der Kollegen hat es auf der Homepage der Bayreuther Praxis gefunden. Der Doktor zeigt auf dem Bild seine charmante Seite und seine blendend weißen Zähne.

»Ja, das ist der Mann!« Dennis nickt. »Er war schon mal bei uns in der Wohnung ... bei einer von euch, Mädels. Mein Kunde ist er nicht ...« Dennis lacht und lehnt sich wieder im Stuhl zurück. »Obwohl ich ihn nicht abgewiesen hätte!«

Der junge Mann ist also doch Dienstleister für beide Geschlechter.

Dass sowohl Susan als auch Anna einen Moment perplex sind, entgeht Alfred Meister nicht.

Der eingehende Anruf auf seinem Smartphone kommt ungelegen, aber er muss ran.

»Ja? Was!!! Wie geht denn das ...? Was??? Herrschaftszeiten, ja ...« Er lässt das Telefon sinken und flucht.

Dann fragt er die drei am Tisch. »Gibt es eine Putzfrau im Apartmenthaus? Eine, die zumindest bei Eva Müller geputzt hat?«

Dennis, Anna und Susan schauen sich an. »Keine Ahnung ...« »Kann schon sein ...« »Die ältere Frau mit der Brille vielleicht?«

Gudrun

Mag sein, dass Georgs Gott sie gerade gerettet hat. Der Zufall war unglaublich: Die Polizistin hat sie nur für einen winzigen Moment aus den Augen gelassen, und das auch nur, weil sie ihren Kollegen durch die Supermarktscheibe im dortigen Bäckercafé sitzen sah.

»Ich glaubs nicht, der isst schon wieder«, schimpfte sie und drehte sich von Gudrun weg, um an die Scheibe zu klopfen. Der Streifenwagen stand ein paar Meter weit weg.

Im gleichen Moment hielt ein Auto neben Gudrun, am Steuer Karina, die die Scheibe der Beifahrertür herunterließ.

»Hallo Gudrun, du schon wieder? Kann ich dich mitnehmen?«

Nein, ich bin gerade festgenommen worden und kann jetzt nicht, wollte Gudrun sagen. Etwas in ihr, das schlauer war, antwortete für sie: »Gern!«

Es dauerte keine Sekunde, und sie saß neben Karina. Die fuhr sofort los, weil ein Laster mit Tiefkühlkost den Markt ansteuerte und Platz brauchte. Nochmal kam eventuell Georgs Gott ins Spiel: Der Laster manövrierte sich zwischen die Glasscheibe, durch die die beiden Polizeibeamten miteinander kommunizierten, und den Straßenverkehr. Wenn sich die Beamtin in diesem Moment umgedreht hatte, konnte sie unmöglich sehen, wohin Gudrun verschwunden war.

»Die war wie vom Erdboden verschluckt«, würde sie Minuten später fassungslos ihrem Vorgesetzten melden.

Gudrun kann es sich denken. Sie sitzt wie festgetackert in Karinas Auto und schaut starr geradeaus.

Karina merkt nichts. »Wie kommst du denn hierher, Gudrun? Gibts keinen Supermarkt in deiner Nähe? Oder hast du jemanden besucht? Ich war bei der Fensterbaufirma. Das Fenster in unserer Küche hat sich diesen Winter irgendwie verzogen, schließt nicht mehr richtig. Die müssen unbedingt kommen. Es zieht wie Hechtsuppe in der Küche.«

Sie biegt bei Gelb in den Berliner Ring ein. »Soll ich dich heimfahren? Mach ich gern ... Morgen bist ja du wieder dran.«

»Morgen?« Es ist Gudruns erstes Wort.

Karina schaut sie von der Seite an und wundert sich jetzt doch. »Du bist ganz weiß. Ist dir schlecht?«

Gudrun nickt. »Ja, irgendwie.«

»Meinst du, es klappt morgen trotzdem? Zäune aufstellen?«

Krötenzäune. Klar. Wie hätte sie das machen sollen, wenn die Polizei sie nicht nach Hause gelassen hätte?

»Sicher. Morgen gehts mir bestimmt besser. Aber wenn du mich heimfahren könntest, wäre das gut.« Gudrun will lieber nicht durch die Stadt gehen, womöglich suchen die nach ihr.

Karina fährt Stop-and-go auf dem Ring und plappert weiter. »Es ist ja so was von unheimlich schwer, einen Handwerker zu kriegen. Weißt du, wie lange unser Gerüst am Haus schon steht, ohne dass sich mal einer von den Malern blicken lässt? Seit dem Spätsommer. Wir verputzen noch vor dem Winter, hat uns der Chef versprochen. Und was war? Nichts, absolut gar nichts. Okay, es ist noch kalt zurzeit, da geht auch nichts. Aber eins sag ich dir: Wenn die ersten warmen Tage kommen, rufe ich dort an, jeden Tag.«

Ein anderer Wagen hupt, Karina hat die Spur gewechselt, ohne zu blinken. »Komm runter, ist doch nichts passiert«, sagt sie und biegt an der nächsten Ampel ab. Noch ein paar Straßenzüge weiter, dann hält sie vor Gudruns Haus.

»Soll ich mit raufkommen?«, fragt sie. Gudrun hat bis jetzt keinen Ton mehr von sich gegeben.

»Nein danke, Karina, ist wirklich nicht nötig. Mir gehts schon besser.« Was nicht stimmt.

»Also dann. Mach dir einen schönen Tee. Bis morgen.«

Gudrun nickt, steigt aus, schaut sich einen Moment um. Keine Polizei, warum auch. Die Polizistin hat sie nicht mal nach ihrem Namen gefragt.

Ermittlungen

Alfred tippt mit seinem dicken, kurzen Zeigefinger ungeduldig auf das Foto von Mirko Wagner.

»Meine Damen, eine von Ihnen muss ihn kennen. Wir wissen, dass er mehr als einmal in Ihrem Haus war, und das wohl kaum in seiner Eigenschaft als Frauenarzt. Auch wenn eines Ihrer Zimmer als gynäkologische Praxis ausgestattet ist ...«

Susan schüttelt wieder den Kopf, und Anna sagt gleichgültig: »Mag sein, dass er mal da war, ich kann mir nicht jeden merken.«

»Er war vierzehn Mal in Ihrem Haus. Vierzehn Mal!« Alfred wird laut. »Und da wollen Sie sich nicht erinnern?«

Das junge Pärchen zwei Tische weiter schaut irritiert herüber. Ein Café ist einfach kein geeigneter Ort für eine solche Befragung.

»Wollt ihr noch was?« Ein Typ mit einer langen Kellnerschürze schiebt sich zwischen Alfred und Susan und nimmt die leeren Kaffeetassen weg.

»Noch'n Espresso.« »Äh, nee ...« »Eine Ingwer-*Bionade.*« »Nein!« Alle antworten gleichzeitig, das energische Nein stammt von Alfred Meister.

»Hallo, junge Frau!« Alfred klopft erneut auf das Foto und schaut Anna an. »Vierzehn Mal!«

»Aber er muss doch nicht bei uns gewesen sein«, antwortet die. »Wohnen ja noch andere Leute im Haus.«

Ist sie eiskalt oder nur naiv? Alfred seufzt. »Nur waren die anderen Mieter kooperativer als Sie und haben wasserdichte Alibis.«

»Warum muss er nur wegen Sex im Haus gewesen sein?«, beharrt Anna. »Vielleicht kennt er jemanden, privat oder beruflich?«

»Nein, tut er nicht. Alles überprüft. Hören Sie, das führt hier zu nichts. Sie kommen jetzt mit zur Dienststelle, wir gehen dort noch einmal alles durch.«

Er schaut nur Anna an, und sie protestiert sofort. »Ich hab jetzt keine Zeit, echt, ich bin mit meiner Mutter verabredet.«

»Dann rufen Sie Ihre Mutter an und sagen ihr, dass es später wird. Sie beide«, er nickt in Dennis' und Susans Richtung, »können gehen. Aber halten Sie sich zu unserer Verfügung.«

Alfred will auch deshalb die weitere Befragung ins Büro verlegen, weil er dringend persönlich erfahren muss, was es mit dieser entwischten Putzfrau auf sich hat. Er hofft, dass bei seinem Eintreffen bereits eine Phantomzeichnung der Frau vorliegt und er Anna auch damit konfrontieren kann. Noch besser wäre, sie hätten schon ein Ergebnis bezüglich des weiß-blauen Kissens aus der bayerischen Wirtsstube.

Während der Kommissar mit Anna im Schlepptau Richtung Maxplatz-Tiefgarage geht, denkt er besorgt an das geplante Abendessen zuhause. Sein Magen knurrt jetzt schon wie ein Löwe, und er möchte weder seine Frau noch Dominique und ihren geheimnisvollen Begleiter versetzen. Alfred kommt der letzte Fernseh-*Tatort* in den Sinn. Er und Grete sind leidenschaftliche *Tatort*-Gucker – Grete, weil sie bestimmte Ermittler-Duos geradezu heldenhaft verehrt, Alfred, weil er gerne lästert, wenn mal was wieder keinerlei Realitätsbezug hat. Fast bei jeder Ausstrahlung nervt ihn das Essgebaren der Fernsehkollegen: Kaum haben sie im Restaurant bestellt oder sich zuhause zum Essen an den Tisch gesetzt, klingelt das Handy, und es gibt irgendwo eine Leiche. Alfred hat da seine Prinzipien: Gutes Essen wird kalt, eine Leiche ist es schon. Keine Frage, wo hier die Prioritäten zu setzen sind.

Jetzt folgt ihm erst mal Anna ohne Murren zum Auto. Zum Glück macht sie keinen Fluchtversuch wie die Putzfrau vom Apartmenthaus. Alfred hätte keine Chance, sie einzuholen und keinen Grund mehr, mit der jungen Polizistin zu schimpfen. In Handschellen mochte er die Prostituierte auch nicht durch die Innenstadt führen.

Er öffnet ihr die Beifahrertür, und Anna steigt nicht ohne Koketterie ein. Doch Alfred ist nicht mehr auf Flirt gepolt. Nicht, seit die junge Frau verschweigt, ob und wie gut sie Mirko Wagner kennt.

Ein paar Minuten später übergibt er Anna seinem – nach Dominique – besten Beamten zur Befragung.

»Lass sie so lange sämtliche Arbeitseinsätze der letzten Wochen aufsagen, bis sie die Hosen runterlässt.«

Der Beauftragte grinst anzüglich. »Mach ich, Chef!«

In Alfreds Büro wartet die junge Beamtin, sie hockt zusammengesunken vor dem Schreibtisch und schaut kaum auf, als der Kommissar hereinkommt. Der PC ist hochgefahren, ein Phantombild einer Frau füllt den Bildschirm aus.

Alfred Meister ist keiner, der junge Kollegen schikaniert. Jeder macht mal Fehler, und man kann daraus nur lernen. Aber heute, am Freitagabend, ist seine Laune wegen des schleppenden Fortgangs der Ermittlungen auf dem Nullpunkt. Und der Blick auf den Bildschirm bringt das Fass zum Überlaufen.

»Was soll denn bitte das sein?!!! Wenn ich ein Allerweltsgesicht sehen will, schau ich mir den *Otto*-Katalog an! Soll das die Frau sein, die Ihnen entwischt ist?«

Die Beamtin sackt noch mehr zusammen und wagt kaum, hochzuschauen. »Das ist sie, ja. Tut mir leid, sie sieht halt so aus. Keine besonderen Merkmale. Außer der Brille.«

Der Kollege, der das Bild nach den Angaben der Polizistin erstellt hat, erscheint im Türrahmen und zuckt die Schultern. »Ich weiß, Chef. Gibt nicht viel her, die Zeichnung – hunderte Frauen sehen so aus.«

»Sag ich doch«, knurrt Alfred.

»Es tut mir so leid, wirklich.« Die Beamtin schaut Alfred jetzt bittend an. »Ich machs wieder gut. Wenn Sie wollen, laufe ich den ganzen Abend durch die Stadt und suche sie.«

»Die wird grade auf Sie warten ... nee, lassen Sie mal gut sein. Und stellen Sie vor allem beim nächsten Mal zuerst die Personalien fest, bevor Sie Ihren Kuchen essenden Kollegen suchen.«

Er wendet sich an den Kollegen in der Tür. »Sind beide Phantomzeichnungen an die Presse gegangen?«

»Jep. Im Internet kann man sie jetzt schon sehen. Wir haben zwei Kollegen mehr als sonst an den Telefonen – falls Hinweise reinkommen.«

»Sehr gut. Ich muss jetzt ... dringender Termin. Ruft mich an, wenn diese Anna gesungen hat oder sonst was passiert.«

»Klar, Chef.«

Alfred greift nach seinem Autoschlüssel und nickt der jungen Beamtin nochmal zu.

Seine Verabredung mit Pressack und Wurstsalat duldet keinen Aufschub.

Eva

Das ist heute alles zu viel für sie. Eva sitzt in ihrem Fernsehsessel und trinkt Tee, in kleinen Schlucken. Die Tasse ist sehr heiß; es tut gut, die Hände daran zu wärmen. Es ist ihre Lieblingstasse, aus sehr dünnem chinesischen Porzellan und mit chinesischen Schriftzeichen verziert. Es ist keine Spülmaschinentasse, Eva spült sie von Hand. Zuhause trägt sie keine Handschuhe.

Jetzt muss sie erst mal verdauen, was ihrer Freundin vorhin passiert ist. Sie stehen in engem Kontakt, und Gudrun hat ihr einen gehörigen Schrecken eingejagt. Um ein Haar wäre sie festgenommen worden. Rein rechtlich war sie es vielleicht schon, und ihre dem Zufall zu verdankende Flucht hat es nicht besser gemacht.

Was soll Eva jetzt tun? Nun wird nicht nur Eva gesucht, sondern auch Gudrun. Werden von ihnen beiden Phantombilder veröffentlicht, morgen in den Zeitungen? Wird vorab schon etwas im Internet zu sehen sein? Am Abend vielleicht, Eva wird nachsehen.

Im Moment kann sie sich kaum rühren. Nur dasitzen und Tee trinken und versuchen, wieder ruhig zu werden. Sie muss nachdenken, und sie muss sich erinnern. Was hat sie diesem Mann am Mittwoch angetan? Was ist passiert, nachdem er gefallen ist? Auch wenn ihr Gedächtnis sie genau an diesem Punkt im Stich lässt, so sieht sie ihn doch deutlich vor sich, wie er da auf dem Boden liegt, etwas verdreht, die Augen offen und an die Decke gerichtet. Ein Blutfleck wird oberhalb des Scheitels sichtbar, und mehr Blut sickert nach. Er war doch tot, oder? Hat sie ihm zur Sicherheit noch etwas aufs Gesicht gedrückt? Wenn ja – was? Im Wohnzimmer des Apartments befinden sich keine Kissen und keine Decken, es ist sehr puristisch, nur wenige Ledermöbel und der Glastisch. Männer mögen keine Puppenstuben. Decken und Kissen gibt es bei Eva nur im Schlafzimmer, und auch da nur die nötigsten.

Sie muss eine Amnesie haben, was den Todeszeitpunkt des Kunden betrifft. Vielleicht ist dieser Gedächtnisverlust vorübergehend, vielleicht auch nicht.

Evas Augen suchen Entspannung im goldbraunen Teespiegel ihrer Tasse. Sie hat einen schwarzen Tee mit Zimtaroma gewählt, der Duft steigt angenehm empor, und sie atmet tief ein. Mit Hans, einem Kunden, hat sie gelegentlich Tee getrunken. Meist weiß Eva nicht, wie ihre Kunden heißen, oder sie vergisst es gleich wieder. Aber Hans kommt oft zu ihr – kam oft. Er legte großen Wert darauf, dass sie ihn beim Namen nennt. Obwohl jünger als sie, war er sehr verliebt, das weiß Eva. Sie spürt so etwas. Sie hat oft Männer als Kunden, die Jahrzehnte jünger sind, aber sie wollen nur Sex und die Bestätigung, dass sie trotz ihrer kleinen Penisse große Männer sind.

Hans ist ihr nicht nur wegen des Tees eingefallen. Er sprach nie darüber, aber sie hatte den Eindruck, dass er Arzt war. Welche Fachrichtung, das war nie Thema. Aber er erzählte ihr nach wenigen Treffen, er habe sie einem Kollegen empfohlen; dieser würde sich mit Sicherheit bei ihr melden, früher oder später. Kam der Tote vom Mittwoch auf Hans' Empfehlung? Hans fragte nicht nach, wohl auch, weil er zunehmend eifersüchtig auf Evas andere Kunden reagierte. Sie sprach nie mit einem Mann über andere, aber die Männer selbst fragten sie gerne aus. Sie antwortete ausweichend oder gar nicht.

Eva selbst hatte schnell vergessen, dass Hans ihr jemanden schicken wollte, zu viele gingen bei ihr ein und aus.

Aber jetzt fragt sie sich: War das dieser Mann? Waren er und Hans Mediziner des gleichen Fachgebiets?

Eva wird heiß, und nicht nur vom Tee. Wenn Hans von dem Toten aus der Zeitung erfahren hat, so könnte er sich bei der Polizei melden, auch in der Hoffnung, sie auf diese Art aufzuspüren.

Aber auch Hans kennt Eva Müller nicht wirklich.

Ermittlungen

»Pressack!«, tönt es blechern aus Jan Brodbeckers Sprachcomputer. Der Junge schüttet sich aus vor Lachen, das heißt, er gibt gurgelnde Geräusche von sich, wie ein Ertrinkender.

Dominique, die am Steuer des umgebauten *VW*-Busses sitzt, grinst. »Kennst du nicht, was?«

Dann schaut sie stirnrunzelnd nach vorne. Ein unangenehmer Schneeregen fällt auf die Scheibe, und die Wischerblätter quietschen. Alfred wohnt im Babenberger Viertel, und Dominique kennt sich hier nicht aus. Aber dann sieht sie das richtige Straßenschild und setzt den Blinker.

Jan späht ebenfalls aufmerksam aus dem Fenster. Er sitzt hinter ihr, in seinem im Bus fest verankerten E-Rolli.

Alfred steht derweil schon ungeduldig an der offenen Haustür, obwohl Mia ständig von oben schreit: »Tür zu, es zieht!«

Der *VW*-Bus hält vor dem Haus, Dominique fährt sonst einen schnittigen Sportwagen, in den einzusteigen sich Alfred bisher kategorisch geweigert hat. Er käme nur mit Schuhlöffel rein und wahrscheinlich ohne Hilfe nicht mehr raus.

Aber jetzt verstummt der Motor des Busses, und eine Sekunde später kommt Dominique um das Gefährt herum, in – oh Wunder – flachen Turnschuhen und wetterfester Jacke. Sie hebt die Hand. »Sekunde! Wir sind gleich da.«

Jetzt ist Alfred gespannt. Auf dem Beifahrersitz kann er niemanden entdecken. Hat sie ihren Mann nach hinten gesperrt? Dann staunt er nicht schlecht: Dominique öffnet die Heckklappe, und eine Rampe fährt vollautomatisch heraus. Sie steht am Fuß der Rampe, die Haare voll tauender Schneeflocken, und sagt irgendwas ins Innere des Fahrzeugs hinein. Dann tritt sie einen Schritt zurück und macht einem selbstfahrenden Rollstuhl Platz, in dem ein überdimensionales Regencape sitzt.

Grete taucht hinter Alfred auf und sagt: »Oh!«

Dem Herrn Kommissar verschlägt es kurz die Sprache. Dominiques Mann sitzt im Rollstuhl?

Das mobile Cape fährt auf Meisters Haustür zu, Dominique folgt ihm, nachdem sie den Bus verschlossen hat.

Eine merkwürdige Apparatur führt zur Kopföffnung des Capes, und erst, als der Rolli vor ihnen hält, sehen es Alfred und Grete: Ein ganz junges Gesicht strahlt ihnen aus der Kapuze entgegen, ein bisschen schief, ein bisschen länglich, eher ein Junge als ein junger Mann.

»Hallihallo!«, kommt blechern nicht aus dem Mund des Jungen, sondern von irgendwo aus dem Cape. »Ich bin der Jan!« Schepperndes Gelächter folgt.

»Mein Sohn.« Dominique steht hinter ihm, und Alfred hat sie noch nie in der Art lächeln sehen.

Grete Meister macht ihrem Namen alle Ehre und meistert die Situation. Sie schiebt sich um ihren die Tür füllenden Ehemann herum und begrüßt Jan und Dominique sehr herzlich.

»Ich freue mich sehr, Sie mal kennenzulernen, Dominique! Und dass Sie Ihren Sohn mitbringen, ist wunderbar.«

»Kommt vor allem mal aus dem scheußlichen Schneeregen raus«, befiehlt Alfred, der sich wieder gefangen hat.

Dominique will mit einem Handtuch aus ihrem Rucksack Jans Rollstuhlreifen trocken rubbeln, aber Grete wehrt ab. Meisters haben keine Teppiche.

Jan folgt Grete ins Wohnzimmer, Dominique hält ihren Kollegen am Arm zurück.

»Wart mal kurz.« Sie zieht ihre Jacke aus und fischt aus der Innentasche einen Plastikbeutel mit etwas Undefinierbarem.

»Was ist denn das?«

»Trümmerteile eines Smartphones. Hat mir Jans Lehrerin in der *Lebenshilfe* gegeben. Einer ihrer Kollegen hat es vor dem Eingang gefunden.«

Alfred zuckt die Schultern. »Was sollen wir damit?«

Dominique zögert. »Ich weiß noch nicht. Es ist ein *iPhone*, pazifikblau. Es wurde gewaltsam zerstört. Trotzdem kann man noch eine kleine Delle hier erkennen.« Sie deutet auf eine Stelle des Elektroschrotts, an der noch unschwer die Power-Taste zu sehen ist. »Vielleicht geben wir es vorsichtshalber in die KTU?«

»Du meinst, es könnte das Handy von Mirko Wagner sein? Interessant ... Ich ruf gleich mal eine Streife an, die sollen den Apparat abholen.«

»Gut. Ich frag morgen nochmal bei der *Lebenshilfe* nach, ob sich jemand Auffälliges dort herumgetrieben hat.«

Eine Stunde später ist die Stimmung rund um Meisters Wohnzimmertisch sehr ausgelassen. Sogar Mia hat sich dazubequemt und isst zumindest ein Löffelchen vom Gerupften.

»Du haust aber ziemlich rein«, sagt sie zu Jan, der von seiner Mutter schon mit der dritten Portion Pressack gefüttert wird.

»Schmeckt auch saugut!«, antwortet Jans Computer, bevor der eine Kostprobe vom Backsteinkäs mit Musik verlangt und seine Mutter tadelt, weil es bei Brodbeckers zuhause keine solchen Köstlichkeiten gibt.

»Stimmt«, gibt Dominique zu, »ich bin eine schlechte Köchin.« Dafür steht sie ihrem Sohn im Vertilgen von fränkischen Brotzeiten in nichts nach, was Grete mit einer Spur Neid und Mia mit einer Mischung aus viel Neid und viel Bewunderung wahrnehmen.

»Aber Papa, der kocht gut!«, sagt Jan, »wenn er mal da ist ...«

An was es liegt, dass Herr Brodbecker selten da ist, will niemand fragen.

Sie reden über Unverfängliches – das Leben in Bamberg, die Hoffnung auf besseres Wetter, die schulischen Leistungen ihrer Kinder. Letzteres findet Mia alles andere als unverfänglich, und Jan stimmt ihr zu. Dafür baggert er Mia ungeniert an: »Du siehst echt mega aus!«

Mia kriegt einen Lachanfall und wird gleichzeitig rot.

Wohl um aus dem Fokus des Interesses zu kommen, holt sie zum Gegenschlag aus. »Papa interessiert sich neuerdings für Sexualkunde.« Den lauernden Blick, den sie dabei auf ihre Mutter wirft, findet Alfred unverschämt.

»Aus rein pädagogischen Gründen«, stellt er sofort richtig.

Dominique grinst und spricht mit vollem Mund. »Isauchbeiunsthema.«

»Sexuelle Handlungen dürfen nur einvernehmlich zwischen Mann und Frau passieren. Nein heißt nein«, doziert Jans Sprachcomputer.

»Schlaumeier.« Mia verdreht die Augen.

Jan grinst über das ganze schiefe Gesicht. »Schlag ein«, sagt sein Sprachcomputer zu Mia, und die klatscht mit ihrer Hand auf Jans schlaff herabhängende blasse Rechte. Beide kriegen einen Lachanfall, in den Meisters und Dominique einfach einstimmen müssen, um nicht ganz so blöd dazustehen.

Später sagt Mia zu ihrem Vater: »Die beiden sind krass gut drauf. Nur blöd, dass Jan im Rollstuhl sitzt. Aber Dominique, die ist super.«

Und verschwiegen, denkt Alfred und fasst es immer noch nicht, dass er bislang nichts von Dominiques Privatleben wusste.

Im Bett schmiegt sich Grete an ihn und krault seinen Bauch. »Freeed? Interessierst du dich auch für Ja sagende Frauen?«

Alfred schnurrt wie ein Kater und dreht sich vollends zu ihr um. »Nur, wenn sie Grete heißen …«

Eva

Gegen 21 Uhr am Abend ist auch das zweite Phantombild online zu sehen – das von Eva Müllers Putzfrau. Gudrun ist sehr gut getroffen, findet Eva. Ob frühere Kunden sie erkennen würden? Statt Brille hat sie oft Kontaktlinsen getragen. Trotzdem beunruhigend. Gudrun, die als Einzige um Evas lukrativen Nebenerwerb weiß, könnte ihr jetzt zum Verhängnis werden. Wenn die Polizei ihre beste Freundin aufspürt und sie unter Druck setzt, dauert es nicht lange, bis sie auch Eva schnappen.

Eva muss raus, muss ihre Anspannung irgendwo loswerden, in einer der zahlreichen Bamberger Kneipen mit einem Bier an der Theke. Sie macht sich sorgfältig zurecht, schminkt die Jahre weg, wählt eine blonde Kurzhaarperücke und ein eng anliegendes, blaues Kleid, das eine Handbreit über den Knien endet. Dazu weinrote Stiefel, natürlich Overknees. Ihr kurzer Wollmantel hat eine große Kapuze, als Schutz gegen den nasskalt rieselnden Schnee.

Einige Studentengruppen sind unterwegs, kaum Touristen, wenige Menschen befinden sich vor dem traditionsreichen *Schlenkerla* in der Sandstraße draußen. Kaum einer hat ein Stehbier in der Hand. Eher wird heute nur hastig an den Zigaretten gezogen, dann sind die Finger klamm, und man geht wieder rein.

Eva schlendert hinter einem lärmenden Quartett her, drei jungen Männern und einem Mädchen, vielleicht Studenten. Sie debattieren kurz vor einem Club, einer der Männer mit langem, zotteligem Haarschopf setzt sich durch, und sie gehen rein. Eine schmale Treppe führt in ein Kellergeschoss, Eva folgt ihnen.

Der Türsteher, klein, aber breitschultrig, mustert sie befremdet, aber durchaus wohlwollend.

»Zum ersten Mal da?«

Eva zeigt ihr routiniertes Eva-Lächeln und gibt ein vages »Hm« von sich, dann ist sie drin.

Man sieht kaum was in diesem Kellergewölbe, so viele junge Leute stehen herum und reden und gestikulieren und übertönen doch nicht die laute Musik, die von irgendwo weiter hinten kommt.

Eva sucht einen Haken für ihren Mantel und findet keinen. Auf einem Tisch nahe des Eingangs liegt ein Berg Jacken, sie zieht ihren Mantel aus und versucht, ihn so zu platzieren, dass sie ihn später wieder findet. Sie schiebt sich durchs Gedränge, weiter nach vorne, hier gibt es eine kleine Bühne, auf der eine junge Band spielt, zwei Gitarren, ein Schlagzeug, eine Sängerin.

Auf der winzigen Tanzfläche davor hopsen Menschen herum. Eva gelangt irgendwie an die Theke, das Mädchen dahinter schiebt ihr unaufgefordert eine Flasche Bier hin. »Alles andere ist aus!«, sagt sie wahrscheinlich, der Lärm ist ohrenbetäubend. Eva nickt, schiebt einen 5-Euro-Schein über den Tresen und erhält 2 Euro und 50 Cent zurück. Günstig.

Sie setzt die Flasche an den Mund und trinkt ohne abzusetzen, bis sie fast leer ist. Davon kriegt sie Schluckauf, was hier keiner hört. Nochmal drei kleine Schluck Bier, ohne dazwischen einzuatmen, das hilft, und der Schluckauf ist weg.

Zwischen den Menschen, die alle nach vorne zur Bühne schauen, taucht einer aus dem Quartett vor ihr auf und stößt mit seiner Bierflasche an ihre. Er kommt etwas näher und brüllt ihr ins Ohr: »Hast 'nen ziemlichen Zug drauf!«

Es ist der mit der langen, verfilzten Mähne. Hier unten in dem gut warmen Kellergewölbe trägt er nur eine Art Unterhemd, das seine muskulösen, tätowierten Oberarme freilässt. Er wartet Evas Antwort nicht ab, dreht sich um, schiebt sich zur Tanzfläche durch und beginnt mit denselben unkontrollierten Schwank- und Springbewegungen wie die anderen Tanzwütigen – meist junge Männer, wie Eva feststellt. Die Jungs springen sich an, rempeln auch mal aneinander, die wenigen Mädels stampfen mit den Füßen und halten statt eines Partners ihre Bierflaschen im Arm. Der Typ mit der langen Mähne lässt sich rhythmisch nach vorne fallen, die Haarzotteln berühren fast den Boden, der Kopf pendelt hin und her, und Eva kriegt allein vom Zusehen Migräne.

Als er seine Haarpracht wieder nach hinten wirft, schaut er direkt in ihr Gesicht und lacht sie an. Die vor ihr stehen, gehen zur Seite, ohne dass jemand etwas gesagt hätte, und für Eva ist der Weg frei, sie schiebt sich auf die Tanzfläche, mit der Bierflasche in der Hand, denn es gibt nirgendwo etwas, um sie abzustellen.

Eva weiß, dass sie nicht hierher passt, und trotzdem könnte sie sich gerade in diesem Moment keinen Ort vorstellen, an dem sie mehr sie selbst sein könnte. Inmitten dieser jungen Leute, die keine Vorurteile zu haben scheinen, nicht an diesem Abend bei laut hämmernder Musik und genügend Alkohol im Blut.

Ihr Gegenüber, der Typ mit der Mähne, mutiert vom allein herumtorkelnden Clown zum versierten Tänzer. Er fasst sie mit der freien Hand um die Hüfte und versucht ein paar Tanzschritte mit ihr. Eine Fortsetzung scheitert an der Enge, den Bierflaschen und den von allen Seiten gegen sie prallenden Körpern, so dass er sie lachend loslässt und sein voriges Programm wieder aufnimmt. Evas Beine in den Overknees kommen nur langsam in Bewegung, sie hat das schon lange nicht mehr gemacht, abgetanzt, abgerockt, die Zeit der Club- oder früher Discobesuche ist lange, sehr lange her. Aber sie kann sich gut bewegen, Sex und Tanz sind nahe Verwandte, und bald ist es nicht nur ihr Typ, der mit Blicken an ihr klebt. Mein Typ, denkt Eva schon und rügt sich, aber es amüsiert sie auch.

Je ekstatischer sie tanzt, desto mehr schwitzt sie in ihrem Winterkleid, kein Wunder, in diesem proppenvollen, aufgeheizten Keller.

Irgendwann pausiert die Band, und der Mann mit der Zottelmähne fasst sie wieder um die Hüfte und schiebt sie zur Theke. »Mike«, sagt er in ihr Ohr, es kann aber auch Mark oder Kai heißen. »Du?«

»Anna«, sagt Eva und lächelt ihn an.

»Prost, Anna.« Die neuen Bierflaschen stoßen aneinander, dann kommen Mikes Begleiter von vorhin dazu, und das Zuprosten geht weiter. Die Unterhaltung wird schreiend fortgesetzt, Eva wirft ab und zu ein Wort ein, wenn sie etwas gefragt wird, ansonsten steht sie einfach da, an die Theke gelehnt, und spürt inmitten dieser

Menschen, die ihre Kinder sein könnten, wie die Anspannung der letzten Tage von ihr abfällt.

Es ist 3 Uhr morgens, als sie den Club verlassen, die Luft jetzt klar und kalt, aber es schneit nicht mehr. Mike begleitet Eva zum Taxistand und küsst sie mit jugendlicher Leidenschaft.

»Tschau, meine Schöne, vergiss mich nicht!«

Nein, ich vergesse dich nicht. Denn du hast mich all die anderen vergessen lassen, und vor allem den, an dessen Tod ich schuld bin.

Der Tag, an dem weiß-blaue Kissen beschlagnahmt werden

Gudrun

Gudrun träumt. Wie fast immer gelingt ihr ein realistisches Traumbild, das sie beim Erwachen an ihrem Verstand zweifeln lässt. Sie ist ins Jahr 2000 gereist, das Jahr, in dem beide Eltern starben. Erst der Vater, 75 Jahre alt, an einem Herzinfarkt. Der kam aus heiterem Himmel, Herr Deuber war an einem Samstag allein mit dem Auto zum Einkaufen gefahren. Auf dem Rückweg, schon in Sichtweite der Deuber'schen Wohnung, begann das Auto seinen Schlingerkurs, schrammte rechts am Bordstein entlang, riss links die Tür eines parkenden Autos auf, prallte schließlich gegen eine Hausmauer. So erzählten es Augenzeugen. Zu Schaden gekommen war zum Glück niemand, außer Gudruns Vater natürlich. Die Ersthelfer fanden ihn äußerlich unverletzt, aber ohne Lebenszeichen. Ein Rettungssanitäter, der zufällig gegenüber wohnte, versuchte eine Reanimation, erfolglos.

Aber das ist nicht Inhalt von Gudruns Traum. Der beginnt erst später, ihr Vater ist schon ein paar Wochen unter der Erde, die Mutter hat jeglichen Plan für ihr Leben verloren. In der Realität wie auch im Traum weiß Gudrun: Die Mutter hätte sich das Leben genommen, wenn sie den Mut dazu gehabt hätte. So nahm es ihr ein Schlaganfall.

Gudrun sitzt am Sterbebett der Mutter, ihre Schwester auf der anderen Seite, jede hält eine Hand, beide wissen, dass es gleich zu Ende geht. Warum hast du es mir nicht gesagt?, fragt Gudrun in Gedanken das leichenblasse Gesicht auf dem Kopfkissen. Die Lippen der Sterbenden wollen Worte formen und schaffen es nicht. Gudruns Schwester kann ablesen, was sie sagen will.

Sie sagt, du bist eine Missgeburt, sie wollte dich nicht haben, sie wollte, dass du stirbst, am besten während einer der vielen Operationen im Krankenhaus, bei der sie versucht haben, einen normalen Menschen aus dir zu machen.

Gudrun nickt. Ich weiß. Nur unser Vater hat mich gern gehabt, so wie ich bin.

Wieder öffnet sich der zahnlose Mund der Sterbenden, wieder übersetzt die Schwester: Das glaubst du nur, dein Vater wollte immer, dass du sein Junge bist. Das, was du wirklich bist, hat er auch nicht gemocht.

Ihre Schwester spricht teilnahmslos, als sei sie eine bestellte Dolmetscherin, die nichts mit der Familie zu tun hat.

Gudrun lässt die Hand ihrer Mutter los. Sie nimmt eine mit klarer Flüssigkeit gefüllte Spritze vom Nachtkästchen und setzt die Spitze der Nadel sorgfältig an den Hals der im Bett liegenden Frau. Es ist gar nicht mehr ihre Mutter, das weiß sie in diesem Moment mit großer Sicherheit, das ist eine Fremde, die es nicht verdient hat zu leben und die jetzt sterben muss.

Und das tut sie dann, von Gudruns Hand, und auch als sie schon tot ist, formen die Lippen noch Worte, und Gudruns Schwester übersetzt: Sie sagt, du bist schuld.

Gudrun erwacht schweißgebadet, obwohl es in ihrem Schlafzimmer kalt ist. Der Wecker zeigt 5 Uhr 35. Sie hat trotz zweier

Schlaftabletten schlecht geschlafen und braucht eine ganze Weile, um zu sich zu kommen. Gudrun greift nach der halbvollen Wasserflasche neben ihrem Bett und trinkt sie auf einen Zug aus. Benommen und ohne Brille tappt sie ins Bad zum Pinkeln, sitzt auf der Schüssel und stützt den Kopf mit den Händen.

Die Wahrheit: Gudrun kam gar nicht ans Sterbebett der Mutter. Sie war mit Georg unterwegs, wandern in der Fränkischen Schweiz, und sie empfand an diesem Tag so viel Glück wie fast nie mehr danach. Den morgendlichen Anruf ihrer Schwester, sie solle kommen, es könne mit der Mutter zu Ende gehen, hatte sie einfach ignoriert.

Beim Frühstück in dem kleinen Gasthof in Gößweinstein hatte Georg zum ersten Mal laut ausgesprochen, was sie sich sehnlicher wünschte als alles andere auf dieser Welt.

»Ich könnte auch Diakon werden. Dann könnten wir heiraten.«

Ja! Ja, ich will! Das wollte sie schreien und war doch sprachlos vor Glück.

Georg hatte es an diesem Tag zum ersten und auch zum letzten Mal ausgesprochen. Und Gudruns Mutter war tot, als sie am Abend im Krankenhaus eintraf.

Ermittlungen

Am Samstagmorgen herrscht pure Hektik bei der Bamberger Kriminalpolizei. Alfred hasst es, an Wochenenden ermitteln zu müssen. Zum Glück kommt es nicht allzu oft vor. Er möchte wenigstens an einem Tag in der Woche in Ruhe mit Grete frühstücken, Rühreier mit Speck, frische Brötchen, Bamberger Hörnla, starken schwarzen Kaffee. Den *Fränkischen Tag* lesen und die *Süddeutsche*, die sie als Wochenend-Abo beziehen. Sonntags ist es schon wieder aus mit der Gemütlichkeit: Grete als gute Katholikin besucht den Gottesdienst, im Sonntagskleid, versteht sich.

Also heute nur schnelles Frühstück in der Küche, ein Kuss für Grete, und er ist weg. Mia schläft noch, klar.

»Also, was haben wir?« Die Kollegen hocken im Besprechungsraum um ihren Chef und Meister herum. Dominique? Noch nicht da. Seit dem gestrigen Abend hat Alfred eine Idee davon, warum sie nie pünktlich sein kann. Jan ist kein Kind wie andere.

»Zig Anrufe auf die beiden Phantombilder.« »Ergebnis blau-weiße Faser.« »Bewegungsprofile diverser Handys.« »Ergebnis Handyfund Lebenshilfe fehlt noch.«

Die Kollegen halten Alfred ihre Berichte hin.

»Okay, erzählt mal, aber fasst euch kurz.«

Die Anrufer: Waren fast durchweg wohlmeinende Menschen mit der festen Überzeugung, auf den Phantombildern ihre Nachbarin, ihre Kollegin oder ihre Ex-Frau erkannt zu haben. Die Beamten hatten geduldig zugehört und die Namen notiert, ein paar Uniformierte sind derzeit unterwegs, um die halbwegs glaubhaften Nennungen zu überprüfen. Einzig die Meldung einer Bäckereiverkäuferin aus dem Supermarkt gegenüber des Apartmenthauses bestätigte, dass »diese Frau« schon bei ihr eingekauft habe. Sie meinte Eva Müller. Die Spur ist ohnehin unbrauchbar, da die Verkäuferin weder einen Namen weiß noch sonstige Hinweise auf den Verbleib der Dame geben kann.

Die blau-weiße Faser: »Ist so gut wie identisch mit dem weiß-blauen Kissen«, berichtet der Kollege triumphierend, »leider gibts auf dem konfiszierten Kissen keinerlei DNA von Doktor Sex.

Also? Er ist mit hoher Wahrscheinlichkeit zwar mit einem solchen Kissen erstickt worden, aber nicht mit dem, das wir haben …«

Alfred runzelt die Stirn. Diese Spur ist heiß, ohne Zweifel. Und sie rückt die Prostituierte Anna noch mehr ins Zentrum der Verdächtigen. »Dann ist es eins der anderen Kissen aus Annas Apartment.«

»Tippe eher, dass sie es weggeworfen hat.« Dominique steht plötzlich hinter Alfred.

»Was ist mit dem Schal der Zeugin Jehovas?«

»Nichts, anderes Material.«

Alfred dreht sich seufzend um und schaut zu Dominique auf.

»Morgen, Kollegin. Unser Wagen kennt den Weg schon, was?«

Sie nickt und lächelt ihn wärmer an als sonst.

»Wollen Sie vorab noch was zu diversen Handys hören?«

»Klar, schießt los.«

Das ist der nächste Knüller. Annas Handy war exakt zu den gleichen Zeiten wie das von Dr. med. Mirko Wagner im Apartmenthaus eingeloggt. Zuviel Zufall, da sind sich alle einig. Aber es ist kein Beweis. Anna kann zu den gleichen Zeiten wie Eva Müller gearbeitet haben. Andere Personen im Haus könnten Dr. Wagner entgegen bisheriger Beteuerungen doch gekannt haben. In anderen Wohnungen könnten sich ebenfalls Kissen in den Farben Blau und Weiß befinden … In puncto Kissen ist nur Eva Müller raus. Aber wer weiß? Vielleicht hat sie bei irgendeiner Gelegenheit ein Kissen bei den Nachbarinnen mitgehen lassen, um den Verdacht auf diese zu lenken? Wilde Spekulationen, aber Alfred lässt die Kollegen gerne aussprechen, was ihnen durch den Kopf geht. Verquere Gedanken führen oft schneller zum Ziel als allzu nüchternes Kalkül.

»Schaut euch nochmal in sämtlichen Wohnungen im Apartmenthaus um. Fordert die Handydaten von Susan und Dennis an. Ist Anna noch hier?«

»Aber nicht doch, Chef. Wir haben sie gestern Abend gehen lassen.«

»Schafft sie uns zum Apartmenthaus. Dominique und ich fahren hin.«

»Ich hab noch was vom ominösen Hans.« Einer blättert nach dem entsprechenden Ausdruck. »Das Prepaid-Handy war zwar jeweils nur kurz eingeloggt, aber einige wenige Male in Ortsmitte Herzogenaurach. Sagt Ihnen was, oder?«

»Herzogenaurach?« Alfred braucht ein paar Sekunden, um sich zu konzentrieren.

»Dr. med. Sven Preissinger. Glücklich verheiratet, Vater zweier rotblonder Kinder.« Dominique tippt Alfred mit einem rot lackierten Fingernagel auf die Schulter.

Dann platzt eine junge Polizistin herein und steuert auf Dominique zu. »Frau Brodbecker! Die Handy-Trümmerteile, die Sie in die KTU gegeben haben ... sie gehören zum aktuellen Fall. Es ist eindeutig das vermisste Smartphone von Dr. Mirko Wagner, die IMEI passt. Eine Wiederherstellung der gespeicherten Daten ist aber wohl sehr unwahrscheinlich ...«

Erst hatten sie keine Spur, und jetzt haben sie zu viele.

Gudrun

Gudrun hockt an ihrem Küchentisch und trinkt eine Flasche Wasser in einem Zug. Appetit hat sie keinen.

Gleich muss sie los, mit Karina Krötenzäune aufstellen.

Es war einfach alles zu viel gestern. Um ein Haar ist sie einer Vernehmung durch die Polizei entwischt. Die Einzige, die Rückschlüsse von dem veröffentlichten Phantombild auf Gudrun ziehen könnte, ist Karina. Wenn sie überhaupt etwas von dem Geschehen im Apartmenthaus mitbekommen hat. Karina ist auf Naturschutz fokussiert und sonst auf nichts. Gudrun hat auf jeden Fall keine Lust, in Evas Geschichten hineingezogen zu werden.

Als sie in ihrem *Renault Modus* sitzt und den Motor startet, ist ihr leicht schwindlig. Wenigstens schneit oder regnet es nicht mehr, die Straßen in der Stadt sind frei. Für die nächste Woche ist ein Wetterumschwung angekündigt, die Temperaturen sollen bis an die 20-Grad-Grenze klettern. Sollte es weiter frostfrei bleiben, wäre das das Startsignal für die Amphibienwanderung. Die Tiere brauchen nächtliche Bodentemperaturen über 5 Grad und feuchte Witterung. Zeit also, die Zäune in Position zu bringen.

Das Material lagert jetzt in ihrem Kofferraum, aufrollbare Zäune und Befestigungsmaterial. Die Eimer bleiben nach Rücksprache mit der Behörde auch nach der Krötenwanderung fest eingegraben und werden mit einem Deckel verschlossen. Gudrun kann die Rückbank nicht komplett nach vorne schieben, da sie Lotta, eine Schülerin, mitnehmen. Aber da die Sperre nur an einem Streckenabschnitt angebracht werden muss, reicht Gudruns *Modus* als Transportfahrzeug.

Karina steht schon am Straßenrand, gehüllt in einen alten, grünen Parka und Moonboots an den Füßen, beides stammt mit Sicherheit aus ihrer Studentenzeit. In der Hand trägt sie die gelbe Warnweste, die sie bei der Arbeit am Straßenrand gleich brauchen werden.

»Morgen, Gudrun, war wohl viel Verkehr?«

Gudrun ist ein paar Minuten zu spät, und sie nickt einfach, obwohl es nicht stimmt.

»Gehts dir besser? Du warst gestern bleich wie der Tod, hab mir richtig Sorgen gemacht.« Sie rückt den Beifahrersitz ein Stück nach hinten und betrachtet ihre Freundin von der Seite. »Ehrlich gesagt, heute siehst du auch nicht besser aus.«

»Ich fühl mich nicht so besonders«, sagt Gudrun, »an der frischen Luft wird es sicher besser. Wo steht Lotta?«

»Am Berliner Ring. Sie hat mir gerade über *WhatsApp* geschrieben. Hat mal wieder die Warnweste vergessen.«

»Ich hab zwei oder drei im Auto.«

»Gut. Fahren wir danach die anderen Zäune noch ab? Ich will nur mal sehen, ob alles passt.«

Dann erzählt sie von einer Einladung bei Freunden am Abend vorher, wie gut die Quiche Lorraine dort war und dass sie heimwärts ein Taxi nehmen mussten. »Und du? Was hast du gemacht?«

»Nicht viel. Einen Film geschaut.«

»Worum gings?«

»Um eine ältere Frau, die sich in einen jüngeren Mann verliebt.«

Karina lacht laut. »Ein Märchenfilm, was? In unserem Alter muss man froh sein, wenn ab und zu noch ein Opa sabbert.«

Dann sind sie am Berliner Ring, Lotta, eine kleine, rothaarige Fünfzehnjährige, nutzt den Stopp an der Ampel, um hinten einzusteigen.

»Ich hab nur eine Stunde Zeit«, informiert sie Kaugummi kauend, »reicht das?«

Und im nächsten Moment sagt sie zu Gudrun: »Sag mal, putzt du in so einem Edelpuff? Die suchen eine, die sieht aus wie du. Hab ich«, sie wischt an ihrem Smartphone herum, »gerade gesehen.«

»Mal Vorsicht, Fräulein«, entrüstet sich Karina, »wie redest du denn mit Gudrun? Gudrun hats bestimmt nicht nötig, wo zu putzen. Oder? Gudrun?«

»Stimmt«, sagt Gudrun, »außer zuhause, und das nicht gern.«

Sehr wenige Männer haben so etwas wie Gefühle bei ihr ausgelöst. Eva weiß seit vielen Jahren nicht mehr, was ein Gefühl ist. Also eines, das mit anderen Menschen zu tun hat. Hunger, Durst, Wärme, Kälte, zu viel oder zu wenig Schlaf, ja, das sagt ihr was. Gelegentlich hat sich mal das Wort Liebe in ihr Achim-Tagebuch verirrt. Aber eben nur als Wort.

Ich bin seine große Liebe, hat Achim am Telefon gesagt, als er gestern aus Malaysia angerufen hat. So lautet ein Eintrag, den sie vor etwa fünf Jahren gemacht hat. Sie wollte damals fortfahren: *Vielleicht hat er ein schlechtes Gewissen? Vielleicht bumst er eine Stewardess?* Das wäre die Vermutung der realen Partnerin eines realen Achim gewesen. Oder auch nicht – was weiß Eva schon davon. *Ihr* Achim war und ist ein makelloser Partner, und er zieht nur deshalb nicht zu ihr nach Bamberg, weil sie ihn hier nicht gebrauchen kann. Fantasie darf alles. Sie darf eine Traumwelt schaffen, in der die Traumfrau Eva Müller so agieren kann, wie es ihr gerade passt. In der ihr Männer zu Füßen liegen und sie dafür bezahlen, dass sie ihnen gibt, was sie wollen.

War da ein Gefühl für Hans? Eva weiß es nicht. Sie hat vergessen, wie es ist, Gefühle für einen Mann zu empfinden. Es war angenehm mit ihm, das ja. Hans konnte sehr zärtlich sein, Sex war ihm nicht besonders wichtig. Oft lagen sie einfach auf ihrem Bett, und er schaute sie an. Seine Fingerspitzen zeichneten ihr Gesicht nach, umrundeten ihre Augen, wanderten den Nasenrücken hinab, fuhren die Konturen ihrer Lippen nach. Dann legte sich sein Handrücken an ihre Wangen. Vielleicht lag es auch nur an seiner Kurzsichtigkeit, dass sich ihre Gesichter so nahe kamen. Küssen ließ sie sich nie, das respektierte auch Hans. Sie selber sprach wenig, Hans dafür um so mehr, über Gott und die Welt, nichts aus seinem Privatleben. Eva wollte davon auch nichts wissen, von ihm nicht und von keinem anderen.

Trotzdem hat er etwas in ihr angerührt, das sie nun zögern lässt. Obwohl sie die Nummer seines Prepaid kennt, wird sie nicht von ihren Prinzipien abweichen und ihn anrufen. Auch wenn sie ihm gerne sagen würde, dass es nicht an ihm liegt, wenn es nun kein weiteres Treffen mehr geben wird.

Zumindest in diesem Apartment in Bamberg wird sie ihre Dienste nicht weiter anbieten können. Aber was soll sie stattdessen tun? Mit dem vielen, leicht verdienten Geld der letzten fünfzehn Jahre, mit dem Mietvertrag für das Apartment, mit ihren Perücken, ihren Klamotten, dem Sektvorrat, der schwarz-goldenen Bettwäsche?

Wie soll sie das Apartment kündigen, ohne für die Berliner Immobilienfirma wieder aus der Anonymität aufzutauchen, in die sie sich bewusst vor vielen Jahren begeben hat? Soll sie Gudrun erneut um Hilfe bitten? Nein. Zu riskant, da die Polizei die Verbindung von Gudrun zu Eva nun kennen dürfte.

Wenn Eva nur wüsste, ob sie eine Mörderin ist.

Ermittlungen

»Wer. Ist. Diese. Frau?« Alfred rauft sich sein spärliches Haupthaar, während Dominique am Steuer durch den Bamberger Vormittagsverkehr heizt. Die Frauen auf dem Weg zum Supermarkt, die Männer zum Baumarkt.

»Ich weiß überhaupt nicht mehr, was ich glauben soll. Was treibt diese Frau, wenn sie gerade nicht als Prostituierte Geld scheffelt? Brave Hausfrau und Mutter? Gelangweilte Unternehmergattin? Nonne??«

»Da wäre sie nicht die Einzige, die auch anders kann.« Dominique überholt mal links, mal rechts und angelt mit einer Hand nach Schokolade im Handschuhfach. Dann steigt sie plötzlich auf die Bremse und flucht. Die Ampel zeigt dunkelgelb.

Alfred schnauft und greift selbst ins Fach. Zwei angebrochene Tafeln rutschen ihm entgegen.

»Was darfs sein? Nugat oder Orange-Bittermandel?«

»Letzteres. Nimm dir auch.«

»Ach nee. Wir könnten auf dem Rückweg kurz beim *Fässla* stoppen, wenns recht ist. Grete kocht erst heut Abend, und ich komme jetzt schon um vor Hunger.«

Dominique nutzt den unfreiwilligen Halt an der Ampel, um eine halbe Tafel in sich hineinzustopfen. »Wär auch nicht schlecht, wenn wir Eva Müllers Putzfrau finden würden.«

»Ach, aussichtslos. Hast ja gesehen, wie viel Schrott uns auf die beiden Phantombilder gemeldet wurde.«

Dominique zieht einen winzigen Zettel aus ihrer Jackentasche. »Ruf doch mal da an, Telefonnummer von Jans Lehrerin. Du weißt schon, wegen dem Handy, das dort gefunden wurde.

»Samstags ist doch keine Schule?«

»Ist ihre private Nummer, sie hat sie mir extra gegeben.«

Alfred wählt, und als die Lehrerin sich meldet, übernimmt Dominique. Allerdings kann sie momentan nur darum bitten, bei allen Beschäftigten der Lebenshilfe nachzufragen, ob ihnen jemand aufgefallen ist, der das *iPhone* vielleicht vor dem Eingang verloren hat. Oder ob es in Frage kommende Besucher in der Einrichtung gab.

Alfred seufzt. »Eine Sisyphusarbeit, dieser Fall.«

Vor Abfahrt haben sie noch einen Trupp Beamte zum Apartmenthaus beordert. Die sollen die Mülltonnen der umliegenden Häuser durchwühlen. Vielleicht findet sich in einer ein weiß-blaues Kissen.

Außerdem ging erneut eine Anfrage an einen Provider raus – dieses Mal brauchen sie Sven Preissingers Handydaten, um sie mit denen von »Hans« abzugleichen. Sehr wahrscheinlich, dass er mit seinem offiziellen Handy ohne Unterbrechung eingeloggt war, auch wenn er das Prepaid-Telefon seines Alter Ego benutzte. Das wäre ein Beweis mehr.

Anna steht rauchend vor dem Apartmenthaus, als sie ankommen, dezent bewacht von einer Beamtin in Zivil. Ihre Haare sind zu zwei langen Zöpfen geflochten, die Arme hat sie um sich geschlungen, kein Wunder bei dem dünnen Jäckchen, das sie trägt. Ihre Miene ist verärgert, und sie empört sich sofort, als Alfred und Dominique auf sie zukommen.

»Ich hab Ihnen wirklich alles gesagt, was ich weiß. Ihr ... Ihr Streifenhörnchen ... hat mich wie eine Verbrecherin zuhause abgeholt. Können Sie mir mal sagen, wie ich das meinem Freund erklären soll?«

Einen Freund hat sie also.

»Gehen wir erst mal nach oben.« Alfred macht eine unmissverständliche Handbewegung Richtung Eingang, Anna soll vorausgehen.

Sie bleibt trotzig am Aufzug stehen, mit ihr Alfred und das »Streifenhörnchen« samt Kollege. Dominique nimmt die Treppe.

Im Apartment von Anna, Dennis und Susan steuert Alfred auf die bayerische Wirtsstube zu und weist die beiden Beamten an, die restlichen weiß-blauen Kissen in die mitgebrachten Plastikbeutel zu versenken.

»Was soll denn das?«, schnappt Anna. Weg ist der Flirtton, den sie beim letzten Mal noch angeschlagen hat. Und genauso schnippisch fragt sie: »Darfs vielleicht heute ein Bier sein?«

»Nehmen Sie Platz.« Alfred deutet auf die Eckbank und setzt sich Anna gegenüber. Dominique lehnt an der Wand und überlässt Alfred das Gespräch.

»Der tote Freier von nebenan wurde mit einem Ihrer Kissen erstickt. Das steht zweifelsfrei fest. Sie waren zur gleichen Zeit hier, Sie haben den Toten gefunden. Angeblich. Also? Was haben Sie dazu zu sagen?«

Anna starrt Alfred entgeistert an. Die Kippe, die immer noch zwischen ihren Fingern glimmt, droht gleich ihre Spitze aus Asche zu verlieren.

Ihre ganze Aufsässigkeit von eben fällt in sich zusammen, die Augen werden feucht. Vielleicht Schau, so ganz klar ist das nicht. »Sie glauben doch nicht wirklich, dass ich ...? Wieso sollte ich das machen? Und dann noch bei der Polizei anrufen?«

»Na ja, so ungewöhnlich ist das nicht. Dass Täter selbst die Polizei rufen. Schönes Ablenkungsmanöver. Allerdings«, Alfred tut, als müsse er nachdenken, »gäbe es da etwas oder jemanden, der Sie entlasten könnte. Ihr letzter Kunde zum Beispiel.«

»Nee«, Anna schüttelt entschieden den Kopf und zieht jetzt doch einen kleinen Aschenbecher mit Edelweißmotiv zu sich her, um die Zigarette auszudrücken. »Meine Kunden müssen sich zu hundert Prozent darauf verlassen können, dass ich verschwiegen bin. Da geht nichts dran vorbei.«

»Okay«, sagt Alfred gleichmütig und dreht sich zu Dominique um. »Gehen wir?«

Dominique greift nach den an einer ihrer hinteren Gürtelschlaufen hängenden Handschellen und zeigt sie Anna. »Mit oder ohne?«

Anna starrt feindselig. »Ohne.«

Gudrun

Sie haben mit dem Aufstellen der Zäune und der Kontrolle der anderen länger gebraucht als gedacht. Zwischen den eingegrabenen Fangeimern und dem Erdreich hatten sich teilweise Risse gebildet, die sie mit Hilfe einer kleinen Schaufel und losem Erdreich wieder füllten, um sicherzustellen, dass die Amphibien wirklich nur in die Eimer fallen würden. Lottas Aufgabe war es, trockenes Laub zu sammeln, das sie in den Eimern auslegten, als Versteck für die Tiere und als Schutz vor dem Austrocknen oder zu großer Hitze. An Letzteres ist im Moment zwar nicht zu denken, aber der Wetterbericht hat Besserung angekündigt. Gudrun sammelte selbst kleine Stöckchen, die als Kletter- und Fluchthilfe für ebenfalls in die Eimer gefallene Käfer dienen.

Es ist schon weit nach Mittag, als alle drei wieder in den *Renault Modus* einsteigen. Lotta holt sofort ihr Smartphone heraus und ist nicht mehr ansprechbar. Immerhin hat sie während der Arbeit der letzten Stunden ein Selfie von sich in orangeroter Warnweste und dem frisch aufgestellten Krötenzaun gepostet. Ihre Freunde sollen schließlich wissen, was sie geleistet hat.

Gudrun steuert den *Modus* bedächtig durch den Bamberger Samstagsverkehr. Am Berliner Ring fällt ihr Blick auf eine große Menschengruppe – offensichtlich Asylbewerber, die die vierspurige Fahrbahn an einer äußerst ungünstigen Stelle überqueren – genau zwischen zwei Ampelkreuzungen. Sie kommen vermutlich aus der Auffangeinrichtung, die sich in den ehemaligen Wohnhäusern der US Army befindet. ANKER-Zentrum heißt das jetzt. Der Anker, den Flüchtlinge hier schlagen möchten, wird allerdings bald wieder gelichtet werden. Gudrun ist da indifferent. Sie hat Mitleid mit den Menschen, die ihre Heimat aufgeben mussten und sich im reichen Europa ein besseres Leben erhoffen. Sie ist aber auch seltsam gleichgültig: Ihre eigenen Probleme beschäftigen sie weit mehr.

Autos hupen, die Gruppe bleibt verschreckt in der Mitte der Fahrbahn stehen und geht nicht vor und nicht zurück. Gudrun kann gerade noch bremsen, weil der *BMW* vor ihr quietschend zum Stehen kommt und gleichzeitig beide Fahrspuren blockiert. Aus dem Beifahrerfenster schiebt sich ein Arm, der mit dem Blaulicht in der Hand kaum aufs Dach reicht. Ein kleiner, dicker Mann steigt aus und bedeutet mit erhobener Hand dem nachfolgenden Verkehr, stehenzubleiben. Ein Wunder, dass das geklappt hat, die meisten sind wesentlich flotter unterwegs als Gudrun.

»Ist dir kalt?«, fragt Karina von der Seite, als Gudrun angesichts des Blaulichts ihre Wollmütze tiefer in die Stirn zieht.

Der Zivilpolizist – denn ein solcher muss er sein – geht zu der Flüchtlingsgruppe und sagt etwas zu ihnen. Die Erwachsenen fassen die Kinder an den Händen, und der Polizist überwacht den reibungslosen Weitermarsch auf die andere Straßenseite. Als er zurück zu seinem Auto kommt, schüttelt er den Kopf. Er nimmt das Blaulicht wieder vom Dach und winkt den hinter ihnen haltenden Autofahrern zu, was wohl soviel heißt, dass es gleich weitergeht. Die Strickmütze im *Renault Modus* hält den Kopf gesenkt, aber ihre Beifahrerin reagiert und stupst sie an.

Kurz darauf fahren sie wieder. Lotta hat die Szene mit ihrem Smartphone gefilmt und ist schon dabei, sie auf *YouTube* hochzuladen.

»Du hast aber nicht Karina oder mich drauf?«, fragt Gudrun alarmiert nach hinten, während sie sich von anderen Autofahrern überholen lässt. Der Zivil-*BMW* der Polizei hat längst Strecke gemacht.

»So schön seid ihr auch wieder nicht«, sagt Lotta grinsend, und Karina langt nach hinten, um ihr in den Arm zu boxen.

»Freche Göre!«

Die Göre steigt kurz darauf aus. »Ruft mich an, wenn wir Tierchen sammeln können!«

Karina nickt und seufzt dann. »Ist nicht mehr meine Welt, diese Jugend von heute.«

»Meine auch nicht«, sagt Gudrun.

Ermittlungen

»Hättest Verkehrspolizist werden sollen.« Dominique grinst.

»Ja ja«, brummt Alfred. »Du kannst es dir vielleicht nicht vorstellen, aber ich hab das mal eine Zeitlang gemacht.«

Nach dem unfreiwilligen Stopp auf dem Berliner Ring und dem polizeilichen Geleit der Asylbewerber über die Straße sind sie jetzt wieder in der Nähe der Kriminalpolizeiinspektion. Anna wird separat in einem Streifenwagen dorthin gebracht.

»Jetzt ein kleiner Abstecher ins *Fässla*?«, überlegt Alfred. Dominique schüttelt den Kopf. »Später.«

»Darf ich dich was fragen?«

»Nur zu.«

»Also ich meine, heute ist Samstag, Jan hat keine Schule … und gestern erwähnt, dass sein Vater viel unterwegs ist. Ist manchmal schwierig, jemanden für ihn zu finden, oder?«

Dominique steuert den Wagen auf den Parkplatz und macht den Motor aus, bleibt aber sitzen.

»Entschuldige, ich bin wohl zu neugierig«, sagt Alfred und betrachtet ihr ebenmäßiges Profil. Seine Kollegin fixiert einen Punkt in der Ferne.

»Nein, passt schon, ich red nur selten drüber. Wir leben zwar im gleichen Haus, mein Mann und ich, aber wir sind nicht mehr zusammen.«

»Aber er ist Jans Vater?«

»Ja.« Dominique schaut ihn jetzt an. »Du und Grete und Mia und eure beiden erwachsenen Kinder, ihr seid so normal, weißt du. Ich meine das nicht abwertend. Normalsein macht das Leben wesentlich einfacher.«

»Manchmal auch langweiliger.«

»Hatte nicht den Eindruck, dass ihr eine langweilige Ehe führt.«

»Nein, das tun wir nicht. Ich meine eher so den immer gleichen Alltagsablauf.«

»Den brauchst du doch, oder?«

Alfred grinst. »Ja, ertappt. – Und du?«

»Ich bin bi.«

Alfred lacht ungläubig. »Bisschen bi schadet nie, was?«

Dominique nickt. »So isses. Halt aber den Mund, bitte. Gegenüber den Kollegen. Ich lebe zurzeit mit einer Frau zusammen, mit Sigi.«

Alfred wird schlagartig ernst. »Kannst dich hundert-pro auf mich verlassen. Kann nur sein, dass ich mich bei Grete verplappere ...«

»Das ist okay.«

»Dass Jan sie nicht erwähnt hat ...«

»Für Jan ist das ganz normal. Er mag Sigi. Sie ist Freiberuflerin, hat viel Zeit für ihn und hält mir den Rücken frei.«

»Was ein Partner eben tun sollte«, bestätigt Alfred.

»Oder eine Partnerin.«

»Jep.«

Alfreds kleine normale Welt hat sich gerade wieder ein bisschen mehr geöffnet.

»Packen wirs?« Dominique nickt Alfred zu. »Und danke.«

Anna wurde in einen kleinen Verhörraum gebracht. Sie sehen sie durch die Einwegscheibe: Wie ein trotziges kleines Mädchen hockt sie da auf ihrem Stuhl, die Arme vor der Brust verschränkt, den Blick finster auf die Tischkante gerichtet. Das von ihr beleidigte »Streifenhörnchen« bringt ihr einen Pott Kaffee, Anna sagt nicht mal danke.

»Lass mich mal.« Dominique hält Alfred am Arm fest. »Von Frau zu Frau ...«

Im Hintergrund tragen die Kollegen weitere Ergebnisse zusammen, vor allem das, was die persönlich befragten Anrufer so alles zu den Phantombildern zu sagen hatten. Inzwischen liegt auch der Bericht aus Berlin vor: Beamte haben dort die Räume und Unterlagen der Immobilienfirma gefilzt. Und nichts gefunden. Aus dem in trockenem Amtsdeutsch geschriebenen Bericht ist unschwer herauszulesen, dass der Laden dort ein Sauhaufen erster Güte ist. So kommen sie also nicht an Eva Müller ran.

»Wenn wir davon ausgehen, dass Eva Müller ihren Freier zwar verletzt, aber nicht getötet hat, ist sie auf jeden Fall eine wichtige Zeugin«, überlegt Alfred laut. »Männer, macht mal einen kleinen Aufruf für die Montagsausgabe fertig. Wenn die Dame versteht, dass sie nicht mehr als Mörderin gesucht wird, meldet sie sich eventuell doch selbst bei uns.«

»Ich kanns auch gleich online geben«, bietet einer an.

»Meinetwegen.«

Dann klingelt Alfreds Handy. Ein Beamter der Bayreuther Polizei ist dran. Sie telefonieren nur kurz, danach schaut Alfred so grimmig wie entschlossen.

Er holt Dominique für einen Moment aus dem Verhörraum.

»Wagners Witwe hat einen Zettel in seiner Wäsche gefunden ... mit einer Telefonnummer drauf, und einem Namen. Anna.«

Gudrun

Eine heiße Dusche wäre jetzt gut. Gudrun zieht ihre Allwetterhose mit den nass gewordenen Hosenbeinen mühsam über die Füße. Die Schuhe haben nicht dichtgehalten, die Socken sind klamm, Pulli und T-Shirt dafür feucht vom Schwitzen.

Sie hat die Heizung im Bad hochgedreht und zusätzlich den Heizstrahler über der Wanne eingeschaltet. Das Bad ist klein und zweckmäßig, Genossenschaftswohnung eben.

Sie steigt nackt in die Wanne, befestigt den Brauseschlauch an der Halterung und stellt die Wasserzufuhr auf Duschen um. Nur ihre Hände fühlen am Körper entlang, verteilen Duschgel auf der Haut, reinigen mechanisch, unter den Achseln, um die Brust herum, zwischen den Beinen. Gudrun schaut nicht gern an sich herunter und nicht gern in den Spiegel, obwohl es an ihrem Körper scheinbar nichts zu bemängeln gibt.

Wann hat das eigentlich angefangen, wann aufgehört? In Gudruns Erinnerung ist ihr Körper von klein auf ein Objekt gewesen, das der Medizin zur Betrachtung, zur Erforschung, zur Bewertung und schließlich zur brachialen Umgestaltung gedient hat. Er wurde auf Untersuchungstischen zurechtgelegt, zur Schau gestellt, rhetorisch zerpflückt und wieder zusammengesetzt und schließlich zurechtoperiert, wie er aus Sicht der Götter in Weiß zu sein hatte.

Sie selbst griff zum einzigen Mittel, das ihr zur Verfügung stand. Sie spaltete diesen offensichtlich in jedem Detail falschen Körper einfach vom bewussten Denken ab. Das, was diesem Körper passierte, hatte nichts mehr mit ihr zu tun, passierte einem gefühllosen Stück Fleisch, mit dem jeder tun und lassen konnte, was er wollte.

Einige wenige Male musste Gudruns Schwester mit zur Untersuchung kommen. Die schrie und zeterte und wehrte sich. Der Onkel Doktor wolle doch nur sehen, ob sie gesund sei, begründete die Mutter. Im Gegensatz zu Gudrun, das sagte sie aber nicht. Gudruns Schwester war offenbar gesund, ihr Bauch musste nicht aufgeschnitten werden.

Gudruns Bauch, der war kurz nach ihrem 17. Geburtstag dran. Da war sie bereits im ersten Lehrjahr als Verkäuferin, in einem kleinen Laden für Stoffe und Wolle. Gelegentlich schnappte sie in dieser Zeit Gesprächsfetzen der Eltern auf. »Wir müssen jetzt endlich ... nein, das darfst du ihr nicht sagen ... die OP muss sein ... der Arzt hat den Termin schon einmal verschoben ... sagst du es ihr?«

Wahrscheinlich nicht ohne Grund wurde ein Termin in den Sommerferien gewählt. Gudruns Schwester wurde zusammen mit einer Freundin in ein Ferienlager geschickt; als sie zurückkam, war bereits alles über die Bühne gegangen.

Gudrun fügte sich auch dieses Mal. In Erlangen empfingen sie die gleichen Ärzte wie immer. Sie kann sich noch an eine neue junge Ärztin erinnern, die wortlos neben den Koryphäen stand und ihr vor der Narkose fest die Hand drückte.

Diese Ärztin war es auch, die Gudrun sich nach der OP zu fragen traute. »Ich hab Krebs im Bauch, oder?«

»Nein, nein, keine Angst. Du hast ...« Dann stand der Chefarzt neben ihr, wie aus dem Boden gewachsen, und seine Stimme troff vor Güte. »Sei jetzt tapfer, kleine Gudrun. Wir mussten leider die Gebärmutter und die Eierstöcke entfernen. Zur Vorsicht, damit du keinen Krebs bekommst.«

Die junge Ärztin schloss den Mund wieder und sagte nichts. Gudrun kann sich heute noch erinnern, wie ihr ein Stein vom Herzen fiel. Kein Krebs, Gott sei Dank.

Dann der Nachsatz: »Du kannst leider keine Kinder bekommen.«

Auch das war nicht schlimm. Sie war siebzehn – wer will mit siebzehn schon Kinder bekommen. An später dachte sie nicht.

Der Chefarzt nickte ihr huldvoll zu und ging. Die junge Ärztin drückte ihr wieder die Hand. »Tut mir leid. Hast du denn einen Freund?«

»Nee.«

»Oder schon mal einen Freund gehabt?«

Gudrun schüttelte den Kopf. In der Schule war sie gelegentlich verliebt gewesen, keiner der Jungs hatte ihre Gefühle erwidert. Jetzt in der Ausbildung, in der Berufsschule, war sie nur noch unter Mädchen. Woher also einen Freund nehmen?

»Weil ...«, die Ärztin zögerte einen Moment und schaute zur Tür, durch die ihr Chef soeben entschwunden war. »Also, ich meine, wenn du irgendwann Fragen hast, dann geh auf jeden Fall zu deinem Frauenarzt.«

Mit Sicherheit nicht, dachte Gudrun und konnte nicht verhindern, dass sie rot wurde. Freiwillig würde sie weder einen Frauenarzt aufsuchen noch sich ein weiteres Mal operieren lassen. Sie hatte keinen Krebs, sie würde nicht sterben, das musste erst mal reichen.

Eva

Kaffee oder Tee? Eva liebt Tee, vor allem an kalten Wintertagen. Dann kuschelt sie sich auf der Couch in eine große Wolldecke mit Ärmeln, hört Musik und liest. Oder auch nicht. Heute macht sie es mal anders. Sie hat Kaffee gekocht, stärker als sonst, und trinkt ihn mit Zucker, entgegen ihrer Gewohnheiten. Sie braucht etwas, das sie wach macht, nach der wilden Nacht und dem wenigen Schlaf, den sie danach bekommen hat. Auch die CD, die sie eingelegt hat, ist Kontrastprogramm zur nächtlichen Tanzmusik: Udo Jürgens läuft. Eva liebt fast jedes seiner Lieder, den *Griechischen Wein, Merci Chérie, Mit 66 Jahren* oder *Das ehrenwerte Haus*. Sie lebt in einem solchen Haus, aus dem sie im katholischen Bamberg wohl hochkant rausfliegen würde, wenn die anderen Mieter wüssten, wer sie ist und was sie tut.

Warum also nicht dieses Haus verlassen? Warum nicht mit ihrem Nebenjob aufhören? Geld hat sie genug. Bamberg den Rücken kehren, in den Süden ziehen, oder in den Norden. Auch Westen ist okay, oder Osten. Nur irgendwo neu anfangen. Nichts hält sie hier.

Eva zieht das Achim-Tagebuch auf den Schoß, trinkt einen winzigen Schluck Kaffee, verbrennt sich die Zunge, schreibt.

Heute kam ein Brief von Achim, folgenden Inhalts:

»Liebste Eva, zuerst muss ich Dir eine traurige Mitteilung machen: Meine Mutter ist gestorben, sie ist friedlich eingeschlafen, in hohem Alter, wie Du weißt. Sie braucht mich jetzt nicht mehr. Und auch meine Tochter wird aus Hamburg wegziehen – sie geht mit Mann und Kind nach Amerika. Was hält mich also hier? Und jetzt die gute Nachricht: Wir könnten endlich für immer zusammensein. Ich werde nicht mehr fliegen, und wir hätten mehr Zeit füreinander. Ich gehe mit Dir, wohin auch immer Du willst. Du weißt, ich habe die ganze Welt gesehen, sie ist meistens schön, vor allem, wenn wir zusammen sind. Überlege es Dir – ich bin bereit. Dein Achim.«

Achims Wunsch liefert Eva die Begründung, alles aufzugeben. Wenn sie das nächste Mal von Kolleginnen gefragt wird, dann wird sie es ihnen sagen können: Mein Freund ist jetzt frei, wir kaufen ein Haus in Spanien, in Irland, auf einer schwedischen Schäreninsel. Eine nette kleine Wohnung wird frei, die Miete ist erschwinglich, die Interessenten werden Schlange stehen. Sag mir Bescheid, wenn du jemanden weißt. Die Möbel können gegen eine geringe Ablöse übernommen werden. Ich verschenke sie auch, ganz egal.

Eine Zeitlang werden die Zeitungen noch melden, dass die ominöse Eva Müller spurlos verschwunden bleibt. Wochen später ist der Fall nur noch eine kleine Randnotiz im Lokalteil wert. Die Mörderin des Frauenarztes bleibt verschollen, die polizeilichen Akten wandern ins Archiv, wo die anderen ungelösten Fälle lagern. Staub wird sich auf sie legen, die Blätter werden vergilben. Das Apartment der Sex-Täterin wird eine Zeitlang unangetastet bleiben, dann wird vielleicht ein Staatsanwalt verfügen, dass das Inventar verkauft wird, der Erlös wird der Witwe des Frauenarztes zugesprochen werden. Es ist nicht viel, sie braucht das Geld nicht, Dr. Wagner hatte eine hohe Lebensversicherung auf ihren Namen abgeschlossen. Vielleicht spendet sie das Geld für einen gemeinnützigen Zweck. Neue Mieter werden auch dort einziehen, vielleicht wieder eine Edelprostituierte, oder mehrere, die sich – wie gegenüber offenbar – die Wohnung teilen. Vielleicht wird aber ein solides Paar Nachmieter sein oder eine kleine Familie. Nichts wird an Evas Tun dort mehr erinnern.

Sie selbst wird frei sein. Sie wird jeden Gedanken an die Vergangenheit kappen. Sie wird einen anderen Namen wählen. Sie wird eine andere sein.

Ermittlungen

»Dr. med. Mirko Wagner hatte Ihre Handynummer.« Dominique stellt dies sachlich fest. Sie sitzt Anna gegenüber, schraubt ihre

Thermosflasche auf und gießt sich eine Tasse heißen Kaffee in den dazu gehörigen Becher. Der kräftige Duft steigt Anna in die Nase. Sie muss mit dünnem Polizeikaffee vorlieb nehmen. Alfred sieht auf seinem Beobachtungsposten hinter der Einwegscheibe, wie sie das Aroma in ihr kleines Näschen einzieht. Er seufzt. So ein süßes Ding und so abgebrüht.

»Quatsch«, sagt das süße Ding und schiebt demonstrativ die Polizeitasse weg. »Ich habe doch gesagt, ich kenne ihn nicht.«

Dominique klingt gefährlich sanft. »Anna, wir wissen, dass Sie ihn kennen.« Woher sie diese Information hat, sagt sie nicht. »Und nicht nur ihn, auch den ominösen Hans. Die beiden wiederum waren Kollegen. Haben sich die Prostituierten geteilt. Zumindest Sie und Eva Müller.«

»Pfft«, macht Anna. Aber ihre Fassade scheint zu bröckeln.

»Wieso finden Sie eigentlich diese Frau Müller nicht? Wer soll denn sonst den Mann umgebracht haben?«

»Sie.«

»Aha. Und warum?«

»Eifersucht? Vielleicht hat er Ihnen mehr versprochen, als gelegentlich Ihre Dienstleistung in Anspruch zu nehmen?«

»Quatsch«, sagt sie wieder und streicht mit einer fahrigen Handbewegung eine Haarsträhne aus der Stirn.

»Nennen Sie uns Ihren letzten Kunden. Zu Ihrer eigenen Entlastung.«

Anna schweigt verstockt. Noch.

Wie nah Dominique mit dem Motiv »Eifersucht« der Auflösung gekommen ist, ahnt sie zwar, hat aber noch keine schlüssige Erklärung dafür, wer warum auf wen eifersüchtig gewesen sein könnte. Möglicherweise spielen auch Dennis oder Susan eine größere Rolle in dem Konglomerat aus Freiern und Prostituierten, als sie zugeben. Aber sie ist relativ sicher, dass Anna irgendwann reden wird. Wenn sie einen Haftbefehl wegen dringenden Tatverdachts erwirken können, wird sie mürbe werden. Anna ist nicht der Typ, der stoisch in einer Zelle ausharrt und wartet, ob ein Anwalt sie heraushaut.

»Gut.« Dominique trinkt ihren Kaffee aus und schraubt Verschluss und Becher wieder auf die Flasche. »Wir müssen Sie dann leider hierbehalten.«

»Das dürfen Sie nicht!«, begehrt Anna auf.

Dominique schaut auf ihre Uhr. »In spätestens einer Stunde haben wir den Haftbefehl. Guten Tag noch.« Das war gepokert, aber sie ist sicher, dass es klappen wird. Auch der Ermittlungsrichter wird Anna dringend tatverdächtig finden.

Alfred sieht von außen, wie Anna der großen schlanken Frau in heute schwarzen Jeans und weißem Rollkragenpullover Blicke nachschickt, die töten könnten.

»Preissinger? Dr. Sven? Gleiche Straße wie die Praxis. Hausnummer 12a. Hat sicher hinter der Praxis gebaut.« Der Beamte am Computer schaut auf. »Soll ich anrufen, dass Sie kommen?«

Alfred und Dominique schütteln synchron die Köpfe. »Nichts geht über eine kleine Überraschung.« Fünf Minuten später sitzen sie erneut im Auto, Dominique fährt.

Alfred knurrt der Magen. »Nachher gehts ins *Fässla*, ich zumindest. Oder musst du nach Hause? Nach Jan schauen?«

»Nein, Sigi ist mit ihm unterwegs. Sie wollen ins Verkehrsmuseum nach Nürnberg. Jan liebt Züge.«

»Mia auch. Was waren wir früher häufig mit den Kindern mit der Bahn unterwegs. Erst mit den Großen, dann mit Mia. Jetzt müssen wir bitten und betteln, dass sie mal mitkommt.«

Ein theatralischer Seufzer kommt aus Alfreds Mund.

Dominique lacht leise. »Ist doch normal, in dem Alter.«

»Auch dass sie sich schon so gut mit Sex auskennt? Na, ich weiß nicht.«

»Sei froh. Wenn sie aufgeklärt ist, kann sie auch damit umgehen.«

Sie sind auf der Autobahn, Dominique gibt Gas.

Zu Alfreds Erleichterung wird sie bald von einer der zahlreichen Autobahnbaustellen zu deutlicher Temporeduktion gezwungen. Obwohl Samstag ist, wird gearbeitet.

»Denen gehts auch nicht besser als uns«, brummt Alfred.

Dann meldet sich sein Handy, ein Kollege aus der Dienststelle. Er stellt laut, damit Dominique mithören kann.

»Abgleich der Handydaten von Dr. Sven Preissinger und Herrn Hans, hab ich gerade aktuell auf dem Bildschirm.« Der Kollege, der es gern spannend macht, bläst hörbar Luft aus den Backen. »Wollen Sie's wissen?«

Alfred rollt mit den Augen. »Nee, wieso?«

»Dann später?«, kommt irritiert aus dem Lautsprecher.

»Neihein!« Die Entrüstung von Alfred und Dominique entlädt sich gleichzeitig. »Natürlich jetzt«, setzt Alfred nach, »oder denken Sie, wir fahren zum Sportschuhe kaufen nach Herzogenaurach?«

Der Kollege fasst sich schnell und wird dienstlich. »Also. Dr. Sven Preissinger und Kunde Hans waren fast immer gleichzeitig in der Funkzelle nahe des Apartmenthauses eingeloggt. Manchmal auch schon auf dem Weg dorthin. Sagt doch genug, oder?«

»Ich denke ja. Danke.«

Alfred und Dominique schauen sich an. »Heißt was?«, fragt Alfred.

»Dass Hans und Sven identisch sind ...«

Dominique zuckt die Schultern, während sie nach der Baustellendurchfahrt erneut beschleunigt. »Können wir bisher vermuten, ist aber kein Beweis.«

Frauenärzte waren Gudrun zeitlebens ein Graus. In ihrer Kindheit und Jugend bestand diese Zunft zum allergrößten Teil aus Männern. Von der jungen Ärztin mal abgesehen, der sie nach ihrer angeblichen Gebärmutterentfernung begegnete, traf Gudrun in den Jahren danach nur selten auf Gynäkologinnen, und wenn, dann waren die noch weniger einfühlsam als ihre männlichen Kollegen.

Es war wohl etwa zehn oder auch zwölf Jahre nach der OP. Gudrun hatte gerade ihre neue Stelle in der Damenoberbekleidung des Kaufhauses angetreten. Die Eltern verbrachten einen ihrer wenigen Urlaube in Brixen in Südtirol. Da rief ihre Schwester an und bat sie, in der elterlichen Wohnung nach ihrer Geburtsurkunde zu suchen. Sie und ihr Freund wollten das Aufgebot bestellen und die Eltern mit einem Hochzeitstermin überraschen. Gudrun hatte einen Schlüssel zur Wohnung, ihre Schwester lebte zum damaligen Zeitpunkt in der Nähe von Heilbronn.

Gudrun freute sich für ihre »kleine« Schwester; Gefühle wie Eifersucht oder Neid waren ihr komplett fremd, zumindest was die Tatsache betraf, dass die Schwester schon lange einen Freund hatte und sie selber nicht.

Also ging sie am Abend nach der Arbeit in die Wohnung der Eltern, wo sie ohnehin Blumen gießen und nach der Post sehen sollte. Im Schlafzimmer der Eltern stand in der Ecke ein kleiner Sekretär, unverschlossen. Gudrun wusste, dass ihr Vater hier manchmal Schreibkram erledigte. Ein einziges Mal hatte er ihr gegenüber erwähnt, dass sie dort auch wichtige Unterlagen finden würde, wenn ihnen »etwas passieren« sollte. Kinder, auch erwachsene, wollen so etwas nicht hören. Dass Eltern »etwas passiert«, ist schlichtweg nicht vorgesehen, zumindest nicht, wenn sie noch deutlich unter achtzig sind. Gudruns Verlustängste ihren Eltern gegenüber hielten sich in Grenzen. Sie besuchte sie zwar regelmäßig, aber die emotionale Bindung hatte im Lauf der Jahre Risse bekommen.

Als sie dann vor dem Sekretär hockte, wusste sie nicht recht, ob es ihr zustand, hier Unterlagen zu suchen, wenn doch gar nichts passiert war. Eine Zwickmühle, denn sie wollte auch ihrer Schwester den Gefallen tun.

Also öffnete sie doch das Schrankfach unter der Schreibplatte und sah fast sofort die beiden Ordner. Gudrun und Claudia. Claudias Ordner war deutlich schmaler als Gudruns. Sie nahm ihn heraus, die Geburtsurkunde war gleich vorne eingeheftet. Ein Glück.

Als sie ihn in den Schrank zurückschob, konnte sie nicht widerstehen. Aber es waren doch Unterlagen, die sie betrafen, oder? Die ihr dann eigentlich auch gehörten? Nein, nicht auch, sondern *nur* ihr gehörten. Sie biss sich auf die Unterlippe, musste doch etwas in sich überwinden, das ihr verbieten wollte, in den Ordner mit der Beschriftung *Gudrun* hineinzuschauen. Sie wusste auch warum: Diese Skrupel hingen mit der Geschichte ihres Körpers zusammen, mit den Klinikaufenthalten, mit den Frauenärzten.

Dann lag der Ordner neben ihr auf dem Bett der Eltern. Sie öffnete ihn und fand, wie bei Claudias, obenauf ihre Geburtsurkunde. Dann ihren Impfpass (den suchte sie schon lange), diverse Schulzeugnisse und ihren alten Lehrvertrag. Dass ihre Eltern alles so ordentlich verwahrt hatten – Gudrun wunderte sich. Und dann kamen die Arztbriefe, akribisch in zeitlicher Reihenfolge geordnet, beginnend von der ersten Untersuchung kurz nach ihrer Geburt, endend mit dem Klinikaufenthalt mit siebzehn Jahren. Gudrun wurde von Seite zu Seite schlechter. Und der letzte Klinikbrief offenbarte ihr schließlich, *was* da aus ihrem Bauch entfernt worden war. Es war keineswegs die Gebärmutter.

Ermittlungen

Halb Franken scheint an diesem Samstag bei *Adidas* und *Puma* in Herzogenaurach einzukaufen. Dominique trommelt ungeduldig aufs Lenkrad, während sie sich durch den Verkehr quälen.

»Ein Quartett. Zwei Prostituierte, zwei Freier.« Alfred überlegt laut. »Mirko Wagner und Eva Müller, Mirko Wagner und Anna, Hans und Eva Müller. Hans und Anna?«

»Möglich. Mal sehen, ob er redet. Könnte dann die klassische Eifersuchtstat gewesen sein.«

»Nur – wer war auf wen eifersüchtig? Vergiss nicht Susan und Dennis.«

»Wir brauchen auf jeden Fall Sven Preissingers Fingerabdrücke. Und den Abgleich mit Spuren auf dem zertrümmerten Smartphone. Damit hätten wir ihn.«

»Wenn er nicht auch Handschuhe getragen hat. Oder das Telefon fein säuberlich abgewischt hat. Er ist Arzt, hat wahrscheinlich auch immer ein Desinfektionsmittel in der Tasche.«

»Aber wie kam das Smartphone auf den Gehweg vor der *Lebenshilfe*?«

»Er kann als Arzt dort gewesen sein.«

Dominique schüttelt ungläubig den Kopf. Sie sind fast da, biegen gerade in die Straße von Preissingers Praxis und Haus ein. »Ein Frauenarzt? Selbst wenn einer im Wohnheim gebraucht worden wäre – dann hat in Bamberg sicher keiner aus Herzogenaurach Dienst.«

»Stimmt.« Alfred seufzt mal wieder. »Muss ja auch nichts mit der Lebenshilfe zu tun haben. Vielleicht hat der Täter das Telefon zufällig dort weggeworfen.«

»Es wurde mit roher Gewalt zerstört«, gibt Dominique zu bedenken. »Das haben sie mir in der KTU bestätigt: Es wurde zertrümmert, und nicht nur von einem Schuh.«

Der Parkplatz vor der Frauenarztpraxis ist heute verwaist. In der Einfahrt zum dahinter liegenden Wohnhaus steht ein schwarzer E-*Golf*. Sein Kabel ist mit einer frei stehenden Ladesäule verbunden. Der sehr gepflegte Vorgarten weist vereinzelt Schneehäufchen auf, Reste der vergangenen Tage.

Sie klingeln mehrmals, niemand öffnet.

»Hm. Auto ist doch da?«, rätselt Alfred.

»Die haben sicher nicht nur eins. Ich tippe mindestens noch auf einen SUV.« Dominique hat Recht, wie immer. In diesem Moment nähert sich leise ein schwarzer SUV, ebenfalls Elektro, biegt ein, parkt hinter dem *Golf*, am Steuer Dr. Sven Preissinger, neben ihm die rothaarige Frau. Zwei rotblonde Kinder purzeln aus den hinteren Türen.

Dr. Preissinger runzelt wenig erfreut die Stirn, als er die Polizisten sieht. Ein Besuch der Polizei in Anwesenheit seiner Familie passt ihm sicher nicht.

Er grüßt beim Aussteigen nur knapp, seine Frau ist wesentlich freundlicher. »Hallo! Suchen Sie uns? Können wir Ihnen helfen?«

Ihr Mann fällt ihr ins Wort. »Polizei Bamberg, sicher noch Fragen wegen des toten Kollegen. Hab ich dir doch erzählt.«

»Ach ja.« Frau Preissinger schaut betroffen, die Kinder rütteln bereits an der Haustür. »Mama!! Aufschließen!!! Wir wollen *KiKa* gucken!!!«

Alfreds und Dominiques Namen gehen im Kindergeschrei unter.

Frau Preissinger schließt den Kindern auf und bittet die Polizeibeamten herein, ihr Mann folgt missmutig.

Im Haus dirigiert er die beiden sofort in sein Arbeitszimmer.

Dominique grinst, Alfred kann sich ein »Na gut, wenns vertraulich sein soll« nicht verkneifen.

Alle drei bleiben stehen, und Dominique fragt sofort: »Sie sind Hans? Wir haben einen Brief von Ihnen in Eva Müllers Briefkasten gefunden.«

Sven Preissinger ist mit einem Mal sehr blass. Er nimmt die Brille ab und massiert mit den Fingern der linken Hand seine Nasenwurzel. »Ja, ich bin Hans. Aber Sie wollen mir jetzt nichts anhängen, oder? Ist ja nicht verboten, sich im Kontakt mit einer Nutte anders zu nennen.«

»Der Tenor Ihres Briefchens klingt nicht nach einem 08/15-Freier-Nutten-Verhältnis. Da war ein bisschen mehr, stimmts?« Dominique hat die Befragung übernommen, Alfred lässt sie machen.

»Ich mochte sie, ja. Mag sie. Ich kann sie nicht mehr erreichen seit diesem ... diesem Mittwoch.«

»Was wissen Sie über Eva Müller? Ihren bürgerlichen Namen? Wo sie wohnt? Ob sie noch einer anderen Arbeit nachgeht?«

Preissinger schüttelt müde den Kopf. »Sie war sehr verschwiegen. Keine Ahnung.«

»Sie kennen das Phantombild aus der Zeitung? Sieht sie so aus?«

»Nicht ganz. Aber es ist schon ganz gut.«

»Sie kommen jetzt gleich mit zur Polizeiinspektion. Helfen, das Bild zu verbessern, geben eine DNA-Probe ab, lassen Fingerabdrücke nehmen. Und erzählen uns jetzt, wo Sie zur Tatzeit waren. Mittwoch zwischen 9 und 11 Uhr.«

»Na, bei dem Kongress im Klinikum, wissen Sie doch.«

»Zeugen?«

»Jede Menge.«

Dominique nickt. »Sie fahren hinter uns her. Was Sie Ihrer Frau dazu erzählen, ist Ihre Sache.«

Als Alfred und Dominique das Haus verlassen, hören sie noch einen leisen Wortwechsel zwischen den Preissingers, zu verstehen ist nichts.

»Hans' Handy war zur Tatzeit nicht im Apartmenthaus eingeloggt, oder?«, fragt Alfred zweifelnd.

»Hm, gute Frage. Ruf mal die Kollegen an.«

Das tut er und erhält eine eindeutige Antwort: Nein, Hans' Handy war den ganzen Mittwoch über ausgeschaltet.

Die beiden Beamten überzeugen sich nicht davon, dass der schwarze SUV des Frauenarztes ihnen folgt. Sie sind sehr sicher, dass er es nicht wagt, der Aufforderung keine Folge zu leisten.

»Wird also wieder nix mit *Fässla*. Blöd, was?«

Dominique grinst.

Gudrun

Gudrun bügelt Handtücher, Badetücher, Geschirrtücher. Nicht, dass die wirklich gebügelt werden müssten. Zusammenlegen würde reichen. Aber Gudrun bügelt gerne unkomplizierte Wäschestücke. Blusen sind ihr ein Graus. Zum Glück trägt sie keine mehr, seit sie nicht mehr arbeitet. Heute fährt das Bügeleisen zornig und mit großem Nachdruck über die Wäsche.

Zu präsent sind die Gedanken an früher, an die Krankenhausaufenthalte, das Zur-Schau-Gestellt-Werden auf den Untersuchungstischen, die sorgenvollen Mienen der Ärzte und der Eltern und die Wahrheit, die sie als erwachsene Frau über sich in einem Arztbrief las. Präsent sind auch die wenigen Beziehungen, die sie zu Männern hatte. Wenn sie ehrlich ist, gab es da nur Georg. Mit anderen gingen die Intimitäten meist nicht über ein paar Küsse und Streicheleinheiten hinaus.

Welch ein aufregendes Leben führt dagegen ihre Freundin Eva! So aufregend wie anstrengend, das hat Gudrun nicht nur einmal gehört. Sie mag sich das gerade gar nicht vorstellen, hier am Bügeltisch, in ausgeleierten Jogginghosen und einem alten Wollpullover.

Nachdem sie damals den Arztbrief gelesen hatte und die schockierende Offenbarung über das ihr tatsächlich entfernte Organ zu verdauen versuchte, wurde ihr einmal mehr klar, dass sie einfach nicht normal war. Dass sie eigentlich nicht wie eine Frau fühlen durfte, dass es nicht recht war, sich in Männer zu verlieben. Sie wusste danach noch weniger als in den Jahren zuvor, wer sie eigentlich war. *Was* sie war.

»Wir sind uns wohl ziemlich ähnlich«, sagt sie in Richtung der Puppe Frieda, die auf dem Sofa sitzt und ins Leere guckt. »Nicht Fisch, nicht Fleisch.«

Apropos Fisch. Sie aßen damals Karpfen, Georg und Gudrun, und waren extra nach Stegaurach gefahren, wo es in der Saison den besten Karpfen gab. Außerdem war Freitag, und Georg als überzeugter Katholik aß grundsätzlich Fisch am Freitag. Er saß am Steuer und war schweigsam, Gudrun führte es auf das absolut scheußliche, nasskalte Wetter zurück. Die Scheibenwischer kämpften gegen das Wasser von oben an, die Straßenmarkierung war kaum zu erkennen, die Scheinwerfer des Gegenverkehrs blendeten.

»Was für ein Sauwetter«, sagte Gudrun und legte eine Hand auf sein Knie. Dass er nicht darauf reagierte, sondern mit beiden Händen das Lenkrad umklammerte, führte sie auf die fürs Sauwetter erforderliche Konzentration zurück.

Erst als sie den Karpfen fachgerecht zerlegt und gegessen hatten und Gudrun mit Bacchus halbtrocken nachspülte, Georg dagegen mit Wasser, räusperte er sich.

»Gudrun, ich kann es nicht. Ich. Kann. Es. Nicht. Verzeih mir. Bitte.« Aber er schaute Gudrun bei diesen schrecklichen Worten nicht an, sondern bat die Reste des Karpfens um Verzeihung.

Sie wusste sofort, was er meinte, wollte es aber nicht wahr haben. So fragte sie ihn doch. »Was? Was kannst du nicht?«

Nur kurz trafen sich ihre Blicke, dann knetete er mit den Fingern das Tischtuch. »Es ist nicht recht, das mit uns.«

»Sagt wer?« Sie schob ihren Teller von sich und stürzte einen weiteren großen Schluck Wein hinunter.

Die Bedienung kam an den Tisch und servierte ab. »Wars recht? Darfs noch was sein? A Schnäpsla vielleicht?«

»Nein, danke«, sagte Georg.

»Bitte«, sagte Gudrun.

Auch den Hausgebrannten stürzte sie hinunter. Er machte seinem Namen alle Ehre, und Gudrun war froh, dieses Brennen zu spüren, um den anderen, den viel brennenderen Schmerz verdrängen zu können.

»Ich werde das Priestergelübde ablegen.« Georgs Hände strichen wie zum Abschluss über das Tischtuch. »Wir können doch Freunde bleiben, oder?«

Gudrun erinnert sich heute noch an jedes Wort, und den Schmerz, den Georgs Worte auslösten, kann sie in gleicher Stärke auch heute empfinden. Dabei ist es so viele Jahre her. Und viele Jahre brauchte es danach, bis die Wunden, die Georg ihr zugefügt hatte, oberflächlich verheilt waren.

Eva

Eva räumt schwarze Bettwäsche mit feinen Goldstreifen in den Schrank. Eine sinnlose Tätigkeit, sie wird sie nicht mehr brauchen. Sie denkt an Hans. Er mochte ihr Apartment in Reinweiß und Schwarz, das Puristische, das Saubere. Er mochte Eva, wie sie war – unterkühlt, sparsam mit Worten, aber wortlos leidenschaftlich. Trotzdem kein Grund, ihn wiederzusehen. Wann hat sie ihn eigentlich zum letzten Mal getroffen? War er am Mittwoch womöglich im Haus? Eva weiß, dass er gelegentlich die Dienste der jungen Damen gegenüber in Anspruch genommen hatte, in letzter Zeit allerdings weniger. Und jetzt fällt ihr auch wieder ein, dass sie ihren letzten Kunden tatsächlich schon im Haus gesehen hat. Auch er kam aus der Tür des Nachbarapartments, schenkte ihr damals nur einen flüchtigen Blick, wohl bedacht darauf, selbst nicht erkannt zu werden. Wurde er von Hans an sie vermittelt? Von den jungen Frauen nebenan?

Sie kennt nur Anna. Kennen ist eigentlich zu viel gesagt. Es ist über ein Jahr her, als sie zum ersten und einzigen Mal bei den Nachbarn klingeln musste. Es widerstrebte ihr, da sie anonym bleiben wollte, auch was ihr Gesicht anging. Aber die Heizung sprang nicht an, der sonst zuverlässige Hausmeisterservice ließ sich telefonisch nicht erreichen. Eva erwartete einen Kunden, und das Apartment war unangenehm abgekühlt. Sie musste wissen, ob die Heizung im ganzen Haus nicht lief oder nur ihre Wohnung betroffen war.

Anna stand in der Tür, im tief ausgeschnittenen Dirndl, die Haare zu zwei dicken Zöpfen geflochten. Eigentlich öffnete sie die Tür nur einen Spaltbreit, wahrscheinlich erwartete sie einen Kunden.

Eva trug ihre rote Perücke mit den langen Ponyfransen. »Guten Tag«, sagte sie förmlich, »nur eine kurze Frage: Geht Ihre Heizung auch nicht?«

Anna kam aus der Tür, zog sie hinter sich heran und musterte Eva neugierig.

»Hi, ich bin Anna. Du bist unsere Nachbarin?« Sie streckte ihr eine kleine feste Hand hin, und Eva ergriff sie notgedrungen. Sie trug sehr dünne, durchsichtige Handschuhe.

»Nee, also unsere Heizung funktioniert, kein Problem. Bei dir wohl nicht?«

Eva schüttelte den Kopf. »Leider.«

»Vielleicht musst du mal entlüften? Warte kurz, ich habe einen Schlüssel.« Ohne eine Antwort von Eva abzuwarten, verschwand sie in der Wohnung und kam mit dem kleinen Vierkantschlüssel zurück. Eva hatte einen solchen in ihrer Privatwohnung, aber nicht im Apartment.

Sie nahm ihn und bedankte sich.

»Hast du Lust auf einen Kaffee später?«, fragte Anna noch. »Ich bin noch etwa eine Stunde beschäftigt.« Sie grinste dabei.

»Oh, heute eher nicht«, antwortete Eva ausweichend. »Vielleicht ein anderes Mal.«

Und dieses einzige andere Mal fand tatsächlich statt. Eva fühlte sich dazu verpflichtet, denn die Entlüftung der Heizkörper hatte tatsächlich bewirkt, dass ihre Wohnung allmählich wieder warm wurde. Da sie keine Ahnung hatte, ob der Briefkasten mit dem Schildchen »S.A.D.« der richtige war, musste sie notgedrungen klingeln.

Es war wieder Anna, die öffnete, obwohl Eva wusste, dass mindestens noch eine andere Frau sowie ein junger Mann das Apartment nutzten.

Dieses Mal trug Anna Jeans und einen eng anliegenden gelben Rollkragenpullover, die Haare wippten als Pferdeschwanz am Hinterkopf.

»Oh wie schön, komm rein. Bin grad allein und wollte nur noch aufräumen. Wie heißt du eigentlich? Hats mit dem Entlüften geklappt?«

»Ja, vielen Dank nochmal. Ich bin Eva.«

Anna wartete gar nicht ab, ob Eva ihr folgte. Am Ende des Flurs stand eine Zimmertür offen, die bayerische Wirtsstube. Statt Volksmusik lief Hardrock. Anna drehte die Lautstärke etwas herunter und nahm aus einem Bauernschrank zwei blau geblümte Tassen. »Hab grad Kaffee gemacht.«

So begann die Begegnung mit Anna. Eva fühlte wider Erwarten so etwas wie Behaglichkeit, obwohl sie in ihren schwarzen Leggins auf der Eckbank mit den weiß-blauen Kissen irgendwie deplatziert wirkte. Sie unterhielten sich ein bisschen, sehr oberflächlich und nicht über ihre Arbeit. Es ging um den Weihnachtsmarkt, der gerade auf dem Bamberger Maxplatz eröffnet hatte, obwohl erst Ende November war. Und Anna erzählte, dass sie gelegentlich im *Café Müller* jobbte. Eva trank selten Kaffee in der Stadt, so hatten sie sich auch nie getroffen.

Als Eva Anstalten machte zu gehen, sprang Anna auf und holte eine Flasche Champagner und zwei Sektschalen aus der Küche. »Auf unser Kennenlernen!«, sagte sie, während sie einschenkte, und wischte Evas Protest mit einer Bewegung ihrer kleinen Hand weg.

Kurz darauf rutschte sie zu Eva auf die Bank, ihre Oberschenkel berührten sich, und Annas Hand legte sich auf Evas. »Ich mag dich. Du bist voll mein Typ.« Sie flüsterte fast und näherte sich mit ihrem Mund Evas.

In der Erinnerung an diese Begegnung wundert sich Eva auf einmal, dass Anna kein genaueres Phantombild von ihr anfertigen konnte. Oder wollte?

Ermittlungen

Dr. Preissinger hockt mit dem Phantombild-Experten vor dem Bildschirm. »Nase etwas kleiner. Lippen etwas voller.«

Den kleinen Leberfleck auf der rechten Wange kann er bestätigen, lässt ihn aber näher an die Nase rücken.

Alfred Meister hat sich ebenfalls einen Stuhl genommen und schaut mit gerunzelter Stirn zu. Er traut diesem Frauenarzt nicht.

Womöglich hat der gar kein Interesse daran, dass Eva Müller aus der Versenkung auftaucht. Oder gefunden wird. Vielleicht könnte sie ja etwas zum Eifersuchtsmotiv sagen. Aber wie kam Doc 2 an das weiß-blaue Kissen, um Doc 1 zu ersticken? Hat er mit Anna gemeinsame Sache gemacht? War das Eifersuchtsmotiv womöglich gleich doppelt vorhanden? Hans entdeckte seinen Kollegen Wagner in Eva Müllers Apartment, Anna kam dazu, weil die Tür offenstand, und wurde genauso wütend wie Hans. Anna, weil sie Dr. Wagner für sich beanspruchte, und Hans, weil er Eva nicht teilen wollte. Gibt es also zwei Täter? Oder Täter und Mitwisserin, Täterin und Mitwisser?

»Eva ist etwas älter, als sie aussieht«, sagt Dr. Preissinger gerade. »Um die fünfzig, schätze ich.«

Alfred und der Phantomzeichner wechseln erstaunte Blicke. Die attraktive Phantomfrau auf dem Bildschirm haben sie bisher auf etwa vierzig geschätzt.

Alfred greift sofort zum Telefon und klingelt die Beamten an, die einen Stock höher noch über der Auswertung der Anrufe sitzen. »Kollegen, hört mal. Wir suchen eine etwas ältere Frau. Eva Müller könnte schon fünfzig sein. Irgendein Hinweis darauf bei den Anrufen?«

»Entschuldigen Sie«, mischt sich Dr. Preissinger ein. »So ist es nicht. Eva sieht wie gesagt sehr viel jünger aus, auch ohne Make-up. Ihr wirkliches Alter ist schwer zu erkennen. Aber ich bin Arzt.« Er zögert einen Moment. »Ich kenne ihren Körper, ohne Kleidung.«

Alfred schnauft. Also wieder kein vernünftiger Hinweis. »Vergesst es wieder«, sagt er ins Telefon, »keine Eingrenzung des Alters möglich.«

Dr. Sven Preissinger muss seine Fingerabdrücke und eine Speichelprobe hinterlassen, bevor er wieder in seinen SUV steigen und seiner Frau eine nette Lügengeschichte auftischen darf, warum die Bamberger Polizei ihn so dringend gebraucht hat.

»Halten Sie sich zu unserer Verfügung«, mahnt ihn Alfred. »Wir überprüfen Ihre lückenlose Anwesenheit beim Kongress noch.« Es ärgert ihn sehr, dass dies erst am Montag möglich sein wird. Zwar haben Kollegen versucht, die Sekretärin im Klinikum ausfindig zu machen, die über die angemeldeten Teilnehmer Bescheid weiß – aber sie war nicht erreichbar. Sie haben auch keine Handhabe, den Herzogenauracher Frauenarzt festzuhalten. Hätte vielleicht anders ausgesehen, wenn eins seiner Handys im Funkzellenbereich des Apartmenthauses aktiv gewesen wäre.

»Schicken Sie das korrigierte Phantombild herum.« Alfred nickt dem Kollegen am Bildschirm zu und macht sich auf den Weg zum Vernehmungsraum, in dem Dominique mit Anna zu Gange ist. Sein sollte. Beim Blick durch die Einwegscheibe vom benachbarten Raum aus sieht er nur die an ihren Nägeln kauende Anna.

Alfred Meisters Laune sinkt auf den Nullpunkt. Keine vernünftigen Ermittlungsergebnisse, keine Geständnisse und vor allem nichts Vernünftiges im Magen.

Eva

Eva hat Lust auf Pizza. Gut, dass die Läden in der fränkischen Provinz samstags wenigstens bis 20 Uhr geöffnet sind. Einige Zutaten fehlen ihr, Pizzakäse zum Beispiel und scharfe Peperoni, deren Geschmack sie sehr mag. Sie bereitet den Teig mit Trockenhefe vor, zieht ihre Jacke über die Hausklamotten und geht ungeschminkt die paar Meter zu dem kleinen Supermarkt um die Ecke.

Die Kassiererin ist immer dieselbe. Sie schaut kaum auf, wenn sie die Waren über den Preisscanner zieht. Eva fragt sich, wie viele Menschen sich bei der Polizei auf die Veröffentlichung des Phantombildes hin gemeldet haben. Die Frau an der Kasse mit Sicherheit nicht.

Zuhause belegt Eva den Teig. Während die Pizza im Backofen aufgeht, bearbeitet sie ihre Internet-Seite. Ob die Polizei sie schon gefunden hat? Eva kann es sich kaum vorstellen, denn sie agiert lediglich als Eva ohne Nachnamen im Netz. Der Name ist bei Prostituierten beliebt, denn auch die erste Eva sündigte im Paradies.

Eva Müller aus Bamberg jedenfalls wird keine Kontaktwünsche von Männern mehr erfüllen. Nicht die von Stammkunden und nicht von solchen, die es werden wollen. Ohne weitere Begründung lehnt sie alle Anfragen ab. Auch von Hans findet sie eine Nachricht vor. »Eva, bitte! Wir müssen uns sehen. Du musst mir erzählen, was passiert ist, am Mittwoch in deinem Apartment. Die Polizei hat mich aufgespürt und hält mich für den Mörder von Dr. Wagner. Ich war nicht mal im Haus, nur in der Nähe, habe seinen Wagen gesehen. Ich kann mir nicht vorstellen, dass du ihn getötet hast. Bitte, lass uns reden. Bitte!! Hans.«

Eva ist überrascht. Hans soll jetzt der Mörder sein? Ist sie raus aus dem Kreis der Verdächtigen? Sie antwortet Hans nicht und öffnet stattdessen im Internet die letzten regionalen Nachrichten. Erst eine halbe Stunde zuvor hat die Bamberger Kriminalpolizei Neues eingestellt, und die Nachricht geht direkt an ihre Person:

»Die Prostituierte namens Eva Müller, in deren Apartment vergangenen Mittwoch ein Bayreuther Frauenarzt zu Tode kam, wird nach neuen Erkenntnissen als wichtige Zeugin gesucht. Die Kriminalpolizei bittet sie dringend, sich zu melden, und sichert ihr absolute Vertraulichkeit zu.«

Eva weiß nicht, ob sie lachen oder heulen soll. Hat sie ihn gar nicht umgebracht? Er muss noch gelebt haben nach dem Sturz auf die Tischkante. Jemand anderes könnte nach ihr in der Wohnung gewesen sein und das Werk vollbracht haben. Verdient hatte er es, auch durch Evas Hand, kein Zweifel. Oder will die Polizei sie in Sicherheit wiegen, sie in eine Falle locken? Schon manche »Zeugin« hat sich dann als Täterin entpuppt.

Hat sie die Tür hinter sich zugezogen, als sie in einem Anflug von Panik das Apartment verlassen hat? War da jemand im Treppenhaus? Doch Hans? Er hätte durchaus ein Motiv, ihren Kunden zu töten. Seine Eifersucht auf andere Männer, die ihre Dienste in Anspruch nahmen, hatte in den letzten Wochen zugenommen. Trotzdem empfahl er sie offenbar seinem Kollegen Dr. Wagner. Vielleicht schon lange vorher, als er ihr noch nicht verfallen war? Wer weiß das schon.

Es riecht verbrannt aus der Küche. Die Pizza hat einen schwarzen Rand, als Eva das Blech mit Hilfe ihrer Topfhandschuhe herauszieht. Sie schneidet den Rand weg und lädt ein großes Stück auf einen Teller. Es muss die Hoffnung sein, die ihr Appetit macht. Die Hoffnung, doch keine Mörderin zu sein. Dass sie sich keineswegs bei der Polizei melden wird, steht dabei außer Zweifel. Eva hat keine Lust auf ein Verhör.

Andererseits könnte ihr die Wendung der Dinge jetzt erlauben, in Bamberg zu bleiben. Auch Gudrun würde es freuen.

Eva fühlt sich zum ersten Mal seit dem denkwürdigen Mittwoch wieder ein bisschen wohler. Auch wenn ihr vollkommen bewusst ist, dass sie aufhören muss, in der Stadt ihre Dienste anzubieten.

Das Achim-Tagebuch liegt neben ihr. Sie schreibt dort weiter, wo sie das letzte Mal aufgehört hat.

Ich werde ihm antworten, dass ich nicht mit ihm weggehen kann. Irgendein Vorwand wird mir einfallen. Vielleicht eine Freundin, die mich braucht? Ich werde ihm mitteilen, dass unsere Beziehung hier und heute enden muss. Unwiderruflich.

Ermittlungen

Eine Stunde später ist die Welt für Alfred Meister wieder in Ordnung. Es war Dominique, die dafür gesorgt hat.

»Ich hab Grete angerufen und ins *Fässla* bestellt. War hoffentlich okay?« Dominique saß mit den anderen Kollegen zusammen, hatte ihre Absatzschuhe ausgezogen und rieb die Füße aneinander.

Alfreds finstere Miene hellte sich von einem Moment auf den anderen auf. Dominique entwickelte sich mehr und mehr zu seiner Lieblingskollegin. Was nicht schwer war, da er die Jahre zuvor in überwiegend männlichen Teams ermittelt hatte.

Und so sitzen sie nun zu dritt im *Fässla*, an Alfreds Stammplatz hinten links, und jetzt ist es die Bedienung, deren Miene zu wünschen übrig lässt.

»Habt ihr'n schon, euern Mörder?«, hat sie gleich zu Anfang gefragt. Von ihrem Stammgast Alfred hätte sie vielleicht eine Andeutung bekommen. Aber diese große, attraktive Frau mit den Model-Maßen ist ihm zuvorgekommen. »Laufende Ermittlungen, sorry.«

Die andere Frau an Alfreds Seite schaut wenigstens normal aus, will heißen, sie hat ein bisschen Speck auf den Hüften.

Grete.

»Das war eine richtig gute Idee von euch, dass wir hier zusammen zu Abend essen«, sagt Grete. »Ich wollte eigentlich Käsespätzle machen, aber meint ihr, ich bin zu irgendwas gekommen heut? Hab bestimmt zwei Stunden mit meinem Frauenkreis telefoniert, und als ich endlich mit dem Kochen anfangen wollte, hast du angerufen, Dominique.«

Dominique schiebt gerade eine halbe Bratwurst in den Mund und geniert sich nicht, kauend zu reden. »Dein Frauenkreis?«

»Ach, von der Gemeinde, weißt du. Wir basteln oder stricken immer mal für einen guten Zweck, und momentan nähen wir Herzkissen für Brustkrebspatientinnen. Die sollen nächste Woche übergeben werden, deshalb drängt die Zeit.«

»Okay ... Und was sind Herzkissen?«

»Na, Kissen in Herzform eben. Die liegen angenehm unterm Arm, wenn bei einer Frau die Lymphdrüsen entfernt wurden. Kommt oft vor bei Brustkrebs.«

Dominique nickt. »Das müsste ich eigentlich wissen. Meine Mutter hatte Brustkrebs.«

»Lebt sie noch?«, fragt Grete mitfühlend.

»Oh ja, ihr gehts wieder gut.«

Und Grete antwortet: »Das ist schön!«

Alfred streicht sich wohlig über den jetzt gut gefüllten Bauch. Was gibt es Besseres, als mit einem Schäuferla mit Kraut im Magen im *Fässla* zu sitzen, das zweite Seidla Bier vor sich, und zwei attraktive Frauen im Schlepptau, die genauso viel Lust auf Essen und Trinken haben wie er, ihn aber unterhaltungsmäßig außen vor lassen!

Da verblassen die erfolglosen Ermittlungen des Tages doch gleich in der Erinnerung.

»Hab erst überlegt, ob ich Sigi anrufe. Dass ihr sie mal kennenlernt.« Dominique ist fertig mit Essen und nimmt einen großen Schluck Bier.

»Wer ist Sigi?«, fragt Grete begriffsstutzig.

Dominique und Alfred schauen sich an und grinsen.

»Sie weiß es noch nicht«, meint Alfred.

»Okay.« Dominique lehnt sich zurück und verschränkt die Arme vor der Brust. Sie ist ein bisschen beschwipst, ihr sonst gleichmäßig bronzefarbener Teint hat ein paar rote Flecken.

»Grete, du bist doch eine Frau von Welt. Auch wenn du katholisch bist, oder?«

Grete kapiert nicht, auf was Alfreds taffe Kollegin hinauswill. »Man kann ja katholisch sein und trotzdem in der Welt«, formuliert sie vorsichtig.

»Sie ist eine Frau von Welt«, bestätigt Alfred.

»Also gut. Bereit für die Wahrheit? Ich lebe mit einer Frau zusammen. Das ist Sigi. Ich mag aber auch Männer, gelegentlich.« Sie schaut Grete abwartend an.

So nüchtern Grete ist, weil sie ihren Mann noch nach Hause chauffieren muss, so nüchtern antwortet sie auch. »Ja und? Ist doch okay. Wo die Liebe halt hinfällt.«

Dominique beugt sich plötzlich vor und zieht Grete in einem seltenen Anfall von Sentimentalität in ihre langen Arme.

»Du bist 'ne klasse Frau. Wenn ich nicht schon eine hätte ... Dann hätte Alfred jetzt ein Problem ...«

Sie prusten alle drei los vor Lachen und ernten tadelnde Blicke der Bedienung, die Alfred sein drittes Bier hinstellt. »Zum Wohl. Darfs bei den Damen noch was sein?«

Die Damen nicken huldvoll. »Zwei Bier!«

Dann vibriert Alfreds Handy. Es liegt auf dem Tisch, auf stumm gestellt, und rutscht aufgrund der Vibration langsam Richtung Tischrand.

Alfred seufzt. »Die Kollegen. – Ja? Na, toll ... aber danke.«

Er schaut Dominique an. »Die haben nochmal mit den Zeugen Jehovas telefoniert und nach Eva Müllers Alter gefragt. *Er* sagt, die Frau im Apartmenthaus sei wohl um die vierzig gewesen, *sie* sagt, vielleicht sogar Mitte fünfzig.«

»Sie hat recht«, antworten Dominique und Grete gleichzeitig und lachen wieder. Und Grete fügt hinzu: »Wie Frauen halt meistens.«

Der Tag, an dem nur Gedanken spazieren gehen

Gudrun

Wie verbringt eine fast Sechzigjährige, allein lebende Arbeitslose einen Sonntag, an dem es nichts zu tun gibt außer Aufstehen, Duschen, Drei-Mahlzeiten-zu-sich-nehmen und wieder Zubettgehen? Dieser Sonntag ist ein solcher und auch wieder nicht. Denn die Ereignisse der letzten Tage und die Tatsache, dass Gudrun im Dunstkreis von Eva von der Polizei gesucht wird, wirft ein ganz besonderes Licht auf den Tag. Nein, es ist eher ein Schatten als ein Licht. Gudrun weiß nicht, wie sie mit der Lage umgehen soll. Kann sie sich noch in der Öffentlichkeit sehen lassen, ohne dass jeder sie erkennt und nach der Polizei ruft? Was ihr Sicherheit gibt und sie in die einsame Natur führt, sind die Kröten.

So hat sie entschieden, an den am Vortag aufgestellten Krötenzäunen entlang zu patrouillieren. Es nieselt leicht, Gras und Erde am Straßenrand sind feucht, aber es ist deutlich milder geworden. Wenn die Witterung so bleibt und die Nachttemperaturen nicht unter 5 Grad sinken, bestehen gute Chancen, dass sich Grasfrosch und Erdkröte auf den Weg machen – sie sind die ersten Wanderer im Jahr. Gudrun hat keine genaue Vorstellung davon, wo die Tiere ihr Winterquartier haben und warum sie die Umgebung ihrer Laichgewässer nach ihrer Geburt überhaupt verlassen haben. Geeignete Nahrung müsste es überall geben.

Sie kramt in ihrer Jackentasche, schält ein Halsbonbon aus dem Papier. Ihr Hals kratzt seit heute Nacht. Gudrun wird selten krank, aber die letzten Tage und Nächte haben sie aus dem Gleichgewicht gebracht. Sie muss unbedingt mit Eva klären, wie es weitergehen soll. Sie hat sich von ihrer Freundin in diese Mordgeschichte hineinziehen lassen, ist vor der Polizei abgehauen, obwohl sie gar nichts damit zu tun hat. Sie will ihr geruhsames Leben zurück. Sie will sich künftig einzig und allein ihrer Naturschutzarbeit widmen, damit solls gut sein.

Amphibien haben es da besser: Sie sind wechselwarm und verfallen in eine Art Winterstarre, um die kalte Jahreszeit zu überstehen. Auch Gudrun bräuchte solchen Krötenzauber, um irgendwie durch die nächste Zeit zu kommen. Wenn sie nur wüsste, ob vergehende Zeit überhaupt ein Faktor ist, der ihr helfen wird. Sie kann vielleicht ihrem jetzt gleichförmigen Alltag entgehen, sie kann vor der Polizei flüchten, aber sie kann Gudrun Deuber nicht entkommen. Gudrun Deuber und ihre leidvolle Geschichte wird sie niemals los.

Ihre Füße in den wasserdichten Stiefeln gehen automatisch Schritt für Schritt. Sie verlassen den Straßenrand mit den Krötenzäunen, biegen in den Wald ein. Von weitem erreichen Stimmen sie, ein Kind ruft, ein Hund bellt.

Georgs Eltern hatten auch einen Hund, einen Schnauzer, der fürchterlich aus dem Maul stank. Ein einziges Mal war Gudrun bei ihnen eingeladen, zum Kaffee, ebenfalls an einem Sonntagnachmittag. Georg war früh zu Mesner-Diensten bei der Heiligen Messe im Bamberger Dom eingesprungen, da die katholische Kirche ein chronisches Personalproblem hatte.

Danach hatte er sie abgeholt, er fuhr einen alten *VW Golf*, dessen Auspuff bedrohlich klapperte. Sie tuckerten die B4 nach Coburg hoch, zu der Zeit im Jahr 2000 war die A 73 von Bamberg über Lichtenfels nach Suhl noch nicht fertig gebaut.

Gudrun trug einen dunkelroten Hosenanzug – Arbeitskluft – und eine artige weiße Bluse. Sie erinnert sich noch heute an Georgs nervöse Anspannung, die sich während der Fahrt auch auf sie übertrug. Würde sie den Ansprüchen seiner Eltern genügen? Würden sie akzeptieren können, dass Georg das Leben an der Seite einer Frau dem Priester-Dasein vorziehen würde?

Und wenn ja – wäre eine Schwiegertochter willkommen, die ihnen keine Enkel schenken würde, und nicht nur wegen ihres fortgeschrittenen Alters? Letzteres mussten sie nicht erfahren; Gudrun kann sich nicht mal erinnern, ob Georg zum damaligen Zeitpunkt schon wusste, wer sie wirklich war. Was sie wirklich war. Sie weiß es ja selbst nicht.

Er parkte den *Golf* am Schulparkplatz des Gymnasiums Ernestinum, und sie gingen die paar Schritte zur Altbauwohnung von Familie Zenk am Steintor.

Der Schnauzer kläffte sofort los, als sie klingelten. Georg hatte zwar einen Schlüssel zur Wohnung der Eltern, wollte aber in Begleitung der für sie fremden Frau nicht einfach öffnen, als gehörten sie beide bereits zur Familie.

Wie hieß der Hund nochmal gleich? Es war ein Frauenname – Branka oder Franka –, merkwürdig jedenfalls für einen Rüden, aber aus heutiger Sicht fast zum Lachen. Der Hund sprang sofort an ihr hoch, schwanzwedelnd, und Georg lachte nervös. »Ich glaube, er mag dich.« Schön, wenigstens einer, hatte Gudrun wohl damals gedacht.

Die Eltern mussten etwa Ende fünfzig sein, vor allem die Mutter wirkte wesentlich älter, ein Vorteil für Gudrun? Sie erfuhr später von Georg, dass beide 59 Jahre alt waren, etwa so alt wie Gudrun heute. Ihre Hoffnung, wenige Monate nach dem Tod der eigenen

Eltern hier eine Familie zu finden, die sie wohlwollend aufnahm, zerschlug sich schnell.

Der Kaffeenachmittag missriet von Anfang an. Gudrun setzte sich auf den falschen Platz – es war der Stammplatz der Mutter, die freien Blick auf das verschnörkelte Kruzifix an der Wand gegenüber haben wollte. Sie brachte nur mit Mühe ein Stück des trockenen Hefekuchens hinunter, lobte ihn aber artig. Über schlechtem Kuchen und dünnem Kaffee kam das Gespräch nur schleppend in Gang. Und irgendwann fragte der Vater Gudrun direkt, wie alt sie eigentlich sei.

»Ende dreißig«, sagte sie wohl vage. Neben ihr knetete Georg einen Zipfel des gestärkten Tischtuchs.

»Wenn Georg schon heiratet, möchten wir natürlich gerne Enkelkinder«, teilte ihr die Mutter mit und schaute verkniffen.

»Mutter!«, sagte Georg und wusste nicht weiter.

Was sie dann antwortete, weiß sie nicht mehr genau. Aber an das große Unbehagen bei den Eltern kann sie sich gut erinnern. Wieder eine Familie, in die sie nicht hineinpasst, für die sie die Falsche ist. Sie fragte sich damals wohl das erste Mal, ob Georg stark genug sein würde, zu ihr zu halten.

Haben letztendlich die Eltern den Ausschlag gegeben, dass er doch die Priesterweihe wählte? Gudrun kann sich kaum vorstellen, dass er ausgerechnet den erzkatholischen Eltern erzählt hatte, warum seine Freundin auch in jüngeren Jahren nicht hätte schwanger werden können.

Gudrun hat den Weg verlassen, streift ziellos zwischen den weit auseinander stehenden Bäumen umher. Vielleicht sollte sie einfach hier bleiben, im Wald, und endlos weitergehen, bis sie umfällt. Vor Hunger und Durst oder weil ihre Füße sie nicht mehr tragen. Das wäre doch ein gnädiges Ende.

Fast ist sie bereit dazu.

Ermittlungen

... ruhen am Sonntag. Zumindest hat Alfred Meister das so geplant. Die Kollegen haben strenge Anweisung, ihn nur anzurufen, wenn es bahnbrechende Neuigkeiten im Fall des toten Frauenarztes gibt. Heißt: Entweder Dr. Preissinger oder einer aus dem Sex-Trio gesteht die Tat, oder Eva Müller und/oder ihre Putzfrau sind aufgetaucht. Vielleicht wars ja die Putzfrau, wer weiß? Neid der Durchschnittsfrau auf die Klassefrau, hatten wir ja schon.

Alfred überlegt laut weiter. »Die Putze kommt vielleicht regelmäßig, um letzte Spuren von Eva Müllers Techtelmechteln wegzuräumen. Unser Phantom Eva hat nicht dran gedacht, als sie überstürzt ihre Wohnung verlassen hat – unter Schock, weil sie davon ausgehen musste, dass sie schuld ist am Tod des Kunden. Die Putzfrau kommt rein, sieht das Schlamassel, ist schon lange ziemlich angefressen, weil ihre Auftraggeberin sich auf diese Weise ihr Geld verdient, während sie selber für wenig Kröten buckeln muss. Nutzt die Gunst der Stunde und erstickt den Mann.« Wie nah dran (und doch wieder weit weg) Alfred mit den Kröten ist, ahnt er nicht.

»Und woher hat sie das Kissen?« Grete stellt die zentrale Frage.

Sie spazieren durch den Bamberger Hain, der Ende Februar noch wenig einladend wirkt, aber die durch Regen und Schnee der letzten Tage gereinigte Luft hat die Meisters hinausgelockt. Grete war beim Gottesdienst, Alfred hat sich darauf beschränkt, sie an der Kirche abzuholen, obwohl ihm der Magen knurrte.

»Jetzt drehen wir erst mal eine Runde.« Darauf hat Grete bestanden.

»Du hast leicht reden, hast ja schon was im Bauch«, murrte Alfred.

»Ach, und was?«

»Mindestens eine Hostie? Einen Schluck guten Roten?«

Grete lachte ihr helles warmes Lachen, für das Alfred sie liebt. »Netter Versuch. Den guten Roten gibts nicht für die Gemeinde, den trinkt der Herr Pfarrer selber.«

»Recht hat er«, hat Alfred gebrummt.

Und so muss er eben mit seiner Frau spazieren gehen. Sie hat das Mittagessen schon vorbereitet – Bamberger Zwiebel mit Kartoffelbrei, nach Schweinsbraten Alfreds Lieblingsgericht.

Leider kann er nicht wie geplant abschalten, das Gedankenkarussell dreht sich um den aktuellen Fall. Wie immer bezieht er Grete in seine Überlegungen mit ein. Und in seine Schweigepflicht, die sie streng beachtet, das weiß er. Grete ist keine Frau, die bei ihren Freundinnen mit den Fällen ihres Mannes prahlt.

»Freeed! Das Kissen?« Grete schüttelt seinen Arm, an dem sie sich eingehängt hat, und er schaut sie verständnislos an. Sie ruft im gleichen Moment: »Ein Krokus, schau!«

Alfred sieht erst nur braunes Laub zwischen den Bäumen, dann doch die Spitze des gelben Krokus' zwischen schon verblühenden Schneeglöckchen. Er hats nicht so mit der Flora, das ist eher Gretes Metier. »Hm, schön.«

»Das Kissen!«

»Tja, das Kissen. Vielleicht hat sie vorher bei Anna und Co. geputzt? Ach nee, Anna hatte ja wohl Kundschaft. Aber die kann gerade ihren Kunden zur Haustür begleitet haben, ihre Wohnungstür steht offen, die Putze holt schnell das Kissen ... Anna kommt zurück, sieht Eva Müllers ebenfalls offen stehende Tür, findet den Frauenarzt ...«

»Sehr konstruiert«, findet Grete. »Wo war die Putzfrau in dem Moment?«

»Im Schrank? Im Bad? Im Treppenhaus weiter oben, wer weiß. Ich glaube nicht, dass Anna sich sehr umgeschaut hat. Die wird rausgerannt sein, in ihre Wohnung, um die Polizei anzurufen. Hatte ja vielleicht auch Angst, dass der Mörder noch in der Nähe ist.«

Grete gähnt. Muss schon die Frühjahrsmüdigkeit sein. »Besprich das doch morgen mit Dominique, hm? Du musst mal abschalten. Wir gehen noch ein Stück an der Regnitz entlang, was meinst du? Ich kriege langsam Hunger ...«

»Ich erst ... ich hatte schließlich keine Hostie.« Dass er sich zuhause noch schnell zwei Brote mit Griebenschmalz geschmiert hat, verschweigt Alfred vorsichtshalber.

»War Mia eigentlich auf?«

»Keine Ahnung, hab nichts aus ihrem Zimmer gehört.«

»Ach, Fred, du solltest sie doch wecken. Sie hat Englisch-Schularbeit und muss noch lernen.«

Eine Stunde später sitzen Meisters am Esszimmertisch. Die mit Bauch und Schweinefleisch gefüllte Gemüsezwiebel in XXL auf Alfreds Teller dampft, der Kartoffelstampf ist so heiß, dass er sich die Zunge verbrennt.

»Pusten!«, mahnt Grete, und Mia grinst. Ihr Teller sieht aus wie der Hauptspeisegang in einem Sterne-Restaurant: Klecks Kartoffelbrei an zwei Salatblättern, garniert mit drei Tropfen Joghurtsoße.

Alfred rollt die Augen, wegen des heißen Breis im Mund.

»Red halt um den heißen Brei herum«, schlägt Mia vor und spießt mit der Gabel ein Salatblatt auf. »Ach, was macht eigentlich euer Sex-Fall?« Sie betrachtet interessiert ihren Vater, der endlich runterschluckt und sich dann kräftig räuspert.

»Tochter! Ich darf nicht über Fälle reden, das weißt du doch.«

»Mit Mama redest du!«

»Mama ist erwachsen und kann schweigen. Du bist eine pubertierende Fünfzehnjährige und hast tausend schwatzhafte Freundinnen.«

»Stimmt ü-ber-haupt nicht!«, protestiert Mia. »Und wer hat sich vor kurzem von mir über verschiedene Penisarten belehren lassen? Mein lieber Paps!« Sie schaut ihn triumphierend an.

Der liebe Paps runzelt die Stirn. Jetzt ist es Grete, die grinst und nicht daran denkt, ihn zu verteidigen. »Freu dich doch, dass Papa was von dir lernen kann«, sagt sie stattdessen zu Mia. Na toll.

»Apropos Lernen. Hast du dich auf Englisch vorbereitet?« Grete fasst ihre Tochter am Kinn, um ihr ins Gesicht sehen zu können. »Ehrlich!«

»Ja ja, mach ich noch«, mault die. Sie klaubt ihr Smartphone vom Tisch und steht auf. »Ich geh hoch. Ich lerne. Zufrieden?«

»Teller abräumen!«, ermahnen Alfred und Grete im Chor.

Als sie allein sind, seufzt Alfred tief. »Anstrengend, so eine Fünfzehnjährige. Wer ist bloß auf die Idee gekommen, nochmal Nachwuchs in die Welt zu setzen? Wir waren doch fast aus dem Gröbsten raus ...«

»Die Idee an sich war nicht schlecht.« Grete versucht ein verführerisches Lächeln, was ihr noch ganz gut gelingt. »Lust auf einen Mittagsschlaf?«

Der Tag, an dem fast ein Herz versagt

Gudrun

Gudrun frühstückt. Frieda auf dem Stuhl gegenüber, erhöht auf einem Kissen, schaut ihr mit starrem Blick zu. Das örtliche Telefonbuch liegt aufgeschlagen auf dem Tisch. Gudrun hat heute früh in ihrem Schuhkarton mit Zeitungsschnipseln gewühlt und den kleinen Bericht gefunden. Er ist schon ein paar Jahre alt, die katholische Kirchengemeinde von St. Johannes in Forchheim begrüßte ihren neuen Pfarrer Georg Zenk. Wochenlang lag das ausgeschnittene Bild ihres früheren Freundes auf ihrem Nachttisch, sie betrachtete es früh, wenn sie aufstand, und abends, wenn sie schlafenging. Er sah genauso aus, wie sie ihn in Erinnerung hatte, damals, als er im Bamberger Dom die Priesterweihe erhielt, er ganz in Weiß, sie in Schwarz, ganz hinten im Schatten eines Pfeilers.

Gudrun wählt die Nummer des Pfarrbüros in Forchheim. Wenn Georg selbst abnehmen sollte, wird sie wieder auflegen. Ihre Festnetznummer ist unterdrückt, er würde nicht wissen, wer dran ist.

»Pfarrbüro St. Johannes, Sekretariat, was kann ich für Sie tun?«, meldet sich eine Frauenstimme. Was kann ich für Sie tun, äfft Gudrun innerlich nach. Sie hasst diesen Satz.

»Sie können mir sagen, wann Herr Pfarrer Zenk den nächsten Gottesdienst hält«, antwortet sie, ohne ihren Namen zu nennen.

»Gerne – jeweils am Samstagabend um 18 Uhr sowie sonntags um 10 Uhr. Und«, Gudrun hört etwas rascheln, »montags, mittwochs und freitags gibt es eine kurze Mittagsandacht. 12 Uhr.«

»Also auch heute?«

»Ja, natürlich! Sie sind neu in der Gemeinde zugezogen?«

»Ja«, sagt Gudrun und legt auf.

12 Uhr, das kann sie schaffen.

Um halb 12 parkt sie ihren *Renault Modus* in der Nähe der Johannes-Kirche in Forchheim und geht die paar Schritte zur Kirche, langsam, unsicher. Trotz der etwas wärmeren Temperatur an diesem Montag ist der Reißverschluss ihrer Jacke bis oben zugezogen, die Wollmütze verbirgt ihr Haar. Gudrun hat keine Ahnung, welches das Pfarrhaus ist und ob Georg irgendwo am Fenster steht, um nach Besuchern für die Mittagsandacht Ausschau zu halten. Würde er die unscheinbare, ältere Frau wahrnehmen, die jetzt Kurs auf die Kirchentür nimmt? Hätte er überhaupt eine Vorstellung davon, wie Gudrun heute aussieht? Es sind zwanzig Jahre seit ihrem letzten Treffen vergangen, einige Tage nach dem Karpfenessen, bei dem er ihr gestanden hatte, das Priestergelübde ablegen zu wollen. Ein paar wenige Dinge von ihm befanden sich in ihrer Wohnung, und die wollte er abholen: ein blaukarierter Schlafanzug, ein paar englische Bücher, eine CD von Udo Jürgens, ein Ersatzrasierer, die Zahnbürste. Gudrun musste in dieser Woche bis 20 Uhr abends arbeiten; als sie nach Hause kam, stand er im Eingang und fröstelte trotz der Wärme. Wie sie heute.

Einen aberwitzigen Moment lang hatte sie geglaubt, er käme zurück; er hätte begriffen, wie sehr er sie liebte und brauchte, und dass die Beziehung zu einer Frau ihm doch mehr bedeutete als die Hochzeit mit Gott.

So war es natürlich nicht.

Gudrun öffnet die Kirchentür und tritt in den dunklen, kühlen Raum ein. Nur zwei Frauen sitzen in der vorderen Bank, jemand spielt Orgel. Georg? Sie sucht sich einen Platz im hinteren Kirchenschiff, im Schatten der Empore. Ihr Herz klopft wie verrückt, unregelmäßig, und ihr ist eng um die Brust. Was tut sie hier, außer alte Wunden aufzureißen? Wozu muss sie Georg noch einmal sehen, außer um noch mehr zu leiden?

Die Orgel ist verstummt, ein paar wenige Frauen und ein alter Mann sind noch eingetreten, haben weit vorne Platz genommen, um von ihrem Priester am Altar gesehen zu werden. Er kommt aus der Sakristei, ohne Priestergewand, nur im schwarzen Anzug, oder sind es gar schwarze Jeans? Sein Haar ist schütter geworden, aber noch nicht grau, das Gesicht glatt und fast jugendlich, soviel Gudrun aus der Entfernung erkennen kann. Er beginnt, ein Gebet zu sprechen, die kleine Gemeinde fällt ein, Gudrun schweigt, was sonst. Es ist eine Wortandacht, ohne Musikbegleitung, ohne Gesang, dafür eine Geschichte aus dem Neuen Testament, die von den Händlern erzählt, die Jesus aus dem Tempel jagt. Gudrun hört nicht wirklich, was Georg sagt, aber sie saugt den Klang seiner Stimme auf, dieser Stimme, die nie mehr zu ihr persönlich sprechen wird.

Aber das stimmt gar nicht. Denn als sie schnell und ungesehen die Kirche verlassen will am Ende der rund halbstündigen Andacht und bevor die restliche Gemeinde zum Ausgang strebt, ruft seine Stimme von vorne und meint damit sie: »Auf Wiedersehen! Kommen Sie einmal wieder!«

Gudrun schüttelt unwillig den Kopf, bevor sie die schwere Kirchentür aufstößt und mit schnellen Schritten zum Auto geht.

Die Schmerzen in der Brust und im linken Arm sind stärker geworden. Sie überfährt fast die nächste rote Ampel, rast im Takt ihres Herzens auf die Autobahn, zurück nach Norden, nach Bamberg, und dann, an der ersten Kreuzung in der Stadt, würgt sie den Motor ab. Das Auto bleibt einfach an der Haltelinie stehen, zum Glück, und Gudrun wird so übel, dass sie von einem Moment auf den anderen nicht mehr weiß, wer und wo sie ist.

Herzinfarkt, diagnostiziert der Notarzt nur zehn Minuten später.

Ermittlungen

»Nicht so schnell. Mein Herz!« Alfred schnauft hinter Dominique her. Sie stöckelt vor ihm am Gabelmann vorbei und flucht mehrmals, weil ihre hohen Absätze im Kopfsteinpflaster steckenbleiben. Der Gabelmann ist Steinfigur und Namensgeber von Bambergs beliebtestem Brunnen, und bei steigenden Temperaturen werden bald Jung und Alt, Einheimische und Fremde gleichermaßen auf den Steinquadern ringsherum hocken.

Dominique wirft nur einen kurzen Blick über die Schulter. »Pass gut auf dein Herz auf. Du bist im besten Alter.«

»Wofür?«

»Herzinfarkt. Mann zwischen fünfzig und sechzig, Stress im Beruf, Schwergewicht ...«

»Quatsch«, sagt Alfred ärgerlich. »Durchtrainierte Sportler kriegen genauso ’nen Infarkt. Der Bernd letztes Jahr zum Beispiel.« Bernd ist ein Kollege von der Drogenfahndung. »Und Frauen sind nicht ausgenommen.«

»Ist ja gut.«

Sie haben den Maxplatz erreicht, das Auto steht mal wieder in der Tiefgarage. Das Duo kommt von der Vernehmung einer Bamberger Geschäftsfrau. Genauer gesagt: der Inhaberin eines Juweliergeschäftes. Und es war auch eher eine Befragung als eine Vernehmung. Die Dame, eine Julia Gauche, französisch ausgesprochen, hatte aufgrund des in der Zeitung veröffentlichten Phantombildes von Eva Müller die interessanteste Aussage gemacht und deshalb Besuch von Alfred und Dominique persönlich erhalten.

Sie hatte die Polizeibeamten gebeten, vor der Ladenöffnung um 9 Uhr bei ihr vorbeizukommen. Aber jetzt, nach ihrer Beteuerung, sie könne die ominöse Eva Müller detailgenau beschreiben, jetzt würde ihr persönliches Erscheinen in der Dienststelle unbedingt erforderlich sein. Detailgenauer als Liebhaber Hans? Man wird sehen. Warum sie am Mittwoch im Apartmenthaus war, damit wollte sie allerdings nicht herausrücken.

»Glaubst du ihr?«, fragt Alfred, als er Dominique eingeholt hat. Sie hantiert am Kassenautomaten und fordert gerade eine Quittung an. Auch Kleinvieh macht Mist.

»Schon. Ja. Mist!« Die Quittung segelt auf den Boden, mitten in eine schmutzige Wasserlache. Ohne Quittung keine Kostenerstattung.

Alfred seufzt. »Lass liegen. Wir teilen die Kosten.« Dominique hat den Automaten mit 5,20 € gefüttert.

»Quatsch. Gib mir einfach mal ein Bier aus.«

Kurz darauf verlässt der Dienstwagen mit quietschenden Reifen die Tiefgarage.

»Diese Julia Gauche – die war doch sicher als Kundin im Apartmenthaus – warum sonst tut sie so geheimnisvoll. Als Dienstleister kommt dann wohl Dennis in Frage.«

»Oder eine der Frauen.« Dominique grinst. »Alles geht, alles darf.«

»Ja, natürlich«, räumt Alfred ein. »Mich ärgert halt nur, dass sie es uns nicht sagen will.«

»Und wäre wichtig, wenn sie damit Anna entlasten könnte. Dafür hat sie Eva Müller sehr nah und sehr direkt ins Gesicht geschaut.«

»Weil sie in der Haustür fast mit ihr zusammengeprallt ist«, ergänzt Alfred. »Trotzdem ... ich hoffe nur, ihre Angaben bringen uns weiter.«

»Sie könnte selbst Kundin von Eva Müller gewesen sein«, denkt Dominique laut.

»Hm. Mach mich nicht konfus. Du bringst mein ganzes heiles Weltbild durcheinander.« Aber Alfred grinst ebenfalls.

»Ich habe«, Dominique gräbt mit einer Hand in der Gesäßtasche ihrer sehr engen Jeans und fördert einen Prospekt zu Tage, »hier ein Foto von Madame Gauche.«

Alfred nimmt das zerknitterte und körperwarme Druckwerk entgegen. Der Prospekt preist die neue Kollektion des alteingesessenen Juwelierladens an, auf der Rückseite prangt ein Foto von Geschäftsführerin Julia Gauche.

Alfred nickt. »Gut gemacht. Das können wir mal dem Apartment-Trio zeigen. Und eventuell unserem überlebenden Doktor Preissinger. Was meinst du?«

»So hab ich mir das auch gedacht.«

Wenig später, zurück im Büro, schickt Dominique den Prospekt per Mail an Preissinger. Er ist kooperativ und antwortet fast sofort: »Ich habe die Dame schon zweimal gesehen. Sie war als Kundin bei Anna. Auch am Tag, als Mirko ermordet wurde. Ganz sicher.«

Gudrun

»Was machst du bloß für Sachen?« Claudia, Gudruns jüngere Schwester, hat sich einen Stuhl an ihr Bett herangezogen und lässt sich mit einem Seufzer darauf nieder.

Gudrun selbst liegt wie aufgebahrt in dem Krankenhausbett, trägt das gepunktete Klinikhemdchen, ihre eigenen Klamotten befinden sich nachlässig gefaltet im Schrank. Im Nachbarbett stöhnt im Minutentakt eine sehr alte Frau.

»Woher weißt du ...«

»Ich bin angerufen worden, vor einer Stunde. Hab mich gleich ins Auto gesetzt. Sicher brauchst du was von zuhause? Ich kann dir eine Tasche packen, wenn du willst.«

Gudrun erinnert sich: Sie wurde nach Angehörigen gefragt, noch in der Notaufnahme, und nannte automatisch die Telefonnummer ihrer Schwester.

»Aber warum haben sie dich angerufen? Sterbe ich, oder was?«

Claudia tätschelt ihre Hand, die neben dem Körper auf der Bettdecke liegt, als gehöre sie nicht zu Gudrun. Ihr winterblasses Gesicht legt sich in sorgenvolle Falten. »Red doch nicht so Zeug. Obwohl – so ohne war das nicht. Also nicht, dass mir hier jemand was sagt, bin ja bloß die Schwester, aber du musst ja wohl beim Autofahren ohnmächtig geworden sein, erinnerst du dich nicht?«

Gudrun ist mit einem Mal unendlich müde. Nein, sie erinnert sich nicht genau. Nur daran, dass ihr sehr sehr schlecht geworden ist, dass Autos hupten, dass irgendwelche Leute die Fahrertür öffneten und sie aus dem Auto zogen. Der Himmel über ihr war tiefblau, wie seit Wochen nicht mehr. In diesen Himmel muss sie sehr lange geschaut haben, und sie hat sich wohl dorthin gewünscht, möglichst ohne vorher sterben zu müssen und beerdigt zu werden. Aber kommt so eine wie sie überhaupt in den Himmel? In Georgs Himmel sicher nicht. An eine Hölle aus heißen Flammen und Schwefelgestank glaubt sie aber auch nicht. Eher an das graue, konturlose Nichts. An die körperlose Ursuppe. An ein ewiges Herumwabern im Universum.

Aber sie hat ja überlebt, und ob das ein Glücksfall war, wird sich noch herausstellen. Nur dass sie nach Jahrzehnten erneut im

Krankenhaus gelandet ist, das ist wirklich bitter. Sie hat wieder die altbekannte Ohnmacht gespürt, schon in der Notaufnahme, aber vor allem dann im Herzkatheterlabor, als ihr drei Stents in Herznähe gesetzt wurden, Stents, die künftig verhindern werden, dass lebenswichtige Blutgefäße sich wieder verschließen können. Vielleicht verhindern, ganz sicher könne man nie sein, hat der Arzt gesagt nach dem Herumpfriemeln in ihrer Leistengegend.

Gudrun plagte in diesem Moment nur eine Sorge: Dass er genauer zwischen ihre Beine schauen würde, denn ihren Schlüpfer und die restliche Kleidung hatte man ihr zu diesem Zeitpunkt schon abgenommen.

Aber ihr Geschlecht interessierte den Kardiologen nicht. Und das Herz ist geschlechtslos, oder nicht?

»Gudrun!« Claudia rüttelt an ihrem Arm und schaut weiter sorgenvoll. »Erinnerst du dich oder nicht? Wo warst du denn vorher mit dem Auto?«

»Einkaufen? Ich weiß nicht genau.«

»Wo ist überhaupt dein Auto?«

»Weiß nicht.«

»Vielleicht hast du was eingekauft, was schlecht wird? Tiefgekühltes, Fleisch?«

»Keine Ahnung. Glaub nicht.«

Den Erinnerungsverlust täuscht Gudrun vor. Sie hat keine Veranlassung, Claudia etwas über ihren Kirchenbesuch in Forchheim zu erzählen. Sie sind sich als Schwestern fremd geworden in den letzten Jahren. Claudia ist praktisch veranlagt, sie muss sich um konkrete Dinge kümmern; als Ehefrau, Mutter von drei Söhnen und Großmutter mehrerer Enkel ist sie es nicht anders gewohnt.

»Ich frag mal draußen. Vielleicht weiß das Pflegepersonal etwas. Soll ich dir was aus der Cafeteria bringen? Obst, Schokolade, Saft?

Tut mir leid, ich bin so kopflos daheim aufgebrochen, hab an nichts gedacht.«

Gudrun schüttelt den Kopf. »Danke, nein. Wäre aber lieb, wenn du mir später ein paar Sachen aus der Wohnung holst. Ich sage dir, wo du was findest.«

Claudia nickt, steht auf, geht Richtung Zimmertür. Gudrun sieht, dass sie mühsam läuft, mit der linken Hüfte bei jedem Schritt etwas einknickt. Sie weiß nicht mehr viel vom Leben ihrer Schwester. Und ihre Schwester weiß gar nichts über sie. Das zu ändern, dafür ist es zu spät.

Ermittlungen

Dr. Sven Preissinger hat sich entweder verplappert am Telefon, oder er wollte endlich mit der Wahrheit herausrücken. Denn dass der Bamberger Ärztekongress ihm für den Tag der Ermordung Mirko Wagners kein lückenloses Alibi liefert, können die Polizeikollegen inzwischen bestätigen. Sie haben den Morgen damit verbracht, möglichst viele der Kongressteilnehmer telefonisch abzufragen, ob und wann sie den Kollegen Preissinger am Mittwoch tatsächlich gesehen haben.

»Er steht auf der Teilnehmerliste, das ist das einzige, was wir sicher wissen.« Der Beamte wedelt mit einem Ausdruck. »Hat die Sekretärin der Frauenklinik geschickt.«

»Solche Listen kennen wir ja«, winkt Alfred ab und wirft seinen zerknitterten Anorak über eine Stuhllehne. »Mal am Anfang schnell reinschauen, unterschreiben, nach zehn Minuten wieder verschwinden.«

»Wer macht denn so was?«, fragt der Kollege in gespielter Entrüstung.

»Bei der Polizei gibts das nicht«, behauptet ein anderer.

»Aber auch sonst – wie gesagt, keiner der Teilnehmer hat den Preissinger wirklich den ganzen Vormittag über gesehen.«

»Und da er uns eben per Mail mitgeteilt hat, Madame Gauche am Mittwoch im Apartmenthaus gesehen zu haben, hat er selbst sein Alibi platzen lassen«, bekräftigt Alfred.

Dominique lehnt an ihrem Schreibtisch und klopft mit dem Stift auf die Tischplatte. »Warum tut er das? Meint er, wir haben ihn eh nicht mehr auf dem Schirm?«

»Haben wir doch auch nicht. Keine DNA-Spuren von ihm an der Leiche.«

»Er ist Arzt«, erinnert Dominique.

»Ja und?«

»Die operieren doch nur mit Handschuhen.«

»Was wär'n das für ein Zufall ...«

»Und wer denkt bei Mord im Affekt an Handschuhe ...«

Das Geplänkel nimmt ein sehr plötzliches Ende, als eine Beamtin ohne anzuklopfen und ziemlich außer Atem in der Tür erscheint, im Schlepptau einen Mann, der gleichzeitig auf sie einredet.

»Herr Meister? Frau Brodbecker?« Sie bleibt vor Dominiques Schreibtisch stehen und stoppt den Mann, der ihr auf den Fersen ist. »Das ist Herr ... Thorsten Gründel. Er sagt, er hat den Frauenarzt getötet ...«

Der Mann, ein eher schmächtiger Typ, nicht sehr groß, drängelt sich neben die Beamtin. »Mein Name ist Gründel, Thorsten Gründel, 47 Jahre alt, ich will ein Geständnis ablegen.« Er spricht laut und bestimmt in Richtung Dominique, schaut ihr aber nicht ins Gesicht. Dann nestelt er ein Portemonnaie aus der Hosentasche und zieht seinen Personalausweis hervor. »Hier, bitte.«

Die Beamtin zuckt entschuldigend die Schultern, und Alfred entlässt sie mit einem Nicken. Dafür winkt er einen der Kollegen her. »Einen Moment bitte, Herr Gründel. Wir müssen zunächst sicher sein, dass Sie nicht bewaffnet sind.«

Dieser begreift kaum, wie ihm geschieht. Im Bruchteil von Sekunden steht ein Polizeibeamter hinter ihm, zwingt ihn mit seinem Bein in die Grätsche und kippt ihn vornüber auf Dominiques Schreibtisch. Dominique greift mit ihren langen schlanken Fingern nach Gründels Händen und nagelt sie auf der Tischplatte fest.

»Sauber«, meldet der Kollege nach einem kurzen und trotzdem gründlichen und nicht sehr feinfühligen Ganzkörper-Scan. »Soll ich Handschellen anlegen?«

Alfred und Dominique schütteln gleichzeitig den Kopf.

»Aber lassen Sie uns mal allein mit dem Herrn. Bitte, Herr Gründel, nehmen Sie Platz.« Alfred deutet auf den Stuhl neben dem Schreibtisch, er selbst zieht sich seinen eigenen Drehstuhl heran, so dass der mutmaßliche Mörder zwischen ihnen sitzt.

»Ich bin vor der Tür«, bemerkt der Kollege, bevor er gemeinsam mit der Gleichstellungsbeauftragten den Raum verlässt.

»Sie denken doch wohl nicht, ich spaziere hier mit einer Waffe herein«, protestiert Gründel schwach. Die Leibesvisitation hat ihm etwas von seiner Selbstsicherheit genommen.

Alfred würde ihn fast sympathisch finden, wenn er nicht gerade die denkbar schlimmste aller Straftaten gestanden hätte: Mord. Gründel wirkt wie ein harmloser Bankangestellter oder Autoverkäufer, die Haare sind ordentlich gescheitelt, Hemd und Hose sauber, die Schuhe geputzt, nichts an ihm weist auf einen Verbrecher hin. Aber das wäre ja auch zu einfach, wenn man einen Mörder am Äußeren erkennen könnte. Aber ist er ein Mörder? Oder wenigstens der in ihrem Fall Gesuchte? Ist er einfach ein Trittbrettfahrer, einer, der sich Geltung verschaffen will, indem er etwas Aufsehenerregendes gesteht?

In Dominiques Mimik ist nicht zu lesen, was sie denkt. Sie dreht den Personalausweis des Mannes zwischen den Fingern und gibt ihn Alfred. Das Foto auf dem Ausweis ist relativ neu, oder Thorsten Gründel hat sich seit Jahren nicht verändert. Er ist in Thüringen geboren, als Meldeadresse ist ein kleiner Ort im Landkreis Bamberg eingetragen.

»Erzählen Sie doch mal. Wen haben Sie ermordet? Wann und wie? Warum?«

Herr Gründel fixiert einen Kaffeefleck auf dem Boden. »Diese Frau, diese Prostituierte, letzten Mittwoch. Ich wollte sie ...« er sucht nach Worten, »ja, ich wollte sie entfernen, so kann man sagen. Sie hat ein sündiges Leben geführt und es nicht verdient zu leben.«

»Stopp mal.« Dominique runzelt die Stirn. »Und schauen Sie mich bitte an. Sie haben die Prostituierte ermordet?«

»Nein«, widerspricht der Mann beleidigt. »Eben nicht. Das wissen Sie doch. Sie ist doch seitdem verschwunden, oder? Ich *wollte* die Welt von ihr säubern. Aber sie war weg, verschwunden, ihre Wohnungstür stand offen, und da lag dieser nackte Mann auf dem Boden, widerlich. Einfach widerlich.« Sein Gesicht verzieht sich zu einer Grimasse. »Auch er ein Sünder. Vielleicht noch schlimmer als die Frau. Ich musste es tun, verstehen Sie? Und es tut mir nicht leid.« Er verschränkt die Arme vor der Brust und wirkt wie ein trotziges Kind, das ein paar Süßigkeiten im Laden geklaut hat und es nicht bereut.

»Wie haben Sie es getan? Wie haben Sie den Mann ermordet?«, will Alfred wissen.

»Ich habe ihn erstickt. Mit einem kleinen Kissen, so einem bayerischen.«

»Das Sie woher hatten?« Dominique kanns kaum glauben.

»Aus der Nachbarwohnung, da stand die Tür offen, die Mieterin war gerade ... rausgegangen.«

Jetzt endlich richtet er den Blick auf die beiden Kriminalbeamten, triumphierend, stolz.

Alfred und Dominique schauen sich an und sind fassungslos. Das ist Täterwissen.

Eva

Mitten am Tag ist sie eingeschlafen. Träumt wirres Zeug, von einer Schaufensterpuppe ohne Gesicht. Einer Puppe ohne Geschlecht vor allem. Im Traum ist sie trotz ihrer Konturlosigkeit lebendig geworden und spricht mit Eva. »Du hast ihn umgebracht. Nicht Hans, nicht irgendjemand, sondern du. Die Polizei lügt. Sie suchen dich als Mörderin, nicht als Zeugin.« Das wiederholt die Puppe gebetsmühlenartig, obwohl sie keinen Mund hat.

Sogar im Tiefschlaf spürt Eva, wie ihr der Schweiß ausbricht. Natürlich, so muss es sein. Die Polizei hat ihr mit ihrem Aufruf eine Falle gestellt. Sie kommen nicht weiter mit ihren Ermittlungen, brauchen Eva. Aber eben Eva als geständige Mörderin, nicht als Zeugin.

Irgendein Geräusch weckt Eva, ein Geklapper, aus dem Hausflur vielleicht? Aber das Wachwerden funktioniert nicht richtig, sie muss zu viele ihrer Migränetabletten genommen haben und kommt deshalb nicht zu sich. Eva dämmert in einem mühsamen Halbschlaf vor sich hin, die Geräusche um sie herum werden wieder unbedeutend, die Worte der Puppe aus dem Traum kommen zurück. Natürlich, so muss es sein, ihr wurde von der Polizei eine Falle gestellt. Das heißt aber auch, dass sie keineswegs außer Gefahr ist. Noch tappen sie im Dunkeln, aber irgendwann werden sie die Schlinge um sie enger ziehen.

Tief aus Evas Unterbewusstsein taucht eine Erinnerung auf, die sie komplett verdrängt hatte: ein Gesicht, ein Mensch, ein Mann, schmächtig von Gestalt, mit auffällig ordentlich gescheiteltem Haar. Sie hat ihn nicht nur einmal gesehen. Oft saß er im Bäckercafé des Supermarktes, gegenüber ihres Apartments, nur pro forma hinter einer Zeitung verschanzt.

Sie spürte immer, wie er sie beobachtete und wie seine Blicke ihr folgten, wenn sie den Laden verließ. Eva führte das auf ihr Aussehen zurück. Eine wilde Mähne, rote Lippen, ein kurzer Rock und hochhackige Schuhe reichen schließlich, um Männer schwach zu machen. Das ist Eva gewohnt. Gerade die unscheinbaren Typen arbeiten gern ihre Fantasien an Frauen wie ihr ab. Das war ihr egal, so lange sie als Kunden ordentlich zahlen. Männer wie der aus dem Café sind selten flüssig genug, um ihre Dienste zu beanspruchen.

Solche wie Hans allerdings wollen irgendwann mehr, die einen Perversion und Gewalt, die anderen entwickeln Gefühle und werden zu Kletten. Perversion und Gewalt konnte sie erfolgreich ablehnen, bei Gefühlen war das bislang schwieriger.

So einer wie Mirko Wagner war ihr allerdings noch nie untergekommen. Er war der Erste, der sie mit Abscheu und Spott behandelte. Dafür hat er gebüßt.

Eva dämmert wieder weg, in den nächsten Traum. Sie steht in ihrem Schlafzimmer, im kurzen Nachthemd, und durchwühlt ihren Schrank. Schmeißt ihre Klamotten raus und aufs Bett, sucht ihren Tresor, in dem sie ihr Bargeld aufbewahrt. Den gibt es wirklich, sie hat die Schrankwand aussägen und den Tresor an der Zimmerwand anbringen lassen. Im Traum findet sie keinen, dafür Unmengen von Geldscheinen, die zwischen Pullovern, Strümpfen und BHs versteckt sind und ihr beim Wühlen entgegenflattern. In Nullkommanichts ist der ganze Zimmerboden von Papiergeld übersät. Sie versucht, die Scheine zusammenzuraffen, bevor die Polizei kommt, schon hört sie das Martinshorn auf der Straße. Sie muss dieses Geld wegschaffen, für einen guten Zweck, wie es immer ihr Plan war, sie selber braucht es gar nicht. Vielleicht sind es ihre in der Luft herum rudernden Arme, die sie wieder wach werden lassen. Oder das Martinshorn, das sich jetzt in ein durchdringendes Piepen verwandelt. Hat sie den Wecker gestellt? Kann nicht sein, es wird auch schon wieder still. Eva kneift die Augen zusammen und befiehlt sich: Weiterschlafen, alptraumlos.

Gudrun

»Sie ist sehr blass«, sagt eine Stimme, und eine Hand legt sich auf ihre Stirn.

Die Hand gehört einer robusten, älteren Krankenschwester, neben ihr steht der blutjunge Arzt, der sie mit hartem Akzent fragt: »Wie gett Ihnen?« Gudrun tippt auf Bulgarien oder Rumänien.

Sie nickt. »Gut. Ein bisschen müde. Wissen Sie, wo mein Auto ist?«

Die beiden schauen sich an, schütteln die Köpfe. »Das hat bestimmt die Polizei sichergestellt«, meint dann die Krankenschwester.

»Die Polizei?«, fragt Gudrun alarmiert. Keine gute Nachricht.

Die Schwester lächelt. »Na, wenn man mitten auf dem Münchner Ring stehen bleibt und ein halbes Verkehrschaos verursacht ... da kommt schon mal die Polizei!«

»Ein Verkehrschaos? Ich weiß nur noch, dass mir fürchterlich schlecht war.«

»Sie hatten Herzinfarkt«, belehrt sie der junge Arzt. Das weiß Gudrun selber, schließlich lag sie heute bereits im Herzkatheterlabor auf dem Tisch. Die Eintrittsstelle der Nadel in der Leiste erinnert sie schmerzhaft daran.

»Die Sanitäter haben es in der Notaufnahme erzählt«, schwatzt die Krankenschwester weiter, während sie Gudruns zerwühlte Bettdecke aufnimmt, kurz schüttelt und mit wenigen Griffen wieder so akkurat über ihrer Patientin ausbreitet, als seien sie beim Militär. »Sie hatten Glück im Unglück. Sind einfach an der roten Ampel stehengeblieben. Als die grün wurde, ging wohl das Hupkonzert los. Montagmittag in Bamberg, sämtliche Eltern dieser Stadt holen ihre Sprösslinge von der Schule ab … Sie können sich denken, was da los war.«

»Spröschlingel?«, spricht der Arzt nach und lacht. »Was ist das?«

»Ja, Schlingel sinds manchmal auch. Hab selber drei.« Die Schwester lacht ebenfalls. »Kinder mein ich. In Deutschland geht kein Kind zu Fuß von der Schule nach Hause, wenn es Eltern mit einem fahrbaren Untersatz hat. Darf auch gern ein SUV oder sonstiger Sprit schluckender Protzwagen sein.«

»Protzwas?«

Deutschunterricht am Krankenbett, Gudrun hat wenig Lust darauf, dass die beiden sich auf ihre Kosten amüsieren.

»Mir ist immer noch schlecht«, sagt sie, um sich als Patientin in Erinnerung zu bringen.

Immerhin ordnet der Arzt eine Blutdruckmessung an und nennt ein paar medizinische Fachbegriffe, zu denen die Schwester eifrig nickt. Ihr Blutdruck ist 90:60, nicht gerade hoch. Eine Schwesternschülerin, die den Kopf zur Zimmertür hereinstreckt, wird angewiesen, Tabletten zu bringen, und Gudrun schluckt sie gehorsam.

»Wie lange muss ich hier bleiben?«, fragt sie noch, bevor die Visite weiterzieht.

»Virr bis fumff Tage«, meint der Arzt.

Ach du Scheiße.

Nie wieder wollte sie ein Krankenhaus von innen sehen. Seit ihrem letzten Aufenthalt in einer Klinik sind Jahrzehnte vergangen. Es war ein Jahr nach Claudias Hochzeit, ein Jahr, nachdem Gudrun aus einem Aktenordner ihrer Eltern die Wahrheit über sich selbst erfahren hatte. 27 Jahre alt war sie damals, hatte keinen Freund und panische Angst davor, einen kennenzulernen. Das lag an dem Ding zwischen ihren Beinen, mit dem sie nichts anzufangen wusste. Sie hatte sich ein paar Mal selbst mit Hilfe eines Spiegels angeschaut, voll Scham, dass sie es überhaupt tat, und voll Unglauben über das, was sie sah. Ihr Geschlecht sah nicht so aus, wie es sollte, wie es im Biologiebuch gezeichnet und in einem modernen Aufklärungsbuch sogar fotografiert war. Dieses Buch für Jugendliche hatte Gudrun sich per Post bestellt – ebenfalls voll Scham. Wie so viele Kinder ihrer Zeit war sie nie richtig aufgeklärt worden, hatte sich aus der *Bravo* und heimlich geschauten *Schulmädchen-Reports* die vermeintlich wichtigen Informationen besorgt. Aber trotz aller Halbwahrheiten und Märchen über Sexualität stimmten ihre Quellen in der Abbildung der weiblichen Geschlechtsorgane überein. Bei ihr selbst stimmte nichts. Es sah einfach *falsch* aus und bestätigte nur, was ihr eigener forschender Finger in den Jahren zuvor schon entdeckt hatte: Da gab es nur eine kleine Öffnung, nicht mehr als zwei Zentimeter tief, nichts, was im Entferntesten einer Scheide ähnelte, die doch notwendig wäre, um mit einem Jungen schlafen zu können.

Es war nicht so, dass sie in den Jahren nach der angeblichen Gebärmutterentfernung unbedingt einen Freund vermisste. Viel mehr hätte sie ihre Eltern gebraucht, um sie durch die Jahre der späten Pubertät und des Erwachsenwerdens zu begleiten. Die bemühten sich zwar beide weiter um Normalität, aber besonders ihr Vater ging deutlich auf Distanz, was ihr sehr weh tat. Freundinnen gab es kaum, vielleicht ein oder zwei aus der Berufsschule, aber keine, der Gudrun sich anvertrauen konnte. Ihre Schwester hatte mit sich selbst zu tun. Gudrun machte nach außen einfach zu, in ihrem Inneren aber war sie zutiefst verstört und verunsichert.

So brutal die Wahrheit über ihr Wesen sie dann aus diesem Aktenordner ansprang, so heilsam war das neue Wissen aber auch. Endlich fand sie den Faden in ihrem Lebens-Wollknäuel, und auch wenn sie noch nicht wusste, was sie damit machen sollte, so konnte sie doch eine Entscheidung treffen.

Damals entschied Gudrun, auch körperlich das zu sein, was sie fühlte: eine Frau.

Um möglichst anonym bleiben zu können, suchte sie sich eine Klinik in München und stellte sich dort zur Operation vor. Sie war 28 Jahre alt und noch immer Jungfrau.

Bei Entlassung hatte sie eine Vaginalplastik und die Gewissheit, zumindest mit Männern mit kleinem Penis verkehren zu können. Und ihr Spiegel zeigte ihr endlich etwas, das Ähnlichkeit mit den Bildern im Lehrbuch hatte. Einzig ein Gynäkologe könnte noch den Unterschied sehen.

Ermittlungen

Alfred Meister knöpft sich zuerst Anna vor. Dafür wandert Thorsten Gründel im Rahmen einer vorläufigen Festnahme in die Zelle.

Anna, die die zweite Nacht in Untersuchungshaft in der JVA zubringen musste, zeigt sich äußerst bockig. Sie hockt mit verschränkten Armen und finsterem Blick im Vernehmungsraum.

»Ich habe ü-ber-haupt nicht geschlafen. Ich brauche andere Klamotten. Ich stinke. Und das Essen ist scheiße.«

Alfred hält es nicht für nötig, auf ihr Gemaule einzugehen. Sie sieht aus wie aus dem Ei gepellt, und Frauen ohne Schminke gefallen ihm sowieso wesentlich besser. Er weiß auch, dass Annas Mutter am Vortag da war und ihr Kleidung und Waschzeug gebracht hat. Ohnehin wird er sie heute nach Rücksprache mit dem Ermittlungsrichter ziehen lassen müssen, wenn sich der Tatverdacht gegen Thorsten Gründel erhärtet. Aber das weiß Anna noch nicht.

Er legt ihr zwei Fotos vor: das von Julia Gauche aus dem Juwelierprospekt und das neu vom Erkennungsdienst aufgenommene Porträt von Gründel. Hat er sich getäuscht, oder ist sie beim Anblick von Frau Gauche deutlich blasser geworden? Dominique, die nebenan hinter der Einwegscheibe sitzt und Annas Mimik studieren kann, wird ihm das nachher sicher genauer schildern können.

»Der«, Anna deutet zunächst auf das Foto von Thorsten Gründel, »lungert häufig im Bäckercafé gegenüber rum und glotzt mir auf die Titten. Aber er ist kein Kunde. Ich glaube, auch nicht von Susan. Oder Dennis.«

»War er auch letzten Mittwoch da?«

Anna überlegt kurz. »Wieso, was ist mit ihm? Hat er ...?«

»Einfach meine Frage beantworten.« Alfred klopft ungeduldig mit den Fingerknöcheln auf den Tisch.

Anna stöhnt. »Ich kann hier nicht denken, echt jetzt. Mein Hirn ist wie leergeblasen. Ich hab mit der Sache nichts zu tun, ehrlich. Wenn die Polizei jeden einbuchtet, der einen Mord meldet, dann traut sich bald keiner mehr anzurufen. Da braucht ihr euch dann nicht zu wundern.«

Jetzt hat die kleine Hexe wieder Oberwasser. Alfred ist es leid, und er hat gute Lust, sich von Dominique ablösen zu lassen. Dann lässt Anna vielleicht auch ihren koketten Unterton weg, den sie ihm gegenüber gerne anschlägt.

»Bullshit«, entfährt es ihm. »Sie denken jetzt mal einfach scharf nach, ob Sie selber letzten Mittwoch früh beim Bäcker waren und dort oder danach im Haus den Herrn hier«, er tippt auf das Foto, »gesehen haben. Wenns denn das leere Hirn der Dame zulässt.«

Okay, der letzte Halbsatz war nicht ganz korrekt, und Alfred grinst entschuldigend gen Kamera. Aber Anna hats ihm ja in den Mund gelegt.

Die stöhnt schon wieder. »Ja, mittwochs geh ich immer erst zum Bäcker, da gibts frische Nusshörnla. Ich glaub, er war auch da. Und ...«, ihre hübschen Augen weiten sich – gespielt? – erstaunt, »jetzt fällt mir doch noch was ein. Nachdem ich den Toten bei Eva Müller gefunden hab ... und von meinem Apartment aus die Polizei angerufen hab ... da ist unten die Tür zugefallen. Das war komisch, weil ich ja vorher im Treppenhaus war und keine Menschenseele gesehen oder gehört hab. Also außer ... meinem Kunden, den ich runter zur Haustür gebracht hab.« Sie schaut Alfred an. »Ja, eine zufallende Tür.«

Alfred nickt. Ob das Gründel war, steht natürlich überhaupt noch nicht fest. Aber die Kollegen gleichen zur Stunde seine Fingerabdrücke mit denen aus Eva Müllers Apartment ab – wenn er der Mörder ist, muss er Spuren hinterlassen haben.

Er schiebt das Bild von Julia Gauche näher zu Anna. »Und sie? War laut Aussage eines Zeugen *Ihre* Kundin!«

»Quatsch!«, entfährt es Anna, aber sie beißt sich auf die Unterlippe.

»Wir haben mit ihr gesprochen«, pokert Alfred und lässt weg, worüber.

Anna schlägt die Hände vors Gesicht, das sieht theatralisch aus, scheint aber echter Verzweiflung zu entspringen. »Ich hab ihr hoch und heilig versprechen müssen, den Mund zu halten«, sagt sie gepresst. »Jetzt erzählt sie's einfach der Polizei. Blöde Kuh.«

»Sie hat Ihnen etwas bedeutet?«

»Die?? Nee, echt nicht.«

»Aber Sie stehen auf Frauen?« Alfred kommts jetzt schon wesentlich leichter über die Lippen. »Ist ja nichts dabei! Außerdem machen Sie nur Ihren Job, richtig?«

»Genau«, sagt Anna trotzig, »ein Job, sonst nichts. Sie hat gut bezahlt.«

»Sie können gehen.« Alfred öffnet die Tür des Vernehmungsraums und winkt eine uniformierte Beamtin herein. »Die Kollegin begleitet Sie.«

Anna begreift nicht. »Gehen? Wieder in die Zelle, oder was?«

»Wenn der Richter zustimmt – nach Hause. Warten Sie einen Moment mit der Beamtin in der Dienststelle, wir klären das. Aber bleiben Sie dann auch zuhause erreichbar.«

In der Mittagspause findet sich Julia Gauche ein, die sehr genaue Angaben zu Evas Person machen kann.

»Frau Gauche ist Goldschmiedin«, sagt Dominique, »hat einen Blick fürs Detail.«

Eva Müller hat auf dem Phantombild weiter an Kontur gewonnen, die Form der Nase, die Linie der Lippen, die Proportionen des Gesichtes treten klarer hervor. Die Juwelierin hat mehrfach beteuert, sie ließe sich wenig von Kosmetik täuschen und könne relativ genau erkennen, wie ein Gesicht ohne Make-up, Kajal und Lippenstift aussehen würde. Das ist wichtig, denn die Polizei hegt die berechtigte Hoffnung, dass Eva Müller als Zivilperson von mehr Personen erkannt werden wird. Die bisherigen Angaben zu ihrem Aussehen waren grober, decken sich aber im Großen und Ganzen mit denen von Julia Gauche und Sven Preissinger.

Alfred und Dominique sind auf eine Hühnersuppe in die Kantine gegangen, ein ganz seltenes Ereignis, denn Dominique isst so gut wie nie hier. Aber sie schnieft seit dem Morgen und meint, Hühnerbrühe sei gut gegen eine aufziehende Erkältung. Und da diese zufällig auf dem Montagsspeiseplan steht, bietet es sich an, die ohnehin fällige Besprechung der Ereignisse in die Kantine zu verlegen. Alfred schiebt nicht mal vor, nur der Kollegin zuliebe mitzugehen.

»Grete hat was von Gemüse-Lasagne heute Abend erwähnt – da muss ich fleischtechnisch eine Grundlage schaffen.«

Dominique lockert schon nach den ersten Löffeln ihren Schal um den Hals. »Puh, mir wird heiß.«

»Sieht auch fast nach Frühling aus heute.« Alfred deutet auf den Himmel vor dem Fenster. Eine milchige Sonne ist hinter der Wolkenwand zu erkennen. »Kommt sicher gleich raus.«

Zwischen ihnen liegen die alten und neuen Phantombilder, nicht nur von Eva Müller, auch von der Putzfrau.

»Kann doch nicht sein, dass kein Mensch uns auf die Spur wenigstens einer der beiden Frauen bringt. Was ist mit anderen Jobs der Putzfrau? Oder hat Eva Müller ihr so viel gezahlt, dass der eine Job ihr als Einkommen reicht?«

»Auf jeden Fall müssen die Bilder erneut ins Netz und morgen in die Zeitung. Und das von Gründel gleich mit. Ich hoffe sehr, dass irgendjemand ihn gesehen hat. Oder endlich mal Eva Müllers Identität lüften kann, nachdem ihr Bild an Kontur gewonnen hat.«

»Ich glaube dem Gründel nicht. Du?«

»Aber er weiß das mit dem Kissen! Haben wir nirgends veröffentlicht.«

»Er kann Mittäter sein. Oder Mitwisser. Vielleicht ist er Eva Müllers Freund?«

»Der? Das glaube ich nicht. Ein biederer ,blasser Typ und so eine Klassefrau?«

»Denk ans richtige Leben«, mahnt Dominique. »Eva Müller hat auch da Beziehungen. Gründel könnte ihr Ex sein.«

Dann sehen sie einen der Kollegen, der sich einen Weg durch die gut gefüllte Kantine bahnt und auf sie zusteuert. Er schwenkt ein Papier und kommt leicht außer Atem bei ihnen an.

»Der Abgleich! Fingerabdrücke und DNA! Die gute Nachricht: Thorsten Gründel war im Apartment. Die weniger gute: Seine Spuren dort sind eher spärlich zu finden und fehlen an der Leiche komplett. Ziemlich ausgeschlossen, dass er an Mirko Wagner dran war.«

»Handschuhe??«, fragen Alfred und Dominique im Chor und schauen sich genervt an. So langsam glauben sie nicht mehr an das Handschuh-Märchen.

Der Kollege zuckt resigniert die Schultern. »Wer weiß. Er kann also der Täter sein, muss aber nicht. Sicher ist, dass sein Besuch im Apartment nicht lange her ist – andere Fingerabdrücke waren verwischter, ausgenommen die zweite XY-DNA, die wir noch immer niemandem zuordnen können. Und die Forensik meint, es sei unlogisch, dass Gründel zum Beispiel an Türrahmen Spuren hinterlassen hat und dann beim eigentlichen Mord Handschuhe getragen haben soll …«

»Meine ich doch auch«, seufzt Alfred. »Und denkt dran, die Fotos zu veröffentlichen. Jetzt gleich.«

Gudrun

Gudrun durfte aufstehen und ist, notdürftig bekleidet, mit dem Aufzug nach unten gefahren. Claudia, die ihr Klamotten bringen will, war noch nicht da. Ein bisschen schwindlig ist ihr, und sie braucht einen tiefen Schluck aus der von der Station mitgenommenen Wasserflasche. Sie sucht sich im Eingangsbereich eine ruhige, etwas versteckte Sitzecke und schaltet ihr Smartphone ein. Es ist nicht das neueste Modell, aber zumindest kann sie damit ins Internet. Gudrun sucht gezielt nach den Vorfällen der letzten Woche.

Als sie durch die Seiten mit Neuigkeiten aus Bamberg scrollt, ploppt fast sofort eine aktuelle Meldung der Kriminalpolizei auf. Es gibt ein neues Phantombild von Eva, und Gudrun weicht unwillkürlich zurück, als Evas Gesicht sie übergroß vom Bildschirm aus anstarrt. Wie kann das sein? Wie kann ein gezeichnetes Bild so detailgenau wie ein Foto wirken? Und vor allem: Wer hat da beim Anfertigen geholfen? Wer hat Evas Gesicht derart sorgfältig studieren können, dass nach seinen – oder ihren – Angaben ein Bild mit hohem Wiedererkennungswert entstanden ist? Nicht einmal der kleine Leberfleck auf der rechten Wange fehlt.

Gudrun nimmt die Brille ab und reibt sich die Augen. Sie ist so müde. War Eva nicht immer sicher, niemand im Apartmenthaus würde sie auf der Straße wiedererkennen können? War sie nicht immer stolz auf ihr perfektes Make-up, auf ihre vielen Perücken?

Gudrun wird sehr heiß, sie drückt mit der Hand, in deren Vene noch eine Nadel steckt, gegen die Brust. Sie zwingt sich, tief ein- und auszuatmen. Vor allem das Ausatmen ist wichtig, um nicht zu hyperventilieren. Sie muss Ruhe bewahren, darf keine Panik aufkommen lassen, schon um ihr Herz nicht erneut zu gefährden. Was soll Eva sie scheren? Zwar wird auch Gudrun gesucht, da sie immerhin dieser Polizistin entwischt ist, aber von ihr selbst gibt es nur ein Allerweltsbild und keinerlei weitere Spuren.

Sie schaltet das Handy aus und tappt in ihrem Stilmix aus Straßenschuhen, Jeans und Krankenhaushemdchen zurück zum Aufzug. Zwischen den vielen Besuchern im Foyer, die teils fröhlich, teils besorgt dreinschauend zu ihren Angehörigen unterwegs sind, fühlt sie sich sehr verloren und drückt sich auch im Fahrstuhl in die hinterste Ecke.

Auf Station hört sie schon von weitem Claudias Stimme, laut und ärgerlich. Gudrun sieht sie am Visitenwagen des Arztes stehen und mit ihm streiten.

»Da kommt Frau Deuber«, sagt er beschwichtigend zu ihr. »Wir können zusammen mit irr sprechen.«

Claudia dreht sich zu ihr um und sieht erleichtert aus.

»Da bist du ja. Keiner sagt mir hier was. Darfst du denn einfach aus dem Zimmer gehen? Gudrun? Du hast gerade einen schweren Herzinfarkt überstanden!«

Claudia, ihre kleine Schwester, zwei Jahre jünger, schaut sie sorgenvoll an und wirkt selber wie eine steinalte Frau. Wegen der Hüftbeschwerden steht sie leicht schief, die Haare sind von grauen Strähnen durchzogen, und Hose und Bluse könnten aus der Altkleidersammlung stammen.

»Irre Schwester fragt nach Irre Krankheit«, erklärt der junge, ausländische Arzt. »Ich kann nicht sagen ohne Irr Einverstehen.«

»Einverständnis«, korrigiert die Arzthelferin daneben automatisch.

»Sie brauchen Versorgensvollmacht«, fährt der Arzt unbeirrt fort und schaut Claudia an. »Von irr.« Er deutet auf Gudrun.

»Er meint Vorsorgevollmacht«, übersetzt die Arzthelferin.

Gudrun und Claudia schauen sich an. »Ja, müssen wir wohl mal machen«, sagen sie fast gleichzeitig.

»Wenn du sie nicht jemand anderem geben willst ...«, ergänzt Claudia mit einem komischen Unterton, der sich Gudrun erst kurz darauf erklären wird.

»Sie sollten übrigens nicht unbedingt die Station verlassen. Aufstehen dürfen heißt nicht, in die Cafeteria oder zum Rauchen zu gehen.« Wieder die Arzthelferin, der Arzt nickt dazu, dann schiebt er den Wagen an, so dass die beiden Schwestern einen Schritt zurücktreten müssen.

»Ich rauche nicht«, teilt Gudrun der Vollständigkeit halber dem Rücken des Arztes mit. Sie sagt es auch nicht zum ersten Mal, da bestimmt schon drei verschiedene Personen sie nach Risikofaktoren für einen Herzinfarkt gefragt haben. Alkohol, Nikotin, Übergewicht, Diabetes, alles scheidet aus. Bleibt nur der Stress, den sie nicht erklären kann.

In ihrem Zimmer gibt die andere Patientin Laut, ein altes Mütterchen mit lichtem Haar, das trotz Sauerstoffzufuhr bei jedem Atemzug röchelt. Gudrun stellt ihre Schwester vor, erhält aber keine Antwort.

»Bleiben wir hier? Ich bin grad ziemlich erschöpft.« Sie lässt sich aufs Bett und zurück auf ihr Kissen fallen und schlüpft erst dann aus den Jeans. Claudia zieht sich einen Stuhl heran; die Reisetasche mit den mitgebrachten Klamotten steht vor dem Schrank.

»Was läufst du denn im Krankenhaus herum? Hast die Schwester ja gehört, du sollst nur im Zimmer aufstehen. Das ist alles viel zu anstrengend für dich.«

»Ja, ist ja gut, habs verstanden. Ich musste einfach mal raus hier.«

»Nach ein paar Stunden Krankenhaus? Andere liegen tage- und wochenlang hier und können nicht mal das Bett verlassen.«

»Hast du meine Sachen gefunden?«, lenkt Gudrun ab.

»Jaaaa«, dehnt Claudia und forscht im Gesicht der Schwester. »Und noch etwas, nach dem ich dich fragen wollte. Ich war total überrascht, dass deine Puppe Frieda wieder da ist ... Wir haben sie doch nach dem Tod der Eltern gesucht und nicht gefunden. Warst du nicht auch überzeugt, sie hätten alles alte Spielzeug weggeworfen? Und da komme ich in deine Wohnung, und die Frieda sitzt in der Küche auf einem Stuhl und schaut mich an! Puh«, Claudia schüttelt sich ein bisschen, »richtig unheimlich. Ich hab sie nie gemocht.«

»Ich auch nicht«, sagt Gudrun und fühlt sich auf einen Schlag sterbensmüde, weil ihr bewusst wird, dass sie ihre Wohnung nicht für mögliche Besucher aufgeräumt hat, bevor sie am Morgen nach Forchheim gefahren ist.

Und Claudia bohrt schon weiter, ohne ihre Antwort auf die Frage nach der Puppe Frieda abzuwarten.

»Da lagen auch ein paar merkwürdige Fummel herum, ein sehr kurzer Rock, ein Spitzentop ... dass du so was trägst?« Sie schaut zweifelnd.

Ach herrje, Eva hat sich neulich bei ihr umgezogen und ihre Dienstkleidung vergessen.

»Gehört einer Freundin von mir, Eva. Du kennst sie nicht. Sie trägt eben gern solche Sachen.«

Claudia zögert einen Moment, bevor sie weiterspricht. »Dachte es mir fast. Gudrun, du brauchst das nicht zu verheimlichen. Ich habs mir schon immer gedacht ... also, dass du eher auf Frauen stehst. Weil du nur mal diesen konturlosen Georg als Freund hattest ... und dann nie wieder einen.«

Gudrun gelingt es nur mit Mühe, ihre Miene unter Kontrolle zu bringen. Kann sie nicht einfach eine gute Freundin haben, ohne gleich lesbisch zu sein?

»Quatsch«, sagt sie unwillig. »Ich hab doch nichts mit der.«

»Ist ja auch egal.« Claudia kramt in der Tasche und zieht eine wirre Perücke heraus. »Und diese Faschingsmähne! Kannst du mir auch mal ausleihen ...«

Evas Perücke, die Gudrun nicht wegwerfen wollte. Wieso bringt ihre Schwester die mit ins Krankenhaus?

Claudia zeigt sich großzügig. »Mich freuts, dass du eine Freundin hast. Stell sie mir doch mal vor, bei Gelegenheit.«

Gudrun nickt.

Genau das hat sie nicht vor.

Die Polizeibeamten rotieren. Der Meister und die Domina haben ihnen eine ganze Reihe von Anweisungen erteilt, bevor sie verschwunden sind. Ein genauer Zeitplan der Abläufe vom letzten Mittwoch muss her.

Einer wird erneut zu Julia Gauche fahren und sie in die Zange nehmen. Wann genau hat sie das Apartmenthaus betreten? Wann verlassen? Hat Anna sie zur Tür gebracht? Hat sie sonst etwas gesehen oder gehört, Stichwort »zufallende Tür«?

Ein anderer soll Preissinger alias Hans löchern. Wann genau hat er Julia Gauche am Mittwoch gesehen? Als sie das Haus betrat oder verließ? Hat er Anna mit ihr gesehen oder woher weiß er, dass sie Annas Kundin war? Kann er Thorsten Gründel identifizieren?

Der Dritte soll die Liaison zwischen Anna und Julia Gauche absichern, indem er Dennis und Susan den Prospekt des Juweliergeschäfts vorlegt.

Anna bleibt außen vor, ihr glauben Alfred und Dominique nichts mehr. Das Bäckercafé im Supermarkt übernehmen die beiden Kommissare selbst. Sie müssen wissen, ob Thorsten Gründel dort wirklich am Mittwochmorgen saß und vor allem: wie lange.

Dominique parkt den Dienstwagen im Halteverbot vor dem Panoramafenster des Supermarkt-Cafés. Die Polizei darf das.

»Wir sollten Fahrrad fahren«, stellt sie beim Aussteigen fest.

Alfred schaut sie übers Autodach hinweg stirnrunzelnd an. »Du meinst, ich sollte abnehmen?«

»Auch, ja.« Sie grinst. »Ist mir aber eigentlich egal. Also nicht du, aber dein Gewicht. Wenn ich überlege, wie viele Kurzstrecken wir in der Stadt mit dem Auto zurücklegen ...«

»Sollten wir nicht auch ein Elektro-Auto kriegen? Ich hab da was läuten hören.«

»Kann sein. Fahrrad wäre trotzdem besser.«

Alfred schüttelt den Kopf. Was die Kollegin immer für Ideen hat. Soll ein Kommissar vielleicht riskieren, einen Dieb oder gar einen Amokschützen entkommen zu lassen, nur weil er grad mit dem Fahrrad unterwegs ist?

Drinnen an der Bäckertheke ist momentan wenig los, eine Verkäuferin kassiert die einzige Kundin ab, die andere räumt frisch gelieferte Brote ein.

Dominique und Alfred sorgen für Erschrecken, als sie ihre Dienstausweise vorzeigen und die beiden Damen um eine kurze Befragung bitten.

Während die Jüngere aus lauter Nervosität fast die Brotkörbe fallen lässt, zeigt sich die Ältere besonnen. Sie reicht der letzten Kundin ihr Kuchenpaket über den Tresen und streicht ihre Schürze glatt. Ihre weit auseinander stehenden Augen verleihen ihr etwas Froschartiges, aber ihr Blick ist wach und lebhaft.

»Es geht bestimmt um den Mord gegenüber im Apartmenthaus, oder? Ich hatte Sie ja auch angerufen, wegen dem Phantombild.«

»Ah, Sie waren das! Sehr gut. Sie scheinen eine gute Beobachtungsgabe zu haben«, lobt Alfred. »Wollen wir uns nicht einen Moment setzen? Vielleicht hier an den Tisch?«

Die Verkäuferin nickt und kommt um die Theke herum. »Martha, mach du weiter«, sagt sie zur Kollegin, und zu den Kommissaren gewandt: »Martha hat heute erst angefangen, sie kann eh nichts beisteuern.«

Auch das Café ist an diesem Montag nur wenig besetzt, so dass es keine Mithörer gibt.

»Bringst du den Herrschaften bitte einen Kaffee!«, weist die Ältere ihre Kollegin noch an.

»Und zwei Bamberger Hörnla bitte!«, ergänzt Alfred.

Als sie sitzen – Dominique irgendwie schief, da sie ihre langen Beine unter dem kleinen Bistrotisch nicht ausstrecken kann –, legt

Alfred der Verkäuferin das Foto von Thorsten Gründel vor. »Dieser Mann – haben Sie ihn schon mal gesehen?«

Sie greift nach der Lesebrille, die an einer Kette um den Hals hängt, und platziert sie vor ihre Froschaugen. »Ja klar! Den kennt hier jeder. Hockt ständig hier herum, nippt stundenlang an einem stillen Wasser und schaut zum Fenster raus.«

»Wann haben Sie ihn zum letzten Mal gesehen?«

»Hm, mal überlegen. Ich bin ja nicht jeden Tag da. Donnerstag? Am Freitag hatte ich frei ...«

»Bitte denken Sie genau nach. Am gleichen Tag muss auch diese Frau hier eingekauft haben«, Alfred zieht ein Foto von Anna aus der Innentasche seiner Jacke.

»Ach die, ja. Die wohnt da drüben ... oder arbeitet da.« Die Verkäuferin malt zum Wort »arbeiten« Anführungszeichen in die Luft. »Schafft an, vermutlich.«

»Und?«, fragt Dominique ungeduldig.

In dem Moment bringt Martha Kaffee und Hörnla, eine der Kaffeetassen ist auf den Unterteller übergeschwappt. Auf den tadelnden Blick der Älteren hin will die Jüngere sie wieder wegbringen, aber Alfred winkt ab. »Lassen Sie, passt schon.«

Er beißt ein großes Stück vom Hörnla ab und schiebt das andere näher zu Dominique. »Ist für dich. Oder hast du gedacht, ich esse *zwei*?« Er nuschelt mit vollem Mund.

»Klar«, sagt Dominique ungerührt.

»Und?«, wiederholt die Verkäuferin begriffsstutzig. »Ach so, ja, Sie meinen, wann die Frau bei uns eingekauft hat. Tja, auf jeden Fall war sie am Mittwoch früh da, da haben wir frische Nusshörnla, die kauft sie immer. Ach!« Sie fasst sich an die Stirn. »Jetzt fällts mir wieder ein. An dem Morgen war der komische Vogel von dem Foto auch hier. Saß am Tisch da drüben.« Sie zeigt auf einen Ecktisch in der Fensternische. »Er hat die Frauen von gegenüber immer sehr angeglotzt. Belauert, kann man sagen. Also die hier«, ihr Finger deutet auf Annas Foto, »die vom Phantombild, und noch eine andere von drüben, so eine ganz Dünne mit einer hohen Stimme.«

»Susan.«

»Namen weiß ich keine.«

»Um wie viel Uhr war das am Mittwoch? Wann hat die Frau von gegenüber eingekauft, wann hat der Mann Ihr Café verlassen? Bitte überlegen Sie genau, es ist wichtig.«

»Ist er der Mörder?«, fragt die Verkäuferin mit einer Spur von Furcht in der Stimme.

»Denken Sie bitte nach«, fordert Dominique, ohne auf die Frage einzugehen.

Kollegin Martha rotiert inzwischen hinter der Theke, da neue Kunden gekommen sind und sie an ihrem ersten Arbeitstag noch nicht weiß, wo sie hinlangen muss.

Die ältere Verkäuferin runzelt sichtbar die Stirn. »Na, so circa um 9 Uhr war die Frau da. Der Typ ist noch sitzen geblieben, da bin ich sicher. Er schaut ja dauernd zum Fenster raus.«

»Haben Sie gesehen, wer in das Apartmenthaus drüben hineingegangen ist? Oder herausgekommen?«

»Nein, wirklich nicht. Wir arbeiten hier und schauen nicht zum Fenster raus.« Ihr Blick geht besorgt zur Kollegin. »Ich muss dann auch gleich wieder ...«

»Wann hat der Mann das Café letzten Mittwoch verlassen?« Alfred fragt mit Nachdruck.

»Vielleicht eine Stunde nach der Frau? Ehrlich, ich weiß es nicht mehr genau.«

»Sie haben doch sicher nicht allein gearbeitet?«

»Doch, an dem Morgen zumindest. Eine Kollegin hatte fristlos gekündigt ... Martha kam erst heute ...«

Alfred wischt sich die letzten Hörnla-Krümel aus den Mundwinkeln, als sie wieder im Auto sitzen. »Waren nicht so gut wie die in der Stadt.«

»Stimmt.« Dominique lässt den Motor an. »Mal sehen, was die Kollegen haben.«

»Was für Hörnla?«

»Was für Informationen.«

Gudrun

Zu viele Informationen. So war das nicht geplant. Claudia sollte nicht so viel von ihrem Leben wissen. In diesem Leben ist so manches aus dem Ruder gelaufen. Das würde ihre Schwester nicht verstehen. Um es ihr begreiflich zu machen, müsste sie ihr sehr viel erzählen und – vor allem – sehr weit in die Vergangenheit zurückgehen. In ihrer beider Kindheit, die zwar bei oberflächlicher Betrachtung für beide Mädchen recht ähnlich verlaufen ist, bei genauerem Hinsehen aber völlig unterschiedlich. Denn Claudia war *richtig*, in jeder Hinsicht. Sie hatte den richtigen Körper, die richtige Entwicklung, die richtige Liebe der Eltern. Bei Gudrun dagegen lief alles *falsch*. Und jetzt – bei diesem Gedanken muss sie fast lachen – spielt sogar ihr Herz verrückt.

Als Claudia geht, bittet Gudrun sie, am nächsten Tag nicht wiederzukommen.

»Ich ruf dich an, wenn ich etwas brauche. Okay? Außerdem muss ich sicher nicht mehr lange hierbleiben.«

»Meinst du?« Claudia schaut skeptisch. »Bleib bitte, so lange es nötig ist. Bestimmt musst du auch eine Reha machen. Unser Nachbar hatte vor ein paar Wochen einen Herzinfarkt – und war danach vier Wochen zur Reha.«

»Ach je, das muss nicht sein. Mir gehts schon wieder gut.«

»Das denkst du. Mach, was die Ärzte sagen, bitte. Versprochen?«

Mach, was die Ärzte sagen. Das hört Gudrun nicht zum ersten Mal. Ihre ganze Kindheit und Jugend und im frühen Erwachsenenalter hat sie gemacht, was die Ärzte wollten. Erst aus Angst, sie würde sonst sterben; später hat sie geglaubt, selbst die Veränderungen zu wollen, die die Gynäkologen und Chirurgen und sonstigen Götter in Weiß sich für sie ausgedacht hatten. Genutzt hat alles nichts. Trotz der Operationen und Unmengen von Tabletten, die sie genommen hat, konnte sie Georg nicht von sich überzeugen. Dabei hätte sie ihm gar nicht die Wahrheit sagen müssen. Auf seine Frage, ob sie sich vorstellen könne, noch ein Kind zu bekommen, hätte sie einfach sagen können: »Nein, mein Liebster. Dazu bin ich nun doch zu alt.« Wäre mit damals, als sie auf die Vierzig zuging, ihr gutes Recht gewesen und völlig nachvollziehbar. Aber sie war so perplex gewesen bei dieser Frage Georgs, da sie nie und nimmer damit gerechnet hatte, er wünsche sich mehr, als nur einfach mit ihr zusammen zu sein. Sie hatte tatsächlich geglaubt, sie würde ihm genügen, so wie er ihr voll und ganz genügte. Nicht einmal Alternativen fielen ihr ein – Kinder zu adoptieren zum Beispiel. Das lag aber auch daran, dass sie selbst keinerlei Kinderwunsch hatte. Allein der Gedanke, sie würde selbst ein solch falsches Wesen auf die Welt bringen, wie sie eines war, – schrecklich.

Heute glaubt sie fast, dass Georgs Frage gar nicht ausschlaggebend war für seine Entscheidung, ihre gemeinsame Beziehung fortzuführen oder auch nicht. Schließlich hat er dann die Hochzeit mit Gott vorgezogen. Vielleicht war es ihm ohnehin nicht wichtig gewesen, Vater zu werden.

Statt »nein, mein Liebster« sagte sie also damals erst mal gar nichts, so dass Georg den falschen Schluss zog, er habe einen wunden Punkt getroffen und sie wünsche sich seit Jahren nichts sehnlicher als ein eigenes Kind. Weil er sie sehr liebevoll in die Arme nahm, schloss sie daraus – und das war wohl auch falsch –, jetzt sei der Zeitpunkt für die ganze Wahrheit gekommen und Georg sei der Mensch, der sie auch verkraften würde.

Als sie fertig war mit der Wahrheit, schwieg Georg. Während sie sich erleichtert fühlte, trug er schwer an der neuen Bürde und ließ es sie nicht anmerken. Etwa vier Wochen später, bei dem Karpfenessen in Stegaurach, zog er den Schlussstrich.

Gudrun rinnt eine einzelne Träne über die Wange. Was ist das jetzt? So etwas ist schon lange nicht mehr passiert. Sie rutscht tiefer unter die Bettdecke und dreht den Kopf weg von der Krankenschwester, die mit dem alten Mütterchen im Nachbarbett beschäftigt ist. Während sie Blutdruck misst, redet sie sehr laut auf die Patientin ein, wohl schon in der Annahme, die Frau höre schlecht.

»Brauchen Sie noch was, Frau Deuber?«, fragt sie kurz vor dem Hinausgehen, ohne ihre Lautstärke herunterzuregeln. Gudrun schüttelt den Kopf, ohne sie anzuschauen. Was sie braucht, kann ihr eh keiner geben.

Wenn sie nur endlich das Krankenhaus verlassen kann ... Sie will ihre Kröten retten und sonst gar nichts.

Ermittlungen

Die breite Glasfront zwischen den beiden Hauptbüros der Mordkommission hat sich mit Namen, Uhrzeiten, Orten, quer- und längsverbindenden Linien, Pfeilen, Ausrufe- und Fragezeichen gefüllt. Fragezeichen vor allem. Neu dazu gekommen ist ein detaillierter Zeitablauf der Geschehnisse des vergangenen Mittwochs.

Die Beamten hocken davor, jeder mit einem lauwarmen Kaffeebecher in der Hand, Dominique lehnt im Hintergrund am Waschbecken und isst in aller Ruhe eine komplette Tafel Schokolade, Alfred Meister steht vor der Glasscheibe und doziert.

»So, Männer«, er schenkt der ganz vorne aufrecht sitzenden Gleichstellungsbeauftragten ein gewinnendes Lächeln. Sie wirkt wie an die Lehne getackert und kommentiert Alfreds Ansprache nur mit einem bösen Blick.

»Was haben wir? Sicher ist, dass die Prostituierte Anna etwa um 9 Uhr im Bäckercafé einkauft. Nusshörnla, wie immer am Mittwoch. Zu diesem Zeitpunkt sitzt unser geständiger Täter Thorsten Gründel ebenfalls dort, an einem Tisch am Fenster. Von da aus beobachtet er das Haus gegenüber. Anna geht nach dem Einkauf ins Haus. Eva Müller muss schon deutlich vor 9 Uhr gekommen sein, keiner hat sie gesehen, auch die Verkäuferin aus dem Café nicht. Gründel gibt weiter an, dass Dr. Mirko Wagner gegen 9.20 Uhr das Apartmenthaus betritt, mit einer Tüte in der Hand, die vermutlich die Flasche Wein enthält.«

»Bordeaux«, ergänzt einer der Beamten.

Alfred nickt. »Bordeaux. Gründel sagt weiter, etwa eine Viertelstunde später sei eine elegante Dame eingetroffen, die ebenfalls an der Haustür geklingelt hat. Auf den vorgelegten Fotos hat er Julia Gauche erkannt. Wir wissen inzwischen sicher, dass sie Kundin von Anna war, und nicht erst seit letztem Mittwoch. Auch Dr. Preissinger hat sie gesehen. Er hat den Ärztekongress im Bamberger Klinikum bereits kurz nach 9 Uhr wieder verlassen und parkt gegen halb 10 etwa fünfzig Meter vom Haus entfernt. Weil er, wie wir jetzt wissen, mehrere Straßenzüge weiter zufällig an Wagners geparktem

Auto vorbeifuhr und ihn bei Eva Müller vermutet, steigt er nicht aus, obwohl er eigentlich gekommen ist, um mit Eva zu sprechen.«

»Was wollte er von ihr?« Ein junger Kollege, noch unerfahren in zwischenmenschlichen Verstrickungen.

»Er hat sie geliebt.« Dominique aus dem Hintergrund. »Sagt er. Ich glaube, er war ihr hörig.«

Alfred nickt. »Genau. Preissinger bleibt lange im Auto sitzen und beobachtet das Haus. Seine Handys lässt er ausgeschaltet, da er offiziell beim Kongress ist. Da er immer wieder in medizinischen Unterlagen blättert, bekommt er wohl nicht mit, wie Thorsten Gründel ins Haus geht. Gründel sagt, er habe bei den Mietern im Dachgeschoss geklingelt; die haben jetzt auch bestätigt, dass jemand Prospekte einwerfen wollte, sie hatten das bei der ersten Nachfrage durch uns vergessen.«

»Wann war das dann?«

»Etwa viertel nach 10. Gründel geht im Treppenhaus nach oben und wartet im Stockwerk über Eva Müller auf den Moment, in dem ihre Tür aufgeht.«

»Er muss doch etwas gehört haben, zum Beispiel das Gerangel zwischen Eva Müller und Mirko Wagner, seinen Sturz.«

»Tja, entweder er hat nichts gehört, oder er leugnet. Was er aber gehört hat, ist, dass Julia Gauche etwa nach einer Stunde, also um 10.30 Uhr Annas Apartment wieder verlässt ... Das kann wieder Dr. Preissinger bestätigen. Dann allerdings fährt er wieder ins Klinikum zurück, frustriert, dass Eva nicht aus dem Haus kommt und er sich auch nicht traut, bei ihr zu klingeln.«

»Jetzt wirds interessant«, wirft Dominique ein. »Denn wann genau hat Eva Müller das Haus verlassen? Wenn doch Anna jetzt beim Zurückgehen in ihre Wohnung deren offenstehende Tür und die laute Musik bemerkt?«

Alfred schnauft. »Ab jetzt gehen die Behauptungen unserer Akteure stark auseinander. Thorsten Gründel sagt, er sei die Treppe heruntergeschlichen, beide Apartment-Türen seien aufgestanden. Er habe den wie leblos daliegenden, nackten Dr. Wagner entdeckt und sich dann, um seine Tat dem Prostituierten-Trio gegenüber in die Schuhe zu schieben, das weiß-blaue Kissen aus der bayerischen Wirtsstube besorgt.«

»Unglaubwürdig. Er war doch andererseits stolz auf seine Tat?«

»Genau. Er sagt, das sei ein spontaner, dummer Einfall gewesen.«

»Vielleicht ist Eva Müller zu diesem Zeitpunkt noch in der Wohnung? Im Bad, um Spuren zu beseitigen?«

»Glaub ich nicht.« »Die hätte den Gründel doch dann belasten können.« »Wieso kriegt Anna in dem kurzen Moment nicht mit, was da oben los ist?« »Ich denk schon, dass die in der Wohnung war.« Alle reden durcheinander.

»Und«, erinnert Alfred, »Anna hört ja angeblich eine zufallende Tür, als sie mit Julia Gauche an der Haustür ist.«

»Schutzbehauptung.«

»Weiter.« Alfred klopft mit einem klebrigen Löffel gegen eine noch klebrigere Kaffeetasse. »Dr. Tod ist sicher, dass Mirko Wagner um 11 Uhr nicht mehr gelebt hat – er muss also irgendwann zwischen halb 11 und 11 Uhr erstickt worden sein.«

»Das heißt«, wirft einer der Kollegen ein, »dass Anna beim Zurückgehen in ihre Wohnung die Tat hätte mitbekommen müssen!«

»Genau. Sagt Gründel, er habe die Wohnungstür von Eva Müllers Apartment hinter sich geschlossen?«

Einer blättert in den Notizen der letzten Befragung und nickt. »Ja. Sagt er.«

Alfred runzelt die Stirn und sucht Blickkontakt zu Dominique. »Wann hat Anna die Tat gemeldet?«

»11.43 Uhr«, kommt es prompt von ihr.

»Eine Stunde später! Behauptet sie nicht, nach dem Verabschieden von Julia Gauche schon die offene Tür und die laute Musik bemerkt zu haben? Also wenige Minuten nach halb 11?«

»Stimmt genau.« »Irgendwas passt da nicht.« »Entweder lügt sie – oder es lügen alle anderen.« Wieder geht alles durcheinander.

»Ich hab noch eine Info von ihrer Kollegin Susan«, meldet sich der Beamte, der Susan per *WhatsApp* mit den Fotos von Julia Gauche und Thorsten Gründel konfrontiert hat. Sie wollte aus Rücksicht auf ihre Kinder, die beide krank zuhause waren, kein persönliches Date mit der Polizei.

»Susan bestätigt zwar, dass Frau Gauche wohl nur eine zahlungskräftige Kundin war, dass sie aber schon länger den Eindruck hat, Anna stehe mehr auf Frauen als auf Männer.« Er grinst anzüglich. »Echt schade, bei der Figur.«

Während Dominiques Miene ungerührt bleibt, echauffiert sich die Gleichstellungsbeauftragte. »Echt, dein Gelaber ständig. Aber ihr anderen seid auch nicht besser.« Sie schaut angriffslustig in die Runde.

Kein Funken Humor, findet Alfred, hebt aber beschwichtigend die Hände. »Keine Debatte jetzt, bitte. Es geht um den Fall. Sonst noch Infos zu Anna?«

»Susan meint noch, Anna steht sogar auf *ältere* Frauen. Offenbar so eine Art Mutterkomplex«, ergänzt der Kollege.

»Aha. Ob das eine Rolle spielt, sehen wir noch. Tatsache ist, Anna ...«

In dem Moment wird Alfred von einem Beamten unterbrochen, der gerade Telefondienst schiebt. Er steht in der Tür und deutet auf den Telefonapparat auf Alfreds Schreibtisch.

»Herr Meister, nehmen Sie mal ab. Ich habe Ihnen einen Anruf durchgestellt, könnte Sie interessieren.«

Alfred schnauft. Muss das jetzt sein? Ein Kollege hebt den Hörer ab und reicht ihn Alfred nach vorne.

»Ja?«, sagt er ungeduldig in die Muschel. Und dann: »Ach, Sie ... Ach, ja? ... Sicher? ... Ah! ... Besten Dank!«

Er lässt die Hand mit dem Hörer sinken und schaut nur Dominique an. »Das war die Zeugin Jehovas von neulich. Hat zufällig im

Internet das Foto von Thorsten Gründel gesehen. Sie sagt, er ist ein religiöser Fanatiker, hat sich auch ihrer Kirche mehrfach angebiedert. Immer mit der Mission, das Böse in der Welt zu bekämpfen.«

»Ja, und?«, fragt Dominique ungeduldig.

»Jedes Mal, wenn Zeitungen oder Fernsehen von Todesfällen im Rotlicht- oder Drogenmilieu berichten, bekennt er sich zur Tat …«

Die Kollegen schauen überwiegend begriffsstutzig. »Heißt was?«

»Dass es auch jetzt so sein kann.«

»Trotz Täterwissen? Weiß-blaues Kissen und so?«

»Was, wenn er Zeuge war?«

»Von …?«

»… der Tat, begangen durch Eva Müller? Denn wo Eva Müller die ganze Zeit gesteckt hat, wissen wir immer noch nicht.«

»Und was ist mit Anna?«

Eva

Tja, wo steckt Eva Müller?

Sie steckt auf jeden Fall in Schwierigkeiten. Das ist ihr sehr bewusst, auf dem Bett liegend, scheinbar vor sich hin dösend, aber innerlich aufgewühlt wie die See bei schwerem Sturm.

Sie muss sich zwingen, nachzudenken. Ihr Leben als Eva Müller auszulöschen, ist nicht so einfach, wie sie es sich vorgestellt hat. Vor allem jetzt nicht, da sie gesucht wird und trotz aller Vorsicht Spuren hinterlassen hat oder hinterlassen wird. Allein der Geldtransfer für einen guten Zweck wirft Fragen auf. Auf Spendenkonten kann nur per Überweisung eingezahlt werden – es gibt aber kein Girokonto, das auf Evas Namen läuft. Sie könnte Gudrun um Nutzung ihres

Kontos bitten, aber würde eine arbeitslose ehemalige Verkäuferin wollen, dass plötzlich so viel Geld bei ihr auftaucht? Das gehortete Bargeld anonym irgendwo abzugeben, führt erst recht zu ihr – sie hat mit Sicherheit auf vielen Scheinen Fingerabdrücke hinterlassen, auch wenn sie es jetzt nur noch mit Handschuhen anfasst. Mal hier, mal da etwas zu spenden, bräuchte Zeit, und Zeit will sie sich nicht nehmen. Zumindest nicht viel Zeit.

Die eigentlich notwendige Kündigung ihres Apartments ist ebenfalls ein Problem. Zwar hat sie gegenüber der Berliner Immobilienfirma geschickt ihre Fährte verwischt, und die Polizei scheint auch noch nichts über sie als Mieterin in Erfahrung gebracht zu haben. Aber das ist nur eine Frage der Zeit. Es könnte dauern, aber auch sehr schnell gehen.

Dann ihre Website. Die Polizei muss nur einen ihrer Kunden ausfindig machen, und wenn dieser beschließt zu reden, dann ist es sicher ein Leichtes, die Betreiberin der Seite aufzuspüren. Eva hofft sehr, dass bisher keiner ihrer Kunden geplaudert hat. Der einzige, den die Polizisten kennen dürften, ist tot. Dr. Mirko Wagner wird ihr Geheimnis nicht mehr lüften. Und Hans? Nächstes Problem. Sie hätte nie zulassen dürfen, dass bei ihrer Arbeit Gefühle ins Spiel kommen. Männer mit Gefühlen sind unberechenbar.

Ermittlungen

Alfred hockt im *Fässla*, nur auf ein Bier. Die Bedienung hat bedauernd die Speisekarte wieder mitgenommen. »Des Schäuferla is fei arch gut heut«, hat sie beteuert.

Aber Grete will pünktlich zu Abend essen. In Mias Schule ist Elternabend, wie immer kurz vor den Zwischenzeugnissen, und Mia steht in Mathe und Physik auf der Kippe. »Wir müssen da mal hin«, so Grete, und ihr Blick sagte ihm, dass es sich nicht um eine unverbindliche Anfrage, sondern um eine klare Order an ihn handelte.

So haben sie heute früher Schluss gemacht, zumindest Alfred und Dominique. Letztere hat einen Anruf aus Jans Schule bekommen – der Junge würde kotzen und sie möge ihn doch bitte schleunigst abholen.

»Tut mir leid«, sagte Dominique, »Sigi hat selber einen Termin, Jans Vater ist auf Geschäftsreise. Ich muss ...«

Alfred wies die Kollegen noch an, ältere Fälle von Mord und Totschlag darauf abzuklopfen, ob Thorsten Gründel bei den Ermittlungen in Erscheinung getreten ist. Vielleicht wollte er auch nur im Bekanntenkreis oder bei vermeintlich Gleichgesinnten wie den Zeugen Jehovas damit punkten, dass er selbst die Taten begangen hat. Denn Alfred ist der Typ bisher überhaupt noch nicht untergekommen.

Er trinkt seinen Bierkrug in einem Zug leer. Unaufgefordert steht kurz danach der nächste Krug vor ihm. Was soll man machen? Alfred beugt sich dem Schicksal, zahlt aber vorsichtshalber, um Grete nicht durch allzu viel Bierdunst aus seinem Mund zu verärgern. Gerade heute, wo sie bei Mias Lehrer einen guten Eindruck machen müssen ...

Auch wenn es vielleicht wie eine fadenscheinige Ausrede klingt, Alfred hat sich ins *Fässla* geflüchtet, um in Ruhe nachdenken zu können. Er braucht nach all den durchgeknallten Typen der letzten Tage – nach toten und lebenden Frauenärzten, einem allzu geständigen Mörder, Prostituierten verschiedenen Geschlechts und einem Phantom namens Eva Müller – normale Bamberger um sich: Männerrunden, die hier nach der Arbeit hocken, um sich bei ein, zwei, drei Seidla Bier über die Tagesgeschehnisse aufzuregen; Einzelgänger, Paare, Familien, die sich Bratwörschd mit Kraut einverleiben, weil sie keine Lust haben, daheim zu kochen; Studenten, die eh die halbe Studienzeit in Kneipen verbringen, und Leute wie er, die einfach zwischen Dienstschluss und Familienpflichten ein ruhiges Stündchen vor ein, zwei, drei Seidla sitzen wollen, ohne den Mund aufmachen zu müssen.

Da kommen ihm die besten Gedanken. Meistens. Heute eher nicht. Sie stecken fest mit diesem Fall, zu viele Ungereimtheiten, keine Beweise. Es hilft nur eins: Eva Müller muss her. Und sie sollte dann tunlichst den Mund aufmachen.

»Vielleicht noch a Schnäpsla?« Die Bedienung sitzt neben ihm, auf der Kante der Bank, und betrachtet ihn besorgt. Dann fällt ihr Blick auf die Fotos, die er im Schutz der aufgestellten Speisekarte vor sich auf den Tisch gelegt hat.

»Des sind wohl die Verdächtigen? Also, Herr Kommissar, den Vogel hier«, sie tippt mit dem Finger auf das mittlere Bild und hinterlässt einen deutlich fettigen Abdruck, »den kenn ich.«

Alfred ist mit einem Schlag hellwach. Das ist Thorsten Gründel, auf den sie zeigt. Die anderen Fotos, von Anna, Susan, Dennis, den Frauenärzten, schiebt er mit einer raschen Handbewegung auf einen Haufen und unter Gründels Bild.

»Aha, und woher?«

»Des is der Kuseng von meiner Kollegin. Hat hier auch scho amol a Wässerla gschlürft.« Sie verdreht die Augen. Wasser trinken, das ist für eine gestandene Bamberger Bedienung was für Kühe, nicht für Franken.

Alfred nickt ihr aufmunternd zu. Sie soll weiterreden.

»Na ja, sie wollt ihn bei uns in der Küchn unterbringen, weil er kaana Ärbeit hat. Aber der konnt überhaupt nix. Vor allem kaa Fleisch anpackn.«

Und dann schildert sie Gründel als absolutes Weichei, der keiner Fliege was zuleide tun könne, geschweige denn ein Schnitzel oder eine Bratwurst in die Pfanne hauen. Jemanden umbringen? Nee, das traut sie ihm absolut nicht zu, und ihre Kollegin hat auch nie etwas davon erzählt, dass irgendwelche Straftaten auf sein Konto gehen.

Alfred nickt und steckt den Stapel Fotos wieder in die Brusttasche seines Hemdes. So hat er sich das gedacht. Wobei auch das keine Beweise für Thorsten Gründels Unschuld sind. Er kennt aus seinem langen Berufsleben so manchen Mörder, Frauen inklusive, die zu grausamen Taten gegenüber ihren Nächsten fähig sind, aber gern mal der alten Nachbarin über die Straße helfen und jeden freundlich grüßen.

»Also hobb: Ezd noch an Willi?« Sie lässt nicht locker, und Alfred will nicht unhöflich sein. Er kippt den Birnenschnaps auf ex und macht sich schon mal auf Gretes höchste Missbilligung gefasst.

Der Tag, an dem eine Putzfrau Gestalt annimmt

Gudrun

Ein Brot, ein Brötchen, etwas Butter, ein Klecks Marmelade, eine Scheibe Gouda. Gudrun lebt seit einigen Jahren vegetarisch. Nicht vegan, davon hält sie nichts. Genauer gesagt: Ihr ist ziemlich egal, was sie isst, nur Fleisch darf es nicht mehr sein. Der Ekel vor Fleisch kam ganz plötzlich; sie kann sich gar nicht mehr so genau daran erinnern, wodurch er ausgelöst wurde. Es war noch während ihrer Arbeitsjahre, sie hatte eine Woche Urlaub und verbrachte diese wie gewohnt in Bamberg, da es niemanden gab, mit dem sie hätte in Urlaub fahren können. Also las sie viel, bestimmt drei neue englischsprachige Romane, und außerdem begann sie in dieser Zeit, sich mit dem Phänomen der jährlichen Krötenwanderung zu beschäftigen. So ging sie am Montag in die größte Buchhandlung der Stadt und deckte sich außer mit den Romanen auch mit Sachbüchern ein. Bestimmungsbücher speziell zu in Bayern vorkommenden Fröschen, Kröten, Molchen und Salamandern, mehrere Wälzer über die zunehmende Gefährdung der Amphibien durch Flächenfraß, Monokulturen und Klimawandel, ein Handbuch zur Krötenzaunbetreuung des *BUND Naturschutz in Bayern e. V.* Wenn sie sich recht erinnert, trat sie in dieser Woche dem *BUND* auch bei.

Sie vergrub sich damals so tief in die Bücherstapel, dass sie ein paar Tage nur das aß, was sie noch im Haus hatte: Spaghetti mit Tomatensoße, Käsebrot, Haferflocken. Als sie sich Ende der Woche zum Einkaufen aufraffte und den Geruch vom Bratwurststand vor dem Supermarkt in die Nase bekam, wurde ihr so schlecht, dass sie fast erbrechen musste. Das wars dann, Fleisch und Wurst ade. Sie konnte einfach nicht mehr ran.

Das spartanische Frühstück im Krankenhaus wird abgerundet durch ein Kännchen dünnen Kaffee und einen Naturjoghurt ohne Geschmack. Die Bettnachbarin hälts noch minimalistischer: Sie hat beim Versuch der Schwester, sie zu füttern, den Kopf weggedreht, und so ist das Essenstablett wieder unberührt nach draußen gewandert.

Gudrun war duschen und hat die schwarze Jogginghose und ein weißes, langärmliges T-Shirt angezogen, beide Kleidungsstücke hat ihr Claudia gestern mitgebracht. Sie muss ja nicht ohne Not den Tag im Schlafanzug verbringen. Frühstücken in Alltagskleidung fühlt sich gleich viel gesünder an. Wenn der junge Arzt später bei der Visite sieht, dass sie munter ist, lässt er sie vielleicht nach Hause gehen. Nach Hause in ihr einförmiges Leben, das die Freundschaft zu Eva nun in Gefahr zu bringen droht. Gudrun hofft, dass sie ihre zu Recht irritierte Schwester beruhigen konnte und diese nicht eins und eins zusammenzählt und Gudruns Freundin Eva als die gesuchte Eva Müller identifiziert. Wer weiß, ob in der Sonneberger Zeitung überhaupt etwas über den Mord in Bamberg zu lesen war.

Sie hat gerade in ihr Brötchen gebissen, als es kräftig an die Tür klopft. Ihr mit vollem Mund genuscheltes »Ja!« hat bestimmt keiner gehört, aber Karina braucht keine Aufforderung und steht schon in der Tür.

»Gudrun! Was machst du bloß für Sachen! Hätte ich doch am Samstag besser auf dich aufgepasst, du warst ja derart blass ... Lass dich mal anschauen«, sie ist bei jedem Satz in Richtung des kleinen Tisches vorgerückt, an dem Gudrun vor ihrem Essenstablett sitzt. Eine überdimensionale Tasche landet mit einem »Uff, schwer« auf dem Boden.

»Kann ich?« Karina deutet auf den zweiten Stuhl, über dessen Lehne Altfrauenklamotten der anderen Patientin hängen.

»Gehört ihr.« Gudrun nickt mit dem Kopf Richtung zweites Bett, und Karina drapiert die Kleidung sorgfältig übers Fußende des Bettes.

Bevor sie sich setzt, muss sie Gudrun umarmen und drücken und ihr ungeschminktes Gesicht studieren. »Da ist doch schon wieder ein bissel Farbe auf den Wangen. Gut so. Lass dich nicht stören, iss weiter. Ich pack mal so lange aus, was ich dir mitgebracht habe.«

Und dann wandern zwei Gläser selbstgemachtes Quittengelee – Gudruns Lieblingsbrotaufstrich –, ein Netz Bio-Orangen, eine Tupperbox mit Karinas Karottenkuchen und ein Glasgefäß mit angemachtem Käse auf Gudruns Nachttisch.

»Leider hab ich keine Blumen dabei«, sagt Karina entschuldigend, »aber wenn du länger bleiben musst, bringe ich dir noch welche.«

»Gott bewahre«, wehrt Gudrun ab. »Das hoffe ich doch nicht. Aber danke für alles andere, ist für die paar Tage viel zu viel.«

Während sie ihr Frühstück fertigkaut, erzählt Karina vom gestrigen Patrouillengang an den Krötenzäunen entlang. Eine einzelne Kreuzkröte war schon in einen der Eimer geplumpst, immerhin. Die seit dem Vortag leicht steigenden Temperaturen haben den Tieren wohl angezeigt, dass es Zeit ist, sich auf den Weg zu ihren Laichgewässern zu machen.

»Ab morgen wirds regnerischer, bleibt aber warm. Du weißt, was das heißt?«

Gudrun nickt. »Ich bin bestimmt fit bis zum nächsten Wochenende.«

Karina hebt entrüstet die Hände. »Kommt gar nicht in Frage. Wir schaffen das auch ohne dich. Die Mädels müssen mit ran. Horst und Brigitte sind auch am Start. Ruh du dich mal ordentlich aus.«

Genau das will Gudrun keinesfalls hören. Wenn sie überhaupt noch irgendetwas erledigen will, dann beim Einsammeln der Kröten helfen. Es wird vielleicht das letzte Sinnvolle sein, das sie tun kann.

Sie putzt sich mit der dünnen Serviette den Mund ab und legt sie auf den Teller. »Schaun wir mal. Frische Luft tut mir sicher gut.«

Karina will mehr wissen – wie sie den Infarkt bemerkt hat, was ihn überhaupt ausgelöst hat. Gudrun erzählt nur das Notwendigste und ist froh, dass Karina schnell überleitet zu Infarktgeschichten entfernter Bekannter, und die bedienen die ganze Palette vom plötzlichen Herztod im Schlaf bis zum dramatischen Verkehrsunfall wegen Herzstillstand des Autolenkers.

Das hätte mir auch passieren können, denkt Gudrun. Vielleicht wäre es besser gewesen.

Ermittlungen

Gründel sitzt derweil in der Zelle. Alfred brütet an seinem Schreibtisch weiterhin darüber, wie er dem Mann nachweisen kann, dass er die Tat gar nicht begangen hat. Zu wenige von Gründels XY-Spuren waren im Apartment zu finden. Es gibt weder Beweise für die Tat noch dagegen. Aber wer wars dann? Dies wäre nicht der erste Fall in der Kriminalgeschichte, bei dem derjenige als Mörder verurteilt wird, der sich dafür anbietet. Im Fall des getöteten Dr. Wagner ist der mutmaßliche Täter dazu noch geständig. Was will man mehr?

Er hat Dominique gar nicht kommen hören, sie steht plötzlich vor dem Schreibtisch, mit nassem Haar und ungewohnt flachen Stiefeln. Die auf Taille geschnittene Bluse hängt halb aus dem Hosenbund.

»Regnets?«, fragt Alfred irritiert, mit Blick auf ihren nassen Schopf.

»Dusche. Jan hatte auch heute früh noch keine Lust, sein Essen zu verdauen.«

»Schon wieder gek... gekübelt?«

»Jep. Er ist zuhause, mit Sigi. Aber sie hat später einen Termin. Du musst heute mal ohne mich auskommen.«

Alfreds Brust entringt sich ein tiefer Seufzer. »Gerade heute ...«

»Wir stehen wohl kurz vor dem Durchbruch im Apartment-Fall?«

»Nee, eben nicht. Ich komm einfach nicht weiter. Dachte, du hast vielleicht noch eine zündende Idee. In welche Richtung wir noch ermitteln müssten, was wir die ganze Zeit übersehen.«

»Wo sind denn die Kollegen?«

»Einbruch in einem Juwelierladen, Großeinsatz.«

»Wohl bei Julia Gauche?«

»Glaub nicht. Setz dich doch einen Moment.«

Dominique zieht einen Stuhl an Alfreds Schreibtisch, auf den Platz, an dem sonst Zeugen, Verdächtige, Angehörige schweigen oder sich um Kopf und Kragen reden.

Alfreds kurze, dicke Finger klopfen auf den Tisch. »So sind wir gestern Abend vor Mias Lehrer gehockt. Auf unbequemen, zu niedrigen Stühlen. Wenn ich noch Schüler wär, hätte ich allein schon aufgrund der mangelnden Ergonomie der Sitzmöbel schlechte Noten.«

»Und? War er gnädig?«

»Ging so. Wir sollen ihre Hausaufgaben besser überwachen und ihr beim Vorbereiten auf Schularbeiten helfen.«

»Pfft«, macht Dominique. »Das wär nicht meins. Fällt zum Glück bei Jan nicht an.«

»Grete hat sich auch ziemlich aufgeregt. Wir sind doch keine Hilfslehrer, hat sie gesagt. Und außerdem beide berufstätig. Na ja, hat ihn nicht so interessiert.«

»Was machen wir mit Gründel?«, wechselt Dominique das Thema.

»Was schlägst du vor?«

»Laufen lassen. Und einen Kollegen an seine Fersen heften.«

Alfred nickt. »Wär eine Möglichkeit.« Dann erzählt er Dominique, was die Bedienung im *Fässla* über Gründel wusste, auch wenn er seinen Besuch dort gern verschwiegen hätte. »Ich glaube, dass er ein harmloser Spinner ist.«

»Glauben heißt nicht wissen. Was ist mit Eva Müllers Internet-Auftritt?«

»Warte ich noch drauf.«

»Ich geh dann mal, sorry, Alfred. Ruf mich an.«

Dominique steht schon wieder, als Alfreds Apparat läutet; er hat die Vermittlung angewiesen, nur wirklich wichtige Telefonate durchzustellen.

»Wart mal einen Augenblick. Meister – was gibts? Ah, klar, geben Sie sie mir.« Und zu Dominique gewandt: »Anruf aus Berlin! Die Immobilientante!« Er stellt das Telefon auf laut.

»Hallo, hören Sie mich?«, ruft eine Frauenstimme aus dem Hörer. »Wir haben letzte Woche telefoniert – wegen Eva Müller. Deren Adressdaten wir nicht mehr gefunden haben. Die Berliner Polizei übrigens auch nicht. Die Sie uns auf den Hals gehetzt haben.« Sie klingt zickig.

»Ja, und? Haben Sie jetzt was?« Das Herumeiern dieser Berliner Firma geht ihm echt auf die Nerven.

»Na ja, nicht direkt. Aber eine Kollegin hat nochmal alte Akten sämtlicher Mieter namens Müller aus unseren Objekten in Nordbayern durchforstet. Da gab es eine Edith Müller. Allerdings in Fürth.«

Alfred rollt mit den Augen, während Dominique an der Tür lehnt, als hätte sie alle Zeit der Welt.

Nach ihrer Kunstpause redet die Sekretärin endlich weiter. »Da war eine Handynummer in der Akte. Die könnte Sie vielleicht interessieren. Haben Sie etwas zu schreiben? Ich gebe sie Ihnen durch.«

Alfred begreift nicht. »Was für eine Handynummer? Hören Sie, ich brauche hier keine Telefonnummer irgendeiner Edith aus Fürth! Mich interessiert einzig und allein Eva Müller!«

Die Stimme am Telefon schweigt einen Moment beleidigt.

»Aber das meine ich doch. Der Zettel mit der Nummer muss aus Versehen in die Akte gerutscht sein. Die Nummer gehört einer Eva Müller.«

Gudrun

Gudruns Handy läutet. Kein Pop-Song, kein sonstwie schwachsinniger Klingelton, einfach das vom Anbieter voreingestellte Klingelzeichen. Sie erschrickt, denn das Telefon ist in der Regel ausgeschaltet. Kaum jemand hat ihre Nummer. Aber Claudia hat sie gestern dringend gebeten, erreichbar zu sein. So hat sie vergessen, das Handy über Nacht auszumachen.

Karina ist schon wieder weg, hauptsächlich deshalb, weil der junge Stationsarzt seinen Fuß über die Türschwelle gesetzt hat, um die Morgenvisite abzuhalten. Ein lautes Rufen, wahrscheinlich von einer der Krankenschwestern draußen, »Ali, Notfall, Zimmer 9!«, beorderte ihn wieder zurück. Ali rannte beeindruckend schnell auf den Flur.

Karina hat sie umarmt, ihr nochmal aufgetragen, gleich eine Bio-Orange zu essen, und entschwand dann.

Und jetzt das Telefon. Eine Bamberger Nummer.

»Ja? Gudrun Deuber hier.«

»Frau Deuber, guten Tag. Die Polizei, nicht erschrecken.«

Die Polizei? Nicht erschrecken? Wie soll das denn gehen! Gudrun wird gleichzeitig heiß und kalt, und das Einzige, was sie denken kann, ist: Ich darf nicht noch einen Infarkt kriegen. Oder anders: Ich darf schon, aber dann solls mein letzter sein. Spart mir die Überlegung, wie mein Leben weitergehen soll.

»Frau Deuber?«, fragt die Männerstimme durchs Handy. »Hören Sie mich?«

»Ja«, haucht Gudrun.

»Stöcker, Verkehrspolizei. Ich hoffe, es geht Ihnen wieder gut?«

»Äh, ja ...«

»Sehr schön. Erinnern Sie sich an Ihren Unfall gestern? An der Straßenkreuzung, Bamberg-Süd?«

»Ja ... nein, eigentlich nicht.«

»Wären Sie schon fit genug, um ein Protokoll aufzunehmen? Ich schicke jemanden vorbei. Sie sind im Klinikum? Welche Station?«

Jetzt endlich kapiert sie. Ihr Herz klopft trotzdem wie wild. Es geht nur um gestern, hoffentlich. Sie nennt dem Beamten am Telefon ihre Station und fragt dann doch noch, ob andere zu Schaden gekommen seien. Sie selbst habe nichts bemerkt.

»Indirekt. Es gab einen kleinen Auffahrunfall hinter Ihnen. Deshalb brauchen wir auch Ihre Aussage.«

Als sie aufgelegt hat, atmet sie tief durch. Soviel Polizeikontakt wie in den letzten paar Tagen hatte sie ihr ganzes Leben lang noch nicht.

Und dann kommt die Visite, Dr. Ali, wie sie jetzt weiß. Kontakt mit Ärzten ist etwas, das ihr wesentlich vertrauter ist als Kontakt mit der Polizei. Wenigstens möchte der aktuelle Doktor nichts Schlimmes von ihr, er will weder zwischen ihre Beine gucken noch etwas an ihr verbessern oder verändern, er schlägt lediglich ein EKG zur Kontrolle vor sowie einen weiteren Herzkathetertermin in sechs Wochen. Und davor gehe sie noch in Reha, es käme jemand vorbei. Super. Außerdem habe er Physiotherapie verordnet, auch dafür käme einer zu ihr. Brauche ich nicht, will Gudrun sagen, fragt aber stattdessen, wann sie nach Hause kann.

»Vielleicht über den Morgen«, meint Dr. Ali, und die begleitende Schwester korrigiert: »Übermorgen.«

Bei der betagten Patientin im Nachbarbett dauert die Visite wesentlich länger, ihre Werte sind schlecht, der Sauerstoff, den sie zusätzlich bekommt, scheint auch nicht auszureichen.

Gudrun hört, dass sie auf die Intensivstation verlegt werden soll, und sie tut ihr sehr leid. Sie selbst hat keinesfalls vor, so alt und so krank zu werden.

Dafür soll der junge Physiotherapeut mit dem aufgetürmten, verfilzten Haar und tätowiertem Bizeps sorgen, der sich an Arzt und Visitenwagen vorbeischiebt.

»Einen wunderschönen guten Morgen, Frau ...«, er wirft einen Blick auf den Namensaufkleber am unteren Bettrand, »Frau Deuber, ich bin der Mike von der Physio. Wie gehts Ihnen? Können Sie aufstehen?«

Gudruns Mund ist so trocken, dass sie kaum sprechen kann. Also nickt sie und fixiert dabei ihre Bettdecke. Die sehnigen, braunen Arme, die sich ihr entgegenstrecken, machen sie nervös.

»Geben Sie mir Ihre Hände, dann gehts leichter.« Seine Stimme klingt fürsorglich.

Willenlos wie eine Puppe lässt sie sich von ihm hochziehen und sitzt dann am Bettrand wie eine Achtzigjährige, die seit Tagen das Bett nicht verlassen hat.

»Frau Deuber? Schauen Sie mich bitte mal an! Nicht, dass Ihnen schlecht wird …«

Bei gesenktem Kopf hebt sie zumindest leicht den Blick und sieht in seinen Augen, dass er Mitleid hat mit der kranken, gebrechlichen Frau, als die sie sich gerade fühlt.

Der Physiotherapeut namens Mike ist vor ihr in die Hocke gegangen, um besser in ihr Gesicht schauen zu können.

»War ich schon mal bei Ihnen? Vielleicht beim letzten Aufenthalt?«, fragt er.

»Nein, sicher nicht, ich war noch nie hier«, erklärt Gudrun ihren Füßen, die gleichzeitig nach den Birkenstocksandalen angeln.

Mike seufzt und lacht dann. »Sehen Sie, Frau Deuber, auch ein junger, fitter Typ wie ich hat mal Gedächtnisprobleme. Aber jetzt gehen wir ein Stück. Und … hoch!« Er zieht sie in den Stand, sie ist über einen Kopf kleiner als er, was ihr erlaubt, seine muskulöse Brust zu betrachten.

Dann hakt er sie unter, und sie schlurft mit kleinen Schritten neben ihm her auf den Gang hinaus. Gudrun Deuber ist neben diesem gut aussehenden, jungen Mann gerade nochmal um Jahre gealtert.

Ermittlungen

Ohne Dominique macht die Arbeit keinen Spaß. Mit ihr gerade auch nicht. Aber das liegt nicht an ihr, sondern am Fall.

Die von der Berliner Immobilientante durchgegebene Handynummer gehört natürlich zu einem Prepaid-Telefon und ist zudem sicher schon lange nicht mehr aktuell. »Diese Nummer ist nicht vergeben«, meldet emotionslos eine Stimme.

Alfred brütet über seinem Schreibtisch. Die Kollegen sind ausgeflogen, der dreiste Einbruch im Juweliergeschäft beschäftigt sie. Ein Rest dünnen Bürokaffees wird in Alfreds Tasse kalt; er war ohnehin nicht geeignet, seine Lebensgeister zu wecken.

Irgendwo muss er seinen Frust abladen. Die Berliner Firma als Verwaltungssauhaufen bietet sich an.

Alfred schlägt seinen schärfsten Ton an, als die ihm wohlbekannte Sekretärin sich meldet.

»Hören Sie, gute Frau, was Sie uns da durchgegeben haben, diese Uralt-Handynummer, das war ausgemachte Kacke. Mag sein, sie hat einst Eva Müller gehört, aber wenn Sie mir die Lottozahlen der letzten Ziehung genannt hätten, wäre ich jetzt genauso weit: nämlich da, wo wir schon die ganze Zeit stehen. Vor einem dunklen Tunnel, in den Ihre angebliche Mieterin Eva Müller vor fünfzehn Jahren verschwunden und am anderen Ende nicht mehr aufgetaucht ist. WAS ALSO KÖNNEN SIE MIR NOCH ANBIETEN???«

In der Leitung herrscht verblüffte Stille. »Was ... was wollen Sie denn?«, fragt die Sekretärin deutlich beleidigt.

»EINE ADRESSE! EINE AKTUELLE TELEFONNUMMER! EINE KONTOVERBINDUNG!«

»Haben wir doch nicht. Und ich kann auch nichts dafür. Ich bin erst seit vier Jahren hier beschäftigt. Und wie gesagt, Ihre Berliner Kollegen haben überhaupt nichts gefunden.« Jetzt klingt sie trotzig.

»Wissen Sie was? Ich schicke Ihnen erneut einen Kollegen der Dienststelle vor Ort.« Alfred hofft inständig, dass es dieses Mal besser klappt. »Sie gewähren ihm Einsicht in sämtliche Unterlagen der letzten fünfzehn Jahre, also alle, die zu einer Frau namens Müller gehören und deren Vorname mit E beginnt. Der Kollege wird Blatt für Blatt und Wort für Wort lesen und mir sämtliche relevanten Daten schicken, und Sie werden ihn in keiner Weise bei dieser Arbeit behindern!«

»Aber der Datenschutz ...«

»Herrgott nochmal! Ich pfeif auf Ihren Datenschutz. Der Kollege wird erneut einen Durchsuchungsbescheid vorlegen.« Alfred pokert; er hat keine Ahnung, ob er nach der letzten Filzaktion in Berlin nochmal einen Beschluss bekommt.

»Soll ich schon vorab kopieren?«, fragt die gute Dame.

»NEIN!! Lassen Sie die Finger von den Akten. Sie hören gleich wieder von uns.« Damit legt er auf.

Alfred Meister fühlt sich schon wesentlich besser. Als dann noch die Staatsanwältin überraschend entgegenkommend ist und sogar anbietet, selbst mit den Berliner Kollegen zu sprechen, schöpft er wieder etwas Hoffnung auf eine neue Spur.

Bleibt noch Eva Müllers Internet-Seite. Im Büro, in dem der zuständige Nerd über diesem Problem sitzt, geht allerdings keiner ans Telefon. Toll.

Dass im gleichen Moment die Gleichstellungsbeauftragte bei Alfred aufkreuzt, senkt seine Laune erneut gegen Null.

»Herr Meister, ich muss Sie in einer nicht länger tragbaren Sache sprechen.« Sie baut sich vor seinem Schreibtisch auf, mit ihrem überdimensionalen Blumenmusterschal um den Hals und der runden, roten Brille auf der Nase, durch die sie ihn mit der ihr eigenen, immer leicht beleidigten Miene mustert.

Alfred kreuzt die Hände überm Bauch und lehnt sich zurück.

Er, der wirklich alles andere als ein Macho ist und sich für keine Haushaltstätigkeit zu schade findet, wenn Grete ihn dafür einteilt, muss der Kollegin wahrscheinlich wie ein Oberpascha vorkommen.

»Mussten Sie wieder unsere Kaffeetassen spülen?«, fragt er scheinheilig.

»Herr Meister! Das ist kein Witz. Nein, ich habe sie auch nicht gespült. Aber irgendwer stellt mir das ganze dreckige Geschirr jeden Morgen auf den Schreibtisch. Das ist un-trag-bar. Sie müssen da mal für Ordnung sorgen! Bei Frau Brodbecker macht das ja auch keiner. Warum also bei mir?«

Sie wippt leicht mit den Zehenspitzen und rückt die Brille zurecht.

»Vielleicht weil Sie sich am meisten darüber aufregen?«, schlägt Alfred vor. »Wissen Sie was? Sie erstellen einen Spülplan, täglich wechselnd. Und damit Sie zufrieden sind: Ich fang an. Geschirr spülen kann ich im Moment eh besser als Fälle lösen.«

Ihr perplexer Gesichtsausdruck bringt Alfred zum Lachen. »Kommen Sie, kein Grund zum Aufregen. Wir haben, weiß Gott, andere Probleme.«

»Dann schreibe ich jetzt den Plan«, sagt sie trotziger als nötig und geht. Der Schal weht leicht im Luftzug.

»Geht doch«, murmelt Alfred und hievt sich aus seinem Bürostuhl. Das Schrubben klebriger Kaffeetassen bringt ihn vielleicht auf neue Gedanken.

Fast zeitgleich mit dem Ablaufen des sehr dunklen Spülwassers passieren zwei Dinge: Alfreds PC gibt Laut, denn er hat Post aus Berlin erhalten, schneller als der Schall. Tatsächlich gibt es eine winzige, handschriftliche Notiz, auf der Eva Müllers damalige Adresse notiert ist. Und sein Telefon klingelt, es ist der Nerd, der das Passwort zu Eva Müllers Homepage geknackt hat. Herauszufinden, von wo aus sie aktuell agiert, wird allerdings noch etwas dauern.

Eva

Eva duscht. Sie seift ihren Körper ein wie einen fremden Gegenstand, den es zu reinigen gilt. Ihr makelloses Äußeres, die schöne Fassade ihres Körpers haben die Berechtigung für ihren einträglichen Job im Edelpuff erst geschaffen. Für die allermeisten ihrer Kunden war das genau richtig so; Hans als einer der wenigen, für die ihr Aussehen nicht an erster Stelle stand, hat den Menschen in ihr gesehen. Gut, dass sie jetzt den Kontakt zu ihm abgebrochen hat. Und Mirko Wagner? Hat er nicht gerade das Klasseweib bekommen, für das er bezahlt hat? Dass da was gehörig schieflief, hat er mehr als teuer bezahlt: mit seinem Leben.

Sie möchte eigentlich weinen, aber keine einzige Träne kommt. Dabei wäre es unter der Dusche so leicht zu weinen. Nichts wäre zu hören, nichts zu sehen. Wasser läuft über ihr Gesicht, das Shampoo brennt in den Augen und erzeugt nun doch einzelne Tränen, die ihr mit Seife vermischt in die Mundwinkel laufen. Eva duscht nicht, um ihren Körper zu pflegen; der ist ihr längst egal. Sie duscht, um jede Berührung der letzten Stunden abzuwaschen. Die Berührung von Menschen, die ihr sonst etwas bedeuten könnten. Nichts und niemand soll ihr mehr etwas bedeuten.

Ermittlungen

Der Polizeipräsident tobt.

»Was, zum Teufel, fällt Ihnen ein, einen geständigen Mörder laufen zu lassen!!!« Kein Fragezeichen, drei Ausrufezeichen. Zum

Glück hat Alfred ihn nur in der Telefonleitung, aber er kann sich den hochroten Kopf seines glatzköpfigen obersten Chefs auch so gut vorstellen. Die Ärzte haben diesem jegliche Aufregung streng verboten, das hat er erst neulich allen seinen Beamten verkündet, anlässlich der Feierlichkeiten zu seinem 65. Geburtstag. Er könnte schon in Pension gehen, hängt aber noch ein Jahr dran, da es an geeigneten Nachfolgern mangelt.

»Nicht aufregen«, bittet Alfred den Obersten. »Ich nenne Ihnen gern die Gründe.« Er bezweifelt allerdings stark, dass ihn diese wirklich interessieren, denn der Chef steht unter Erfolgsdruck. Fast eine Woche nach dem gewaltsamen Tod eines Arztes ist der Täter oder die Täterin noch nicht gefasst. Die Medien drehen den Fall und alle Beteiligten täglich durch die Sensationsmangel; die Phantombilder von Eva Müller und ihrer Putzfrau zieren zwar inzwischen eher die Lokalseiten, aber es vergeht weiter kein Tag, an dem sich nicht Bürger melden, die glauben, mindestens eine der beiden Frauen zu kennen. Ein Heer von Journalisten rückt dann aus, um vermeintliche Verdächtige unter die Lupe zu nehmen. Die Polizei mache ja ihre Hausaufgaben nicht, so titelte am Wochenende ein regionales Magazin.

Und dann präsentiert sich der Mörder der Polizei auf dem Silbertablett – was die Öffentlichkeit natürlich bisher nicht weiß –, und Herr Kriminalhauptkommissar Alfred Meister hat nichts Besseres zu tun, als den Geständigen wieder auf freien Fuß zu setzen. Und da soll der Oberste nicht vor Wut schäumen?

Alfred versteht ihn ja. »Schauen Sie, hier glaubt keiner, dass Gründel wirklich der Mörder ist. Er macht sich wichtig, und das nicht zum ersten Mal. Die Kollegen haben zwei Fälle allein aus diesem Jahr ausgegraben, bei denen er mit der Straftat zu tun haben wollte, der eigentliche Täter aber längst gefasst war. Er ist ein Trittbrettfahrer und Wichtigtuer, mehr nicht.«

Das beruhigt den Präsidenten keineswegs. »Haben Sie nicht selbst protokolliert, dass er Täterwissen hat? Dass er das Tatwerkzeug – ein weiß-blaues Kissen – kennt?«

»Ja, das ist richtig.« Alfred spricht geduldig, so wie er Mia als kleinem Mädchen die Welt erklärt hat. »Wir sind sicher, dass er etwas beobachtet hat, wahrscheinlich sogar indirekt oder direkt den Mord mitbekommen hat. Und deshalb lassen wir ihn keine Sekunde aus den Augen, das versichere ich Ihnen. Hoch und heilig.«

Der Oberste knurrt. »Haben Sie wenigstens eine Spur der verschwundenen Prostituierten?«

»Oh ja. Wir haben die Adresse, unter der sie gemeldet ist. Also gemeldet war. Ich bin quasi schon auf dem Weg dorthin.«

»Dann mal Tempo. Und berichten Sie mir. Umgehend.«

Alfred ruft seine Tochter Mia an. Wenn er sich richtig erinnert, hat sie heute Morgen etwas von »früher aus« gesagt. Grete schärfte ihr noch ein, den Hausschlüssel nicht zu vergessen.

Mia geht sogar ran und ist auch daheim. Was ihr Vater von ihr will, begeistert sie zwar nicht, aber sie stimmt zu, sogar ohne eine Vergünstigung dafür zu verlangen.

Kurz darauf sitzen beide in Alfreds Dienstwagen und fahren direkt zu Dominique. Kommissarin Brodbecker öffnet in Jogginghose und Stricksocken an den Füßen und ist offensichtlich ziemlich perplex.

»Wer ist da?«, fragt aus dem Hintergrund Jans Computerstimme.

»Dominique, ich brauche dich mal. Nur ein Stündchen. Wir haben eine ziemlich konkrete Spur. Mia bleibt bei Jan, wenns okay ist.«

»Aber nur, wenn er nicht mehr kotzt«, nuschelt Mia Kaugummi kauend und schiebt sich an ihrem Vater vorbei in den Flur.

»Jan! Damenbesuch!«, ruft Dominique nach hinten, und zu Mia sagt sie: »Dürfte nicht mehr viel im Magen sein, keine Angst. Musst ihn ja nicht küssen.«

Mia grinst überlegen. »Mach ich eh nicht beim ersten Date.«

Dann ist sie im Haus verschwunden, und Jans blechernes Lachen lässt vermuten, dass er sich über den Damenbesuch reichlich freut.

Dominique steht noch unschlüssig in der Tür und schaut an sich herunter. »Nimmst du mich so mit?«

»Du siehst umwerfend aus. Schuhe wären allerdings nicht schlecht.«

»Ah ja.« Kurz darauf sitzt sie in ihrer Jogginghose, dem schwarzen Kapuzenpullover und den Sportschuhen auf dem Beifahrersitz. Ungewohnt, denn in der Regel fährt Dominique.

»Also, wo gehts hin?«

»Zu einer gewissen Gudrun Deuber.«

»Gudrun Deuber?«

»Wir haben aus Berlin endlich die Info, dass unsere vermisste Prostituierte zumindest vor etwa fünfzehn Jahren diese Adresse angegeben hat. Gudrun Deuber bewohnt die Wohnung seit rund vierzig Jahren. Vielleicht eine Freundin von Eva Müller? Oder ihre Putzfrau?«

Dominique legt die Stirn in Falten. »Eva Müller kann doch damals einfach die Anschrift ihrer Freundin genutzt haben, um ihre eigene Adresse geheim zu halten. Mit oder ohne Einverständnis von Frau Deuber.«

»Zumindest müssen die beiden Frauen sich seit dieser Zeit schon kennen.«

»Wir werden sehen.«

Doch als die beiden Beamten vor dem Mehrfamilienhaus stehen und bei »G. Deuber« klingeln, macht keiner auf.

Warum sieht sie das erst jetzt? Über ihre Leistengegend, den Unterbauch, die Oberschenkel erstreckt sich ein riesiger Bluterguss, Folge der Herzkatheteruntersuchung vom Vortag. Gudrun cremt mechanisch. Es gibt keinen Grund, einen makellosen Körper vorzuweisen. Wem auch?

Sie schüttelt unwillig den Kopf und spricht zu ihrem Spiegelbild im Bad des Patientenzimmers: »Was denkst du eigentlich? Weißt du nicht mehr, wer du bist? Du bist Gudrun, eine kleine ehemalige Verkäuferin von fast sechzig Jahren, Retterin der Erdkröten und Laubfrösche. Ansonsten unbedeutend.«

»Frau Deuber?« Es klopft an die verschlossene Badezimmertür. »Brauchen Sie noch länger?«

»Komme gleich!« Wer ist das schon wieder? Gudrun schlüpft schnell in ihren Trainingsanzug und öffnet die Tür. Eine kleine Frau in Alltagskleidung, aber mit Klinik-Namensschild, jünger als sie selbst, steht da mit einem Klemmbrett in der Hand.

»Ich bin vom Sozialdienst. Wir beantragen Ihre Reha, wenns recht ist. Wollen wir uns setzen?« Sie deutet auf den kleinen Tisch am Fenster.

Gudrun nickt ergeben, rückt ihre Brille zurecht und lässt sich erklären, welche Kliniken für sie in Frage kommen. Dass sie erst in etwa drei bis vier Wochen diese Reha antreten möchte, lässt die Frau vom Sozialdienst allerdings nicht gelten. »Tut mir leid. Demnächst oder gar nicht. Sie haben wohl Urlaub gebucht?«

Nein, ich muss Kröten einsammeln. Die Wanderung zu den Laichplätzen folgt einem Naturgesetz und richtet sich nicht nach Rehaterminen. Aber das sagt Gudrun nicht; obwohl ihr Engagement für den Naturschutz doch etwas Ehrenwertes ist, kommt es ihr auf einmal so unbedeutend vor, wenn doch ihre Gesundheit an erster Stelle stehen sollte. Also nickt sie.

»Den müssten Sie stornieren. Wenn Sie eine Reiserücktrittsversicherung haben, springt diese bei Krankheit ja ein.«

Ja ja, denkt Gudrun, beantwortet weitere Fragen und zögert dann, bevor sie ihre Unterschrift leistet.

»Passt etwas nicht?«, fragt die Frau vom Sozialdienst. Sie muss weiter, hat keine Zeit, ewig auf die Unterschrift von Frau Deuber zu warten.

»Doch, doch.« Gudrun schreibt ihren Namen und gibt den Antrag zurück. Sei's drum, sie wird diese Reha nicht antreten.

Ermittlungen

Dominique drückt sämtliche Klingelknöpfe neben der Haustür. »Klingelpartie. Wie früher.« Sie grinst.

Mit ihren Turnschuhen überragt sie Alfred deutlich weniger als sonst, und das ist ihm durchaus angenehm.

Die Tür wird aufgedrückt, und die beiden Beamten treten ins düstere Treppenhaus.

»Ja?« Ein alter Mann in fleckiger Stoffhose und Hosenträgern über dem Feinripp-Unterhemd steht in der Tür der linken Erdgeschosswohnung.

Alfred bedeutet Dominique, ihn reden zu lassen. Der Mann ist noch kleiner als er selber, und eine große, gutaussehende Kommissarin muss ihn nicht unbedingt einschüchtern.

»Wir möchten zu Frau Deuber – haben Sie sie heute gesehen? Vielleicht ist sie einkaufen gegangen? Oder zur Arbeit?«

Der Mann schüttelt den Kopf. Kohlgeruch kommt aus der Wohnung. »Frau Deuber, die arbeitet nicht mehr. Hab sie aber nicht gesehen. Aber warten Sie – Else!!!«

Eine dünne Frauenstimme antwortet unverständlich, und die dazugehörige dünne Frau taucht gleich darauf in einer noch stärkeren Kohlwolke hinter ihm auf.

Dann fragt der Mann doch: »Wer will das denn wissen?«

Alfred zeigt seinen Ausweis. »Die Polizei.«

»Die Polizei!«, wiederholt das Ehepaar im Chor.

Alfred nickt. Dominique lehnt hinter ihm an der Wand im Flur und hält sich raus.

»Frau Deuber hat sich bestimmt nichts zuschulden kommen lassen«, sagt der Mann. »Wir kennen sie eine Ewigkeit ... eine nette, ruhige Frau.«

»Wir möchten sie auch nur etwas fragen«, beschwichtigt Alfred und klingt väterlich.

Die dünne Frau stößt ihren Mann an. »Gestern war doch ihre Schwester da. Hab sie zufällig vom Fenster aus gesehen«, erklärt sie entschuldigend in Richtung Polizei. »Vielleicht ist Frau Deuber verreist, und ihre Schwester hat die Blumen gegossen?«

»Wann haben Sie sie denn zum letzten Mal gesehen?«

Das wissen die beiden nicht mehr, sie schätzen aber, es könne gut drei Tage her sein.

»Haben Sie die Adresse der Schwester?«

Beide schütteln die Köpfe.

»Sonst von jemandem? Kinder? Freunde? Frühere Kollegen?«

Kopfschütteln. »Frau Deuber war Verkäuferin im Kaufhaus. Ich glaube, sie ist letztes Jahr gekündigt worden.«

Fraglich, ob das weiterhilft.

Dominiques langer Arm taucht neben Alfred auf, zwischen ihren Fingern klemmen die Phantombilder von Eva Müller und ihrer

Putzfrau in Kleinformat. Alfred kann sich nur wundern. Wo hat sie die jetzt hergezaubert? Aus den Taschen ihrer Jogginghose?

»Ist eine der beiden Gudrun Deuber? Oder ihre Schwester?«, fragt sie und hält die Bilder dem Ehepaar unter die Nasen.

»Äh ja!« Die dünne Frau wirkt sehr erstaunt. »Ja, das ist Frau Deuber!« Sie deutet auf das Phantom Putzfrau. »Die andere kennen wir nicht.«

»Ist ja auch viel jünger«, fügt ihr Mann hinzu.

»Sie haben sie auch nie hier im Haus gesehen? Diese Dame«, Alfred deutet auf Eva Müllers Bild in Dominiques Hand, »hat dieses Haus hier als ihre Wohnadresse angegeben.«

Der Hosenträger-Mann und Frau Else schauen sich an und schütteln synchron die Köpfe.

»Gibt es einen Mann in Frau Deubers Leben?«

Wieder Kopfschütteln.

»Ist zumindest lange her«, ergänzt der Mann. »Sehr lange.«

»Was du alles weißt«, bemerkt die Frau missbilligend.

»Wir gehen mal hoch zur Wohnung.« Alfred schaut Dominique an, sie nickt. Und zu dem Ehepaar gewandt: »Einen Schlüssel haben Sie nicht?«

»Wir nicht. Den hat ihre Schwester. Wie gesagt, die war gestern da.«

Oben an der Wohnungstür von Gudrun Deuber klingeln die Beamten erneut, klopfen an die Tür, rufen. Dominique schnuppert. Wenn man von der Kohlwolke absieht, die ihnen aus dem Erdgeschoss gefolgt ist, riecht es nach nichts.

»Wir sollten trotzdem reingehen. Ihr könnte etwas passiert sein.«

»Hm, wenn die Schwester gestern erst da war? Klingt eher nach Verreistsein.«

»Weiß man's?«

Dominique würde am liebsten sofort die Tür aufbrechen, Gefahr im Verzug ließe sich rechtfertigen. Alfred besteht auf einem

Durchsuchungsbeschluss. Wegen der kürzlich erfolgten Flucht der Putzfrau aus Polizeigewahrsam werden sie den Beschluss mit Sicherheit bekommen.

»Sie informieren uns bitte unverzüglich, wenn Frau Deuber zurückkommt. Oder ihre Schwester.« Alfred drückt dem Mann, der immer noch in seiner Wohnungstür steht, seine Visitenkarte in die Hand.

Der nickt.

In dem Moment schließt die Haustür, eine Frau öffnet von außen und stutzt, als sie die Menschen im Hausflur sieht.

»Da ist sie ja!«, ruft der Hosenträger-Mann und deutet auf die Frau.

Gudrun

Damals, mit Ende zwanzig, als ihre Schwester Claudia geheiratet hat, hatte Gudrun beschlossen, mit allen Konsequenzen die zu werden, als die sie sich fühlte. Eine Frau. Nach der erfolgreich verlaufenen OP in München begann sie, Hormontabletten zu schlucken. Die Folge davon waren ein hübscher Busen und schreckliche Hitzewallungen, die jahrelanges nächtliches Wechseln der Bettwäsche erforderlich machten. Gudrun wollte ihr Glück erzwingen, um jeden Preis. Geeignete Männer kennenzulernen, stellte sich allerdings als sehr schwierig heraus. Als Verkäuferin in der Damenoberbekleidung ist man nicht gerade von männlichen Wesen umschwirrt. Die wenigen Kollegen arbeiteten beim Sport, in der Technik oder in der Herrenoberbekleidung. Die Männer, die ihre Kundinnen begleiteten, waren vergeben und nicht auf Smalltalk mit der Verkäuferin aus. Sie saßen in der Regel geduldig auf einem Stuhl in der Nähe der Umkleidekabinen und nickten oder schüttelten den Kopf, wenn die Holde mit wechselnden Outfits aus der Kabine auftauchte. Meist nickten sie, um den Einkauf der Gattin zu beschleunigen.

Ansonsten hatte Gudrun kaum Kontakt zum männlichen Geschlecht. Sie besuchte eine Zeitlang Englisch-Kurse für Fortgeschrittene in der Bamberger Volkshochschule. Zwar drückten hier auch lernwillige Herren mit ihr die Schulbank, aber sie waren entweder Rentner und steinalt oder – wenn gutaussehend – gemeinsam mit ihren Frauen da. So wurde der Dozent, ein nicht ausgelasteter Gymnasiallehrer um die fünfzig, ihr erster Übungspartner.

Beim Gedanken an ihn verzieht Gudrun das Gesicht, als hätte sie Zahnschmerzen. Sie steht am Fenster ihres Krankenzimmers und schaut aus großer Höhe auf die Grünfläche unterhalb des Klinikums. Wie Spielzeugfiguren bewegen sich dort einige wenige Menschen. Ein junges Paar schubst ein Kind auf der Schaukel an, ein Elternteil von hinten, das andere hält das Kind von vorne bei Laune. Wer Vater, wer Mutter ist, kann sie nicht ausmachen, beide tragen lange Hosen und halblanges Haar. Vielleicht sinds auch zwei lesbische Frauen oder Mutter und Tante des Kindes, oder zwei Freundinnen, wer weiß das heute schon. Ist letztendlich auch egal.

Der einzelne Mann, auf einer Bank sitzend, in einer Zeitung blätternd, dessen kreisrunde kahle Stelle auf dem Kopf sie aus der Vogelperspektive gut erkennen kann, hat sie wahrscheinlich an den Englisch-Dozenten erinnert.

Er war verheiratet, natürlich, die Frau ebenfalls Lehrerin, zwei Kinder, die studierten.

Gudrun, damals Anfang dreißig und immer noch Jungfrau, muss ihm von Anfang an als geeignete Geliebte erschienen sein. Der Kurs beschloss die abendlichen Englisch-Lektionen regelmäßig mit einem Umtrunk in der Sandstraße, gern im Studentenlokal *Pelikan*. Schon beim zweiten Mal bot der Dozent an, Gudrun heimzufahren, es regnete, sie war ohne Auto da und begierig darauf, endlich sexuelle Erfahrungen zu sammeln. Gleichzeitig hatte sie die Hosen voll vor Angst; eine taffe Fassade zu zeigen, gelang ihr aber meist recht gut.

Der Mann kam gleich zur Sache. »Lust auf eine gemeinsame Nacht? Unverbindlich – ich bin verheiratet.«

»Und ich nicht an was Festem interessiert«, hatte Gudrun erwidert. Es stimmte – teils. Mit einem Mann Sex zu haben, war zu diesem Zeitpunkt ein technisches Experiment für sie. Sie wollte einfach wissen, ob es funktionierte, wie es sich anfühlte, ob es überhaupt etwas für sie war.

Dass sie sich davon unabhängig nichts sehnlicher wünschte, als einen Menschen an ihrer Seite zu haben, der sein Leben mit ihr teilen würde, hatte aber zunächst nichts damit zu tun. Sex und Liebe gehörten in unterschiedliche Schubladen.

Die folgende Nacht war der beste Beweis dafür.

Sehr wahrscheinlich lag es daran, dass sein Penis einfach zu groß war für ihre künstliche Scheide. Heute weiß sie, dass erste Male für die meisten Frauen unbefriedigend verlaufen. Dass die Lust ausbleibt, dass es weh tut, dass mindestens einer von beiden sich wünscht, es möge möglichst bald vorbei sein.

Der Englisch-Dozent merkte nichts davon. Auch nicht, dass sie noch Jungfrau war. Wie auch, es gab kein Jungfernhäutchen. Gudrun lag unter ihm, versuchte, mit ihrem Atem den Schmerz zu kontrollieren, und hoffte inständig, die ihr eingesetzte Plastik würde halten.

Sie traf sich danach nicht mehr mit ihm. Georg kam dazwischen, der einzige, der sie hätte erlösen können.

Gudrun drückt ihre Stirn auf das kühle Fensterglas. War es erst gestern, dass sie ihn wiedergesehen hat, in der Kirche in Forchheim?

Es kommt ihr vor wie eine Ewigkeit. Er hat ihr Herz gebrochen, damals wie heute.

Ermittlungen

»Es war das Herz«, sagt die Frau, die sich als Claudia, Schwester von Gudrun Deuber, vorstellt. »Sie hatte einen Herzinfarkt, gestern erst. Ich ... ich hole ihr ein paar Sachen aus der Wohnung.« Die unscheinbare, ältere Frau wirkt ertappt. Die Polizisten können nicht wissen, dass sie rein aus Neugier noch einmal in der Wohnung der Schwester herumschnüffeln will, wegen dieser Freundin, die Gudrun ihr verheimlicht hat.

»Ach je!«, ruft die dünne Mieterin aus der Erdgeschosswohnung, »die arme Frau Deuber!«

Dominique drückt Claudia energisch die Hand in den Rücken und schiebt sie Richtung Treppe. »Lassen Sie uns mal nach oben gehen. Wir haben ein paar Fragen.«

Claudia steigt verdutzt vor den Polizisten die Treppe hoch und möchte dann doch die Ausweise sehen und überhaupt wissen, was man von ihr will. Oder von Gudrun.

Das alte Ehepaar schaut ihnen bedauernd hinterher. Zu gerne hätten sie Näheres erfahren.

Claudia bittet die beiden Beamten in Gudruns Küche. Eine ordentlich aufgeräumte Küche, technisch nicht auf dem neuesten Stand. Einen Küchenstuhl belegt eine Puppe mit starrem Blick und auf den Plastikkopf modelliertem Haar.

»Herr Meister und Frau Brodbecker«, wiederholt Claudia, was sie von den Ausweisen abgelesen hat. »Also, wie gesagt, meine

Schwester hat gestern auf einer Autofahrt einen Herzinfarkt erlitten, sie liegt im Klinikum. Sie hat aber keinen Unfall verursacht, glaube ich. Deshalb weiß ich wirklich nicht, was Sie von ihr wollen.«

Sie schaut trotzig, schiebt ihr grau gesträhntes, schon recht dünnes Haar aus der Stirn.

»Dürfen wir uns in der Wohnung umsehen?« Dominique steht noch in der Küchentür.

Aber Claudia kennt sich aus. »Sie haben wohl so einen ... einen Durchsuchungsbefehl?«

»Beschluss? Nein, aber sicher morgen.«

Alfred wirft Dominique einen beschwichtigenden Blick zu. Ihm erscheint dringlicher, mit Gudrun Deuber zu sprechen, als ihre Wohnung zu durchsuchen. Das hat Zeit.

»Wir müssen mit Ihrer Schwester selbst sprechen«, sagt er zu Claudia. Und zu Dominique: »Zeig der Dame doch mal das Phantombild von Eva Müller.«

»Eva?«, fragt Claudia alarmiert und betrachtet eingehend das Bild, das Dominique ihr zeigt. Eva, Gudruns Freundin, eine attraktive Frau.

Dann schüttelt sie den Kopf. »Ich kenne die Frau nicht. Meine Schwester hat mir heute erst von ihr erzählt.«

Sie könnte noch von den mit Spitzen besetzten Fummeln berichten und ihrem Verdacht, dass Gudrun lesbisch ist, aber das alles geht ja die Polizei nichts an.

»Aha. Aber sie ist eine Freundin Ihrer Schwester? Und wo ist diese Frau jetzt?«

Gute Frage. Claudia zuckt die Schultern. »Da müssen Sie Gudrun fragen.«

»Das werden wir tun. Welche Station, welches Zimmer?«

»Sie müssen im Klinikum fragen. Und vor allem den Arzt, ob Sie überhaupt zu ihr dürfen. Meine Schwester ist noch sehr schwach.«

Das klingt triumphierend. Ein gutes Gefühl, die Obrigkeit in die Schranken zu weisen.

»Selbstverständlich«, erwidert Alfred amüsiert. »Dafür halten Sie sich morgen zu unserer Verfügung, wenn wir in die Wohnung müssen. Sie kommen jetzt mit uns nach draußen, wir versiegeln die Wohnung.« Klebestreifen hat er zum Glück dabei.

Claudia ist empört, das merkt man ihr an. Aber sie widerspricht nicht und schreibt nach Aufforderung ihre Adresse und Telefonnummer auf einen Notizblock, der auf der Küchenanrichte liegt.

»Sonneberg? Auch nicht der nächste Weg.«

»Ich bin schon lange berentet, Erwerbsminderung. Da hat man Zeit.«

Alfred atmet tief durch, als sie wieder im Wagen sitzen. Endlich mal ein Schritt voran. »Wie siehts aus? Kommst du noch mit ins Klinikum?«

Dominique schüttelt den Kopf. »Ich will Mia lieber nicht so lange mit Jan alleinlassen. Er kann sehr anstrengend sein.«

»Na dann, Frauentausch. Deine Gesellschaft wäre mir allerdings lieber ...«

Alfred gerät in einen Strudel hektischer Betriebsamkeit, als er auf der kardiologischen Station das Patientenzimmer von Gudrun Deuber sucht. Beziehungsweise vorab kurz den Stationsarzt sprechen will, um sich die Vernehmungsfähigkeit der Frau bestätigen zu lassen.

Ein Pulk weiß gekleideter Personen rennt in eines der vorderen Zimmer, ein Notfall wahrscheinlich. Es ist auch nicht auszumachen, wer von den Mitarbeitern zum ärztlichen und wer zum pflegerischen Dienst gehört. Für ihn hat keiner Zeit. Wenigstens wurde er von der Pforte auf Station angemeldet, und die am Stützpunkt das Telefon bewachende Dame segnet seinen Besuch bei Frau Deuber ab.

Wobei Alfred völlig klar ist, dass man im Klinikum allenfalls davon ausgeht, er käme wegen des Verkehrsunfalls. Aber er sieht keine Notwendigkeit, das Missverständnis aufzuklären.

Mia hat er in der Cafeteria im Erdgeschoss vor einen Eisbecher gesetzt, sie ist intensiv mit einem neuen Spiel beschäftigt, das ihr der talentierte Jan von seinem Computer aufs Smartphone überspielt hat und das sie »echt krass« findet. Ihr Vater wollte lieber nicht so genau wissen, was so krass daran ist.

Frau Deuber steht am Fenster, mit dem Rücken zu ihm, trägt so etwas wie einen Trainingsanzug, stützt sich mit einer Hand am Fensterbrett ab. Der Fernseher läuft, eine der endlosen nachmittäglichen Quiz-Sendungen, sein Klopfen hat sie vermutlich nicht gehört.

»Frau Deuber?«

Sie dreht sich langsam um, und Alfred sieht, wie sie die Augen zusammenkneift. Als hätte sie ihn erwartet. Oder seinen Besuch befürchtet.

Aber dann nestelt sie eine Brille aus der Jackentasche und setzt sie auf. »Ja?«

Alfred tritt näher und hält ihr seinen Ausweis vor die Brillengläser. »Alfred Meister. Mordkommission.«

Jetzt tritt der gegenteilige Effekt ein: Ihre Augen weiten sich vor Schreck.

»Entschuldigen Sie, ich muss mich wieder hinlegen. Bin noch etwas schwach.« Sie schlurft in ihren Birkenstocksandalen zum Bett, setzt sich und lässt den Oberkörper nach hinten fallen. Das Kopfteil ist schräg gestellt.

Alfred zieht einen an der Wand stehenden Hocker her und setzt sich, mit etwas Abstand zum Bett.

»Sie haben sich am ... am Freitag letzter Woche einer polizeilichen Vernehmung entzogen. Wir wollten und müssen Sie nun zu einem Tötungsdelikt befragen.« Am besten gleich mit der Tür ins Haus fallen.

Gudrun wird sichtlich blass um die Nase. »Tötungsdelikt? Wie meinen Sie das? Ich ... ich habe niemanden getötet.«

»Habe ich auch nicht gesagt. Aber Sie sind mit einer Frau namens Eva Müller befreundet? Und putzen in ihrem Apartment draußen im Industriegebiet?

Nach kurzem Zögern nickt Gudrun Deuber.

Alfred zeigt ihr das Phantombild von Eva Müller, Dominique hats ihm vorhin übergeben.

»Ist das Eva Müller?«

Auch jetzt nickt sie.

»Sie nutzt das Apartment nur zu ... gewerblichen Zwecken und wohnt ansonsten bei Ihnen?«

Alfred pokert und studiert bei jeder Frage genau die Mimik der Frau im Bett. Es kommt ihm fast so vor, als sei sie ziemlich verunsichert über die Mutmaßungen, die er anstellt. Als würde sie bei ihren Antworten improvisieren müssen.

Auf die letzte Frage gibt sie zunächst gar keine Antwort, schaut nur auf ihre Bettdecke und knetet die Finger.

»Frau Deuber? Erzählen Sie mir bitte, in welchem Verhältnis Sie zu Eva Müller stehen, wo diese ihren Hauptwohnsitz hat, wie alt sie ist ... alles, was Sie wissen.«

Gudrun Deuber atmet tief ein, aber zu wenig aus und greift mit der Hand an ihre Brust. »Ahhh ... mir ist schlecht. Bitte ... bitte holen Sie jemanden ...« Ihr Gesicht, weiß wie die Wand.

Alfred springt auf, stößt dabei fast den Hocker um, und hastet auf den Gang: »Hallo!!! Schnell ein Arzt zu Frau Deuber!!!«

Dass der Notfalltrupp, der ihm vorhin über den Weg lief, gerade in gemächlichem Tempo aus dem Zimmer am Eingang der Station kommt, ist ein glücklicher Zufall. Auf Alfreds Alarm hin verfallen alle wieder in Laufschritt, und kurz darauf ist Frau Deuber flach gebettet, hat eine Blutdruckmanschette um den Arm, Sauerstoff auf der Nase und einen Infusionsständer am Bett.

Alfred wartet vor der Zimmertür und weiß nicht recht, was er davon halten soll. War das echt oder gespielt? Wenns echt war, waren seine Fragen womöglich Auslöser für die akute Verschlechterung ihres Zustands. Genauer gesagt: die Frage, wo Eva Müller steckt und was Gudrun Deuber mit ihr zu tun hat.

Gudrun

Jetzt haben sie mich, jetzt haben sie mich. Mehr kann Gudrun nicht denken. Sie liegt bis zur Nasenspitze zugedeckt im Krankenhausbett. Eine neue Patientin wurde hereingeschoben, einiges jünger als sie. Hat sich mit »Diabetes, entgleist« vorgestellt und telefoniert seitdem ununterbrochen.

»Sie mussen liegen«, hat Dr. Ali Gudrun eingeschärft, »nach Hause gehen vielleicht Freitag.« Das Pflegepersonal behandelt sie mehr denn je wie ein rohes Ei. Vorläufig ist nicht an ein Verlassen der Station zu denken.

Nicht nur aus gesundheitlichen Gründen: Etwa eine halbe Stunde nach der Befragung durch den Kommissar und die anschließende Notfallbehandlung stand ein uniformierter Polizeibeamter in der Tür. »Ich bin Ihr Aufpasser«, sagte er, ohne zu lächeln. »Sitze gleich um die Ecke.«

Gudrun hört zudem bei offen stehender Tür, wie eine der Schwestern draußen mit dem Physiotherapeuten spricht: »Bei Frau Deuber sollst du langsam machen. Morgen nur leichte Bewegungsübungen im Bett. Sie ist vorhin fast kollabiert. Hatte Besuch von der Polizei.«

Physiotherapeut Mike muss sie jetzt nicht nur für eine richtig alte Frau, sondern zusätzlich noch für eine Verbrecherin halten.

So ist ihr Gesundheitszustand momentan das kleinste Problem. Sie hat es Claudia gegenüber auch nicht erwähnt, als die etwa eine Viertelstunde zuvor angerufen hat. Sie sei zum Einkaufen in Bamberg und wolle später noch vorbeikommen, auch wenn Gudrun das nicht nötig finde. Dabei druckste sie ziemlich herum, und Gudrun vermutet, dass die Polizei von Claudia erfahren hat, wo Gudrun Deuber zu finden ist. Aber wie? Das wird sie sie später fragen müssen.

Jetzt gehen ihr pausenlos die Fragen des Mannes von der Mordkommission durch den Kopf. Mordkommission – was für ein Wort. Monströs, bedrohlich.

Steht Eva weiterhin im Verdacht, den Frauenarzt getötet zu haben? Der Polizist wollte es nicht bestätigen. Er hat es aber auch nicht abgestritten.

»Erzählen Sie mir bitte, in welchem Verhältnis Sie zu Eva Müller stehen, wo diese ihren Hauptwohnsitz hat, wie alt sie ist … alles, was Sie wissen.« Gudrun erinnert sich an jedes Wort.

Verhältnis – sehr ambivalent. Anfangs hat sie vor allem Evas Dreck weggemacht. Dreck ist zu viel gesagt, im klinisch reinen Apartment konnte man nicht wirklich von Dreck sprechen. Sie hat die Spuren von Evas Sexgeschäft beseitigt. Mehr muss die Polizei wirklich nicht wissen. Denn sie sind auch Freundinnen geworden im Lauf der Jahre, intime Freundinnen. Nein, keine Beziehung. Freundinnen, die sich in- und auswendig kennen eben, die alles voneinander wissen. Die deshalb auch immer wieder voneinander genervt sind.

Ob Eva bei ihr wohnt oder gewohnt hat? Wie soll sie das nun beantworten. Freundinnen übernachten nun mal gelegentlich beieinander. Wenns am Abend etwas später geworden ist. Als Putzfrau muss sie die Frage aber verneinen. Und wie alt ihre Arbeitgeberin ist, muss eine Putzfrau ebenfalls nicht wissen.

»Wie bitte?«, fragt Diabetes aus dem Nachbarbett.

Hat Gudrun laut gedacht?

»Sie wollten wissen, wie alt ich bin? Na ja, wenns danach geht, wie ich mich gerade fühle, bin ich steinalt. Ich werd fünfzig, nächsten Monat, hab ein großes Fest geplant. Alles fraglich, ob das jetzt stattfindet. Und Sie? Warum sind Sie hier? Ich kann jedenfalls alles bieten, was der Diagnoseschlüssel hergibt: Diabetes, schwer einstellbar, vor drei Jahren Darmkrebs gehabt, Hörsturz letztes Jahr, Hüften alle beide neu, Bandscheibenvorfall vor ein paar Wochen ...« Und so geht das weiter ohne Punkt und Komma.

Gudrun schaltet auf Durchzug. Wenigstens hat Frau Diabetes noch nicht mitbekommen, dass Gudrun von der Polizei bewacht wird.

Ermittlungen

Alfred hat das angeordnet: dass ein Beamter vor der Tür von Frau Deuber Wache hält. Er traut ihr nicht so richtig, sie ist schon einmal verschwunden. Und er hat gebeten, jemanden zu schicken, der eine DNA-Probe und Fingerabdrücke nimmt. Sicher ist sicher. Ihm selbst waren leider die Röhrchen für Speichelproben ausgegangen, die er neben Einweghandschuhen und Tüten zum Sammeln von Spuren sonst immer in den Jackentaschen verteilt mit sich trägt.

Mia hockt nach wie vor in der Cafeteria wie hypnotisiert vor ihrem Smartphone, das Eis im Becher ist zerlaufen. Sie kann höchstens die Löffelspitze hineingetaucht haben.

»Macht eh fett«, antwortet sie zerstreut, als Alfred sie darauf anspricht.

Das Babenberger Viertel, in dem Meisters wohnen, ist nur einen Katzensprung vom Klinikum entfernt, Mia also schnell dort abgeliefert.

Durch die Stadt und am *Fässla* vorbeizufahren, ist nur ein kleiner Umweg Richtung Polizeiinspektion. Als Stammgast darf er den Parkplatz für Hotelgäste im Hof nutzen. Bei einem Bierchen und einer ordentlichen Brotzeit im Bauch lässt es sich leichter nachdenken.

»Heut gibts fei an Leberkäs mit Spiegelei und Braadkartoffln«, schlägt die Stammbedienung vor.

Warum nicht?

»Habt ihr euern Mörder?«, will sie wissen, als sie den Bierkrug vor ihn auf den Tisch stellt.

Alfred schüttelt mit einem tiefen Seufzer den Kopf.

»Also, der Gründel wars sicher ned.« Sie hat sich nochmal mit ihrer Kollegin über den Cousin unterhalten, ohne die Verbindung zu Kriminalhauptkommissar Alfred Meister – seines Zeichens gern gesehener Gast im *Fässla* – offengelegt zu haben. Sie versichert es glaubhaft.

»Schon gut«, brummt Alfred.

Jedenfalls, der Gründel sei zu so einer Tat nicht fähig, das habe auch die Kollegin beteuert. Einen Beweis dafür oder ein Alibi für die Tatzeit kann sie ihm natürlich nicht geben, zumal Thorsten Gründel nachweislich bis kurz vor der Tat im Bäckercafé gegenüber gesessen hat.

Gudrun Deuber muss endlich auspacken, denkt Alfred, und Anna muss reden. Was sie in der Stunde zwischen 10.45 Uhr und 11.45 Uhr gemacht hat. Er nimmt einen tiefen Schluck Bier, während die Bedienung weiter quasselt. Erst der Klingelton aus dem Fenster der Essensausgabe stoppt sie – es ist noch nicht Alfreds Leberkäs, der da dampft, am Nachbartisch hat ein Trupp redseliger Frauen bestellt. Wenigstens sind es Einheimische, denn es kommen Bratwürste auf den Tisch und nicht etwa nur Salatblätter als Schlankmacher. Alfred tippt auf Angestellte der nahen Stadtbücherei, sie reden über die bevorstehende Leipziger Buchmesse.

Sein Handy vibriert in der Jackentasche, Dominique.

»Wir müssen den letzten Mittwoch vor Ort rekonstruieren. Mit allen Beteiligten.«

»Weißt du was? Das wäre mein nächster Gedanke gewesen.«

»Wo bist du? Ich höre Frauen quasseln.«

»Im ... äh *Fässla.* Mittagessen.« Alfred guckt schuldbewusst vor sich hin, was Dominique nicht sieht. Er kann sich aber lebhaft ihr Grinsen vorstellen.

»Aha. Lass bitte alle Beteiligten für morgen einbestellen.«

»Mach ich. Dr. Preissinger, das Trio aus dem Nachbarapartment, Julia Gauche ...«

»Thorsten Gründel.«

»Dem sind wir eh auf den Fersen.«

»Was war mit Frau Deuber?«

»Ihr haben meine Fragen so zugesetzt, dass sie eine Notfallbehandlung gebraucht hat. Konnte leider nicht weitermachen. DNA und Fingerabdrücke kriegen wir aber heute noch. Kommst du denn morgen?«

»Auf jeden Fall. Jan hat eine Wunderheilung hinter sich. Dank Mia.«

Alfred lacht. »Wenns darauf Noten gäbe, müssten wir uns um ihr schulisches Vorwärtskommen keine Sorgen machen.«

»Soll ich heute Abend nochmal zu Frau Deuber ins Klinikum fahren? Wenn Sigi zurück ist, könnte ich los.«

»Ruf vorher den Stationsarzt an. Nicht dass es medizinische Einwände gibt ... Zum Vor-Ort-Termin kriegen wir sie morgen mit Sicherheit nicht.«

»Stimmt. Aber wir haben dann ihre Aussage.«

»Ich lass noch im Bäckercafé Bescheid sagen, damit morgen die Verkäuferin da ist, die Anna und Gründel bedient hat. Wir fangen dort an. 8.30 Uhr.«

»Ihr Leberkäs!«, sagt die Bedienung nicht gerade leise und setzt den überdimensionalen Teller mit einem Rumms vor Alfred ab.

Er nickt ihr zu, und Dominique wünscht ihm durchs Telefon leise lachend »Guten Appetit«.

Eva

Eva träumt. Doch nicht einmal im Traum ist sie noch die, die sie im Leben war. Sein wollte. Es geht alles durcheinander. Achim taucht auf und sieht völlig anders aus, als sie ihn erdacht hat. Im Traum ist er nicht der groß gewachsene, gut aussehende Pilot, sondern zum Durchschnittstypen geschrumpft: mittelgroß, Bauchansatz, blasse Gesichtsfarbe, helles, schütteres Haar. Als solcher hat er sich vor dem Bett aufgebaut, in dem Eva liegt. Unter der Bettdecke trägt sie ihre Dienstkleidung – Strapse, Netzstrümpfe, hochhackige Schuhe, ein Spitzen-Top, die rote Perücke. Der Traum-Achim sieht nur die rote Perücke und schüttelt unentwegt den Kopf, seine Miene ist traurig, sehr traurig. »Eva, Eva, Eva«, sagt er in einer Endlosschleife. Und Eva weiß, er meint: Eva, was ist aus dir geworden. Eine Nutte bist du, eine von der besseren Sorte zwar, aber was du tust, ist nicht weniger verwerflich.

Dabei, so spricht Achim endlich weiter, als er mit Kopfschütteln fertig ist, habe er schon das Aufgebot bestellt. Er wolle sie heiraten, wirklich, er hat sogar Ringe gekauft, sehr schöne Ringe, Weißgold, Evas Ring mit einem kleinen Brillanten geschmückt.

Aber ich komme nicht nach Hamburg, stellt Eva richtig, das habe ich dir doch geschrieben. Es ist aus mit uns, Achim. Und weißt du, warum? Weil es uns beide gar nicht gibt. Dich nicht und mich nicht.

Ich sehe dich doch, antwortet Achim, ich sehe deinen Kopf. Er will nach der Bettdecke fassen und sie ihr wegziehen, aber die Decke ist wie eine zweite Haut um Eva geschlungen, zum Glück, denn sie möchte nicht, dass er sieht, was sie trägt.

Der unscheinbare Achim, der eben noch in unscheinbaren Klamotten vor ihr stand, trägt plötzlich eine Polizeiuniform. Im Traum überlegt Eva krampfhaft, was das nun wieder bedeutet. Ein Polizist ... was soll das, was will er von ihr?

Er zückt seine Handschellen und will sie ihr anlegen. Große Schuld, große Schuld, spricht er und schafft es doch nicht, ihre Handgelenke zu fassen.

Ich habe Geld, viel Geld, sagt Eva zu ihm.

Seine Uniform verschwindet ins Nichts. Gib es mir. Das Geld.

Eva will wissen, wofür.

Ich kaufe den Fluss.

Welchen Fluss?

Den Rhein.

Eva muss lachen. Das ist kindisch. Sie sind doch in Bamberg, das weiß sie, läge es da nicht näher, die durch die Stadt fließende Regnitz zu kaufen?

Träume sind vordergründig unlogisch. Deshalb steht sie im nächsten Moment in der Sparkassenfiliale am Maxplatz und entleert dort ihren Rucksack direkt vor die Nase einer Angestellten. Goldstücke fallen heraus, auch etwas Silber, und sie kann die beiden Trauringe von Achim sehen, auch den mit dem Brillanten. Den fischt sie heraus.

Danke, sagt die Bankangestellte, wir räumen das weg. Den Rucksack können Sie wieder mitnehmen.

Eva steckt sich den Trauring an und fängt urplötzlich zu weinen an.

Davon wird sie wach und merkt, dass sie wirklich weint. Ihre rechte Hand kommt unter der Bettdecke hervor und taucht vor ihrem Gesicht auf.

Kein Ring.

Gudrun

Den Nachmittag hat Gudrun verpennt. Vielleicht hat der Arzt auch angeordnet, ihr ein Schlafmittel zu geben. Wer kann schon wissen, wofür die runden oder eckigen, weißen oder blassblauen Pillchen aus der Medikamentenbox gut sind.

Sie soll außerdem klingeln, wenn sie aufs Klo muss. Aufstehen nur unter Aufsicht.

»Aufsicht heißt: Wir von der Pflege!«, hat die zuständige Krankenschwester streng verkündet und dabei nicht Gudrun, sondern Frau Diabetes im Nachbarbett ins Visier genommen.

Die guckte beleidigt. »Wenn meine Hilfe nicht willkommen ist …«

Jetzt schaut sie mit Kopfhörern auf den Ohren auf den Fernsehbildschirm, so dass Gudrun ihre Ruhe hat. Es ist erst 19 Uhr, und sie liegt schon mit geputzten Zähnen und im Schlafanzug im Bett. Gudrun fühlt sich unendlich müde. Doch ihre Ruhe wird sie noch lange nicht finden.

Es klopft leicht an der Tür, dann wird zwar geöffnet, aber der Besuch bleibt draußen. Gudrun sieht nichts, hört aber eine melodische Frauenstimme. »Irgendwo ein Arzt in Sicht?«

»Äh, keine Ahnung. Oder doch: Schauen Sie mal, da vorne steht er.« Die Stimme des Aufpassers vor der Tür.

Klackende Absätze entfernen sich ein Stück, um kurz darauf wieder näherzukommen.

»Gehen Sie ruhig einen Kaffee trinken, solange ich bei Frau Deuber bin.« Wieder die Frauenstimme.

»Alles klar. Ich werde eine rauchen. Danke, Frau Brodbecker.« Gudrun versteht »Brotbäcker«.

Erneutes Klopfen, dann steht die Besucherin im Raum: eine ziemlich attraktive, ziemlich große Frau auf ziemlich hohen Absätzen. Die Jeans sind an den Knien gewollt zerrissen, die Lederjacke ist knapp auf Figur geschnitten.

»Frau Deuber?«

Gudrun nickt notgedrungen, ihre Bettnachbarin nimmt sofort die Kopfhörer ab und platzt schier vor Neugierde. »Wollen Sie zu mir?«

»Nein.« Die Frau schaut überlegend zwischen Gudrun und dem Nachbarbett hin und her. »Könnten Sie das Zimmer verlassen?«, fragt sie doch tatsächlich Frau Diabetes.

»Das Zimmer verlassen? Warum denn das! Ich liege ja schon im Bett.«

Die Frau verzieht keine Miene. Ein kurzer Blick zu der kleinen Garderobe im Zimmer genügt ihr, um Frau Diabetes' Morgenrock auszumachen, ein bunt gemustertes Frotteeteil.

»Ihrer?« Sie legt den Rock aufs Nachbarbett. »Dauert nicht lange, versprochen.«

Die Nachbarin protestiert zwar noch, bewegt sich aber doch ächzend aus dem Bett und mit ihrem Morgenmantel über dem Arm nach draußen.

»So.« Die Besucherin zieht sich einen Stuhl an Gudruns Bett.

»Dominique Brodbecker. Kriminalpolizei. Darf ich das Gespräch aufnehmen?« Sie zeigt ihr Smartphone.

Gudrun fühlt sich unter der Bettdecke schrumpfen. Aber sie hat es in dem Moment gewusst, als die große Schöne zur Tür hereinkam. Sie würden ihr keine Ruhe mehr lassen. Notgedrungen sagt sie ja.

»Erzählen Sie mir bitte genau, wo Sie letzten Mittwochvormittag waren.«

Die Kommissarin sitzt entspannt mit übergeschlagenen Beinen, das eingeschaltete Handy auf dem Schoß. Ihr Blick ist indifferent. Gudrun kann nicht einschätzen, ob die Frau ihr einen Mord zutraut.

»Zuhause. Ich arbeite nicht mehr.«

»Wann sind Sie aufgestanden? Was haben Sie zu welcher Uhrzeit gemacht?«

»Aufgestanden? So gegen halb 9? Ich habe gefrühstückt, Zeitung gelesen ...«

»War die Zeitung im Briefkasten?«, unterbricht Frau Brodbecker.

»Äh, ja.«

»Das heißt, Sie haben die Wohnung verlassen, um die Zeitung zu holen?«

»Ja ...«

»Wann genau?«

Gudruns durch den überstandenen Infarkt und diverse Tabletten verlangsamtes Gehirn liefert keine Idee, auf was die Kommissarin hinauswill. Wäre vielleicht anders gewesen, wenn sie fit gewesen wäre.

»Um 9?«

»Hat Sie jemand gesehen?«

»Nein ...«

»Was haben Sie nach dem Frühstück gemacht?«

Gudrun dämmert langsam, dass die Kommissarin bewiesen haben will, dass sie wirklich zuhause war. Wenn jemand im Haus

Gudrun gesehen oder auch nur gehört hat, würde das wohl reichen. Hat sie nicht die Waschmaschine angeschaltet? Die Maschine dröhnt wie ein Hubschrauber, wenn sie schleudert.

»Ich habe die Waschmaschine befüllt und angemacht. Dann das Bett bezogen, aufgeräumt.«

Frau Brodbecker nickt nur und äußert sich nicht dazu.

»Am Freitag waren Sie im Apartmenthaus. In welcher Beziehung stehen Sie zu Eva Müller?«

»Das habe ich doch gesagt: Ich putze da.« Immer nur knapp die jeweilige Frage beantworten. Nie mehr sagen, als nötig ist. Gudrun hat das mal in einem Kriminalroman gelesen.

Frau Brodbecker lässt sich geduldig auf das Spiel ein.

»Seit wann putzen Sie da? Und wie oft?«

Gudrun schaut überlegend zur Decke. »Seit ein paar Jahren, fünf vielleicht? Einmal die Woche.«

»Wann haben Sie Frau Müller zuletzt gesehen?«

»Seit Wochen nicht mehr. Wie ich schon der Polizistin gesagt habe: Ich habe die Schlüssel. Das Geld hinterlegt Frau Müller im Briefkasten.«

»Ungewöhnlich. Warum nicht in der Wohnung?«

Ja, warum nicht.

»Weiß ich nicht«, sagt Gudrun.

Die Kommissarin zieht ein Bild aus der Gesäßtasche ihrer Jeans, das Phantombild von Eva Müller, und hält es ihr unter die Nase.

»Sie hat vor rund fünfzehn Jahren Ihre Adresse als Wohnsitz angegeben. Warum? Und wo wohnt sie heute?«

»Vor fünfzehn Jahren? Das weiß ich wirklich nicht mehr. Vielleicht hat sie Post an mich schicken lassen, weil sie verreist war?«

»Wo wohnt sie heute?« Frau Brodbecker lässt nicht locker.

»Das wissen Sie doch. In diesem Apartmenthaus.« Auch Gudrun kann stur sein.

»Da arbeitet sie. Wo? Wohnt? Sie?«

»Keine Ahnung.«

»Kennen Sie ihr Umfeld, Familie, Freunde, einen Mann an ihrer Seite?«

»Leider. Nein.«

»Warum haben Sie sich der Mitnahme aufs Revier entzogen?« Frau Brodbecker wechselt abrupt das Thema.

»Ich ... ich habe Angst bekommen. Und dann hielt zufällig eine Freundin mit ihrem Auto vor dem Supermarkt ... Da bin ich einfach eingestiegen. Das war dumm. Tut mir leid.«

»Angst bekommen? Wovor?«

»Weil ... Frau Müller mich schwarz bezahlt. Ich dachte, dass es vielleicht darum geht.«

Wieder ist der Miene der Kommissarin nicht anzusehen, was sie von Gudruns Aussagen hält.

»Danke einstweilen. Wir machen ein Protokoll, sobald Sie entlassen sind.«

Die Kommissarin geht und nimmt den Polizeiposten vor der Tür mit, die Fluchtgefahr erscheint ihr gering. Gudrun bleibt in Weltuntergangsstimmung zurück.

Der Tag, an dem der Polizei ein Licht aufgeht

Ermittlungen

»Was ist denn mit dir los, Fred?« Grete steht im nachtblauen Nicki-Schlafanzug und mit verstrubbeltem Haar in der Küchentür.

Alfred sitzt bereits an der Küchenbar und kaut das zweite Schinkenbrot. Seine Füße erreichen mit Mühe die Querstrebe des Barhockers. Was hasst er dieses moderne Zeug. Aber er kam nicht gegen Grete und Mia an, als sie vor zwei Jahren ihre Küche neu eingerichtet haben.

»Kaffee für dich ist in der Kanne«, sagt er kauend und deutet auf die Thermoskanne der Kaffeemaschine.

Grete kommt näher und spitzt die Lippen für den Guten-Morgen-Kuss. »Du schmeckst nach Schinken.«

»Und du nach Schlaf.«

Sie gähnt herzhaft und bleibt unschlüssig neben ihrem Mann stehen. »Nee, sag mal, warum bist du vor mir auf?«

»Ich konnte nicht mehr schlafen. Der Fall treibt mich um. Das muss heute ein Ende finden, Grete. Wir haben so viele Fäden in der Hand, und keiner führt zum Täter. Oder zur Täterin.«

»Der Ortstermin heute? Lässt dir keine Ruhe, stimmts?«

»So ist es. Dominique hat mir ihr gestriges Gespräch mit dieser entwischten Putzfrau aufs Smartphone geschickt. Das bringt uns auch nicht richtig weiter.« Er seufzt tief und nimmt einen letzten, großen Schluck aus der Kaffeetasse.

Dann stellt er sein Frühstücksgeschirr zusammen und rutscht vom Hocker herunter.

»Lass stehen, die Spülmaschine ist voll. Ich geh jetzt Mia wecken. Viel Erfolg heute.«

Noch ein Kuss für die beste aller Ehefrauen, dann greift sich Alfred Geldbeutel, Handy und Autoschlüssel.

Noch im Auto erreicht ihn der erste Anruf aus der Polizeiinspektion. »Sie warten auf DNA von Gudrun Deuber, Herr Meister. Dauert noch ein bissel, wir schicken Ihnen dann alles aufs Handy.«

»Sind die Kollegen auf dem Weg?«

»Ja, drei Beamte. Sie holen Frau Gauche und Herrn Gründel zuhause ab. Getrennt voneinander, versteht sich. Dr. Preissinger hat versprochen, pünktlich da zu sein. Und ein Kollege ist auf dem Weg zum Wohnhaus von Gudrun Deuber. Frau Brodbecker möchte, dass Mieter befragt werden. Ob sie Frau Deuber letzten Mittwoch gesehen oder gehört haben.«

»Sehr gut. Bericht dann sofort an uns. Was ist mit dem Sex-Trio? Mir wäre lieber, die würden auch abgeholt.«

»Na, die wollten keinen Uniformierten vor ihren Privatwohnungen haben. Kommen auch selber.«

Alfred schnauft. Das passt ihm gar nicht.

Kurz vor 7 Uhr ist er im Büro, um noch einmal sämtliche Spuren und Gesprächsprotokolle zu sichten. Für 8 Uhr hat er sich mit Dominique im Bäckercafé verabredet. Wie immer trifft Alfred zuerst ein.

Die Verkäuferin mit den Froschaugen steht wie geplant hinter der Theke und nickt ihm freundlich zu. Ohne Aufforderung bringt sie einen großen Milchkaffee und ein Bamberger Hörnla an Alfreds Tisch.

»Sie haben bestimmt noch nicht gefrühstückt.«

Alfred lässt das mal offen.

Thorsten Gründel samt Polizei-Eskorte trifft gleichzeitig mit Dominique ein. Er trägt schlecht sitzende Jeans einer Billigmarke, einen graugrünen Anorak und eine fusselige Wollmütze auf dem Kopf. Sein Blick auf Dominique spricht Bände: Würde er nicht wissen, dass sie Kommissarin ist, würde er sie wahrscheinlich ebenso eliminieren wollen, wie er das angeblich mit anderen Frauen des Rotlichtmilieus getan hat. Selbst Alfred stockt kurz der Atem. Seine Kollegin kommt im superkurzen Mini durch die Tür, die Absätze ihrer Stiefel sind womöglich noch höher als die ihres üblichen Schuhwerks.

»Morgen.« Sie nickt den beiden jungen Beamten zu, die Gründel gebracht haben, und sorgt damit zumindest bei einem für tiefes Erröten. Bei dem anderen sieht man es nicht, er ist der Sohn eines schwarzen, ehemals in Bamberg stationierten GI. Sein breites Fränkisch sorgt bei Vernehmungen nicht selten für Erstaunen. Das macht ihm wenig aus, viel schlimmer ist das zunehmende Angepöbelt-Werden von Typen aus der rechten Szene. Die gibt es leider auch in der heilen Welt der katholischen Domstadt.

Alfred platziert Gründel und seine Begleiter an einen Tisch mit Blick nach draußen. Es wird erst losgehen, wenn alle Akteure versammelt sind. Sie haben die Gastronomie-Fläche bewusst nicht abgesperrt, der Betrieb soll so normal wie möglich laufen, die Verkäuferinnen sollen ihre Kundschaft bedienen wie jeden Tag. Alfred hat die vage Hoffnung, es möge andere Mittwochskundschaft auftauchen, die vielleicht in der Woche zuvor etwas oder jemanden gesehen hat.

Dominique hat sich einen Kaffee geholt und zu ihm gesetzt. »Was sagst du zu Gudrun Deuber?«

»Ehrlich? Ich habe keinen blassen Schimmer, ob sie mehr weiß, als sie zugibt. Und in welcher Beziehung sie wirklich zu Eva Müller steht. Vielleicht sind sie ein Paar? Wer weiß.«

»Könnte sein.« Dominique schlürft ihren Kaffee und streckt ihre Beine unter dem Tisch aus. Ihre Stiefelspitzen tauchen am anderen Tischende auf und stoßen dabei fast an Alfreds klobige Winterschuhe.

»Du hast die beiden jungen Kollegen ganz schön verwirrt«, sagt er grinsend.

»Ich versuche nur, nicht wie eine Polizistin auszusehen.« Sie wirft einen kurzen Blick in Richtung Gründel, der starr auf eine unbestimmte Stelle an der Wand schaut und die Beamten ignoriert, die sich über seinen Kopf hinweg über Fußball unterhalten.

»Und vielleicht kann ich Thorsten Gründel aus der Reserve locken.«

»Mit deinem Look?«

»Jep.«

»Könnte hinhauen. Wenn Blicke töten könnten, wärst du schon beim Reinkommen tot umgefallen.«

Dominique schaut Alfred für einen Moment an, als sähe sie ihn zum ersten Mal. »Du bringst mich auf eine Idee.«

Sie beugt sich zu ihm hinüber und legt ihren Mund und eine Hand an sein Ohr. Alfred wird nicht nur schwummrig von dem, was sie ihm jetzt ins Ohr sagt.

Vor dem großen Fenster des Bäckercafés tut sich etwas: Ein Zivilfahrzeug der Polizei bringt Julia Gauche, aus Richtung der nahen Bushaltestelle kommen Anna und Susan fast gleichzeitig mit Dennis, der auf einem quietschgrünen Mountainbike anrauscht. Fehlt noch Dr. Preissinger alias Hans.

»Fangen wir an.« Alfred steht auf und geht nach draußen. Der Morgen ist frisch, aber es wird ein für Ende Februar schöner, wolkenloser Tag werden. Anna bibbert, genau wie Susan trägt sie über engen Jeans ein viel zu kurzes Jäckchen und nichts auf dem Kopf. Dennis hockt auf dem Geländer neben dem Fahrradständer und raucht. Ein paar Meter weiter und vom Trio abgewandt wartet Julia Gauche im langen Ledermantel und mit Hut auf dem Kopf. Sie und Anna wechseln weder eine Begrüßung noch irgendeinen Blick miteinander.

Alfred schickt die Juwelierin und das Trio in Beamtenbegleitung ins Apartmenthaus.

8.45 Uhr. Dominique verlässt das Café, überquert mit professionell wirkendem Hüftschwung die Straße und verschwindet ebenfalls im Haus. Gründel stiert Dominique nach, als wüsste er nicht, ob er sie zuerst schänden oder lieber gleich erwürgen soll.

»So hat er letzte Woche auch die andere Frau angeschaut«, sagt die Verkäuferin und schichtet nebenbei Gebäckstücke in die Auslage.

»Anna?«

»Na ja, die von gegenüber. Die immer Nusshörnla kauft.«

»Anna.« Alfred nickt.

Sie warten wieder. Unbekannt ist, wann Eva Müller, wann Mirko Wagner angekommen sind.

»Mir fällt grad was ein.« Die Verkäuferin tippt sich an die Stirn. »Mittwochs werden immer unsere Glascontainer geleert. Die sind nach einer Woche rappelvoll.« Sie deutet durchs Fenster. Die Altglasbehälter stehen neben der Supermarkteinfahrt an der Straße. »Die kommen später, zwischen 10 Uhr und 11 Uhr. Dauert immer ein bissel, der Fahrer und sein Helfer holen sich meist einen Kaffee und trinken ihn draußen an den Stehtischen, mit Zigarettchen. Egal, wie kalt es ist.«

»Auch letzten Mittwoch?«

Sie nickt. »Ich bin mir ziemlich sicher.«

Eva

Es fällt ihr ganz plötzlich ein. Der Auslöser war vermutlich ein Geräusch von draußen, es klang wie zersplitterndes Glas. Sie sieht sie ganz deutlich vor sich, die vollen Glasbehälter oben auf der Ladefläche des LKW, die beiden Männer in gelben Warnwesten, die am Stehtisch vor dem Bäckercafé rauchen und Kaffee trinken.

Sie kam aus dem Haus, den Alltagsanorak hastig über ihre Arbeitskleidung geworfen, die schwarze Perücke noch auf dem Kopf. In ihrem Hirn war absolute Leere, ihr fiel nicht mal ein, wo sie das Auto geparkt hatte. Von irgendwo schlug eine Kirchturmuhr – einmal. Es muss wohl viertel nach 10 gewesen sein. Sie weiß noch, dass sie in ihren hohen Schuhen fast umknickte beim schnellen Laufen. Zufällig schauten in diesem Moment die beiden Containerfahrer zu ihr her. Der eine rief etwas. Es klang wie: »Hey Süße, können wir helfen?«, mit starkem polnischen Akzent.

Sie muss eine abwehrende Handbewegung gemacht haben, denn das einstimmige »Schade« beider Männer hörte sie deutlich. Dann ging sie hastig auf der anderen Straßenseite weiter, ohne nachzudenken.

Ob die beiden später keine Zeitung gelesen oder ihr Bild nicht im Internet gesehen haben? Wenn es Polen waren, wohnten sie aber sicher gar nicht in Bamberg. Sie kann sich nicht an das Kennzeichen des LKW erinnern.

Vielleicht hat sie Glück, und es melden sich keine weiteren Zeugen mehr, auch die beiden Polen nicht. Aber was heißt schon Glück, wenn man nicht weiß, ob man einen anderen Menschen umgebracht hat. Auch wenn der es verdient hat.

Den anderen eventuellen Zeugen, Hans, hat Eva auch gesehen, als sie das Apartment fluchtartig verließ. Sein Auto stand ein Stück weiter die Straße runter. Kurz nach der Begegnung mit den Containermännern entdeckte sie ihn. In diesem kurzen Moment war er über etwas auf seinem Schoß gebeugt, vielleicht über sein Smartphone. In einen Hauseingang huschen, die Perücke vom Kopf zerren und die Kapuze ihrer Jacke über den Kopf ziehen, war das eine. Sich an der Hauswand entlang zu drücken, ohne nochmal zu seinem Sportwagen hinzusehen, war das andere.

Ihr eigenes Auto parkte an gewohnter Stelle, und sie spürt jetzt noch die grenzenlose Erleichterung, als sie drinnensaß und die High Heels von den Füßen streifen konnte. Sie war entkommen, erst einmal. Aber weder in dieser Ausnahmesituation vor einer Woche noch heute konnte und kann sie sich richtig daran erinnern, was passiert ist. Warum der Frauenarzt gestorben ist und ob sie etwas damit zu tun hat. Sie weiß noch, dass Musik lief, als sie aus der Wohnung rannte, und auch welche. John Wright, ein irischer Sänger mit Schmusestimme, sang »If you could see«. Manch einer mochte eher einen härteren Sound, aber es kam auch vor, dass ein Mann Volksmusik oder sakrale Klänge bevorzugte. In den letzten Jahren durfte es auch gern mal Helene Fischer sein. Eva konnte mit allem dienen, der Kunde war König. So lange er nach ihrer Pfeife tanzte.

Hat sie die Musikanlage ausgestellt, als sie ging? Sie weiß es nicht.

Gudrun

»Möchtest du?« Claudia hält eine Flasche Multivitaminsaft hoch.

»Jetzt nicht. Lass uns lieber raus in die Sitzecke gehen.« Gudrun will vorbeugen. Frau Diabetes hat sich schon wieder in Position gesetzt, um zuzuhören.

»Na gut. Aber später trinkst du ein Glas! Versprichst du es mir?«

Gudrun nickt. Sie schlüpft in ihre Schuhe und ist einen Moment benommen, als sie aufsteht. Physiotherapeut Mike hat vorhin schon zur Tür hereingeschaut, kurz nachdem die Polizistin gegangen war.

»Ich komme heute Nachmittag, Frau Deuber! Wir haben jetzt Betriebsversammlung ...« Gudrun ist es mehr als recht.

Claudia hakt sie unter; sie hat gemerkt, wie Gudrun sich beim Aufstehen kurz an der Schranktür festhalten musste. Frau Diabetes sendet ihnen bedauernde Blicke nach. Wieder nichts mit Unterhaltung.

»Du hättest mich nicht schon wieder besuchen müssen«, sagt Gudrun. »Ich komme ja zurecht.«

»Ich musste eh nach Bamberg.« Sie druckst etwas herum. »Die Polizei will in deine Wohnung ... Ich soll aufschließen. Aber das weißt du ja vielleicht.«

Gudrun weiß es nicht, aber es wundert sie auch nicht.

»Es ist wegen deiner Freundin, glaube ich. Wegen Eva. Sie wird wohl gesucht, wusstest du das?« Claudia deutet auf eine freie Sitzecke am Ende des Flurs. »Wollen wir hier?«

Gudrun lässt sich auf einen der Sessel sinken und fühlt sich auf einen Schlag wieder so erschöpft, als hätte sie einen Achttausender bezwungen. Sie zieht den Reißverschluss ihrer Trainingsjacke bis oben zu. Es ist kühl hier, trotz der Sonnenstrahlen, die gerade durch die Wolken und die Panoramascheibe des Klinikums brechen.

»Sag mal, Claudi, erinnerst du dich noch an früher, als wir Kinder waren?«

Claudia ist verwirrt über den Themenwechsel. Sie hat sich ihr gegenüber gesetzt und schwitzt offenbar, denn sie schiebt die Ärmel ihres Pullovers über die Ellenbogengelenke. »Natürlich. Wir hatten eine schöne Kindheit.«

»Dass ich immer wieder ins Krankenhaus musste? Erinnerst du dich daran?«

»Hm, ja … stimmt. Du warst oft krank. Ich glaube, die Eltern haben sich ziemliche Sorgen um dich gemacht.«

»Sorgen, ja? Meinst du?«

Claudia weiß offensichtlich nicht, worauf Gudrun hinauswill. »Ja, sicher. Eltern machen sich immer Sorgen, wenn ihre Kinder krank sind.«

»Weißt du, warum ich im Krankenhaus war?«

Claudia muss erst nachdenken, Gudrun kennt diesen Gesichtsausdruck, wenn sie die Lippen zusammenpresst und gleichzeitig die Augenbrauen in die Höhe zieht.

»Du hattest oft Bauchschmerzen, das weiß ich, ja. Du bist doch auch operiert worden, oder? War das der Blinddarm? Mensch, Gudrun, das musst du doch selber wissen. Ich war jünger als du … Bin jünger.«

»Ich war auch ein Kind«, sagt Gudrun, »als ich klein war, wusste ich nicht, was mit mir los war.« Und als ich größer wurde, auch nicht. Das sagt sie nicht.

»Auf was willst du denn raus, Guddi?« Guddi, der Kosename, den ihre kleine Schwester Claudia ihr gegeben hatte. Guddi und Claudi. Jetzt klingt Claudia ungeduldig.

»Weißt du noch, als ich bei den Eltern unser Stammbuch gesucht habe, weil du zum Heiraten deine Geburtsurkunde gebraucht hast? Sie waren verreist damals.«

»Ja …«

»Da habe ich auch Unterlagen über mich gefunden.«

»Du … du bist doch nicht etwa adoptiert worden?«, platzt Claudia heraus.

Jetzt schaut Gudrun genervt. »Quatsch. Wieso denn das?«

»Ach, tut mir leid. Ich hab gestern einen Spielfilm gesehen … da hat eine Frau erst als Erwachsene herausgefunden, dass sie adoptiert wurde. Sie hat auch ihre Geburtsurkunde gebraucht … Und ehrlich,

Guddi, manchmal als Jugendliche habe ich gedacht, du bist so anders als ich. Ich dachte, du bist vielleicht gar nicht meine richtige Schwester. Aber das denken Kinder wahrscheinlich alle irgendwann mal.«

»Du lagst vielleicht gar nicht so verkehrt«, sagt Gudrun. »Ich habe die Arzt- und Klinikberichte gefunden und gelesen. 27 Jahre alt war ich damals. Mit 27 Jahren habe ich herausgefunden, was die Ärzte mit mir gemacht haben.«

Claudia versteht nicht. »Was sie mit dir gemacht haben?«

»Ja, zehn Jahre zuvor. Als ich siebzehn war und im Krankenhaus operiert wurde. Damals haben sie mir gesagt, es war die Gebärmutter und ich könnte keine Kinder bekommen.«

»Was???« Schon das schockiert Claudia. »Das habe ich nicht gewusst ... Ich dachte immer, du willst keine Kinder.«

Gudrun atmet tief ein und aus. »Da siehst du mal, wie offen wir in unserer Familie waren. Nicht mal wir beide haben über so etwas geredet. Und ja, es stimmt sogar. Ich wollte nie Kinder.«

Claudia versteht nicht. »Dann war die OP kein Problem für dich?«

»Dass mir niemand gesagt hat, worum es eigentlich ging. Das war das Problem. *Ist* das Problem. Es war nicht die Gebärmutter ...«

Ermittlungen

Ortstermin, Szene 1, 9 Uhr im Bäckercafé: Auftritt Anna.

Sie kommt durch die sich automatisch öffnende Tür des Supermarktes, geht auf die Bäckertheke zu, linker Hand des Eingangs. Alfred steht bei dem kleinen Wagen fürs schmutzige Geschirr, behält alles im Blick. Anna reckt trotzig das Kinn, als sie mit wippendem Pferdeschwanz und ebenso wippendem Busen zur Theke geht. Ihr passt das Theaterspiel hier nicht, das hat sie mehrfach verlauten lassen. Dass sie als diejenige, die den Toten gefunden und der Polizei gemeldet hat, wie eine Verdächtige behandelt wird, sei unglaublich.

Gründel folgt ihr mit den Blicken und murmelt etwas vor sich hin.

»Zwei Nusshörnla.« Annas Stimme klingt trotzig.

»Gerne«, antwortet die Verkäuferin routiniert und packt Anna die beiden Gebäckstücke ein, nennt den Preis.

Anna bezahlt, steckt die Tüte mit den Hörnla in ihre rote Kunstledertasche und schickt Alfred einen provozierenden Blick.

Gründel schaut ihr nach, wie sie über die Straße geht und gegenüber das Haus betritt.

9.20 Uhr: Auftritt Mirko Wagner.

Wagners Stellvertreter beim Ortstermin ist der junge, dunkelhäutige Polizist, jetzt ohne Uniform. Er überquert die Straße und trägt wie Wagner eine Einkaufstüte in der Hand. Statt Bordeaux enthält sie eine leere Wasserflasche.

Kurz darauf fährt Dr. Preissingers Sportwagen vor und wird von der jungen Polizistin, die letzte Woche Gudrun Deuber hat entwischen lassen, angewiesen, das Auto an derselben Stelle wie letzten Mittwoch zu parken.

Ortstermin, Szene 2, 9.25 Uhr im Apartment Eva Müller.

Sicher ist, dass Dr. Mirko Wagner etwa um diese Zeit das Apartment betreten haben muss. Niemand im Haus hat ihn gesehen oder gehört. Eva Müller muss geöffnet haben.

Jetzt ist es Dominique, die aufmacht. Von irgendwoher hat sie eine schwarze Langhaarperücke gezaubert, die Lippen sind knallrot geschminkt, die Augen mit schwarzem Lidstrich betont. Sie kann nicht ahnen, wie ähnlich sie Eva Müller in diesem Moment ist, auch in ihrem Verhalten.

Nur dass die beiden Stellvertreter nicht allein im Apartment agieren, worüber niemand erleichterter ist als der junge Wagner-Darsteller. Zwei Beamte sind ebenfalls da, und Alfred kommt gerade aus dem Aufzug. Gründel hat er in der Obhut des Kollegen im Café gelassen, er ist erst später dran.

»Domina«, sagt der eine Beamte leise zum andern und nickt grinsend Richtung Dominique. Nur Alfred hats gehört und hebt mahnend den Zeigefinger.

Dass die Frau Kommissarin selbst in Evas Rolle schlüpfen würde und zwar auch in entsprechender Aufmachung, hat vorher keiner gewusst. Die junge uniformierte Beamtin war als Platzhalterin vorgesehen. Es war Dominiques Idee, sie ist ihr vorhin im Café gekommen. Ihre Hoffnung: Gründel damit aus der Reserve zu locken. Denn schließlich wollte er ursprünglich die verhasste Prostituierte aus dem Weg räumen und nicht Mirko Wagner. Immerhin besteht die vage Möglichkeit, dass er's wirklich getan hat – Eva töten – und sie deshalb unauffindbar ist. Daran glauben tun sie allerdings nicht. Denn wie hätte ein schmächtiger Kerl wie Thorsten Gründel am helllichten Tag eine tote Frau aus dem Haus schaffen sollen? Er hat ja nicht mal ein Auto.

»Ich habe eine Flasche Wein mitgebracht«, sagt der junge Beamte und zieht die Wasserflasche aus der Tüte. »Möchten Sie ein Glas?«

Ortstermin, Szene 3, 9.38 Uhr im Apartment Trio.

Julia Gauche trifft ein, Anna öffnet, sie trägt die Kleidung vom letzten Mittwoch – enganliegende schwarze Leggins, ein gelbes Top mit gewagtem Ausschnitt.

»Hallo Julia«, sagt sie hölzern, der Widerwille gegen das Rollenspiel ist ihr deutlich anzumerken.

»Hallo Anna.« Die beiden Frauen umarmen sich flüchtig und gehen steifbeinig in die gynäkologische Praxis links des Eingangs.

»Hier haben Sie sich aufgehalten?«, fragt Alfred, der ihnen gefolgt ist.

Beide nicken.

Alfred klopft an die Zimmerwand, an der allerlei fragwürdige Fotografien hängen. »Sexuelle Verrenkungen« würde Grete wohl sagen.

»Sie sind hier Wand an Wand mit dem Nachbar-Apartment. Genau dahinter befindet sich Eva Müllers Wohnzimmer. Das Gerangel zwischen Eva Müller und ihrem Kunden hat sehr wahrscheinlich um 10 Uhr herum stattgefunden, plus/minus eine Viertelstunde. Erinnern Sie sich bitte genau, ob Sie in dieser Zeit etwas von nebenan gehört haben.«

Anna steht mit vor der Brust verschränkten Armen am Gynäkologenstuhl, Julia Gauche hat sich auf die Untersuchungsliege gesetzt, an der anderen Wand.

»Sollen wir jetzt wohl auch noch nachstellen, was wir letzten Mittwoch gemacht haben?«, fragt Anna patzig.

Zwei der anwesenden Beamten, ein Mann und eine Frau, strecken neugierig ihre Köpfe herein.

»Nicht notwendig.« Alfred rollt die Augen. »Sie sollen sich erinnern. Also?« Er schaut jetzt Julia Gauche auffordernd an.

»Wir ... wir hatten Musik laufen«, sagt sie. »*Depeche Mode?* Oder, Anna?«

»Wo ist die Musikanlage?« Alfred schaut sich suchend um.

Anna begibt sich sichtlich unwillig an ein Instrumentenschränkchen, das außer allerlei Sex-Schnickschnack auch einen MP-3-Player verbirgt. »Soll ich?«, fragt sie über die Schulter.

»Ja, die Platte von letzter Woche bitte. Und in der gleichen Lautstärke.«

»Platte.« Anna lacht, folgt aber der Aufforderung.

Gleich darauf wirds ziemlich laut.

Alfred winkt die Beamtin herbei. »Gehen Sie mal bitte nach nebenan. Frau Brodbecker und der Kollege sollen ebenfalls die Musik anstellen. Der Kollege soll sich dann zu Boden fallen lassen. Und irgendwas aus Glas zerdeppern.«

Und zu Anna gewandt, die jetzt neben Julia Gauche auf der Liege hockt: »Die Musik, die später aus der offenen Apartmenttür von Eva Müller kam – war die schon vorher zu hören?«

Anna zuckt die Schultern. »Wenn, dann habe ich nicht darauf geachtet. Du?« Sie schaut Julia an.

»Nein«, sagt diese sehr reserviert.

Alfred stellt sich nah an die Wand, wartet auf Geräusche von nebenan. Ganz entfernt hört er einen dumpfen Ton, auch ab und zu die Bässe der Musik. Nichts, was beunruhigen würde.

»Die Wände sind hier sehr diskret!«, bemerkt Dennis, der sich der Tür genähert hat. »Sorry, *Depeche Mode* ist eine meiner Lieblingsbands.«

»Gut. Weiter. Sie, Frau Gauche, haben etwa gegen halb 11 die Wohnung hier verlassen. Bis dahin hörten Sie weiter Musik?«

Die Juwelierin bestätigt das.

»Dann gehen Sie jetzt bitte.«

Sie schlüpft in ihren Mantel, würdigt Anna keines Blickes und will zur Tür hinaus.

»Stopp!« Alfred hebt die Hand. »Haben Sie, Anna, Ihre Kundin nicht nach unten begleitet?!«

»Sie hat mich bis zur Wohnungstür begleitet«, sagt Julia Gauche ruhig, »nicht weiter.« Der erste Widerspruch zu Annas Aussage.

Gudrun

»Frau Deuber! Telefon!«

Ein junger Pflegeschüler kommt auf Gudrun und Claudia in der Sitzecke zu, mit dem Stationsapparat in der Hand.

»Wer denn?«, fragt Gudrun irritiert. Der kurze intime Moment, in dem sie sich ihrer Schwester öffnen wollte, ist vorbei. Claudia schaut unglücklich, sie will etwas sagen, macht den Mund aber wieder zu, als der Schüler weiter redet.

»Eine Nachbarin oder so. Hat Sie übers Zimmertelefon nicht erreicht, na ja, kein Wunder, Sie sind ja auch nicht drin.« Er lacht unbekümmert und reicht Gudrun das Telefon. »Bringen Sie es bitte gleich zurück, wenn Sie fertig sind.«

Gudrun nickt und presst das Telefon ans Ohr. »Deuber?«

Es ist die alte Frau aus der Erdgeschosswohnung. Sie ist schwerhörig und redet deshalb besonders laut und ohne eine Antwort abzuwarten. »Frau Deuber, wie geht es Ihnen! Hoffentlich gut! Die Polizei war da! Ob Sie letzten Mittwoch da waren! Am Vormittag! Ob ich gehört habe, was Sie gemacht haben! Waren Sie mal am Briefkasten, Frau Deuber? Das weiß ich doch nicht, ehrlich! Lausche ich den ganzen Tag, was andere Leute machen?«

Ja, das tust du, denkt Gudrun.

»Und ob Sie Ihre Waschmaschine angemacht haben! Das wollten die wissen! Aber das hat der junge Kerl von oben gewusst! Der hat sie rumpeln hören! Das wollte ich Ihnen nur mal sagen!«

Sie schnauft kurz durch, was Gudrun nutzt, um ein kurzes »danke für die Info, aber ich muss jetzt auflegen« ins Telefon zu schreien. Das »gute Besserung, Frau Deuber!« geht dabei fast unter.

»Puh«, sagt sie, als sie die rote Taste gedrückt hat.

Sogar Claudia hat jedes Wort verstanden. »Was wollen die nur von dir, Guddi? Was hat es mit dieser Eva auf sich, die gesucht wird? Warum lässt du dich mit so einer ... einer zwielichtigen Person ein?« Sie schaut angewidert. »Und was soll da letzten Mittwoch gewesen sein?«

Claudia liest in Sonneberg Zeitung, und in Thüringen findet ein Mord in Bamberg offenbar wirklich lang nicht so viel Aufmerksamkeit wie in Franken, auch wenn die Städte nur eine gute Stunde Fahrzeit auseinander liegen.

»Ich bringe erst mal das Telefon zurück.« Gudrun steht mühsam auf.

»Das kann ich doch machen!« Claudia rappelt sich ähnlich schwerfällig hoch, bei ihr ist die Hüfte schuld.

»Lass. Ein paar Schritte tun mir gut.«

»Wir gehen zusammen.« Claudia hakt ihre Schwester unter, und von weitem ist sicher nicht klar, wer da wen stützt. Sie schaut auf ihre Armbanduhr. »Ich glaube, ich muss gleich. Hoffentlich hat die Polizei deine Tür nicht aufgebrochen, wenn die schon im Haus sind.«

»Und wenn schon«, sagt Gudrun leise. Sie sind am Schwesternstützpunkt angelangt, wo sie den Telefonapparat durchs offene Fenster reicht.

»Wie meinst du das? Weißt du, dass ich mir langsam richtig Sorgen um dich mache? Und nicht nur wegen dem Herzinfarkt ... Hast du eigentlich eine Reha beantragt? Das musst du unbedingt machen, hörst du, Gudrun? Bad Kissingen soll gut sein.«

»Mal sehn, es war schon jemand bei mir.«

»Was wolltest du mir vorhin eigentlich sagen? Was war das für eine Operation damals?«

Claudia ist stehengeblieben, schaut ihre Schwester von der Seite an.

»Ein andermal, Claudia. Ich bin grad ziemlich müde, muss mich hinlegen.«

Claudia seufzt. »Also gut. Soll ich dich später nochmal anrufen? Wenn die Polizei in deiner Wohnung war?«

Gudrun zuckt die Schultern. »Kannst du machen.«

Bevor Claudia geht, fällt ihr noch etwas ein. Die Polizei habe da etwas erwähnt, nur nebenbei. Sie seien alle heute vor Ort, in dieser Wohnung von Gudruns Freundin Eva, wollen nachstellen, was da letzten Mittwoch passiert ist. Niemand habe ihr allerdings gesagt, um was es genau gehe.

Gudrun schaut alarmiert, Claudia merkt es nicht.

Zurück in ihrem Zimmer ist Gudrun so erschöpft wie aufgewühlt. Wenigstens wird Frau Diabetes gerade zu einer Untersuchung abgeholt. Gudrun steht im Badezimmer vor dem Spiegel und schminkt sich notdürftig, aber dennoch sorgfältig mit den wenigen mitgenommenen Utensilien. Neulich, als Claudia meinte, sie würde so müde und erschöpft aussehen, hatte sie einen Abdeckstift in ihre Handtasche gepackt. Den trägt sie jetzt auf ihre dunklen Augenringe auf und sieht schon gleich wacher und frischer aus. Make-up wäre gut, hat sie aber nicht dabei. Stattdessen etwas getönte Tagescreme und ein leichter Hauch von Puder. Und irgendwo müssen noch Wimperntusche und Lippenstift sein, oder? Sie erinnert sich daran, dass sie diese Dinge vor langer Zeit einmal in ihren Waschbeutel gesteckt hatte. Auch ein Kajalstift findet sich darin. Er zeichnet nun einen Punkt auf die rechte Wange. Dann wühlt sie in der Kleidertasche, die Claudia mitgebracht hat. Eine Jeans ist drin und eine rote Bluse. Und die »Faschingsperücke«.

Kurz darauf verlässt Gudrun unbemerkt die Station. Sie hat einen folgenschweren Entschluss gefasst.

Ortstermin, Szene 4, 10.08 Uhr im Bäckercafé und davor.

Der junge Beamte holt sich schon den dritten Kaffee an der Theke. Thorsten Gründel hockt weiter am Fenster und stiert ins Leere.

»Da, schaun Sie!« Die Verkäuferin deutet mit dem Arm zum Fenster. »Die Containerfahrer sind da!«

Tatsächlich. »Hat der LKW letzte Woche an der gleichen Stelle geparkt? Und um die gleiche Zeit?«, fragt der Polizist.

»Ja, so ziemlich. Der steht immer da. Die laden jetzt erst auf, dann kommen sie rein.«

Der Beamte kehrt mit seiner Tasse an den Tisch zurück und stellt Gründel zur Rede. »Der LKW, der eben gekommen ist, der muss Ihnen doch letzte Woche schon die Sicht aufs Haus gegenüber versperrt haben?«

»So ist es. In der Zeit bin ich aufs Klo.«

Dass Gründel vom Café aus eine bestimmte Zeitlang gar nicht sehen konnte, wer drüben ein- und ausgeht, ist wirklich eine wesentliche Information. Der Polizist zückt sein Handy und ruft Dominique Brodbecker an.

Draußen wundern sich die Containerleerer, dass sie von einer jungen Frau angesprochen werden, die sich als Polizeibeamtin in Zivil ausweist. Und siehe da: Beiden ist eine Woche zuvor eine, wie sie mit starkem polnischen Akzent übereinstimmend betonen, »sehr heiße Frau« aufgefallen, während sie rauchend hinter ihrem LKW standen.

»Sie kam aus Haus, ist mit Fuß geknickt«, erzählt der eine. »Hatte sehr hohe Schuhe an, ging sehr schnell.«

»In welche Richtung?« Sie deuten die Straße hinauf, etwas entfernt sieht die Beamtin schemenhaft Dr. Preissingers Gesicht hinter seiner Autoscheibe.

»Hatten Sie Blickkontakt zu ihr?«

Die beiden schauen sich grinsend an. »Ja, wir wollten helfen. Sie sagt: Nein. Wir: Schade!«

Wie jeder Polizist, der mit dem Fall befasst ist, hat auch die Beamtin das Phantombild von Eva Müller dabei. »War sie das?«

Die Männer nicken und starten die nächste Flirtoffensive. »Sie auch sehr hübsch! Sie trinken Kaffee mit uns?«

»Leider nein, keine Zeit.« Es klingt aufrichtig bedauernd, die Polizistin täte im Moment nichts lieber. Aber noch hat sie eine Scharte auszuwetzen von letzter Woche, als sie Gudrun Deuber entwischen ließ.

»Apropos Zeit. Um wie viel Uhr war das etwa, dass Sie die Frau aus dem Haus kommen sahen?«

»So wie heute«, bestätigen beide. Es ist 10.16 Uhr.

Gründel und der Kollege treten durch die Supermarkttür und überqueren die Straße.

Ortstermin, Szene 5, 10.20 Uhr im Apartment-Treppenhaus.

Gründel steigt zielstrebig die Treppe hinauf, schaut kurz auf die angelehnte Tür von Eva Müllers Wohnung und begibt sich dann ein weiteres Stockwerk hinauf, immer in Begleitung seines Aufpassers. Dort oben hockt er sich auf eine Stufe. Noch tut sich unten nichts. Sie haben beim Vorbeigehen an den Prostituierten-Apartments nicht mal Stimmen gehört und Musik nur sehr entfernt. Das Haus hat wirklich diskrete Wände und Türen.

Die Polizei weiß inzwischen, dass Eva Müller zu diesem Zeitpunkt nicht mehr im Haus war. Sie ist Gründels Beobachtung allerdings durch den Sichtschutz des Container-LKW entgangen. Er musste also beim Betreten ihrer Wohnung davon ausgehen, dass sie drinnen ist.

Sie hören jetzt einen Stock tiefer Alfred mit Anna und Julia Gauche sprechen, und der folgende Wortwechsel ist deutlich vernehmbar.

»Was war mit dem Nachbar-Apartment um diese Zeit? Stand die Tür offen?«

Frau Gauche zögert einen Moment. »Ich glaube, die Tür war angelehnt. Ich habe mir nichts dabei gedacht. Man geht ja mal schnell zum Müll oder zum Briefkasten und schließt nicht ab.«

»Haben Sie zu dieser Uhrzeit Musik aus der Wohnung gehört?«

Sie zuckt die Schultern. »Ich weiß nicht. Wenn, dann hat Annas Anlage das übertönt. Jedenfalls bin ich alleine runter zur Haustür gegangen.«

Alfreds Ton wird jetzt scharf. »Was haben Sie dann gemacht? Anna? Wann genau haben Sie Ihren Müll runter gebracht? Und dann die offene Tür der Nachbarwohnung entdeckt?«

»Das hab ich doch schon mehrfach erzählt! Eben bevor ich den Toten gemeldet habe. Halb 12 vielleicht?«

»Obwohl die Nachbartür schon um halb 11, als Frau Gauche ging, nur angelehnt war? Ist Ihnen das nicht aufgefallen?«

Julia Gauche, die schon im Hausflur steht, mischt sich ein. »Du musst die Tür auch gesehen haben, Anna.«

»Quatsch!«, widerspricht die mal wieder, pampig wie eh und je. »Ich bin gleich wieder rein.«

»Stimmt nicht!«, entfährt es Thorsten Gründel spontan, während er aufsteht und übers Geländer nach unten schaut.

»Was stimmt nicht?«, fragt Alfred Meister nach oben.

»Die!« Er deutet auf Anna. »Ich hab gesehen, wie sie zur Tür gegenüber ist. Und sie ist reingegangen.«

»Kam Musik aus der Wohnung?«

Gründel zögert. »Wenn, dann leise. Ich hab nichts gehört.«

Ortstermin, Szene 6, 10.35 Uhr: Apartment Eva Müller.

An dem dunkelhäutigen Polizisten ist ein Schauspieler verlorengegangen. Anna wird sichtlich blass unter ihrem Make-up. Der

Beamte hat sich ausgezogen bis auf einen sehr knapp sitzenden Slip, liegt leicht verrenkt neben dem Wohnzimmertisch, die offenen Augen starr an die Decke gerichtet. Sogar eine rote Flüssigkeit hat er verschüttet. Oder wars Dominique? Sieht aus wie Blut. Wäre die Szene nicht so gruselig, könnte manch eine oder einer beim Anblick des gut gebauten Polizisten schwach werden.

»Oh Gott«, entfährt es Anna.

»So, junge Frau, jetzt mal raus mit der Sprache. Sie waren in dieser Wohnung, jetzt um diese Zeit, und wir nehmen mal an, der Frauenarzt lag schon so da wie jetzt. Was haben Sie in diesem Moment gemacht? Warum sind Sie nicht sofort zurück in Ihre Wohnung, um den Notruf zu wählen?«

»Sie ist zurück.« Thorsten Gründel, der plötzlich neben ihnen steht und den halbnackten Mann auf dem Boden anstarrt. Gleichzeitig taucht Dominique aus dem Schlafzimmer auf und lehnt sich provokativ-lässig an den Türrahmen. Das bringt Gründel völlig aus der Fassung.

»Du, du, gottloses Miststück!«, faucht er und schießt auf die Kommissarin zu.

Sie hat ihn in Nullkommanichts in den Schwitzkasten genommen, er keucht und japst nach Luft.

»Eva Müller wolltest du an den Kragen, stimmts?«, sagt sie ruhig, »und nur ihr. Aber sie war gar nicht mehr in der Wohnung. Der Mann auf dem Boden hat dich überhaupt nicht interessiert. Aber du hast was gesehen, und das erzählst du uns jetzt!«

»Sie!«, murmelt Alfred und schaut dabei Dominique eindringlich an.

»Erzählen *Sie* uns jetzt«, korrigiert sie.

»Der hat gar nichts gesehen«, faucht Anna dazwischen.

»Doch!« Thorsten Gründel bekommt wieder Luft, nachdem Dominique ihren Griff gelockert hat. Er schnauft tief. »Die«, er deutet auf Anna, »kam nach ein paar Minuten wieder raus aus der Wohnung und ist bei ihr dann drüben rein.«

Alfred fasst Anna grob am Arm. »Was. Ist. Hier. Passiert??«

Sie wischt sich mit dem Handrücken über die Augen, der schwarze Kajal verschmiert sofort.

Dann endlich redet sie.

»Der ... der Wagner lag da, hat geblutet und gestöhnt und sich den Kopf gehalten. Er ... er war oft bei mir als Kunde, ein überheblicher Typ ... ich mochte ihn nicht. Aber ich war so geschockt, dass ich ... dass ich ihn in Evas Wohnung vorgefunden habe. Sie selber war verschwunden. Eigentlich wollte ich ihm aufhelfen, aber dann ... dann fing er an, Eva aufs Übelste zu beschimpfen. Ich hab gar nicht verstanden, warum er so über sie hergezogen ist. Das ... das hat mich total wütend gemacht.«

»Ich denke, Sie kennen Eva Müller nicht näher?«

Anna schnieft und sagt nichts.

Alfred und Dominique schauen sich an, und Dominique fasst zusammen, was beiden gleichzeitig klar wird.

»Motiv: Eifersucht. Es ging nicht um Wagner, sondern um Eva, stimmts?«

Eva

Ein einziger Kuss, Eva und Anna, vor einem Jahr. Eva brach den Kuss ab. Nicht weil er ihr nicht gefiel, sondern weil er etwas in ihr auslöste, das sie zutiefst erschreckte. Ein Strom heißer Lava floss damals durch sie hindurch, beginnend von der Zungenspitze, weiter durch den Brustkorb, bis ins tiefste Innere ihres Schoßes. Mit keinem einzigen Mann hatte sie in ihrem von scheinbar erotischen Begegnungen ausgefüllten Leben solche Empfindungen geteilt. Nicht einmal mit dem einen Mann, den sie wirklich geliebt hat.

Wie kann das sein? Das fragt sich Eva noch heute. Sie hat sich nie als lesbische Frau gesehen, steht zu hundert Prozent nur auf Männer, und so gut wie hundert Prozent ihrer Kunden würden das sofort bestätigen.

Was war dann das mit Anna?

»Tut mir leid«, hat Eva damals gesagt und rückte ein Stück von der jungen Frau im Dirndl weg. Sie war verlegen, nippte an ihrem Sektglas. Anna schaute sie entgeistert an.

»Warum? Es war grad so schön ...« Wieder kam die kleine Hand, dieses Mal streichelte sie Evas Gesicht, ganz zart, ganz sanft.

Eva schüttelte unwillig den Kopf. »Lass es einfach. Ich steh nicht auf Frauen.« Sie rutschte aus der Bank, schaute Anna nur flüchtig an. »Danke für Kaffee und Sekt. Und den Schlüssel zum Entlüften. Ich muss jetzt.«

Anna blieb sitzen, stumm, ungläubig.

Eva schaute sich nicht mehr um, ging aus dem Zimmer und aus der Wohnung. Was sie bei Anna auslöste, war ihr nicht bewusst. Sie merkte natürlich, dass die Nachbarin versuchte, ihr immer wieder zu begegnen – im Treppenhaus, auf der Straße, im Supermarkt gegenüber. Dann wechselten sie auch mal ein paar Worte. Eva ertrug Annas bettelnden Blick nicht und versuchte, ihr so gut wie möglich aus dem Weg zu gehen.

Und heute – befürchtet sie mit Recht, dass Annas unerwiderte Liebe ihr zur Gefahr werden kann. Doch so intensiv Eva auch nachdenkt, fällt ihr doch kein Grund ein, warum Anna bisher nicht geredet hat.

Gudrun

Der Taxifahrer grinst süffisant, als Gudrun einsteigt, vorsichtshalber hinten.

»Wo darfs denn hingehen, schöne Frau?«

»Keine Sprüche bitte, fahren Sie einfach«, sagt Gudrun und nennt ihm die Adresse von Evas Apartment.

Ihre Hand krallt sich am Türgriff fest; obwohl sie sitzt, hat sie Angst, ohnmächtig zu werden. Sie weiß selbst nicht, was sie dort will. Ob sie alle dort sind, die Menschen, mit denen Eva zu tun hatte? Gudrun zermartert sich das Hirn. Wen mag die Polizei aufgespürt haben aus Evas Dunstkreis? Menschen, die Eva getroffen haben, Männer, die bei ihr Kunden waren? Sie kann sich nicht vorstellen, wie die Polizeibeamten an Adressen oder Telefonnummern gekommen sein sollen.

Der Taxifahrer, ein junger Türke, pfeift ziemlich falsch zur Radiomusik. »Herzbeben« singt Helene Fischer.

Auch Gudrun spürt ihr Herz beben. Hoffentlich hält sie durch. Hoffentlich macht ihr Herz das mit. Ihr armes mehrfach gebrochenes Herz. Sie lehnt sich an die kalte Autofensterscheibe. Es wird Frühling in Bamberg, überall an den Bäumen kann sie schon kleine Knospen erkennen. Immer wenn sie an einer Ampel stehen, hört Gudrun durch die halb herabgelassene Scheibe des Fahrers Vögel zwitschern. Was sonst lieblich in ihren Ohren klang, scheint sie heute nur zu verhöhnen.

Das Taxi beschleunigt auf dem Berliner Ring, fährt deutlich über der erlaubten Höchstgeschwindigkeit. Gudrun hofft inständig, dass keine Polizei hinter ihnen ist. Dass sie direkt auf dem Weg zu einem Ort ist, an dem die viel gefährlichere Polizei gerade agiert, verdrängt sie einfach.

Noch wenige Minuten, dann verlässt der Fahrer den Ring, kurz darauf kommt der Supermarkt in Sicht. Auf dem Parkplatz des Marktes steht ein einzelner Streifenwagen. Weder auf der Straße noch vor dem Apartmenthaus ist irgendetwas Auffälliges zu entdecken.

»Wo möchten Sie aussteigen?«, fragt der Fahrer. Mit der lässig über dem Lenkrad hängenden Hand klopft er den Takt, mit der anderen angelt er nach einer Zigarette aus dem Päckchen in der Zwischenablage.

Sie nennt ihm die nächste Kreuzung, die etwa zwanzig Meter hinter dem Supermarkt liegt, zahlt und steigt aus. Gut, dass das Taxi noch einen Moment hält, weil der Fahrer die Zigarette anzündet, denn Gudrun wird sofort schwarz vor Augen, als sie auf dem Gehweg neben dem Taxi steht. Sie muss sich am Autodach festhalten und einen Moment die Augen schließen. Gut, dass der Mann im Auto nichts bemerkt.

Dann lässt sie los und geht unsicher zur nächsten Hauswand.

Sie muss sich etwas Sammlung gönnen, Orientierung, wie es jetzt weitergehen soll.

Langsam bewegt sie sich an den Häusern entlang in Richtung Evas Apartment. Immer an der Wand lang. Immer die Umgebung im Blick behalten. Nie die Kontrolle verlieren.

Ermittlungen

Um Anna zum Reden zu bringen, bedarf es der Nachhilfe durch Thorsten Gründel. Möglicherweise hat er inzwischen kapiert, dass er mit der Wahrheit genauso wirksam aus seinem farblosen Dasein treten kann wie mit einem falschen Geständnis.

Dominique hat ihn grob Richtung Ledercouch geschubst.

»Setzen Sie sich dahin. Und reden Sie: Was hat Anna in ihrer Wohnung gemacht?«

Gründels lauernder Blick fixiert Anna. »Soll ich oder erzählst du selber?«

Inzwischen laufen Rotz und Tränen über Annas Gesicht, und der Kajal malt Spuren bis zu den Mundwinkeln.

»Ich ... ich hab einen derartigen Hass auf den Mann gekriegt ... und in der Nähe war einfach nichts, mit dem ich ihm das Maul stopfen konnte ... also bin ich wieder rüber in meine Wohnung und hab ... hab mir ein Kissen von der Eckbank genommen ...« Sie redet abgehackt, unter Tränen.

»Dann bin ich zurück ... der Wagner wollte sich aufstützen, hat aber so sehr geblutet ... er ist wieder auf den Boden gesackt und hat gestöhnt ... ich glaube, der war ohnmächtig.«

Gründel nickt. »Während sie rüber in ihre Wohnung ist, habe ich das Apartment von Eva Müller betreten und ihn gesehen.« Er deutet auf den jungen Polizeibeamten. »Ich hab gedacht, Eva ist irgendwo, im Bad oder so ... aber sie war weg. Ich habe mir grade Wasser ins Gesicht gespritzt, war noch am Überlegen, ob ich dem Typen dem Rest geben soll oder ihm helfen, da hab ich gehört, wie Anna zurückkommt. Sie hat mich nicht bemerkt, aber ich habe alles gesehen, von der angelehnten Badezimmertür aus.«

Alfred und Dominique schauen sich an und nicken.

Dominique zwingt Anna, die Tat nachzustellen, als Kissen dient eins von Eva Müllers schwarz-goldenen Handtüchern.

»Na komm, mach schon. Drück ihm das Kissen aufs Gesicht. Kannst du doch.« Thorsten Gründel gibt ungebetene Regieanweisungen von der Couch aus.

Und Anna kniet sich gehorsam neben den Mann, hält mit einem Bein seinen rechten Arm am Boden und drückt das Handtuch auf sein Gesicht.

Sie heult.

»Ich hab vom Bad aus gesehen, wie seine Beine gezappelt haben. Aber nicht lange«, kommentiert Gründel.

»Wieso hat er sich nicht gewehrt? Mit dem anderen Arm?«, fragt Dominique.

»Der starke Blutverlust vermutlich.« Der dunkelhäutige Wagner-Darsteller befreit sich von dem Handtuch und Annas Gewicht. »Oder hat er's versucht?« Er schaut seine Mörderin an, die neben ihm hockt wie ein Häufchen Elend.

»Er ... er hat mit dem linken Arm nach mir gegriffen ... aber er war zu schwach ... und ich ... ich hatte auf einmal so viel Kraft ...«

»Wo ist das Kissen?«, fragt Dominique scharf.

Anna schüttelt den Kopf. »Ich habe es mit ... mit nach Hause genommen und in die Mülltonne gestopft ... es ist längst entsorgt.«

Alfred steht wieder im Türrahmen und schnauft tief durch.

»Fall geklärt, oder?«

»Fast«, sagt Dominique.

Im nächsten Moment klingeln beide Diensthandys: Bei Dominique meldet sich Jans Lehrerin aus der *Lebenshilfe*. Ihr ist eingefallen, dass sie an dem Tag, als Wagners Smartphone gefunden wurde, Besuch in der Klasse hatte, zwei Frauen vom *Bund Naturschutz*. Namen? Sie kann sich nur an die Vornamen erinnern, Karina und Gudrun, beide schon älter.

Gudrun? Deuber??

Bei Alfred ist ein Kollege aus der Kriminaltechnik dran.

»Wir waren bei Gudrun Deuber in der Wohnung und haben ihre DNA.«

»Und?« Alfred ist mehr als gespannt auf das letzte Puzzle-Teil im Fall.

»Halten Sie sich fest. Sie werden es kaum glauben.«

Gudrun

Das vielleicht letzte Puzzle-Teil bewegt sich in Gestalt von Gudrun Deuber auf das Apartmenthaus zu. Die Kapuze ihres Anoraks hat sie tief über die schwarze Perücke gezogen. Wider Erwarten belebt sie die milde Luft, sie kann leichter durchatmen, ihr Herz schlägt ruhiger. Eigentlich verrückt: Kurz bevor sie sich der Konfrontation mit der Polizei aussetzen will, ist sie so ruhig wie der Stille Ozean. Bei dem Gedanken lächelt sie sogar. Sie kennt den Stillen Ozean überhaupt nicht.

Hinter einem Kühllaster, der den Supermarkt beliefert, wechselt sie die Straßenseite. Vor dem Apartmenthaus steht dann doch ein Mann, der ein Polizist sein könnte. Noch einmal hat Gudrun Glück und kann einen Moment der Unachtsamkeit nutzen: Der Zivilbeamte beißt in ein gut belegtes Sandwich, eine weißliche Soße läuft ihm am Kinn herunter und tropft auf seine Brust. Er flucht und wischt an den Flecken herum. Gudrun huscht in den Hauseingang.

Dort ist nichts zu sehen, niemand zu hören; erst als sie leise die Treppe zum ersten Stock genommen hat, dringen Stimmen aus der Wohnung darüber. Also weiter, sie muss wissen, wer da was tut. Und ob Eva ihren Kunden umgebracht hat.

Die Tür zu Evas Apartment steht offen, auch die der Nachbarwohnung. »Und?«, hört Gudrun eine Männerstimme fragen und sieht einen gedrungenen Schatten im Spalt der Wohnungstür.

Dann passieren mehrere Dinge auf einmal. Beide Türen gehen ganz auf, von unten aus dem Treppenhaus nähern sich Stiefeltritte, der kleine, dicke Kommissar starrt sie aus Evas Apartment an, jemand zieht ihr die Kapuze vom Kopf, ein anderer schiebt sie ins Apartment.

Im gleichen Augenblick schwappt eine Welle der Erinnerung über sie hinweg, ein Tsunami der Wahrheit, und sie fühlt sich so leicht und klar wie lange nicht mehr.

»Frau Deuber??«

»Eva!!«

Ermittlungen

Alfred hat das Telefon sinken lassen und starrt die Frau an, die da wie angewurzelt im Flur des Apartments steht, sich mit einer Hand an der Wand abstützt und ihn mit einem Blick anschaut, den er nicht recht deuten kann. Empört? Verzweifelt? Gar erleichtert? Wenn er recht überlegt, guckt sie, als sei sie die Wohnungsinhaberin und er und die Kollegen die Eindringlinge.

»Frau Deuber??«, ist ihm rausgerutscht, aber die hier ist doch jünger, hat eine wilde schwarze Mähne, rote Lippen, schwarz umrandete Augen. Und den bekannten Leberfleck auf der rechten Wange. Nur die randlose Brille irritiert.

»Eva!!« Das entfährt Anna, die im Wohnzimmer auf dem Boden kauert und in den Flur starrt, als sähe sie ein Gespenst.

»Eva Müller?«, ergänzt Dominique und geht auf die Frau zu, fasst sie am Ärmel ihres Anoraks und schiebt sie mit sanftem Druck Richtung Wohnzimmer. »Oder soll ich sagen: Gudrun Deuber?«

Anna, die eben noch wie ein Häufchen Elend neben dem leicht bekleideten Wagner-Darsteller gehockt ist, springt mit einem Satz hoch. Sie schießt auf die neu Angekommene zu, boxt Dominiques Arm mit einem Schlag weg und hängt sich an den Hals der Frau. Einen Moment später liegen ihre kleinen Hände an deren Gurgel und drücken zu. »Du blöde Kuh! Du bist an allem schuld! Wegen dir ... wegen dir ...« Der Rest geht in heftigen Weinkrämpfen unter, und Anna bricht unter Dominiques hartem Griff zusammen. Die hat ihr die Arme nach hinten gedreht und sie damit von der vermeintlichen Eva Müller gelöst hat. Diese wird von Alfred gestützt, denn in ihrem offensichtlich geschwächten Zustand ist auch ein kurzer Druck auf die Gurgel schwer auszuhalten.

Dominique legt Anna Handschellen an und übergibt sie dem uniformierten Kollegen.

»Wenn ich was anziehen dürfte?« Der dunkelhäutige Wagner-Darsteller ist aufgestanden, nickt den Kollegen zu und geht ins Bad, wo seine Klamotten deponiert sind. Dass ihm bei den Szenen der letzten Minuten die Knie weich geworden sind, sieht keiner.

»Bringen Sie mal den Gründel raus«, weist Alfred dessen Bewacher an, »er kann in der Nachbarwohnung warten.« Er wischt sich mit dem Handrücken den ausgebrochenen Schweiß von der Stirn. Die ganze Sache überfordert ihn gerade, und er ist heilfroh, dass Kollegin Dominique den Überblick zu haben scheint – nicht nur aufgrund ihrer Größe.

Sie hat die Frau, die Eva Müller – oder Gudrun Deuber? – ist, zu einem der schwarzen Ledersessel geführt und sich selbst auf die Lehne des Sessels gesetzt.

Die heulende Anna hockt in der gegenüberliegenden Zimmerecke, im Klammergriff eines Polizisten.

Auch Alfreds Knie sind weich, und er muss sich an den Türrahmen lehnen. Soll Dominique mal machen, er weiß gerade nicht weiter.

»Diese Frau hier ist Eva Müller?«, fragt Dominique in Annas Richtung, und die nickt heftig und schniefend.

»Ich ... ich hab sie geliebt«, heult sie, »und dieser, dieser Kerl ... hat sie schlecht gemacht ... sie, sie habe ihn reingelegt, sei eine falsche

Schlange, eine Betrügerin … und«, Rotz läuft ihr über das Gesicht, und sie schreit plötzlich hysterisch: »Du bist schuld, Eva, dass ich ihn umgebracht hab … nur du … du gefühlloses … Wesen!«

Am letzten Wort verschluckt sie sich fast.

Die Beschimpfte ist völlig in ihrem Sessel neben Dominique zusammengesunken und starrt ausdruckslos auf den Boden mit den Saftflecken, auf die Stelle, an der letzte Woche Dr. Mirko Wagner zu Tode kam.

Alfreds Handy klingelt erneut; seit er das Telefonat mit der Kriminaltechnik unterbrochen hat, sind nur wenige Minuten vergangen.

»Ja? Also, was genau haben Sie gefunden? DNA? Welche??« Er presst den Hörer ans Ohr, und während er zuhört, wird seine Miene immer ungläubiger. Er schaut zu der Frau im Sessel, wie sie da sitzt, in Jeans und Anorak, mit dieser Perücke und dem jung geschminkten Gesicht, und er weiß noch weniger, was er von ihr halten soll. Und das Unglaublichste an ihr ist ihre DNA.

Gudrun

Ist es nicht so, wenn man stirbt? Dass das weiße Licht kommt und das eigene Leben im Schnelldurchlauf vor dem inneren Auge vorbeizieht? All das, was einem zugestoßen ist, an schönen, aber auch schlimmen Dingen?

Während Gudrun zusammengesunken auf diesem Sessel in Evas Apartment hockt, die Hand der Polizistin auf ihrer Schulter, ihr gegenüber Anna, die gestanden hat, den Frauenarzt ermordet zu haben, wegen Eva, und jetzt nicht mehr aufhören kann zu heulen, da spult sich auch Gudruns Leben im Rückwärtslauf in ihrem Kopf ab. Gudruns Leben, Evas Leben, ein Leben zwischen den Welten, nicht erst seit fünfzehn Jahren, als sie immer wieder zu Eva wurde, zu einer Frau, die sie im normalen Leben nicht sein durfte.

Wie sie da sitzt und nicht weiter weiß, ist ihr mehr denn je bewusst, dass Gudrun Deuber ein Mensch ist, der zwischen vielen Leben lebt, nicht nur zwischen Gudrun und Eva, auch zwischen langweiliger Verkäuferin und heißer Edelnutte, zwischen Krötenretterin und Geliebter junger Männer. Vor allem aber zwischen den Geschlechtern, zwischen Frau und Mann. Nie in ihrem ganzen fast sechzigjährigen Leben hat sie dieses Wort denken oder gar sprechen oder schreiben wollen: Zwitter. Hermaphrodit. Intersexuelle. Aber sie weiß es, seit vielen, vielen Jahren, seit sie den Arztbrief im Ordner mit der Aufschrift »Gudrun« im Schlafzimmer der Eltern gefunden hat. Da hat sie es schwarz auf weiß gelesen. Was ihr entfernt wurde, waren keine Eierstöcke, keine Gebärmutter, auch sonst nichts, was mit der geschlechtlichen Identität einer Frau zu tun hätte. Nein, es waren Hoden, verkümmerte Hoden in ihrem Unterbauch, und die mussten raus, um nicht zu entarten und vielleicht Krebs zu verursachen. So begründeten es zumindest die Ärzte. Obwohl also ihre inneren Geschlechtsorgane männlich waren, entwickelte sich ihre äußere Erscheinung in Richtung Mädchen, in Richtung Frau. Anders als bei transsexuellen Menschen fühlte Gudrun sich ihr Leben lang im seelischen Einklang mit ihrem Äußeren. Sie sah wie eine Frau aus und fühlte sich als solche. Auch wenn sie als Kind gern ihrem Vater beim Schreinern half und er sie seinen Jungen nannte. Seit Gudrun aber herausfand, dass ihr Körper ursprünglich einen Mann aus ihr formen wollte, das aber wegen eines genetischen Defekts nicht konnte, war sie umso wilder entschlossen, eine richtige Frau zu werden, eine mit einer Scheide, eine, die mit Männern Sex haben konnte. Deshalb die operative Formung einer Vaginalplastik, die wenigstens für kleine Penisse geeignet war.

Keiner hat was gemerkt, Georg nicht und keiner von Evas zahlreichen Kunden. Bis dieser Frauenarzt auftauchte, der glaubte, sie straflos verspotten zu können. Der davon ausgegangen war, sie stehe tatsächlich auf kleine Pimmel. Als er mitbekam, dass gar nichts anderes bei ihr ging, reagierte er so wütend wie angewidert. Sowas wie sie törne ihn komplett ab. Er habe eine geile Nutte erwartet und keinen entarteten Kerl.

Gudrun schluckt heftig gegen den Kloß in ihrem Hals an.

»Können wir mal kurz nach nebenan …?«, fragt der kleine, dicke Polizist seine große Kollegin, die in ihrem heutigen Outfit eine würdige Kollegin von Eva wäre.

Er nickt Gudrun zu und übergibt sie der Obhut der jungen Polizistin in Zivil, die gerade von draußen hereinkommt. Anna wird dafür hinausgebracht, sie ist nur noch ein Häufchen Elend und lässt sich willenlos von ihrem Bewacher Richtung Tür schieben.

Gudrun schaut weg, auf ihre eigenen Füße, und in dem Moment wird ihr schlagartig schwarz vor Augen, und sie sackt vornüber und merkt nicht mehr, wie sie im letzten Moment von Dominique Brodbecker aufgefangen wird.

Ermittlungen

»Schnell, ein RTW!«, ruft Alfred, während die junge Polizistin schon ihr Telefon in der Hand hält und wählt. Dominique hat sich kurz überzeugt, dass Gudruns Herz zwar zaghaft, aber regelmäßig schlägt, und sie auf dem Boden in die stabile Seitenlage gebracht.

Gudrun Deuber kommt schon wieder zu sich, ist sehr blass unter der Schminke und schließt gleich wieder die Augen. Alfred holt ihr aus der Küche ein Glas Wasser.

»Bleiben Sie bei ihr, bis die Rettung kommt«, weist er die Beamtin an. »Dominique? Können wir mal kurz?« Er deutet auf die Tür und geht ihr voran in Eva Müllers klinisch weiße Küche.

»Wie kann das sein? Erklärs mir bitte, ich steh auf dem Schlauch.« Alfred hat sich auf einen Küchenstuhl fallen lassen, die Ellenbogen auf den Tisch aufgestützt, Dominique lehnt an der Spüle und sieht in ihren heißen Klamotten immer noch so aus, als gehöre sie hierher.

»Nochmal von vorn. Was hat der Kollege vorhin am Telefon gesagt?«

»Gudrun Deuber. Ihre DNA. Es ist die männliche DNA aus dem Apartment, die wir bisher nicht zuordnen konnten. Die also der Wohnungsinhaberin gehört. Oder dem Inhaber ...?«

»Inhaber ... Eva Müller alias Gudrun Deuber. Und sie ist XY«, kombiniert Dominique. »Ist sie transsexuell?«

»Na ja, das eben verwirrt mich. Frau Deuber ist schließlich seit fast vierzig Jahren unter ihrer jetzigen Adresse gemeldet, davor hat sie mit den Eltern und ihrer Schwester Claudia im Gärtnerviertel gewohnt. Es gab keine Geschlechtsumwandlung. Sie war immer eine Frau, von Geburt an. Die Kollegen haben im Standesamt nachgefragt.«

Dominique zieht ihr Smartphone aus der Hosentasche. »Ich rufe Dr. Preissinger an.«

Es dauert eine Weile, bis die Verbindung steht. Alfred kann mithören.

»Herr Dr. Preissinger? Hier ist Dominique Brodbecker. Es gibt Neuigkeiten zu Eva Müller. Sie ist genetisch ein Mann. Was sagt Ihnen das?«

Die Leitung rauscht, der Doc sitzt noch im Auto.

»Wenn Sie es schon wissen ... ja, so ist es wohl.« Preissingers Stimme klingt beherrscht. »Ich habe nie mit ihr darüber gesprochen. Aber ich habe es gesehen ...«

»Ich verstehe nicht. Wie konnte sie Sex mit Ihnen haben, wenn sie ein Mann war ... ist?«

»Sie ist ja nur genetisch ein Mann, im äußeren Erscheinungsbild eine Frau, ohne innere weibliche Geschlechtsorgane zu besitzen. Ihre Vagina wurde operativ nachgebildet, eine recht kurze Vagina. Sie konnte nur mit Männern mit kleinen Penissen verkehren.« Kurze betretene Stille in der Leitung. »Na ja, wie mit mir. Sie ist eine XY-Frau.«

Gudrun

Im Klinikum ist Gudrun noch nicht einmal vermisst worden. Das Personal beginnt gerade erst mit der Essensausgabe.

Es gibt als vegetarisches Gericht Gemüse aus dem Wok, dazu Reis. Frau Diabetes wird alleine essen müssen. Denn Gudrun, die zum großen Erstaunen ihrer Station gerade wieder notärztlich eingeliefert wird, soll laut strikter polizeilicher Anweisung ein Zimmer alleine bekommen.

Gudrun geht es zumindest körperlich wieder gut, es war ein kleiner und verständlicher Schwächeanfall, kein erneuter Herzinfarkt.

Die Schwestern räumen unter Protest ein Zimmer frei, der dort behandelte Privatpatient wird ohnehin am Nachmittag entlassen. Gudrun darf sich im Bett aufsetzen und essen. Die schwarze Perücke trägt sie nicht mehr, und über ihr ungewöhnlich geschminktes Gesicht verliert niemand ein Wort. Wer weiß, was die wissen, denkt

Gudrun und nimmt ein Löffelchen Reis in den Mund. Dass sie jetzt überhaupt Appetit hat – unglaublich. Kaum hat sie den letzten Bissen hinuntergeschluckt, klopft es an die Tür.

Es sind die beiden Polizeibeamten, der ältere, kleine Mann mit dem voluminösen Bauch und die attraktive, große Frau. Schon wieder. Den beiden folgen zwei Uniformierte.

»Frau Deuber, unsere Kollegen waren inzwischen in Ihrer Wohnung, hier ist der Durchsuchungsbeschluss.« Herr Meister legt einen Wisch auf die Bettdecke. »Sagen Sie ihr bitte, was Sie gefunden haben.« Das geht an die Adresse der Uniformierten.

Der Ältere nickt. »Jede Menge Cash, genauer gesagt: 198.250 Euro, in kleinen Scheinen. In einem Tresor im Wandschrank.«

»Sie haben meinen Tresor aufgebrochen?«, fragt Gudrun ungläubig.

Der Mann deutet auf den Beschluss.

»Weiter«, sagt Herr Meister, »was noch?«

»Arbeitskleidung«, er grinst, »Reizwäsche jeder Art, Perücken, alles passend zu den paar Stücken, die wir auch in Eva Müllers Apartment gefunden haben.«

Gudrun schaut trotzig, der Mann erzählt nichts, was nicht schon beim Ortstermin in Evas Apartment an den Tag kam. Von der Unsumme Bargeld mal abgesehen.

»Lassen Sie uns jetzt mit Frau Deuber allein«, sagt Herr Meister in ihre Gedanken hinein. Die beiden Beamten nicken fast bedauernd und gehen. Vermutlich haben sie sich Details über Gudrun Deuber erhofft, die sie nicht jeden Tag zu hören bekommen.

Gudrun fühlt sich auf einmal seltsam leicht. Ihr ist warm, sehr warm, und sie schlägt die Bettdecke ein Stück zurück, schwingt die Beine auf die Seite.

»Eva ... Eva wollte Wagner nicht umbringen, wirklich nicht. Er ist unglücklich gestürzt, und sie ist ..., ich bin einfach raus aus der Wohnung.« Wie schwer es ist, nur noch Gudrun zu sein.

»War es Notwehr? Hat er sie bedrängt? Dinge verlangt, die Sie nicht wollten? Sie geschlagen?« Frau Brodbecker will ihr offensichtlich eine Brücke bauen.

Gudrun atmet tief ein und aus. »Nichts von alldem. Aber es war schlimmer. Er hat Eva verspottet. Hat sich über sie lustig gemacht. Er hat gesehen, was Eva ist ...«

Die Kommissarin unterbricht. »Nicht Eva. Was Sie sind ...«

»... was ich bin, ein Mensch, der weder Mann noch Frau ist. Und er hat es wohl auch Anna gesagt.«

Die Kommissarin setzt sich neben sie aufs Bett, Alfred Meister begnügt sich mit einem Hocker.

»Frau Deuber, hören Sie. Sie können allenfalls wegen unterlassener Hilfeleistung belangt werden. Und weil Sie sich eine Woche lang versteckt gehalten haben. Aber es war Ihre Wohnungsnachbarin Anna, die den Mann erstickt hat. Aus Eifersucht, weil sie in Sie verliebt war, ohne dass Sie diese Gefühle erwidert haben.«

»Ich ... ich mach mir nichts aus Frauen«, sagt Gudrun. »Ich habe immer gedacht, ich bin selber eine Frau ...« Tränen schießen ihr in die Augen und beginnen zu fließen, als Dominique Brodbecker sie wieder sacht am Arm berührt.

Meister schaltet sich ein. »Sie wollten sich selbst beweisen, dass Sie eine richtige Frau sind – deshalb wurden Sie zu Eva Müller. Zeitweise zumindest. Richtig?«

Ja, so ist es wohl. Gudrun weint lautlos, die beiden Kommissare sitzen einfach da und warten ab. Eine ganze Weile sagt keiner was.

Eine Krankenschwester, die das Essenstablett holen will, scheucht der Kommissar mit einer unwilligen Handbewegung wieder hinaus.

»Ich bin ein Neutrum«, sagt Gudrun endlich und wischt sich mit dem Ärmel der Eva-Bluse über die Nase. »Irgendwas zwischen allen anderen ...«

Dominique Brodbecker wird jetzt energisch. »Sie sind einfach ein Mensch, der beide Geschlechter in sich hat. Und wissen Sie was? Davon gibts eine ganze Menge.«

»Das weiß sogar ich«, wirft Alfred Meister ein. »Ist doch schon eine Weile großes Thema in den Medien.«

»Hat Ihnen nichts genutzt, oder?« Die Kommissarin schaut Gudrun mitfühlend an. »Ich kenne einfach niemanden, der so ist wie ich«, sagt Gudrun. »Klar ... klar lese ich Zeitung. Und schaue fern. Aber solche Berichte, über Menschen zwischen den Geschlechtern, die hatten trotzdem nichts mit mir zu tun. Wenn jemand erzählt hat, was ihm – oder ihr – als Kind angetan wurde, habe ich abgeschaltet. Ich konnte es nicht hören.« Sie spricht jetzt wesentlich flüssiger und wundert sich selbst, was ihr alles über die Lippen kommt. »Außerdem ... hatte ich ja eine Lösung für mich gefunden.«

»Na ja, nicht grad die beste. So ein Doppelleben stelle ich mir fürchterlich anstrengend vor«, sagt Alfred Meister.

»Ich weiß noch gar nicht, wie ich ohne Eva zurechtkommen soll. Sie war meine beste Freundin ...«

Ermittlungen

»XY – gelöst!« Alfred greift nach seinem Bierkrug und erhebt ihn. »Prost, Kollegin!«

Dominique, inzwischen wieder in Jeans und Pullover, stößt mit ihm an. Zur Feier des Tages hat sie sich ebenfalls ein *Fässla*-Bier bestellt, auch wenn noch früher Nachmittag ist. Nach dem aufschlussreichen Ortstermin im Apartmenthaus und dem Besuch bei

Gudrun Deuber im Klinikum gönnt sich die Bamberger Kriminalpolizei eine Pause.

»Um die Zeit«, die Bedienung hat missbilligend auf ihre Armbanduhr geschaut, »gibts nur an Worschdsalad mit Brot.«

Weder Alfred noch Dominique hatten ein Problem damit.

Jetzt nach dem Essen fühlt sich Alfred tiefenentspannt und gönnt sich ein zweites Bier.

»So einen Fall hatten wir auch noch nicht. Ich kanns immer noch nicht fassen.«

Dominique nickt. »Wäre nicht das erste Aschenputtel, das sich in eine Prinzessin verwandelt – sofern man eine Edelhure wie Eva als Prinzessin bezeichnen will.«

»Für manche ihrer Kunden war sie's sicher. Dr. Preissinger zum Beispiel. Ein Frauenarzt im besten Alter, mit attraktiver Ehefrau ... und steht auf eine schon ältere Prostituierte. Ich verstehs nicht.«

»Was verstehst du daran nicht?«, fragt Dominique. »Dass auch Frauen Ende fünfzig, Anfang sechzig so richtig geil aussehen können? Schau dir doch den Körper der Frau an! Der ist absolut in Schuss! Und den Rest macht die Kosmetik. Ein gekonnt aufgetragenes Make-up, das richtig gut deckt, alles abpudern, etwas Rouge auf die Wangenknochen – und schon ist man zehn, fünfzehn Jahre jünger. Dazu noch ein paar professionelle Akzente ... der richtige Lidschatten, Wimperntusche, Eyeliner, Kajal. Und natürlich Lippenstift und Gloss.«

Für Alfred sind das alles böhmische Dörfer.

»Kapiers doch!«, setzt Dominique nach, »wenn du als Frau professionell mit den Tricks der Beauty-Industrie arbeitest, kannst du dein Alter mit ein bisschen Übung einfach wegschminken. Eva war Weltmeisterin darin.«

Alfred seufzt, aber es klingt eher wohlig. »Wenn ich das alles Grete erzähle ... na ja, du weißt, sie kann schweigen wie ein Grab.

Heute Abend ist eh Kegelabend, da treffe ich meine Herzallerliebste gar nicht. Vielleicht ist wenigstens Mia zuhause ...«

»Apropos Mia. Jan löchert mich, wann er sie wiedersehen kann.«

»Was hältst du von Sonntag? Es soll richtig Frühling werden in den nächsten Tagen. Wir könnten alle zusammen in die Fränkische Schweiz fahren – wir Meisters und du und Jan und Sigi?«

Dominique nickt lächelnd, und Alfred findet gerade, sie ist die schönste Frau in ganz Bamberg. Gleich nach Grete.

Wer kennt diese Frau? ist der erste Kriminalroman mit Alfred Meister und Dominique Brodbecker, *Wenn der Engel kommt* der zweite. Wie sich die beiden in ihrem allerersten Fall zusammengerauft haben, erzählt Nicole Eick in der Krimi-Anthologie *Mordsgipfel.*

Nicole Eick, Friederike Schmöe, Heidi Rehn, Harry Kämmerer, Bettina Brömme, Marta Donato u.a.: Mordsgipfel — Krimis aus den bayerischen Bergen

Wenn eine junge Frau aus der Seilbahn stürzt, ein Paraglider mit Priesterweihe vom Himmel fällt und ein koreanischer Kleinwagen über die Felskante schrammt, dann werden Sie Zeugen tödlicher Bergdramen.
Spannung vom Fichtelgebirge bis zur Frankenalb, vom Bayerischen Wald über den Olympiaberg bis zu den Gipfeln der Alpen.

Bettina Brömme: Des Glückes dunkle Seele
Thriller

Neun Jahre in Haft. Unschuldig! Als sie entlassen wird, wartet der wahre Täter schon auf sie.

Ein mitreißender Thriller um Liebe, Familie, Eltern-Kind-Beziehungen, über Verantwortung und Schuld. Immer wieder wechseln die Erzählebenen von Gegenwart zu Vergangenheit, was dem Thriller eine zusätzliche Spannung verleiht.
(ekz Bibliotheksdienste)

Marta Donato: Tod am Gardasee
Ein Italien- & Bayern-Krimi

Matthias Holzinger, Bürgermeister einer Chiemsee-Gemeinde, wird am Gardasee jäh aus dem Leben gerissen. Die Kommissare stoßen auf Korruption, Immobilienschwindel und Künstlerneid.

Marta Donato (...) mordet mit leichter Hand, stets sehr amüsant und spannend bis zum Schluss. (BR)

Folgebände:
Flucht über den Brenner, Schnee vom Gardasee